Zu diesem Buch

> Tierblut dient zum Gelieren von Benzin und damit zur Verwendung als Brennstoff, der an Zielflächen haftenbleibt. Napalm zum Selbermachen. Ein sehr praktisches Büchlein. Die Möglichkeiten waren unbegrenzt. Alles, was der Vietcong sich in mühsamem Eigenbau zurechtgebastelt hatte, war ihm durch einen glücklichen Zufall in die Hände gefallen. Nun konnte er den Vietnamkrieg hier fortsetzen. Mitten in den Bergen von Tennessee.

Sheriff Spencer Arrowood hat der ehemals berühmten Folksängerin Peggy Muryan bald nach ihrem Einzug einen Besuch abgestattet. Hamelin ist ein kleiner Ort, und der Sheriff kennt die meisten der Einwohner. Dann bekommt er einen Anruf, er möge sofort zu Peggys Haus fahren.

Der Anblick der toten Schäferhündin ist schrecklich, doch Deputy Joe LeDonne kennt diese spezielle Art des Tötens. Er ist selbst mit Neunzehn in Vietnam gewesen.

Peggy steht unter Schock, zumal sie Karten von einem Toten bekommt. Ihr damaliger Bühnen- und Bettgefährte, den sie wegen einer Solokarriere verlassen hatte, schreibt ihr unmißverständliche Drohungen, die nur auf den oberflächlichen Blick harmlose Liedertexte darstellen. Gezeichnet Travis Perdue. Missed In Action.

Auch Spencer Arrowood hat seine Erfahrungen – indirekt – mit Vietnam machen müssen. Und jetzt nervt ihn seine Sekretärin auch noch mit einer nostalgischen Klassenfete des High School-Jahrgangs 1966. All die Freunde und Feinde aus alten Tagen kommen nach Hamelin. Es ist heiß in Hamelin und feucht. Fast wie in Vietnam.

Sharyn McCrumb

Und kehre ich je zurück…

Deutsch von
Gisela Kirberg Mamone

rororo
Rowohlt

rororo thriller
american crime scene
Herausgegeben von Bernd Jost

Deutsche Erstausgabe
Veröffentlicht im Rowohlt Taschenbuch Verlag GmbH,
Reinbek bei Hamburg, September 1993

Die Originalausgabe erschien 1990 bei Charles Scribner's Sons, New York,
unter dem Titel «If Ever I Return, Pretty Peggy-O»

Redaktion Jutta Schwarz
Umschlagtypographie Peter Wippermann / Susanne Müller
Umschlagfoto Archiv E. O. Jauch
Satz Sabon (Linotronic 500)
Gesamtherstellung Clausen & Bosse, Leck
Printed in Germany
1090-ISBN 3 499 43097 5

Die Hauptpersonen

Spencer Arrowood	ist mit Leib und Seele Sheriff in Hamelin.
Joe LeDonne	ist mit Leib Deputy und mit Seele Veteran.
Peggy Muryan	will ein Comeback, aber nicht das eines Toten.
Martha Ayers	sitzt im Gefängnis ihrer Vorstellungen.
Roger Gabriel	erlebt tagtäglich den Dschungel – vor allem nachts.
Jeff McCullough	jagt den Ereignissen hinterher.
Pix-Kyle Weaver	hat eine perfekte Tarnung.
Rosemary Winstead	ist ebenso unauffällig wie intelligent.
Jennifer Showalter	stellt das Gegenteil dar.
Katherine Tyndall Johnson	steckt in einem schrecklichen Dilemma.
Cal Arrowood	spielt immer noch eine Rolle.
Travis Perdue	geht verloren und schreibt Ansichtskarten.
Vernon Woolwine	spielt jeden Tag eine andere Rolle.

Sharyn McCrumb, Jahrgang 1948, hat schon zahlreiche Kriminalromane mit der Serienheldin Elizabeth MacPherson geschrieben. Für ihren *Comic Whodunnit* «Bimbos of the Death Sun» erhielt sie den Edgar Allan Poe Award. Der vorliegende Roman ist der erste mit Sheriff Spencer Arrowood und wurde von der New York Times als «Buch des Jahres 1990» ausgezeichnet. Weitere sollen folgen. Sharyn McCrumb lebt mit ihrem Mann und drei Kindern auf einer Farm in den Blue Ridge Mountains, Virginia.

Für Jim Wayne Miller,
mit Dank von einem *Bricoleur*

1. Kapitel

Days of loathing and nights of fear
To the hour of the charge through the streaming swamp,
Following the flag,
Till I fell with a scream, shot through the guts.
Now there's a flag over me in Spoon River!
A flag! A flag!

Edgar Lee Masters

Spencer Arrowood fuhr mit seinem Streifenwagen auf den Friedhof und nahm eine scharfe Rechtskurve in die Vergangenheit. Es war sieben Uhr morgens, zu früh für die anderen Besucher, selbst an einem Tag wie heute. Memorial Day. Volkstrauertag. Spencer wollte hier weg sein, ehe jemand seinen Sheriffswagen sah und auf die Idee kam, ihm sein Beileid auszusprechen. Es war alles viel zu lange her. Er empfand kaum noch etwas, außer vielleicht der Verpflichtung, jedes Jahr hierherzukommen. Auf alle Fälle wollte er nicht dabeisein, wenn die kleinen amerikanischen Flaggen auf den flachen, bronzenen Grabplatten aufgesteckt wurden.

Er parkte auf der Asphaltschleife in der Nähe von Cals Grab, nahm die Papiertüte vom Autositz und schlängelte sich durch das nasse Gras und die Plastikblumen zur Familiengrabstätte durch. Sie war früher von einem schmiedeeisernen Zaun umgeben gewesen, jetzt wurde sie von einer einfachen Steinfassung umrahmt. Leichter für den Rasenmäher. Ein letzter Rest viktorianischen Pomps war der Marmorengel über seinem konföderierten Urgroßvater. Albert Arrowood war als Teenager Corporal gewesen. Seine einzige Kriegsverletzung hatte aus Frostbeulen bestanden. Später hatte er es zu Geld gebracht. Seine Witwe war eine extravagante Frau gewesen, mit einer Neigung zum Barocken.

Der Engel wachte mit leerem Blick über den beschrifteten Granitblöcken, die generationenweise immer kleiner wurden. Den

Abschluß bildeten die jüngsten Gedenkzeichen: die flachen Bronzeplatten, die mit ihrer schlichten Strenge zwischen den Azaleen und Hornsträuchern kaum zu sehen waren. Die meisten neueren Gräber hier hatten solche Platten, doch viele Leute konnten sich mit soviel Modernität nicht anfreunden und stellten zur Dekoration Plastikblumen darauf. Total überflüssig, fand Spencer, dem es mit den Wicken und Magnolien schon bunt genug war. Wozu? Für den Winter. Aus Schuld. Imitationstrauer. Plastikgefühle.

Keine Blumen für Cal. Die Papiertüte zwischen Daumen und Zeigefinger, ging er zwischen den Grabreihen hindurch und las nacheinander die Inschriften. An Odell Watsons Grab mußte er grinsen. Der hatte im Zweiten Weltkrieg in Louisiana Pferdemist geschaufelt und war '74 an einem Herzschlag gestorben: Ihm galt das erste Ehrenfähnchen.

Keine Blumen für Cal. Seine Mutter brachte ihm später welche, und anschließend gab es die übliche Gardinenpredigt, weil er angeblich Cals Grab nicht besucht hatte. «Und das am Memorial Day!» hieß es dann, und was für ein feiner Kerl Cal doch gewesen sei, und nun war er oben bei Jesus und wartete auf seine Familie, und Spencer habe seinen Bruder ja nie gern gehabt. «Und seinen letzten Brief hast du zerrissen, ehe wir ihn gelesen hatten.» WIR. Damit war gemeint: Die einzigen Menschen, die ihn wirklich geliebt hatten. Spencer hatte das alles schon tausendmal gehört. Seit 1966 mindestens zweimal im Jahr. An diesen Cal-Tagen ging er seiner Mutter aus dem Weg. Martha hatte inzwischen gelernt, ihre Anrufe nicht in sein Büro durchzustellen.

Gleich hinter der Buchsbaumhecke lag Bobby Beaupre. Spencer erinnerte sich aus der Schule an ihn. Er war älter als Cal gewesen, und seine Haltung den kleineren Jungen gegenüber war eine Mischung aus Schikane und Herablassung. Spencer ging nie an seinem Grab vorbei, ohne an ihre erste Begegnung auf dem Friedhof erinnert zu werden.

Es war an Halloween, am Allerseelentag. Spencer war damals sechs Jahre alt. Er hatte gebeten und gebettelt, mit Cal nach alter Sitte von Haus zu Haus zu ziehen und Süßigkeiten zu schnorren.

Bekamen sie nichts, folgte ein harmloser «Racheakt». Cal mochte keinen Kindergarten hinter sich herschleifen, so schickte er Spencer in seinem Piratenkostüm und seine zwei kleinen Freundinnen weg, mit der Warnung, sich ihre Bonbons von den großen Jungen nicht wieder abnehmen zu lassen. Spencer war schon auf dem Heimweg gewesen mit einem Sack halbvoll von Tootsie Rolls, Jelly Beans und Double-Bubble. Den beiden Mädchen hatte er großtuerisch erklärt, er wolle die Abkürzung über den Oakdale-Friedhof nehmen. Damit war er die triefnasige Feenkönigin und die plastikmaskierte Hexe gleichzeitig los.

Er war ungefähr an dieser Stelle bei der Buchsbaumhecke, als er eine weißumhüllte Gestalt auf sich zukommen sah. Im Mondlicht konnte Spencer gerade noch die weißen Söckchen und Sportschuhe unter dem Bettuch erkennen. Er klemmte seinen Sack unter den Arm und wetzte, was er konnte, ohne auf die Rufe des Gespensts zu achten. Zu Hause wand er sich vor Verlegenheit, als Cal genüßlich zum Besten gab, wie er vor Bobby Beaupre in einem Bettuch geflohen war. Spencers Beteuerungen, er habe nur gemeint, jemand wolle ihm seine Süßigkeiten abnehmen, überzeugten niemanden. Cals Version war ja auch viel witziger. Er hatte mal wieder die Lacher auf seiner Seite.

Nun wartete Bobby Beaupre auf sein Fähnchen, das er gleich bei der Ehrung der Kriegshelden vom Bürgerverein bekommen sollte. Bobby war aus Korea mit Sergeantstreifen und ein paar Schrapnellnarben heimgekehrt. Kurz danach fuhr er an einem Samstagabend halbtrunken mit seinem Plymouth gegen einen Baum.

Ein Beet mit rosa Azaleen löste eine weitere Erinnerung in Spencer aus: eine kratzige alte Militärdecke und ein Hauch von White Shoulders-Eau de Toilette.

Oakdale stellte in Spencers Vorstellung zwei verschiedene Orte dar, die nur geographisch zusammenfielen, so wie Iran und Persien. Oakdale, der Friedhof seiner Kindheit, war ein Ort für Tote im Sinne der Gespenstergeschichten. Hier war keiner, den er wirklich kannte, außer irgendwelchen Urgroßeltern, an die er sich kaum erinnerte. Hier hatten sie mit leichtem Gruseln Verstecken gespielt und sich gegenseitig Geistergeschichten erzählt.

Als Teenager hatte er hier seine ersten heimlichen Bierchen gekippt und seine ersten Freundinnen abgeknutscht, Janice Waller und Sue Karyl Simmons. Damals war der Friedhof nichts weiter als ein Bühnenbild gewesen, dessen Greuel ungefähr so echt war wie der des Geisterhauses des Jugendclubs zu Halloween.

In letzter Zeit aber, und er sah es als erstes Anzeichen seines Älterwerdens, wurde Oakdale immer mehr zu einem Vorort von Hamelin, in den seine Bekannten «umzogen». Zuerst waren es alte Leute, die er von der Kirche her kannte, dann seine Volksschullehrer, in letzter Zeit auch Freunde seiner Eltern. Jeden Tag stand in den Todesanzeigen der Zeitung ein bekannter Name. Noch vor gar nicht langer Zeit hatte er sie überhaupt nicht gelesen. Ab und zu war mal jemand aus seiner Generation an Leukämie gestorben oder ertrunken, und etliche waren in Vietnam geblieben. Aber bald würden auch seine Altersgenossen an Krebs oder an einem Herzschlag sterben, und dann übertraf Oakdale alles vom Jugendclub jemals aufgebotene Grauen. Noch war er hier ein Fremder, ein Außenstehender, der Leute besuchte, mit denen er wenig gemeinsam hatte.

Das Familiengrab der Arrowoods war wohlgepflegt und frei von Plastik. Seine Mutter kam oft genug her und brachte frische Blumen. Spencer stand mit dem Rücken zum Granitengel und starrte auf das Grab seines Bruders hinunter. Die Buchstaben auf der Grabplatte glänzten messinghell wie die Gürtelschnalle einer Uniform: JOHN CALVERT ARROWOOD OCTOBER 25, 1946 – MAY 26, 1966 PRO PATRIA. Ob Cal die Inschrift verstehen würde? Er hatte in Latein immer eine Vier gehabt. Spencer setzte die Papiertüte neben dem Grab ab und kniete sich davor, um die trockenen Grashalme vom letzten Mähen von der Platte zu wischen. Sie fühlte sich kalt an. Es herrschte eine unnatürliche Stille. Die Sonne schien hell auf das Feld. Kein Vogelruf war zu hören, nur sein Atmen, das ihm zu laut vorkam, als wolle er sich vor den Toten damit brüsten.

Ein Blick auf den Streifenwagen, der noch als einziger auf dem Kreisrondell stand, bestätigte ihm, daß er noch allein war. Die alten Damen, die regelmäßig kamen, warteten wohl, bis der Frühtau verdunstet war.

«Hallo, Cal», sagte er zu der teilnahmslosen Metallplatte. «Willst du nicht endlich erwachsen werden?»

Spencer Arrowood hatte mit achtunddreißig Jahren graue Schläfen und mußte blinzeln, wenn er Kleingedrucktes las. Cal hingegen, der da unten in seiner flotten Marineuniform lag, durfte ewig neunzehn bleiben. Für Spencer blieb er jung, niemals würde er sich Cal als feierlichen Toten vorstellen können. Cal war kein Granitengel, er lebte in einer Fotoserie fort: in seiner Pfadfinderuniform, mit Schulterklappen und verschmierten Augen; mit Militärschnitt und zerknitterter Soldatenkluft. Wenn Spencer sein Grab besuchte, sah er ihn so vor sich, und jedesmal griente Cal seinen kleinen Bruder hämisch an: «Na, Milchgesicht, bringste mir 'n paar Blümchen?»

Die Tatsache, daß er Cal um zwanzig Jahre voraus war, tat seinen Minderwertigkeitsgefühlen keinen Abbruch. Er war und blieb der jüngere Bruder. Seine ganze Kindheit hatte er damit zugebracht, sich ihm gegenüber zu behaupten. Und dann plötzlich, am Abend seiner Schulentlassungsfeier, als er sich in ihrem gemeinsamen Zimmer voller Trophäen fertigmachte, kam von unten ein schriller Schrei. Dann heftiges Schluchzen. Er ging hinunter. Die uniformierten Boten wiederholten mit feierlich gedämpften Stimmen, Cal sei tot. Seine Mutter, immer höflich und korrekt, bot ihnen Kaffee an. Sie lehnten taktvoll ab und gingen, damit sie ihren Gram nicht vor Fremden zeigen mußte. Spencer stand noch eine Weile linkisch herum, ein Zaungast des Schmerzes seiner Eltern. Dann ging er auf das Zimmer zurück, das soeben zu einem Reliquienschrein geworden war. Er machte sich nicht einmal die Mühe, Jenny anzurufen.

Über Nacht war Cal zum Heiligen geworden. Beim Begräbnis war es nicht Cal, den seine Eltern beerdigten, sondern ein edler, milder, weiser Jüngling. Nur für Spencer war dieser Jüngling nicht greifbar. Wenn er auf den Friedhof kam, traf er immer nur den zynisch grinsenden Cal vor. Der Tod hatte ihn nicht verklärt. Im Gegenteil, er war noch gemeiner als zuvor. «Na, Milchgesicht, bringste mir Blümchen?»

Cal war schadenfroher Zeuge eines peinlichen Vorfalls bei seinem eigenen Begräbnis geworden. Wenn Spencer nur einmal das

Grab besuchen könnte, ohne daran erinnert zu werden! Er stand mit seinen Eltern unter dem grünen Baldachin, den das Bestattungsinstitut ihnen zur Verfügung stellte und der ihnen an diesem heißen Junitag Schatten spendete. Der Himmel war strahlend blau. Der süße Duft des frischgemähten Heus mischte sich mit dem der Begräbnisblumen und dem Parfum seiner Mutter.

Spencer erinnerte sich noch genau an die viereckigen Pappfächer mit den flachen Stielen, auch ein Service des Instituts. Er betrachtete eingehend das Bild des rotgekleideten Jesusknaben, umgeben von einer Schafherde. «Onward Christian Soldiers.» Er zählte die Schafe, um die Geräusche der Trauer um sich herum nicht hören zu müssen.

Reverend Noll beendete den Meßdienst, und die Trauergemeinde verlief sich. Cals metallgrauer Sarg duckte sich unter einem Berg von Kränzen und Blumen und wartete darauf, in die Erde gesenkt zu werden, sobald die Familienmitglieder gegangen waren. Spencer stand unbeholfen in seinem blauen Zweireiher herum, den er verabscheute. Er fragte sich, was eine größere Schande wäre: zu weinen oder nicht weinen zu können. Seine Mutter weinte still vor sich hin, sein Vater trug eine Maske selbstgefälligen Gleichmuts, wie einer, der die Qualen des Zahnarztes mannhaft überstanden hat.

«Willst du eine Blume von seinem Grab zur Erinnerung?» fragte er Spencer.

Da er nicht pietätlos erscheinen wollte, nickte er und zog eine rote Nelke aus einem der Kränze.

«Willst du auch eine, Jane?» fragte er seine Frau. Sie schüttelte den Kopf. «Ich auch nicht», sagte da der alte Sauknochen. «Sentimentalitäten bei Begräbnissen sind mir zuwider.»

Spencer ließ den Kopf hängen. Wieder hatte er eine Probe nicht bestanden. Und nur er und der liebe, gnadenlose Verstorbene würden diese Demütigung nicht vergessen. «Naaa, du Würstchen. Bringste mir Blümchen?»

Er nahm eine Flasche aus der Papiertüte und drehte die Metallkappe auf.

«Heute mal nicht, Kumpel», sagte Spencer und goß das Bier über dem Grab seines Bruders aus. Es war seine Marke: Pabst

Blue Ribbon. In der Schule hatten sie es PBR genannt. Cal hatte es ohne Genuß, aber in großen Schlucken hinuntergespült, wohl als Männlichkeitsritual. «Heute mal nicht.»

Spencer ging ohne sich umzusehen mit der leeren Bierflasche zurück zum Auto. Er hatte seine Pflicht gegenüber den Toten erfüllt.

Der schnellste Weg vom Friedhof in die Stadt führte über Ashe Lane, eine Straße, die damals zu Cals Zeitungsrevier gehört hatte. Jahrelang hatte er nicht mehr daran gedacht. Heute kamen die Erinnerungen wieder hoch. Jeder Garten, jeder Strauch, jeder Hund. In diesem Haus war ein Schäferhund gewesen, der die Zeitungen der umgebenden Häuser einsammelte und sie in einem feuchten Haufen auf der Fußmatte seines Herrchens ablegte. Bei schlechtem Wetter nahm Cal das Auto, und Spencer durfte mitfahren. Wenn sie sich einem Haus näherten, fuhr Cal langsamer, und Spencer schoß die zusammengerollte Zeitung mit einem gekonnten Fußtritt ins «Fußballtor» der Veranda. Die Dandridge-Villa, ein großes weißes Haus mit einer kreisförmigen Auffahrt, war diesbezüglich eine echte Herausforderung. Zu viele Bäume. Martha hatte ihm kürzlich erzählt, es habe eine neue Besitzerin, die Folksängerin Peggy Muryan. Niemand wußte etwas Genaues über sie. Die meisten Frauen in der Stadt brannten darauf, sie kennenzulernen. Bisher hatte sie sich jedoch zurückgehalten.

Er verlangsamte die Fahrt, um das Cape Cod-Haus mit dem Giebeldach an der Ecke von Ashe und Belmont näher betrachten zu können. Es war von einem Baugerüst umgeben. Offensichtlich wurden die hölzernen Seitenwände durch Aluminium ersetzt. Welche Farbe hatte es damals gehabt? Grün? Braun? Die Veränderungen in der Stadt gingen so allmählich vor sich, daß er sie kaum wahrnahm, wie die Falten in seinem Gesicht. Er hatte sein ganzes Leben hier verbracht. Abgesehen vom Studium und der Militärzeit hätte man seine Biographie auf der Basis eines Stadtplans von Hamelin schreiben können. Es war alles da, von dem weißen Fachwerkhaus, in dem er geboren war, bis zu dem Polizeibüro, in dem er jetzt die meiste Zeit verbrachte.

Auf der Main Street hingen in gleichmäßigen Abständen ein paar schlaffe Fahnen, die übrigen würden im Laufe des Vormittags noch aufgehängt werden. Am Gerichtshof fuhr er im Schrittempo, um nach Vernon Woolwine Ausschau zu halten, der normalerweise auf einer der Parkbänke herumlungerte. Als was war er denn heute verkleidet? Hoffentlich nicht als SA-Mann, dachte Spencer. Nicht am Memorial Day!

Hier im Süden hatte jede Kleinstadt ihren komischen Vogel, der ein paar Ziegel zu wenig geladen hatte, wie man hier sagte. Und Hamelin hatte eben seinen Vernon Woolwine. Er war in mittleren Jahren, was allerdings bei seinen vielen Verwandlungen schwer zu erkennen war. Ein Gesicht wie ein Gummischuh, aber mit einem Flair fürs Dramatische: das war Vernon Woolwine.

Außer an wirklich kalten und nassen Tagen war er eine der Sehenswürdigkeiten von Hamelin. Niemand wußte, woher er kam. Als Spencer von seiner Stationierung in Deutschland zurückkam, war Vernon in Wake County schon etabliert, eine exotische, aber vertraute Kuriosität wie Carver Jessups Waschbärhund, der die Bäume hinaufkletterte. Spencer hatte immer mal Erkundigungen über ihn einziehen wollen, war aber nie dazu gekommen. Schließlich war es ja auch kein Verbrechen, als kostümierter Landstreicher sein Dasein zu fristen.

Er war eben nur nicht er selbst. Nie.

Jeden Morgen tauchte er in einem anderen Aufzug vor dem Gerichtshof auf und schlenderte den ganzen Tag durch die Straßen von Hamelin. Manchmal saß er auch auf den Parkbänken herum und erwiderte die neugierigen Blicke Fremder mit einer würdevollen Verneigung. Einmal war er Elvis, in einem weißen, einteiligen Anzug und einer zottigen, blauschwarzen Perücke. Ein andermal erschien er als Rooster Cogburn/John Wayne, mit Cowboy-Accessoires und einer schwarzen Augenklappe. Vernon Woolwines Auftritte folgten keinem berechenbaren System. Niemand wußte, woher er die Kostüme hatte. Wahrscheinlich aus Knoxville. Er mußte von seinen Wohlfahrtsschecks und gelegentlichen Almosen so viel sparen können, um sich ab und zu eine Identität kaufen zu können: von der Sozialhilfe subventioniertes Straßentheater. Mittlerweile wurde er kaum noch beachtet. Man nahm zur Kenntnis, wer er heute war, und ließ es gut sein. Einmal hatten ein paar Schuljungen ihn verdreschen wollen, aber die Veteranen vom VFW * hatten sie in die Flucht geschlagen. Warum fühlten Jugendliche sich immer so bedroht von allem, das ausgefallen war?

Am Eingang zu Dentons Café blitzte etwas flammenrot auf. Der Sheriff trat auf die Bremse. Es war Superman, mit knallrotem Umhang und schwarzen Stiefeln. Er trat aus der Tür. Auf seinem Kaffeebecher balancierte er einen kleinen Pfannkuchen. Spencer winkte ihm grüßend zu. Der stämmige Superman machte eine gravitätische Verbeugung.

An der nächsten Kreuzung bog Spencer links ab. Das Sheriffbüro lag hinter dem Block. Der Kranz für die Statue der Konföderierten war noch nicht aufgehängt worden. Irgendwann gab es mal Ärger deswegen, dachte Spencer. Aber dieses Jahr noch nicht. Die Liberalen waren der Alten Garde zahlenmäßig noch nicht überlegen. Er las regelmäßig das *Knoxville Journal*. Hamelin in Tennessee war noch den alten Traditionen verbunden, wenn sie auch inzwischen nichts mehr bedeuteten. Leute, die die Rassenintegration als selbstverständlich hinnahmen, standen trotzdem automatisch auf, wenn bei den Fußballspielen der Oberschule das Dixielied gespielt wurde.

Dieses Traditionsbewußtsein erklärte auch zum großen Teil, warum Spencer Arrowood zum Sheriff gewählt worden war. Als Sohn der Stadt und jüngerer Bruder von Hamelins Footballstar und Kriegshelden Cal Arrowood fragte er sich manchmal, ob er den Job einzig als posthumen Tribut an den Goldjungen bekommen hatte. Aber meistens machte er sich keine Gedanken darüber. Er war ein guter Sheriff, und er kannte eine Menge Leute, was ihm viel unnötiges Getue ersparte. Er wußte, welche Jugendlichen mehr Angst vor ihren Eltern als vor einer Gefängniszelle hatten, und welche Saufbolde er abends, und wo, aufzustöbern hatte, ehe sie so voll waren, daß sie gefährlich wurden.

Er wußte aber auch, daß er seinem Vorgänger, Nelse Miller,

* VFW, Veterans of Foreign Wars

das Wasser nicht reichen konnte. Doch wenn man bedachte, wie die Welt sich seither verändert hatte – wer konnte das schon? Sheriff Miller, ein silberhaariger Herr in einem weißen Stetson, hatte jeden Bewohner von Wake County gekannt. Die meisten hatten ihn als Freund der Familie angesehen. Damals war das County auch noch viel kleiner. Heute wohnten in den alten Fachwerkhäusern Fremde, die sich für sich hielten und täglich vierzig Meilen zur Arbeit fuhren. Sie gingen nicht in die Kirche, und sie gingen abends nicht aus. Als Sheriff begegnete er ihnen nur, wenn er ihren Führerschein überprüfte oder wenn bei ihnen eingebrochen wurde, was selten vorkam. Kein Mensch konnte heutzutage alle Einwohner von Hamelin kennen.

Es gab wenig Gelegenheit in und um Hamelin, eine Feuerwaffe zu benutzen. Aber wenn es sein mußte, war Spencer der Mann dafür. In seiner Kindheit war er oft mit einem Gewehr durch die Wälder gestreift. Als er in den Polizeidienst eintrat, meinte er, die Erfahrung müsse ihm zugute kommen. Nach vier Jahren war er eines Besseren belehrt. Ein paar Kurse in Schreibmaschine und Redenhalten hätten ihm mehr genützt.

Heute mußte er an der Oberschule eine Ansprache über Trunkenheit am Steuer geben. Er graulte sich davor. Oberschüler interessierten sich nicht für die Konsequenzen ihres Verhaltens. Noch weniger als alle anderen wollten sie an ihre Sterblichkeit erinnert werden, erst recht nicht, wenn sie an einem Feiertag in der Schule sitzen mußten, um einen wegen Schnee ausgefallenen Tag nachzuholen. Es würde nicht leicht sein, ihnen das Fürchten beizubringen. Dazu brauchte es wahrscheinlich einen Bullen wie Hilfssheriff Godwin. Aber der hatte Nachtschicht, und der andere Hilfssheriff, Joe LeDonne, war zu klein und still, um einem Haufen Rowdies Eindruck zu machen. Die hatten ja keine Ahnung, daß er derjenige war, der sie ohne mit der Wimper zu zukken aus einem Autowrack ziehen würde. Kein Wunder, daß er hartgesotten war, als Vietnam-Veteran. Ob Cal auch so geworden wäre, wenn er überlebt hätte? Eine dünne Kruste Schnee über einem Abgrund eisigen Wassers?

Die Außentür zum Büro war offen. Marthas Schreibmaschine übertönte das Surren des Ventilators. Sie kam immer zu früh, um ihre erste Tasse Kaffee vor Arbeitsbeginn in Ruhe trinken zu können. Außerdem war sie zur Zeit geschieden, ein Grund mehr, früh aufzustehen. Er wand sich um die Fliegentür, um nicht noch mehr Mücken hereinzulassen. Ihr Kopf mit dem toupierten Vogelnest war über die Arbeit gebeugt. Er mußte sich beherrschen, ihn nicht in einen Eimer Wasser zu ducken. Trotz der schrecklichen Frisur kriegte sie sicher wieder einen Mann, das wäre dann Ehemann Nummer drei. In der Schule war sie dürr gewesen, jetzt war ihre Magerkeit ein Plus. Die meisten Frauen ihres Alters setzten schon Speck an. In einer Kleinstadt wie Hamelin ging eine schlanke, sonnengebräunte Frau von achtunddreißig Jahren als «flotte Biene» durch, wenn nicht sogar als Schönheit.

Martha Ayers stellte ihre Schreibmaschine ab. «Wo warst du gestern abend?» fragte sie streng. Sie meinte es nie so, wie es herauskam. Das wußte er schon seit ihrer gemeinsamen Schulzeit.

Er seufzte. «Wo hätte ich denn sein sollen? Übrigens, guten Morgen, Martha.»

«Spencer, wo hast du nur deinen Verstand? In der Schule natürlich!»

Er schlug die Seite in seinem Terminkalender um. «Bei mir steht ein Uhr, heute.»

«Das ist doch die Rede an die Jungs. Ich meine die Versammlung des Planungskomitees.» Spencer verstand nicht. «Für das Klassentreffen», ergänzte sie geduldig. «Unser zwanzigstes.»

Spencer seufzte wieder. «Ist noch Kaffee da?»

Sie winkte in Richtung Aktenschrank, auf dem eine Kanne stand. «Ich bin zur Vorsitzenden gewählt worden. Ich muß die Ehemaligen alle zusammentrommeln, da ich ja hier die Schreibmaschine und alles habe. Das Klassentreffen fängt am 8. August an, das ist ein Freitag. Wir planen Veranstaltungen für das ganze Wochenende.»

«Vielleicht schau ich mal rein», sagte er höflich.

«Da wirst du schon mehr tun müssen», sagte sie spitz. «Aus unserer Klasse von '66 sind nicht mehr viele in der Stadt. Da darf keiner kneifen.»

«Kneifen?» Spencer blickte ängstlich auf.

«Keine Bange. Du brauchst nicht die Turnhalle mit Luftschlangen zu dekorieren. Aber du bist nun mal Sheriff von Wake County und daher eine wichtige Persönlichkeit in unserer Klasse. Vielleicht könntest du bei der Organisation helfen?»

«Wie das?»

«Wenn du heute deine Rede hältst, frag doch gleich den Schuldirektor, ob wir die Turnhalle für einen Tanzabend am 9. August haben können. Ich muß die Reservierungen machen, ehe ich die Einladungen drucken lasse.»

«Warum rufst du ihn nicht einfach an?» Spencer wollte mit dem Klassentreffen nichts zu schaffen haben. Er hatte nicht die geringste Lust hinzugehen.

Martha ignorierte sein Desinteresse. «Wir haben beschlossen, daß du beim Bankett das Jubiläumsgeschenk der Ehemaligen an die Schule präsentierst.»

«Warum denn ich? Chuck Winters ist Rechtsanwalt in Knoxville. Der ist es gewöhnt, Reden zu halten.»

«Nein. Alle wollen, daß du es tust. Wir schenken nämlich der Schule eine Gedenktafel mit dem Namen aller ehemaligen Schüler, die in Vietnam gefallen sind. Da Cal der erste war und so beliebt bei allen, fanden wir es angebracht, daß du die Ansprache hältst.»

«Ich weiß nicht», murmelte er unglücklich, als das Telefon schellte.

«Und denk dran: heute ist Memorial Day. Da ist halb Tennessee betrunken und unterwegs zum Strand.» Sie nahm den Hörer auf, ehe er etwas erwidern konnte. Spencer wandte sich ab und ging in sein Büro. Martha legte die Hand über den Hörer und rief ihm nach: «Memorial Day, Spencer!»

«Ja, ja, ich weiß», sagte er müde.

«Memorial Day», schnaubte Joe LeDonne. «Das ist der Tag, an dem Amerika seine Kriegsopfer ehrt, indem es ein dreitägiges Saufgelage veranstaltet.»

Er war um zehn Minuten nach acht ins Büro gekommen, hatte Marthas Existenz mit einem kurzen Kopfnicken bestätigt und war direkt in Spencers Büro gegangen.

«Soll ich ein paar Geschwindigkeitskontrollen machen?» fragte er, wie üblich auf einer Stuhllehne hockend. Er trug seine übliche Fliegersonnenbrille. Die aufgekrempelten Ärmel standen im Widerspruch zu der korrekten Krawatte.

Spencer schüttelte den Kopf. «Darum kümmert sich die Verkehrspolizei. Nein, ich wollte nur, daß du Bescheid weißt, falls etwas passiert. Du fährst heute Streife. Ich muß eine Ansprache halten.»

«Die Predigt über Trunkenheit am Steuer?»

«Ja. Hast du eine Ahnung, was ich denen sagen könnte?»

Martha erschien mit der Post in der offenen Tür. «Warum liest du ihnen nicht vor ‹Please, God, I'm Only Seventeen› von Ann Landers? Dabei kommen mir jedesmal die Tränen.»

Spencer wechselte einen Blick mit LeDonne. «Ich bin nicht gut im Vorlesen», sagte er vorsichtig. «Ich halte mich lieber an die Statistiken und Strafbestimmungen.»

«Na, hoffentlich schlafen sie dir darüber nicht ein», sagte sie schnippisch. «Übrigens, Spencer, wegen des Klassentreffens wollte ich dich noch fragen, ob du mir Jennys Adresse geben kannst.»

«Die hab ich nicht», sagte er leise.

«Was? Ich weiß die Adressen von allen meinen Verflossenen.» Mit diesem kleinen Racheakt für seine Mißachtung von Ann Landers fegte sie aus dem Zimmer.

«Ihr habt ein Klassentreffen?» sagte Joe LeDonne, als die Tür hinter ihr zufiel.

«Ja, High School-Abschluß. Zwanzig Jahre.»

LeDonne senkte den Kopf. «Unseres ist, glaub ich, in zwei Jahren. Hoffentlich finden die mich nicht.»

«Wieso?»

«Was soll ich da? Die Frauen geilen sich an meinen Kriegsgeschichten auf, und die Männer quatschen mir etwas von Vietnam vor und warum sie nicht dabeiwaren. Nein, danke.»

«Du brauchst ihnen ja nicht zu sagen, daß du in Vietnam warst.»

«Das sieht doch ein Blinder mit Krücke», sagte er mit einem bitteren Lächeln.

«Wie denn?»

«Schwer zu sagen. Okay, hier ist ein Beispiel: Ist dir schon mal aufgefallen, wie ich gehe?»

Spencer hatte keine Ahnung, was er meinte. «Nein, wieso? Du hinkst doch nicht!»

«Richtig. Aber ich gehe auch nicht normal. Jedenfalls nicht wie die meisten Amerikaner. Schau: Ich verlege mein ganzes Gewicht auf den einen Fuß, dann auf den anderen. Das lernt man im Dschungel. Man lebt länger damit.»

«Interessant.»

«Ja, direkt aus *Wild Kingdom*: eine fast ausgestorbene Gattung des Vietnam-Soldaten. So, hast du noch irgendwelche Fragen, eh ich mich auf die Socken mache?»

«Ja. Was mach ich mit Martha, damit sie mich mit diesem Scheiß-Klassentreffen in Ruhe läßt?»

«Ich wüßte schon was, aber hier in Amerika regen sich die Leute darüber auf.»

Spencer trank zwei Tassen Kaffee und las die Hälfte der monatlichen Statistik über Kriminalität, als Martha ihn wieder unterbrach. «Mrs. Traynham ist hier, Sheriff», sagte sie in gewollt neutralem Ton.

Spencer warf seinen Bleistift in den Korb für Unerledigtes. Er seufzte. Damit war der Morgen im Eimer. «Laß sie reinkommen.»

Jessie Traynham lebte seit 1945 in Hamelin, fast lange genug, um als Hiesige betrachtet zu werden. Davor war sie mit einem der angesehensten Wissenschaftler in Oak Ridge, dem berühmten Forschungszentrum gleich hinter Knoxville, verheiratet gewesen. Die Traynhams waren im Zweiten Weltkrieg dorthin versetzt worden, wo er an einem Geheimprojekt für die Regierung arbeitete. Es war so geheim, daß die Wissenschaftler mit ihren Ehefrauen nicht darüber sprechen durften. Zwei Wochen nach Hiroshima, als die Nachrichten von dem Angriff auf der ganzen Welt Schlagzeilen machten, tanzten die Leute von Oak Ridge auf den Straßen: ihr Projekt war ein Erfolg gewesen. Endlich erfuhren die Ehefrauen, warum es so geheim gewesen war.

Eine Woche später kam Jessie Traynham mit nichts als einem Koffer in Hamelin an und reichte die Scheidung ein. 1958 starb Dr. W. Albert Traynham an Krebs und hinterließ seiner ehemaligen Frau das gesamte Vermögen. Bis heute spekulierten die Bewohner von Hamelin, was genau das bedeutete. Jedenfalls kaufte Mrs. Traynham den großen, grauen edwardianischen Kasten in Ashe Lane.

«Guten Morgen, Spencer Arrowood», sagte sie steif, mit einer Spur von Alabama-Akzent.

«Morgen, Miz Traynham», grüßte Spencer mit förmlicher Zurückhaltung.

In seiner Kindheit hatten Damen ihres Alters krüselige Dauerwellen und trugen Hemdblusenkleider aus Georgette. Jessie Traynham hatte einen blondgetönten Bubikopf à la Lady Di und trug einen weißen Jogginganzug.

«Ihre Mutter sagte mir, Sie hätten noch keine Zeit gefunden, ihren Garten zu bepflanzen», sagte sie tadelnd. «Was treiben Sie die ganze Zeit? Es ist bald Juni!»

«Sie haben recht, Ma'am, ich wollte es schon lange tun, aber jedesmal kommt mir etwas dazwischen.»

«Wenn Sie sich nicht beeilen, frieren Ihnen die Tomaten ein.»

«Ich weiß. Ich wollte ja auch zuerst mit Setzlingen anfangen statt mit Samen, und dann –»

«Ich bin nicht gekommen, um mich mit Ihnen über Gärtnerei zu unterhalten, Sheriff», sagte sie schroff. Fast entschuldigte er sich, daß er ihr die Zeit stehle. «Ich will vielmehr wissen, was Sie hiermit zu tun gedenken.» Mit ihrer weißbehandschuhten Rechten langte sie in die mitgebrachte Papiertüte und holte etwas heraus. Es war in eine Papierserviette gewickelt. Ehe Spencer sie daran hindern konnte, legte sie die noch feuchte Kackwurst mitten auf seine Kriminalstatistik.

«Ach, Sie haben mir ein Düngemittel mitgebracht, Miz Jessie?» sagte Spencer aufgeräumt.

«Nein, ich habe Ihnen ein Verbrechen mitgebracht», erwiderte sie hoheitsvoll und wies mit spitzem Finger auf das Corpus delicti, das langsam in die Seiten des Berichts einzog.

Spencer runzelte die Stirn. «War es ein Einbruch?» Es gab

Fälle, bei denen die Einbrecher ihre «Visitenkarte» auf dem Teppich zurückließen, um der Polizei zu höhnen.

«Es war in meinem Blumenbeet», sagte Mrs. Traynham empört. «Von dem Hundeviech dieser Sängerin.»

«Peggy Muryans Hund!» Plötzlich war ihm alles klar. Als die mittelberühmte Folksängerin vor ein paar Wochen das große weiße Haus in Hamelin kaufte, stand eine kurze Notiz darüber in allen Klatschspalten der USA, obwohl seit Anfang der siebziger Jahre kaum noch jemand an sie dachte. Kein auswärtiger Reporter hatte sich blicken lassen, zur großen Enttäuschung der Firma John Sevier Motel and Grill. «Haben Sie mit ihr darüber gesprochen?» fragte er endlich.

Jessie Traynham zögerte. «Was bringt das schon? Wo sie doch eine Berühmtheit ist. Ich habe sie ja überhaupt noch nicht zu sehen gekriegt.»

«Na denn, auf gute Nachbarschaft», sagte Spencer trocken. Er konnte ihre Gefühle ja verstehen. Wäre Peggy Muryan ein Durchschnittsmensch, hätte die halbe Stadt sie schon besucht, um ihr Haus zu begutachten und um ihre Mitgliedschaft in sämtlichen Damenclubs zu werben. Aber so wagte sich niemand an sie heran.

«Schließlich ist sie ja auch nicht zu mir gekommen», verteidigte sie sich schwach. Spencer wußte, daß er sie an einem wunden Punkt getroffen hatte.

«Also gut, Miz Jessie, ich mache Ihnen einen Vorschlag. Ich gehe heute nachmittag zu ihr und bitte sie, den Hund aus Ihrem Garten herauszuhalten, wenn Sie mir versprechen, ihr heute abend einen Höflichkeitsbesuch abzustatten. Wenn Sie einen Vorwand brauchen, bringen Sie ihr ein Glas Eingemachtes mit, oder bitten Sie um Sachen für den Flohmarkt nächste Woche. Abgemacht?»

Sie seufzte. «Na gut, Spencer. Schlimmstenfalls knallt sie mir die Tür vor der Nase zu.»

«Wohl kaum», lächelte der Sheriff. «Soviel ich mich erinnere, hat sie früher viel von Frieden und Menschenliebe gesungen.»

Es zuckte kurz um ihre Mundwinkel. «Und wenn sie wissen will, wo all die Blumen hin sind, soll sie bitteschön ihren Hund fragen.» Sie warf einen letzten Blick auf das Beweisstück, das inzwischen seinen Monatsbericht völlig durchtränkt hatte. «Tun Sie das doch endlich von Ihrem Schreibtisch, Spence!»

Ehe ihm eine passende Antwort einfiel, war sie aus dem Zimmer.

2. Kapitel

I'm going to see my brother, who's serving in the army,
I don't know where he's stationed, in Cork or in Killarney;
Together we'll go roaming o'er the mountains of Kilkenny,
And I swear he'll treat me better than my darling sporting Jenny...

«Whiskey in the Jar»

Spencer hatte kein Radio in seinem Streifenwagen. Als Ersatz hatte er eine Musikanlage in seinem Kopf entwickelt, die ihm ohne gedankliche Beteiligung eine ununterbrochene Kette beliebter Melodien zur Berieselung während der Fahrt vorspielte. Er hatte festgestellt, daß die Liedtexte ihm auch als Stimmungsbarometer dienten. «Good Day, Sunshine» bedeutete gute Laune, «I'm Looking Through You» hieß, daß er stocksauer war. Die Lieder waren selten aus der Zeit nach 1970, höchstens von den Eagles oder Elton John war ab und zu etwas dabei. Es war, als seien in seiner Jugend alle Gemütszustände musikalisch arrangiert worden. Seither drangen weder Musik noch Emotionen zu ihm durch.

Als er heute die steile Allee zur High School hinauffuhr, präsentierte sein inneres Radio ihm ein Potpourri von Peggy Muryan, inspiriert wahrscheinlich durch Jessie Traynhams Besuch. Peggy hatte nicht viele Hits gehabt, aber da sie an der University of North Carolina zu singen angefangen hatte, waren ihr wenigstens die regionalen Fans sicher, noch ehe sie auf die internationalen Hitlisten kam. «Mason County Love Song» fiel ihm ein, mit den dazugehörigen Szenen aus dem letzten Schuljahr: Auf dem Ball des ersten Footballheimspiels hatte er mit Jenny engumschlungen zu dieser Musik getanzt.

Jenny.

Der FM-Sender in seinem Unterbewußtsein stellte sich auf den Stimmungswechsel ein. Statt der Peggy Muryan-Songs spielte er nun die Peter, Paul and Mary-Version von «Whiskey in the Jar». Sein Jenny-Lied. Wie zutreffend der Text war, fiel ihm gar nicht mehr auf, aber sein Herz schlug schneller und seine Muskeln spannten sich an, als die Musik ihm durch den Kopf schepperte.

Er hatte Jenny seit mindestens zehn Jahren nicht gesehen. Komisch, er stellte sie sich immer noch als siebzehnjähriges Mädchen vor: unscheinbar, mit hellbraunem Haar und verträumten Augen. Hamelin war für sie voller Wunder gewesen, zum Beispiel Cal.

Spencer vergaß nie, wie sie ihm nach dem Algebraunterricht schüchtern ihr Poesiealbum in die Hand drückte. Ob er wohl seinen großen Bruder bitten würde, etwas für sie hineinzuschreiben? Sie waren damals beide im zweiten Schuljahr und blickten ehrfürchtig zu den «Großen» auf. Spencer hatte es ihr am nächsten Tag mit einer säuberlich geschriebenen Eintragung überreicht: «Farewell to you and the youth I have spent with you. It seems but yesterday we met in a dream. You have sung to me in my aloneness, and I of your longings have built a tower in the sky. John Calvert Arrowood – Class of '64». Sie hatte es als ein Zitat aus *The Prophet* wiedererkannt, jenem Weisheitsquell für romantische Seelen in jenem Jahr. Spencer hatte sich vor Verlegenheit gewunden, als sie das Zitat laut deklamierte und feuchte Augen dabei bekam. Er hatte es selbst abgeschrieben. Er hätte Cal nie damit behelligen können.

Die Jenny, die in dem Sommer nach Cals Tod seine «Feste» wurde. Die Jenny, mit der er zweieinhalb Jahre lang verheiratet gewesen war. Die Jenny, die er in der Weihnachtszeit im Auto gesehen hatte, als sie zu Besuch bei ihrer Familie war: das war eine andere Jenny.

«She sighed and swore she loved me, and she never would deceive me», sang er innerlich. «But the devil take the women for they always lie so easy...»

Er bog auf den Parkplatz der Oberschule ein. Das Lied hörte auf, als er den Motor abstellte. Spencer war froh, daß ihm die letzte Strophe erspart blieb.

Im Hörsaal war es heiß. Bei hundertfünfzig zappeligen Geiseln stieg die Temperatur ständig an. Sie scherten sich offensichtlich keinen Deut um die Folgen von Trunkenheit am Steuer, weder die gerichtlichen noch die körperlichen. Spencer stand auf dem Podest, flankiert von roten Samtvorhängen, und blickte in die leeren Gesichter im Saal hinunter. Plötzlich waren es seine Klassenkameraden, und er war zwanzig Jahre jünger.

«Falls ich zum Vizepräsidenten der Schülerschaft gewählt werde, verspreche ich... Obwohl wir die Meisterschaft nicht gewonnen haben, wollen diejenigen in unserem Team... Da wir an diesem unserem Schulabschlußtag die vertraute Welt hinter uns lassen und hinaus ins Leben gehen...»

Er fand, so sehr hatte er sich gar nicht verändert. Er hatte sogar Jacketts aus der Zeit, die ihm noch paßten, und die paar Silbersträhnen fielen in dem blonden Haar kaum auf. Der kurze Haarschnitt war fast derselbe wie damals. Für eine Hippiemähne war es noch nie geeignet gewesen, selbst wenn er eine gewollt hätte. Er fühlte sich auch manchmal noch genauso jung wie damals, besonders wenn er mit Gleichaltrigen zusammen war. Vielleicht lag es daran, daß er unverheiratet war. Da gab es weniger äußere Anzeichen des Älterwerdens in seiner Umgebung. Er konnte sich noch bequem mit den früheren Kameraden eine Nacht bei Bier und Pizza um die Ohren schlagen. Nein, er war noch nicht alt.

Oder doch? Bei diesen Schnöseln bestimmt. Er mochte sich wie achtzehn fühlen, aber sie waren es tatsächlich. Sie lebten auf einem anderen Planeten. Er war bei den Beatles und LBJ und *That Was the Week That Was* stehengeblieben. Bei diesen Fremdlingen hier aus der Reagan-Epoche, mit ihrem Heavy Metal-Krach und ihren kalifornischen Plastikpersönlichkeiten fühlte er sich nicht so sehr alt – mehr deplaziert. Verloren.

Er kam sich vor wie ein Hochstapler, als er streng und erwachsen auftrat in demselben Saal, in dem er seiner Footballmannschaft zugejubelt und im Gottesdienst gekichert hatte. Er zog sich den Khakischlips gerade und vergewisserte sich mit einem Blick auf seinen Sheriffstern seiner amtlichen Würde. Die runden Gesichter sahen unendlich gelangweilt, aber mit geheucheltem Interesse zu ihm auf. Der stellvertretende Schuldirektor sprach mit seiner quäkigen Stimme ein paar Worte zur Einführung. Spencer hörte unterdrücktes Kichern. Früher wäre das von ihm gekommen. Jetzt dankte er dem Schuldirektor und ergriff das Mikrophon. Er *war* das Establishment.

«Wie ihr wohl alle wißt, bin ich der Sheriff von Wake County», begann er. Das Mikrophon quietschte. Zwei Schuljungen sprangen herzu, um es zu richten. «Ich bin hier, um euch etwas über die größte Lebensbedrohung Jugendlicher zu erzählen.» Außer dem Krieg, setzte er bei sich selbst hinzu.

Pflichtgemäß gab Spencer ihnen die Statistiken über Reaktionsspannen und erklärte ihnen die Folgen eines Schuldspruchs. Er appellierte sogar an ihre Gefühle, indem er ihnen zuerst den Gram der Eltern schilderte und dann den gräßlichen Anblick eines zermalmten Autos, dessen Insassen noch nicht ganz – äh – tot waren. Sie zeigten sich jedoch unbeeindruckt. Er hoffte, daß wenigstens bei einigen etwas von seiner Rede hängenblieb. Da er selbst keine vergleichbaren Erfahrungen hatte, stellte er sich den Krieg als eine endlose Reihe verbeulter, blutbespritzter Autowracks vor.

«...möchte ich dem High Sheriff danken, daß er sich die Zeit genommen hat, heute bei uns zu sein.» Der Schuldirektor war ans Mikrophon geflitzt, sobald Spencer die letzte Frage der Schüler und Schülerinnen beantwortet hatte. Alle Fragen hatten darauf hingezielt, wie man ungestraft und ungeschoren trinken konnte. Die letzte Fragerin, eine schmächtige Blondine mit Kreolen, hatte gefragt: «Und wenn man einen starken Kaffee trinkt und eine kalte Dusche nimmt?»

Spencer lächelte. «Dann sind Sie hellwach, eiskalt *und* betrunken.»

Er war während der kurzen Dankesworte verlegen von einem Bein aufs andere getreten. Der Direktor entfernte sich, ehe Spencer Gelegenheit hatte, ihn wegen der Turnhalle zu fragen. Er folgte dem karierten Sportjackett durch die Menge der Schüler, als jemand ihn am Ärmel zupfte.

«Kann ich Sie einen Moment sprechen, Sir?»

Spencer entschied, daß es ein Junge war. Das elfenhafte Gesichtchen war von duftigem, goldsträhnigem Haar umrahmt. Katzenaugen und Kußmund ließen unter den langen Locken spitze Ohren vermuten. Aber das Geschöpf trug eine Militärtarnjacke, Sneakers und kein Make-up. Also ein Junge.

«Was kann ich für Sie tun?» fragte Spencer mit seiner jovialen Sheriffstimme.

«Ihre Ansprache hat mir gut gefallen, aber eigentlich geht es mir um etwas anderes.» Es war eine sanfte Stimme, weder männlich noch weiblich.

Spencer deutete auf einen der Klappstühle.

«Ich heiße Pix-Kyle Weaver, Sir», fuhr der Junge fort. «Mein Vater ist Wilsie Weaver, er hat eine Farm in Dark Hollow. Ich komme nächstes Jahr in die letzte Klasse.»

Es gibt Dinge, die ändern sich nie, dachte Spencer. Jugendliche identifizieren sich immer noch durch ihre Eltern. Kein eigenes Gehalt, keine eigene Identität. Er ließ sich nicht anmerken, wie erstaunt er war, daß der Junge schon in eine höhere Klasse ging. Er sah aus wie höchstens vierzehn. «Wie kann ich Ihnen helfen?» sagte er laut.

«Also, Sir, für meinen Geschichtsunterricht im nächsten Jahr habe ich mich bei Mr. Wittrow für ein Semester lang verpflichtet, eine unabhängige Studie durchzuführen. Ich weiß, es ist noch ein bißchen früh, aber ich bin sehr interessiert an meinem Thema und möchte gern diesen Sommer schon mit der Materialsammlung anfangen.»

«Was ist Ihr Thema?»

«Vietnam.»

Spencer sah weg. «Da kann ich Ihnen leider nicht helfen.»

«Ich weiß, Sie waren nicht dabei, aber Sie haben doch einen Bruder, der da war. Hat er Ihnen nichts erzählt?»

«Nein, wir haben nicht darüber gesprochen.»

Der Junge gab nicht nach. «Und Ihr Hilfssheriff? War der nicht in Vietnam?»

«LeDonne?» Spencer mußte sich ein Grinsen verbeißen. Er konnte sich ein Interview zwischen LeDonne und diesem engelhaften Knaben lebhaft vorstellen. «Schon, aber auf den würde ich nicht rechnen. Er redet nicht darüber.»

«Dann werd ich mich vorläufig auf meine Bücher beschränken müssen.» Pix-Kyle Weaver schüttelte dem Sheriff die Hand und schenkte ihm das Lächeln eines Handelsvertreters, das soviel sagte wie: «Sie werden noch von mir hören.»

Der Schuldirektor war inzwischen verschwunden. Spencer wäre am liebsten zurück ins Büro gegangen, aber dann ließ Martha ihm keine Ruhe. Auf dem Flur traf er einen Jungen, mit dem er in die Schule gegangen war. Dann fiel ihm ein, daß der «Junge» jetzt achtunddreißig sein müßte, also war es sein Sohn oder Neffe, oder vielleicht hatte jede Klasse einen mit Henkelohren.

Das Sportjackett sprang auf, sobald Spencer sein Büro betrat. Ray Beasley setzte ein schuldbewußtes Lächeln auf. Was mochten die kleinen Satansbraten jetzt wieder angestellt haben? Die Radkappen vom Streifenwagen abmontiert?

Als Spencer sein Anliegen vorbrachte, hellte sich sein Lächeln auf. Leider könne er über die Turnhalle keine Entscheidung fällen, dafür war die Schulbehörde zuständig. Wollte der Sheriff eine Buchung vormerken lassen?

Spencer schreckte zurück. Nein, danke, er wolle die Information dem Komitee übermitteln.

Die Männer verabschiedeten sich, und Spencer eilte zum Ausgang, vorbei an dem Glaskasten mit den Trophäen, wo ein vertrautes Gesicht ihn von dem Mannschaftsfoto der District Football Champs spöttisch angrinste. Es war zwar Memorial Day, aber einmal war genug.

Auf dem Weg zu Peggy Muryans Haus spielte seine Musik «We Can Work It Out».

Peggy Muryans Haus wurde in der Umgebung immer noch als «das alte Dandridge-Haus» bezeichnet, nach seinem ursprünglichen Besitzer, einem der Gründer der Stadt. Dabei war der letzte Dandridge schon seit 1930 tot. Seit 1945 hatte es einem Juristen gehört, von dessen Nachkommen sie es gekauft hatte. Es war eine Prachtvilla wie aus einem Hollywood-Film, mit weißen Säulen und hellgrünen Fensterläden. Spencer konnte sich vorstellen, warum es Peggy gefiel. Als sie es im Frühling kaufte, blühten die Azaleen, und die Eichen bildeten ein Blätterdach über dem Rasen. Ob sie es aber im Winter auch noch so schön fand? Irgendwann wurde sie das Haus und die Stadt wieder leid, und dann wurde eine Rechtsanwaltspraxis oder ein Leichenhaus daraus. So ging es mit den meisten Villen in den Kleinstädten. Er war froh, daß diese wenigstens vorläufig noch verschont blieb.

Ein Hund war nirgends zu sehen.

Er wartete ein paar Minuten auf der gewebten Fußmatte. Die Klingel mußte kaputt sein. Schließlich klopfte er an die Glasscheiben in der Tür und rief: «Ist jemand zu Hause?»

Nackte Fußsohlen und vier Hundepfoten näherten sich. Die Tür wurde aufgerissen. Peggy Muryans Lächeln erstarrte.

Spencer war es gewöhnt, die Leute zu verunsichern. Das lag wohl an der Uniform. Er lächelte sie gutmütig an und begutachtete die einzige Berühmtheit von Hamelin. Sie hatte schon Platten gemacht, als er noch in der Schule war, also mußte sie mindestens vierzig sein, überlegte er. Sie wirkte gepflegt und jugendlich. Ihr Haar war mondlichtblond, und ihre schlanke Figur, in Jeans und einem Carolina-Sweatshirt, verriet einen gesunden Lebensstil. Sie hielt einen weißen Schäferhund am Halsband fest.

«Blondell! Platz!» befahl sie, ohne den Sheriff aus den Augen zu lassen.

Der Hund war offensichtlich nicht als Wachhund trainiert. Sein Bellen mochte allenfalls einen Landstreicher abschrecken.

«Guten Tag», sagte Spencer höflich und stellte sich als Sheriff von Wake County vor. «Ich hoffe, Sie haben sich gut eingelebt.»

«Ja, es ist alles in Ordnung», sagte sie sichtlich verwundert. «Ich nehme an, Sie haben schon von mir gehört.»

«In einer kleinen Stadt wie dieser bleibt nichts geheim.» Er bückte sich und streichelte den Hund. «Sie beißt doch nicht?»

«Ach wo, das ist ein großes Baby, die will nur spielen. Blondie, runter! Leck dem Sheriff nicht das Gesicht ab. Du bringst mich noch ins Kittchen! Wenn ich nicht sowieso verhaftet werden soll.»

Die Falten um ihre Augen bedeuteten wahrscheinlich, daß sie ein paar Joints in einer Dose auf ihrem Nachttisch stehen hatte. Bei den Ortsansässigen war es meist ein Einmachglas mit Selbstgebrautem unter dem Spülbecken. Ein gutes Gewissen war selten. Das hatte er in den paar Jahren als Sheriff gelernt. Manchmal kam er sich wie ein Heuchler vor. Er hatte ja selbst auch ein paar Einmachgläser voll zu Hause.

Er bemühte sich um ein beruhigendes Lächeln. «Nein, nein, ich komme wegen einer Kleinigkeit. Das können wir in einem kurzen Gespräch regeln.»

«Dann kommen Sie doch bitte herein.»

Sie ließ den Blick kurz durch die Diele schweifen, dann öffnete sie die Tür weit genug, um ihn einzulassen. «Tut mir leid, wie es hier aussieht...»

Das sagten die Leute immer. Einmal hatte er eine Mörderin verhaften müssen, die hatte ihn mit genau diesen Worten ins Haus gelassen. Das war übrigens das einzige gewesen, was ihr leid tat.

Spencer folgte der Frau und ihrem weißen Hund über den weißen Teppich ins Wohnzimmer. Es wirkte noch unbewohnt und etwas kahl. Körbe mit grünen Pflanzen und einer Trauerfeige hellten es auf. Davon abgesehen brauchte es dringend neue Tapeten und Gardinen. Einige Möbelstücke, offensichtlich Funde aus Trödelläden, waren überholungsbedürftig, andere wirkten wie moderne Reproduktionen aus einem teuren Katalog von «Country»-Möbeln, mit Lockenten auf den Beistelltischchen und schablonierten Herzmustern auf den Lampenschirmen. Mit echtem Landleben hatte das alles wenig zu tun. Ein Flügel, gegen dessen Bein eine Martin-Gitarre lehnte, war das einzige Anzeichen dafür, daß hier eine musikalische Berühmtheit wohnte. Er hatte mit Autogrammfotos von Joan Baez und Pete Seeger gerechnet. Nichts wies auf die Hippieanfänge ihrer Karriere hin, außer vielleicht der Unordnung. Auf dem Fußboden lagen etliche Zeitungen der letzten Tage herum. Auf einem Tablett auf dem Couchtisch standen die Überreste ihres Frühstücks.

«Das Haus muß dringend renoviert werden», sagte sie und fläzte sich in einen Ledersessel beim Kamin. «Diese großen Häuser machen wahnsinnig viel Arbeit. Vielleicht sollte ich eine Hilfskraft einstellen.»

Spencer hob mit den Fingerspitzen ein feuchtes Handtuch von der Couch und setzte sich. «Ja, vielleicht.»

Sie fuhr sich mit beiden Händen durch die kurzen Haare und runzelte die Stirn. «Die Sache ist nämlich die: ich muß arbeiten. Ich bin ja keine Hausfrau, verdammt noch mal. Sind Handwerker billig in dieser Gegend?»

«Es gibt genug Leute hier, die das Geld brauchen», sagte er diplomatisch.

«Herrgott! Verstehe! Wie konnte ich auch so 'ne blöde Frage stellen!» Sie schlug sich mit der flachen Hand vor die Stirn. «‹Folksängerin der Neuen Linken nutzt Arbeiterklasse aus. Erkundigungen im Haus›. Ich Idiotin. Aber wir im Showbusiness sind nicht so reich, wie die Leute immer denken, und so ein Kasten ist unmöglich sauber und in Ordnung zu halten. Nicht daß ich faul bin. Aber ich – ich muß eben arbeiten.»

Spencer zog eine Braue hoch. «Ist das denn keine Arbeit?»

«Nicht für mich», sagte sie. «Für mich heißt arbeiten, da an dem Klavier zu sitzen und eine leere Wand anzustarren. Ich schreibe zur Zeit Lieder für eine neue Platte.»

«Ich dachte, Sie singen Folk.»

«Ja, aber die müssen ja erst mal arrangiert werden. Manche dieser alten Weisen klingen grausig in ihrem ursprünglichen Zustand. Die Volksseele ist nicht das, was man sich immer darunter vorstellt. Wir sind ja auch nicht mehr im Jahre 1968.»

«Na, ein Glück.»

«Find ich auch. Es war okay, wenn man jung war. Aber alt hätte ich damals nicht sein wollen. Heute verkauft Folk sich einfach nicht mehr, es sei denn, man macht auf nostalgisch und ist bereit, für die Säufer in den Clubs die Golden Oldies zu singen. Da bin ich ja mein eigener Imitator. Übrigens, glauben Sie, daß Elvis lebt und als Elvis-Imitator arbeitet?»

Spencer schüttelte den Kopf. «Elvis ist garantiert tot. Denken Sie an all die Leichenfledderer, die an ihm reich werden.» Da sie über diesen Witz lachte, mußte sie ihn für clever halten. Jedenfalls fand er sie erst mal okay.

«Ich will eine ganz neue Karriere, verstehen Sie? Keine Wiederholung meiner alten. Mein Agent will, daß ich Nachtclubmelodien mache, so etwa in der Art von Maudie, ich meine: Sylvia Tyson. Sie wissen schon.»

Spencer hatte keine Ahnung, wen sie meinte. Er hatte beide Namen noch nie gehört.

«Sie war früher die Hälfte von Ian and Sylvia. Gott, welche Harmonie! Jetzt sind sie geschieden, und die Nummer ist hin. Sie waren ein toller Erfolg. Wer läßt denn so einen Mann wie Ian laufen! Da müßte er ja schon ein Massenmörder sein, eh ich mich von ihm trennen würde. Und die beiden waren so gut zusammen. Na ja, die Zeiten ändern sich. Inzwischen ist sie ein großer Star im kanadischen Fernsehen. Seichte Unterhaltungsmusik.»

«Und er?»

«Der hat eine Ranch in Alberta, glaub ich. Macht noch Aufnahmen. Aber es ist nicht dasselbe ohne sie. Der Lack ist ab. Halber Zauber ist kein Zauber.»

Sie hielt inne. Plötzlich wurde ihr klar, mit wem sie sprach. Er war ja schließlich kein Reporter.

«Aber dafür sind Sie ja nicht hergekommen», sagte sie. «Oder haben Sie eine Gitarre in Ihrem Streifenwagen versteckt? ‹Sheriff Johnny Cash›?»

«Das wäre so abwegig nicht», erwiderte Spencer höflich. Tatsächlich hatte er eine Gitarre und hoffte, ihr irgendwann ein paar der alten Lieder vorzusingen. «Aber mein Besuch hat einen besonderen Grund», sagte er vorsichtig. Er wollte ja nicht mit der Tür ins Haus fallen.

«Mit Drogen hab ich nichts zu schaffen», sagte Peggy schnell. «Die Pflanzen auf der Veranda, das sind Tomaten.»

Spencer lächelte nachsichtig. «Es geht nicht um Sie, Miss Muryan», sagte er. «Es geht um Ihren Hund.»

Und er setzte ihr so taktvoll wie möglich die Beschwerde von Mrs. Jessie Traynham auseinander.

«O Gott», stöhnte Peggy und fuhr sich mit den Fingern durch die Haare. Er bemerkte ihre kurzen Nägel. Kein Nagellack. Die Hände einer Gitarristin. «Jetzt hab ich schon die Nachbarn verärgert, ehe ich sie überhaupt kenne.»

«Nehmen Sie's nicht so tragisch», sagte Spencer beschwichtigend. «Passen Sie nur nächstens auf, daß der Hund nicht nebenan in den Garten läuft. Miz Traynham hat gar nichts gegen Sie. Sie scheut sich nur, selbst mit Ihnen zu sprechen, weil Sie so berühmt sind.»

Peggy grunzte. «Berühmt! Da lachen ja die Hühner! Die Reporter wissen bis heute nicht, wie mein Name geschrieben wird. Mag sein, daß ich für Mrs. Traynhams Verhältnisse berühmt bin. Soll ich ihr etwas schenken, um sie zu besänftigen? Eine Platte? Ein Autogramm?»

Spencer grinste breit bei der Vorstellung, was Jessie Traynham mit einem Autogramm anfangen würde.

Peggy bedeckte ihr Gesicht mit den Händen. «Ich Idiotin», sagte sie zerknirscht. «Es wird noch eine Weile dauern, bis ich mich im Kleinstadtleben zurechtfinde. Ich meine, bewußtseinsmäßig. Wie ich mich richtig verhalten soll. Ich kann mir einfach nicht vorstellen – egal. Was schlagen Sie vor?»

Spencer überlegte kurz. «Haben Sie den Artikel in der *Hamelin Record* gelesen? Vom Flohmarkt des Women's Club?»

«Nein, ich abonniere keine Zeitung. Ich habe eine Nummer gelesen. Es stand nichts drin außer Kochrezepten und Kindergeburtstagspartys. Ein Flohmarkt. Soll ich etwas dazu beisteuern?»

«Ja. Die Damen würden sich bestimmt wahnsinnig freuen. Mich wundert, daß sie nicht schon Ihren Müll durchsucht haben.»

«Ich habe bestimmt allerhand Kram von früher, den ich gern loswäre. Von meinem Vater habe ich ein ganzes Auto voll Kartons mitgebracht, die ich noch nicht einmal geöffnet habe. Das Zeug nimmt nur Platz weg. Ich werd bald mal auf den Speicher gehen und die Sachen aussortieren.»

«Wenn Sie wirklich etwas stiften wollen, dann müßten Sie das heute tun. Der Flohmarkt ist morgen.»

«Flohmarkt. Was gibt man da? Alte Kleider? Oder mehr was mit berühmten Leuten?»

«Was Sie haben.»

«Was ich so schnell finden kann.» Sie wies lässig auf die Unordnung im Zimmer. «Sie können sich vorstellen, wie es erst auf dem Speicher aussieht. Es wird Tage dauern, bis ich da durch bin. Und dann werd ich es wahrscheinlich behalten wollen. Muß es denn unbedingt heute noch sein? Dann geh ich kurz rauf, nehme irgendeine Box und gebe sie Ihnen, ehe ich es mir anders überlegen kann. Warten Sie nur einen Augenblick.»

Ehe er sie daran hindern konnte, war sie schon aus dem Zimmer. Blondell sprang auf, um ihr zu folgen, besann sich aber eines Besseren und nahm die Gelegenheit wahr, diesen Besucher etwas näher zu beschnuppern. Spencer wußte nicht recht, ob er beleidigt oder belustigt sein sollte, da er von der Ortsberühmtheit als Botenjunge benutzt wurde. Angesichts ihrer attraktiven Erscheinung entschied er sich fürs letztere.

Er hatte sich Peggy Muryan ganz anders vorgestellt; älter, mit verlebtem Gesicht und teuren Klamotten. Er ging im Zimmer auf und ab. Blondell folgte ihm auf den Fersen und wollte gestreichelt werden. Er stapelte die Zeitungen neben der Couch und musterte ihre Plattensammlung, die nach keinen erkennbaren Rubriken geordnet war. Er war überrascht, so viel Jazz und Soul bei ihr zu finden. Er hatte autogrammversehene Platten ihrer Zeitgenossen erwartet, etwa das Kingston Trio, oder Joe and Eddie. Nancy Ames. Seit mindestens zwanzig Jahren hatte er nicht mehr an Nancy Ames gedacht. Wahrscheinlich tauchte sie jetzt in seiner Musik auf, mit «South Coast» oder «Cotton Mill Girls». Während er die Plattentitel las, fiel ihm eine Melodie ein. Es war eine Childe-Ballade von ihrer ersten Platte. «True Thomas, he pulled off his cap, and bowed low down to his knee; ‹All hail the mighty queen of heaven...›» Abwesend streichelte er Blondell das Fell.

Merkwürdig, daß jemand wie Peggy Muryan in Hamelin wohnen wollte. Falls er sie näher kennenlernte, wollte er sie einmal fragen. War sie jemals verheiratet gewesen? Martha wußte es bestimmt. Auf dem Kaminsims standen keine Fotos, die ihm einen Hinweis hätten geben können. Auch sonst nirgends eine Spur von Ehemann. Falls er sie zum Essen einladen wollte – wäre *The Laurels* schick genug? Oder mußte er mit ihr nach Knoxville fahren? Was würde LeDonne zu ihr sagen? Hatte sie Lieder gegen den Krieg gesungen? Er konnte sich nicht erinnern.

In Gedanken verloren, schlug er eine Taste auf dem Klavier an. «‹Oh no, oh no, True Thomas›, she said, ‹That name does not belong to me. I am the queen of fair Elfland, and hither come –›» Den Rest hatte er vergessen. Die Noten eines unfertigen Liedes lehnten gegen den Notenständer. Spencer blinzelte, um den Text lesen zu können: «I am the redwood woman. Cut me down. Count my rings.» Anders als ihre früheren Songs. Vielleicht wollte sie ihr Glück in Nashville versuchen.

SONG FOR TRAVIS war mit Bleistift über die Noten gekritzelt und dann durchgestrichen worden. Er überflog den Text.

«Sie interessieren sich für Musik?» sagte sie mit eiskalter Stimme von der Tür her.

Er zuckte schuldbewußt zusammen. «Ich hab noch nicht mal einen Durchsuchungsbefehl.»

«Macht nichts. Es ist mir nur peinlich, wenn jemand die Songs sieht. Sie sind nicht sehr gut.» Sie stellte einen Pappkarton auf den Couchtisch. «Hier sind die Sachen. Größtenteils Briefe und kleine Geschenke von Fans, glaube ich. Ich hab auch gleich ein paar LPs dazugetan. Passen Sie auf, er ist staubig. Es ist etwas für Leute, die ein Faible für die sechziger Jahre haben.»

«Oder für Zündholz», sagte er traurig.

Sie seufzte. «Ich habe den Leuten mein Autogramm auf die *Hand* geschrieben. Können Sie sich das vorstellen?»

«Die Zeiten sind vorbei.»

«Nicht für immer», sagte sie. «Wollen Sie mein Autogramm jetzt schon haben? Dann brauchen Sie später nicht Schlange zu stehen.»

«Das da ist gar nicht Ihr üblicher Stil.»

Sie wischte sich einen Schmutzflecken von der Wange und putzte sich die Hände am Hosenboden ihrer Jeans ab. «Vielleicht wird er es noch.»

«Wer ist Travis?» fragte er.

Sie lächelte schief. «Zeitungsreporter sind Sie also nebenbei auch?»

«Nee», grinste er. «Nur von Natur aus neugierig.»

Mit einem gespielten Seufzer der Verzweiflung warf sie sich auf die Couch. «Travis war mein Gesangspartner im College. Peggy and Travis. Wir haben in den Cafés des YMCA gesungen, als Zweidrittelversion von Peter, Paul and Mary. Außerdem Gebirgslieder, die Travis von seiner Kindheit her kannte. Gott, was waren wir jung! Er war meine erste Liebe, und der erste Mann, mit dem ich geschlafen habe. Es passierte nach einer Gratisvorstellung von «Das letzte Ufer» auf dem Campus. Kennen Sie den Film? Also: die Welt ist durch den Atomkrieg total zerstört worden. In Australien warten die Leute nur noch darauf, von den radioaktiven Wellen ausgemerzt zu werden. Ich habe nach dem Film eine volle Stunde geheult. Plötzlich war alles nicht mehr so wichtig: ob ich nun mit ihm schlief oder nicht, es war ja alles so egal. Ich meine, wir waren ja sowieso alle dem Untergang geweiht.»

«Waren?»

Sie machte eine wegwerfende Geste. «Ja, jetzt auch. Aber jetzt haben wir weniger zu verlieren. Ich meine, ich war *neunzehn*. Erinnern Sie sich noch an damals? Wir standen alle händchenhaltend am Abgrund.»

«Ja.» Er konnte sich nicht erinnern. «Und was ist dann aus Travis geworden?»

«Wir haben uns getrennt, als ich national bekannt wurde.»

«Vielleicht können Sie wieder ein Team werden?» sagte er im Hinblick auf diese Sylvia in Kanada.

«Kaum.» Sie blickte interessiert zu ihm auf. «Erzählen Sie mir von sich. Sind Sie nicht ein bißchen jung für einen Südstaaten-Sheriff? Ich dachte, die hätten alle einen Bierbauch und Gesichter wie Bulldoggen.»

Er griente. «Und ich dachte, Folksängerinnen laufen den ganzen Tag barfuß mit Blumen im lockigen Haar herum.»

«Früher schon. ‹But that was in another country, and besides the wench is dead.› Shakespeare», setzte sie hinzu.

«Marlowe», sagte er. «Mein Deputy, Joe LeDonne, sagte das die ganze Zeit, aber er meint etwas ganz anderes damit.» Dabei fiel ihm ein, daß er zu tun hatte. Er nahm den Karton unter den Arm. «Ich muß weiter. Heute ist Memorial Day.»

«Memorial Day. Waren Sie im Krieg?»

«Memorial Day ist ein anstrengender Tag für die Polizei. Partys. Feuerwerk. Kein Feiertag für uns.»

«Sie haben meine Frage nicht beantwortet. Waren Sie im Krieg?»

«Nee. Ich habe mich '71 gemeldet und dann in Deutschland Bleistifte angespitzt. Dafür habe ich einen Bruder in Vietnam verloren.»

«Mir kommt es vor, als sei das alles schon eine Ewigkeit her», sagte sie nachdenklich.

«Das halbe Leben», erwiderte er. «Für Sie auch?»

«Ich weiß nicht. Je weiter ich in die Vergangenheit zurückblicke, um so verworrener erscheint mir alles. Damals war alles so einfach. ‹Wenn wir erst die Welt beherrschen, kommt schon alles in Ordnung.› Jetzt ist unsere Generation am Ruder, und nichts ist in Ordnung.» Sie seufzte. «Wir haben einen Krieg beendet, zwei Präsidenten abgesetzt, die Rassentrennung in den Südstaaten abgeschafft, die Frauenrechte durchgesetzt... Es *scheint* so viel zu sein, dabei kommt es mir erbärmlich wenig vor.»

«Jaaa. Haben Sie damals Lieder gegen den Krieg gesungen?»

«Ich habe gegen den Krieg im allgemeinen gesungen. Wie wir alle, damals. Ich habe auch jemanden in Vietnam verloren.» Sie zog die Schultern hoch und kam näher. «Was tut man am Memorial Day, wenn man kein Grab hat, das man besuchen kann?»

Spencer zuckte die Achseln. «Mein Hilfssheriff war in Vietnam. Er sagt: ‹Wir ehren unsere Toten, indem wir ein dreitägiges Saufgelage veranstalten.› Was ich nicht empfehle.»

«Genau.» Sie wandte sich ab. «Ich muß wieder an die Arbeit.»

Spencer stand im Türrahmen. Er zögerte. «Da Sie neu hier sind, gehen Sie vielleicht mal mit mir essen.»

Sie grinste. «Sheriff und Begrüßungskomitee in einem? Sie sind doch nicht verheiratet?»

«Nicht mehr.»

«In unserem Alter ist das die beste Antwort. Also dann, warum nicht? Wenn Sie mir versprechen, daß es kein Nostalgieabend wird?»

«Das ist nur heute», versicherte Spencer. «Memorial Day. Ich habe ständig das Gefühl, daß es bewölkt ist. Dabei scheint die Sonne.»

«Denken Sie an Ihren Bruder?»

«Auch.»

Peggy begleitete ihn zur Haustür. «Memorial Day. Mir ist, als müßte ich irgendwo sein. Aber wo?» Sie sah sich unwillkürlich im Spiegel und fröstelte. «‹The Ghost of Decade Past.› Gott, haben Sie mich deprimiert! Und ich verabrede mich auch noch mit Ihnen. Alles wegen diesem Gedenktag. Wo war ich damals? Ich kann mich nicht einmal erinnern. Schluß jetzt mit den trüben Gedanken!»

«Richtig.» Er lächelte sie aufmunternd an. «Wenn der heutige Tag erst vorbei ist, sind wir wieder in strahlender Laune.»

Sie blickten beide zum Himmel auf. Es war ein wolkenloser Tag. Am Wetter konnte es nicht liegen.

Auf dem Weg zum Gerichtshof spielte in ihm eine alte Doors-Melodie aus dem Jahre '67: «Strange days have tracked us down.»

* * *

Tierblut dient zum Gelieren von Benzin und damit zur Verwendung als Brennstoff, der an Zielflächen haftenbleibt.

Napalm zum Selbermachen.

Er ging mit dem Zeigefinger die Instruktionen durch und schmunzelte in sich hinein.

Das abgegriffene Paperback war sein Lieblingsbuch. Es war nicht größer als seine Hand und hatte einen schwarzen Umschlag ohne jede Beschriftung. Kein Titel, kein Verlag, nichts. Er hatte es in einem Armeeladen gefunden. Die Abbildungen waren simpel, schwarzweiß, kinderleicht zu verstehen. Die Anweisungen waren idiotensicher. Zum Beispiel hieß es da, Benzin könne man in einer Tankstelle bekommen und Tierblut in einem Schlachthaus, oder sonst in einem «natürlichen Habitat». Genau. Nachbars Hündchen. Das Buch mußte als eine Art Feldhandbuch für Kommandotrupps gedient haben. Er hatte noch nie etwas Derartiges gesehen.

Auf die Innenseite hatte er mit Bleistift geschrieben: *Des Teufels Kochbuch*. Am liebsten las er abends darin, bei Kerzenlicht, und malte sich aus, wie diese Höllenrezepte in die Tat umzusetzen wären.

Handgranaten stelle man aus einem Stück Eisenrohr her ... Man baut einen Zeitschalter zum Detonieren eines Sprengkörpers in Form von getrockneten Samen in einem Marmeladeglas ... Eine Schreckladung läßt man mittels einer Glühbirne explodieren ... Improvisieren Sie eine Granate mit Nägeln und einer Sprengkappe ...

Ein sehr praktisches Büchlein. Die Möglichkeiten waren unbegrenzt. Alles, was der Vietcong sich im mühsamen Eigenbau zurechtgebastelt hatte, war ihm durch einen glücklichen Zufall in die Hände gefallen. Nun konnte er den Vietnamkrieg hier fortsetzen.

Mitten in den Bergen von Tennessee.

3. Kapitel

We have done with Hope and Honor, we are lost to Love and Truth,
We are dropping down the ladder rung by rung;
And the measure of our torment is the measure of our youth.
God help us, for we knew the worst too young!
Kipling

Martha Ayers ging die Namenliste der Ehemaligen durch. Cathy Brown. Riesige Puppenaugen und dickes, schwarzes Haar, das immer gepflegt und ordentlich wirkte. War sie Anführerin der Clique gewesen? Oder Fußballkönigin beim ersten Heimspiel des Klassenteams? Martha konnte sich nicht erinnern. Die ganzen vier Jahre, die sie mit Cathy Brown zusammen auf der High School war, hatten sich in ihrem Gedächtnis zu einem einzigen Augenblick kristallisiert: Sie kamen im Auto von einer Projektstudie der Journalistenklasse zurück. Martha saß hinten zusammengequetscht zwischen Cathy und Jimmy Templeton, dem Fotografen, einem mickrigen Niemand, der inzwischen sicher Rechtsanwalt war. Jimmy kam plötzlich auf die Idee, Cathy zu knipsen. «Rück mal weg, Martha», hatte er gesagt, wo sie sich sowieso kaum rühren konnte. Cathy Brown spielte die Großzügige. «Aber nicht doch, Jimmy», gurrte sie, «du mußt uns beide fotografieren.» Damit warf sie ihren Arm um Marthas Schultern und strahlte in Jimmys Linse. Das Foto war nichts geworden, aber die Szene hatte sie nie vergessen. Scham und Wut kamen wieder in ihr hoch, als sie die Einladung zum Klassentreffen in einen Umschlag schob und an Cathys Eltern adressierte. Was aus Cathy Brown geworden war, interessierte sie nicht. Kein Erfolg konnte die Schmach tilgen, keine Tragödie die Rechnung begleichen.

Das Klassentreffen sollte in etwa neun Wochen stattfinden. Es war noch zu früh, Joe als Begleitung einzuladen. Vielleicht konnte sie darauf hinarbeiten, indem sie ihm selbstgebackenes Brot und Kekse mitbrachte und so ganz beiläufig erklärte, sie habe sowieso für den Kirchenverein gebacken, und es sei zuviel geworden. Oder war das zu auffällig? LeDonne durchschaute sie doch auch so. Wenn der wüßte, daß sie jedesmal, wenn sie ihn ansah, so ein mulmiges Gefühl im Magen hatte. Er würde das sicher nur komisch finden. Mit ihr zu schlafen wäre ihm vielleicht ganz angenehm, aber daß es ihr so *wichtig* war, das fand er sicher ulkig. Manchmal kam es ihr vor, als sei er schon lange tot. War das der Grund seiner Anziehung für sie?

Wie die ägyptische Geschichte, die sie irgendwo gelesen hatte. Osiris, der König der Götter, hatte einen Zweikampf mit jemandem gehabt – die Einzelheiten hatte sie vergessen. Dieser Gegner hatte Osiris getötet und seinen Leichnam in Millionen Stücke geschnitten, damit er nicht wiedergeboren werden konnte. Aber Isis, seine Frau, klaubte die Fragmente des Gottes zusammen und hatte auch seinen Penis gefunden, mit dem sie sich selbst schwängerte. (Wie, war Martha schleierhaft.) So war Horus auf die Welt gekommen. War Osiris auch wieder zum Leben erwacht? Martha konnte sich nicht erinnern.

LeDonne kam kurz nach acht ins Büro. Spencer hatte heute seinen freien Tag. Der Hilfssheriff trug seine Fliegersonnenbrille. Die Krawatte hatte er in Erwartung der Gluthitze lose um den Hals hängen.

«Kaffee?» fragte Martha betont gleichgültig.

Er hielt eine Dose Pepsi hoch. «Mein Frühstück. Zu heiß für Kaffee.»

Sie überlegte krampfhaft, was sie Nettes sagen konnte, ehe er sich den Pflichten des Tages zuwandte. LeDonne hatte schon angefangen, die Notizen auf seinem Schreibtisch zu lesen, als sei sie Luft für ihn.

«Es gibt da etwas, um das Sie sich kümmern müßten, Joe.»

«Was?»

«Roger Gabriel.»

LeDonne wirkte plötzlich angegriffen. «Ja? Was ist denn mit dem?» Seine Hände zitterten leicht, als er die Blätter auf dem Tisch hin- und herschob.

«Es liegt eine Anzeige gegen ihn vor.»

«Warum? Er lebt da draußen in seiner Hütte ganz für sich und tut keinem was. Soviel ich weiß, geht er nicht einmal jagen. Ich krieg ihn nur zu sehen, wenn er am Monatsersten auf der Post seine Kriegsversehrtenrente abholt.»

Martha zuckte die Achseln. «Er hat bei *Denton's* einen Hamburger gegessen und ein paar Biere getrunken und anschließend den Laden kurz und klein geschlagen.»

LeDonne nickte in Richtung der Zellen. «Ist er da drin?»

«Nein, er ist zu Hause. Spencer fand es angebracht, den Fall Ihnen zu überlassen, da er auch in Vietnam war.»

LeDonne legte den Kopf in den Nacken. «Und was hat das mit mir zu tun?»

«Wir nehmen an, es war ein flashback.»

«Na, und wenn! Wir waren nicht in derselben Einheit. Wir waren nicht einmal im selben Jahr da. Wenn ihr denkt, daß er durchgedreht ist, dann ruft doch die VA * an.»

«Spencer will, daß Sie vorher mit ihm reden. Wenn das nicht hilft –»

LeDonne lächelte gezwungen. «Er muß wieder etwas über das Post-Vietnam-Syndrom in der Zeitung gelesen haben.»

«Reden Sie mit Gabriel, Joe. Bitte. Vielleicht braucht er Hilfe.» Sie sprach unwillkürlich lauter, wie um seine innere Distanz zu überbrücken.

«Okay. Solange ihr mich dafür bezahlt.» Er schlenderte zur Tür.

«Joe!»

«Was gibt's noch?»

Sie wurde rot. «Haben Sie heute mittag etwas vor?»

«*Denton's Café*. Zwölf Uhr.»

«Kann ich mitkommen?» Es sollte ganz beiläufig klingen, kam aber gequetscht heraus.

«Den Appetit wird es mir schon nicht verderben.» Damit wandte er sich abrupt zum Gehen. Es war, als habe er einen unsichtbaren Telefonhörer hingeknallt. Martha fühlte sich wie abgeschnitten.

Sie widmete sich erneut ihrer Liste. Bei dem Namen Robert

* VA: Veteran's Administration = Organisation der Veteranen

Laurie hielt sie inne. Er hatte im letzten Schuljahr Selbstmord begangen. Sie kriegte heute noch eine Gänsehaut, wenn sie in ihrem Fotoalbum an die Stelle mit dem Klassenfoto kam.

Die Schulzeitungsredaktion hatte sich geeinigt, statt der üblichen faden Gruppenfotos Szenen zu stellen, die sie als Reporter und Fotografen zeigten. Das schwarzweiße Abschlußfoto zeigte vier Mädchen und einen Jungen auf dem Dach der Schule. Robert stand am Rand, fast als wolle er hinunterspringen, während die anderen mit ihren Notizbüchern sich in der Mitte verteilten. Darunter stand: «Nur *ein* Schritt zum Erfolg.» Als Robert Laurie sich im folgenden Jahr erschoß, bekamen das Bild und sein Titel eine makabre Bedeutung. Martha hatte ihn nicht sehr gut gekannt. Sie wußte nicht, warum er es getan hatte. Aber sie nahm es ihm bis heute übel, daß er ihr das Foto versaut hatte, zumal sie besonders gut getroffen war.

Die Landstraße, die zu Roger Gabriels Hütte führte, wand sich durch ein Dickicht von Bäumen und Gestrüpp. Zu dieser Jahreszeit war es für LeDonne zu grün, zu still. Ihm brach der kalte Schweiß aus. Er mußte sich zusammenreißen. Er mußte sich daran erinnern, daß er nicht in einem Militärjeep saß. Wenn es jetzt noch regnete und die schweren Tropfen auf die riesigen Blätter prasselten, bekam er Herzbeklemmungen. Ob es Roger Gabriel ähnlich ging? Oft genügte es schon, die regenschwere Luft in der Nase zu spüren, und die Erinnerungen überwältigten ihn: wochenlanger ununterbrochener Regen, man konnte nicht weg, die Socken faulten einem in den Stiefeln... LeDonne fragte sich, was bei Roger Gabriel den Erinnerungsstrom ausgelöst hatte. Was konnte das sein – in *Denton's Café*?

Roger Gabriels Hütte hatte noch nie bessere Tage gesehen. Jedenfalls konnte man sich kaum vorstellen, daß sie jemals neu gewesen war: ein baufälliges Viereck, mit absackender Veranda und den Überresten billiger weißer Farbe. Keine Spur von einem Mülleimer. Wahrscheinlich brachte er seine Abfälle zu einem der Metallcontainer an der Autostraße. Allerdings, Leute, die sich aus Dosen ernähren, haben nicht viel Müll. LeDonne sah sich suchend nach einem Hund um. So einer hatte todsicher einen

Hund. Er tippte auf Schäferhund oder Collie. In Vietnam hatten sie alle einen Hund gehabt. Wenigstens etwas, das man anfassen konnte, ohne sich zu grausen.

LeDonne hatte einen fast schwarzen Schäferhund gehabt. Er hieß Boots. Eines Tages, als Joe auf Spähdienst war, sprang der Hund über den Kettenzaun und hängt sich dabei an seinem Halsband auf. Joe verbrannte den Kadaver mit Benzin vom Motorenpark. Sonst hätten sie ihn gegessen. Jetzt hatte er einen weißen Husky, ein stilles, unnahbares Tier, das seine Zärtlichkeiten so gerade eben duldete. Er liebte ihn nicht so, wie er Bootsie geliebt hatte. Sie waren quitt miteinander.

Als LeDonne sich dem Häuschen näherte, kroch ein staubiger Labrador unter der Veranda hervor. Er wedelte abwartend mit dem Schwanz und blieb stehen. Drei Meter vor der Veranda blieb auch LeDonne stehen. Er wußte, daß er gesehen worden war, aber der Form halber legte er die Hände um den Mund und rief: «Ist jemand zu Hause?»

Er stand reglos da, lächelte den Hund an und wartete. Die Arme ließ er an den Seiten herunterhängen. Drei Minuten lang regte sich nichts. Roger beobachtete ihn wahrscheinlich vom Fenster aus oder durch den Sprung in der Glasscheibe an der Tür. Endlich pirschte der Hund sich tänzelnd mit gesenktem Kopf an Joe heran. Er streckte die Hand aus, mit der Handfläche nach oben.

«Biste ganz allein hier?» fragte er den Hund, der sich an ihn schmiegte. «Muß hier ziemlich einsam sein.» Er hockte sich ins Gras und kraulte ihm die Ohren. Über seinen Kopf hinweg behielt er die Tür im Auge. Während er sich langsam auf die Veranda zu bewegte, sprach er leise mit dem Hund. «Ich hatte auch mal einen Hund. Er hieß Bootsie. Ihr hättet euch bestimmt gut vertragen.» Damit hievte er sich auf die oberste Stufe der Veranda. Er spürte eine Gegenwart hinter sich und wußte, daß es ein Leichtes wäre, ihn an Ort und Stelle kaltzumachen. Kein neues Gefühl für LeDonne. Im Gegenteil, es war ihm so vertraut, daß er es kaum noch wahrnahm. «Du bist so staubig, Kleiner. Bist wohl hier lebendig begraben, wie?»

Er hörte, wie sich die Tür öffnete, und spürte das Beben des

Holzbodens, als jemand darüber ging. Es mußte Roger Gabriel sein. LeDonne fuhr fort, den Hund zu streicheln und leise mit ihm zu reden. «Netter Hund», sagte er laut, als die Schritte nahe genug waren. «Hat er einen Namen?»

«Chao», sagte Roger.

Auf Wiedersehen auf vietnamesisch.

LeDonne hielt im Streicheln inne. Der Hund spitzte die Ohren. Offensichtlich war das sein Name. «Gutes Tier», murmelte LeDonne auf vietnamesisch.

Roger setzte sich auf die oberste Stufe neben ihn. «Wollen Se 'n Bier?»

LeDonne schüttelte den Kopf. «Ich geh gleich zum Mittagessen. In *Denton's Café.*»

«Dann brauchen Se zwei», sagte Roger trocken.

Chao lagerte sich zu Füßen der beiden Männer in Reichweite etwaiger Streichelhände. Den Kopf auf die Pfoten gelegt, wartete er ab.

«Was ist passiert?» fragte LeDonne nach einer langen Pause stillen Einverständnisses.

Roger hätte leicht sagen können: «Was meinen Sie?» und LeDonne hätte erklärt, der Sheriff habe ihn wegen des Vorfalls am Vortag hergeschickt. Die meisten Leute hielten diese Art der Kommunikation für notwendig, um die soziale Ordnung aufrechtzuerhalten. Roger verstand die Frage und sah keinen Grund, sich unwissend zu stellen. Für keinen von beiden stand etwas auf dem Spiel.

«Die Eismaschine», antwortete er daher mit einem Seufzer.

«Ach?» LeDonne war erstaunt. Er hatte auf den Ventilator an der Zimmerdecke getippt.

«Die haben da eine automatische Eismaschine auf dem Kühlschrank, und die macht ein Geräusch genau wie eine AK-47.»

Es mußte ja etwas von der Art sein. Was sollte LeDonne dem Mann sagen? Reißen Sie sich in Zukunft zusammen? Richten Sie Ihre Alpträume so ein, daß sie in der Öffentlichkeit kein Ärgernis erregen?

«Es gibt eine Selbsthilfegruppe in Knoxville», sagte er. «Waren Sie schon mal da?»

Roger feixte. «Es gibt eine Selbsthilfegruppe in der Hölle. Bis ich eine Einladung von denen kriege, halte ich mich ans Bier.»

Martha betupfte sich den Mund mit einer lippenstiftbeschmierten Serviette. Der Cheeseburger war wie Gummi gewesen und die Kartoffeln zu fettig. Kaum der geeignete Rahmen für ein tiefes Gespräch. Aber sie gab sich Mühe. Eine Unterhaltung mit LeDonne war, als wolle man Lehmklumpen von einer Glaswand putzen: Man sah zwar die eigene Anstrengung, nicht aber den Erfolg.

«Was ist er für ein Mensch?» fragte sie, nachdem ihm Themen wie das Wetter und der bevorstehende Flohmarkt nur spärliche Reaktionen entlockt hatten.

«Gabriel? Ach, der ist okay.»

Das war nun wieder so eine Fehlinformation, aber man mußte bedenken, woher sie kam. Sie konnte sich keinen schlimmeren Chaoten vorstellen als LeDonne.

«Wie sieht er aus?» Wenn sie ihn nur am Reden halten konnte, erfuhr sie vielleicht etwas über ihn selbst. Und wenn es ein noch so bescheidener Anfang war.

Joe stopfte sich den Mund voll Cheeseburger. «Bierbauch. Haare wie Stroh. Narben im Gesicht. Darum hat er wahrscheinlich den Bart. Liebt seinen Hund. Trinkt zuviel. Kann nachts nicht schlafen. Verliert alle Arbeitsstellen. Schwankt zwischen Depression und Nirwana. Genau Ihr Typ, würd ich sagen.»

Sie zog die Mundwinkel herunter. «Ich habe nichts gegen schwierige Männer, wenn an ihnen noch was zu retten ist.» Bei Joe war sie sich nicht so sicher. Manchmal fragte sie sich, ob hinter dieser Fliegerbrille überhaupt noch etwas war außer einem Seelchen, das sie selbst fabriziert hatte. Ehe sie aufgab, wollte sie sich selbst davon überzeugen.

LeDonne rappelte mit den Eiswürfeln in seinem Pappbecher. «Und Ihr Ehemann war nicht mehr zu retten?»

«Welcher?»

«Fangen wir mit dem ersten an. Ich hab Zeit, bis ich mit meinem Nachtisch fertig bin.»

«Leon wäre vielleicht zu retten gewesen», sagte sie langsam.

Sie hatte nie darüber nachgedacht. Nicht objektiv. Nicht wie Ann Landers den Fall betrachten würde. Es war nun alles fünfzehn Jahre her. Sie war nicht mehr das Mädchen von damals. «Ich habe mit zwanzig geheiratet. Alle meine Freundinnen waren verheiratet, und ich dachte: ‹Martha, wie lange willst du noch auf den richtigen Mann warten?›»

Joe nickte. «Schade, daß wir nicht wissen, in welches Jahr die wesentlichen Ereignisse unseres Lebens fallen. Dann brauchten wir sie nicht zu erzwingen.»

«Bloß nicht. Wenn ich damals gewußt hätte, daß ich mit fünfunddreißig hier sitze und immer noch auf den Richtigen warte, hätte ich mich aufgehängt.»

«Oder Leon Jarvis geheiratet.»

«Das kommt auf dasselbe heraus. Es war eine wunderschöne Hochzeit, dabei wußte ich die ganze Zeit, daß es ein Fehler war. Am Abend vor der Trauung ging ich mit meiner Brautführerin in den Park. Wir saßen bis nach Mitternacht im Dunkeln an einem der Picknicktische und redeten und rauchten eine ganze Packung Benson & Hedges. Ich kann mich an keine Silbe mehr erinnern, nur daß ich die ganze Zeit dachte: Wenn sie jetzt sagt: ‹Martha, tu's nicht›, dann tu ich's nicht. Aber sie sagte es nicht, und da meinte ich, es müßte dann schon in Ordnung sein.»

Sie fuhr mit dem Finger über den Rand der Kaffeetasse. Die war auch fettig. «Ich wollte Leon die Ehefrau sein, die meine Mutter meinem Vater gewesen war. Aber mit Leon war das nicht zu machen. Er war total lebensunfähig, wie konnte er da für mich sorgen? Also nahm ich mir eine Stelle, verdiente mehr Geld als er und... Na ja, inzwischen ist er mit einer Kosmetikerin in Knoxville verheiratet. Sie haben zwei kleine Mädchen. Es ist wohl alles zum Besten.»

«Klar.»

«Und als ich Howard heiratete, war ich fast dreißig», sagte sie mit einem Seufzer. «In dieser Gegend, wenn ein Mann mit dreißig nicht verheiratet ist, stimmt was nicht.»

«Und bei Howard stimmte was nicht?» sagte Joe ganz obenhin.

«Genau. Und das war auch durch mich nicht zu ändern.»

Martha ließ die zerknüllte Papierserviette in eine Pfütze Ketchup auf ihrem Teller fallen. «Ich muß zurück an die Arbeit, Joe. Machen wir die Zeitkapsel wieder zu. Kommen Sie mit?»

«Zurück in die Gegenwart? Gewiß. Aber nicht zurück ins Büro. Ich fahre heute Streife. Soll ich Ihnen ein Rendezvous mit dem guten Roger verschaffen?»

Martha schüttelte den Kopf. «Ich suche mir meine eigenen lahmen Enten aus. Aber danke fürs Angebot.»

Wenn er wußte, was sie damit meinte, ließ er es sich nicht anmerken. Aber er zahlte für ihren Hamburger, und sie fand, das war doch schon mal ein gutes Zeichen.

Der Flohmarkt des Hamelin Women's Club fand alljährlich im Souterrain der Methodistenkirche statt. Früher, als private Flohmärkte in Garagen und Gärten noch nicht gang und gäbe waren, galt er als großes Ereignis. Aber auch heute hatte er noch viele Spender und Besucher: die älteren Herrschaften, für die ein privater Flohmarkt ein Zeichen von Armut war, und die jungen Leute, die weder Zeit noch Geduld dafür hatten und ihren Trödel lieber spendeten, zumal sie Steuervorteile dadurch hatten. Jane Arrowood gehörte zu der ersteren Gruppe, ihr Sohn Spencer zu der letzteren.

Jedes Jahr sammelte der Club die Spenden ein: alte Nummern der *National Geographic* (immer beliebt bei Eltern mit Schulkindern), einzelne Geschirrstücke, verunglückte Weihnachtsgeschenke, kurz: Sachen, die keiner mehr haben wollte. Dann transportierte Spencer alles zum Verkaufskomitee zum Aussortieren und Auspreisen. Diese Säuberungsaktion diente allerdings selten dazu, bei den Spendern Raum zu schaffen. Da von ihnen auch erwartet wurde, den Markt zu besuchen, kam fast jeder mit einem anderen nutzlosen Objekt, einem ‹weißen Elefanten›, nach Hause. Einmal hatte Spencers Mutter sogar buchstäblich einen weißen Elefanten mit nach Hause gebracht: der Keramikübertopf stand heute noch mit Philodendron gefüllt auf dem schmiedeeisernen Tisch auf ihrer Veranda.

«Dieses Jahr kaufe ich nichts», verkündete sie fest. «Ich garantiere es dir: dieses Jahr ist es mir ernst.»

Spencer nickte. Das sagte sie jedesmal. Für alle Fälle hatte er sich ein graues Sweatshirt und alte Jeans angezogen, in weiser Voraussicht der Tatsache, daß er ihre staubigen Errungenschaften im Kleinlieferwagen nach Hause fahren mußte.

«Sieh nur zu, daß du nichts kaufst, was ich nicht allein heben kann», rief er ihr nach, als sie in Richtung Bücherecke abzog.

Er war heilfroh, daß er heute frei hatte und keine Uniform zu tragen brauchte. Die Damen im Bridgeclub seiner Mutter schätzten es zwar, einen Schutzmann in der Nähe zu haben, wenn ein Nachbar zu viel Lärm machte oder wenn ein Rasenmäher gestohlen wurde, was selten genug vorkam. Die meiste Zeit aber betrachteten sie seinen Beruf als vergleichbar einem Feuerschlucker im Zirkus, der unnötig sein Leben aufs Spiel setzt, und das zu einem bescheidenen Gehalt. Seine Mutter erzählte ihren Freundinnen sogar, dies sei nur eine Phase bei ihm. Im nächsten Semester werde er sich für ein Jurastudium einschreiben. Mit achtunddreißig war das jedoch kaum noch zu erwarten. Für seine Mutter war es sichtlich qualvoll, sich von den vornehmen Villen und den teuren Autos eines Juristen Chuck und Zahnarztes Johnny erzählen lassen zu müssen, die ihr Kinderspielzeug bei Sharper Image einkauften. Aber Spencer hörte kaum noch zu. Wenigstens hielt sie ihm nicht vor, daß Cal es zu mehr gebracht haben würde als er. Cal hätte aus seiner Glanzzeit als Footballstar Kapital geschlagen und wäre Versicherungsvertreter geworden.

Spencer hatte aber den unbestreitbaren Vorteil, daß er am Leben war. Er fand, dafür verdiente er gelobt zu werden. Die meisten der Senkrechtstarter, die ihm als Vorbild vorgehalten wurden, kamen einmal im Jahr nach Hause, um ihre Eltern zu besuchen. Die Tatsache, daß er in derselben Stadt wohnte wie seine Mutter, ihren Garten pflegte, die Heizanlage versorgte, die Fensterläden reparierte, bedeutete doch, daß sie das Haus behalten konnte. Als sein Vater starb, war sie so hilflos gewesen wie ein alter Cockerspaniel, den man am Straßenrand aussetzt.

Spencer beobachtete die gutgekleideten, gepflegten Damen

in ihren Leinenkostümen, die mit faltigen Händen die Spitzentischtücher und Nippesfigürchen befingerten. Sie alle wußten, ein Heim geschmackvoll einzurichten und als Gastgeberin zu glänzen. Und doch waren sie alle nur einen Schritt, einen Mann, davon entfernt, ihr Dasein als Wohlfahrtsempfängerin zu fristen. Diese Vorstadtgeishas, waren sie gute Ehefrauen? Sie hatten sich von den Rainbow Girls zur Junior League hinaufgearbeitet. Vielleicht. Wenn man nicht allzu großen Wert auf ein intelligentes Gespräch legte. Die meisten Männer seiner Generation konnten es sich nicht leisten, eine dieser höheren Töchter zu heiraten.

Wie mochte sich Peggy Muryan ausmachen, wenn sie in dieses Alter kam? Das hing wohl vom Erfolg ihres Comebacks ab.

«Was stehen Sie da herum und starren Löcher in die Luft, Spencer Arrowood? Wollen Sie nicht etwas kaufen? Wir haben keine gestohlene Ware, das verspreche ich Ihnen.» Es war Jessie Traynham, die einen Stand mit Postkarten und Zeitschriften hütete.

Er schlenderte zu ihr hinüber und blätterte durch die Karten. Einige waren noch mit Penny-Briefmarken frankiert und hatten kurze Mitteilungen in Schönschrift: «Gut in Bristol angekommen. Habe Carl besucht. Zurück Freitag. Jack.» Warum war Jack nach Bristol gefahren, um Carl zu besuchen? Eine Krankheit in der Familie? War jemand mit dem Gesetz in Konflikt geraten? Postkartenautoren schienen sich wenig um die Neugier künftiger Voyeure zu kümmern.

«Alles in Ordnung bei Ihnen, Miz Jessie?» fragte er und studierte dabei weitere Karten. Einige legte er beiseite, darunter Fotos vom Zweiten Weltkrieg, das Bild eines Zerstörers, ein Artilleriefoto mit der Bildunterschrift: «Camp Davis, North Carolina».

«Es geht so. Der Hund dieser Frau ist jedenfalls aus meinem Blumenbeet geblieben.»

«Haben Sie sie besucht?»

«Ja. Aber sie hat mich nicht ins Haus gelassen. Sie hat mich auf der Veranda abgefertigt. Irgendwie schien sie nervös zu sein.»

Spencer musterte sie genauer. Jessie Traynhams Haar war makellos unter einer Lackschicht versiegelt. Zu ihrem grünen Seidenkleid trug sie echte Perlen.

«Sind Sie unangemeldet zu ihr gegangen?» fragte er. «Mit Handschuhen?»

«Ja, natürlich.»

Er grinste. «Da hätte ich Sie auch nicht ins Haus gelassen, Miz Jessie, wenn Sie bei mir auf der Matte gestanden hätten. In dieser Kluft sehen Sie ja aus wie jemand vom Sozialamt. Nächstesmal geben Sie ihr vorher Bescheid, damit sie schnell ein bißchen Staub wischen kann. Dann wird sie sich sicher über Ihren Besuch sogar freuen.»

Jessie Traynham rümpfte die Nase, womit sie ihre Meinung über Manieren und Lebenshaltung seiner Generation auszudrücken hoffte. «Sie sagte, sie habe Ihnen einen Karton mit Memorabilia gegeben, wie sie es nannte, für den Flohmarkt. Was könnte das gewesen sein?»

«Weiß nicht. Papiere, glaub ich. Briefe. Ich hab nur flüchtig reingeschaut, hatte wegen der Frist keine Zeit. Vielleicht geh ich jetzt mal durch die Sachen, es könnte ja ein Autogramm von Janis Joplin dabeisein.»

«Wenn Sie die Karten haben wollen, kaufen Sie sie lieber jetzt. Sonst muß ich sie alle wieder einräumen.»

Spencer reichte ihr 50 Cent. «Wo könnten die Sachen gelandet sein?»

«Versuchen Sie's am Stand für Vermischtes. Da haben wir auch die Baseballkarten und die Jim-Beam-Weihnachtskaraffen.»

Er suchte dort und an den meisten anderen Ständen, bis seine Mutter ihn bat, einen Zeitschriftenständer und eine Bodenlampe auf den Lieferwagen zu laden. Peggy Muryans Spende hatte er nicht gefunden.

* * *

TEAPATCH SERVICE CLUB
SHU LIN KOU AIR STATION

DIENSTAG, DER NEUNTE, EIN UHR FRÜH

LIEBE PEG,

ICH BIN DIR ZWAR AUS DEN AUGEN, ABER MUSS ICH DIR DARUM AUCH AUS DEM SINN SEIN? ICH MEINE, ICH BIN JA NICHT IM EXIL, ODER? VIELLEICHT WOLLTEST DU SCHREIBEN UND HATTEST KEINE ZEIT? ODER DU HAST SCHON GESCHRIEBEN? ICH HABE DEN SENDER UNSERES STÜTZPUNKTES GEBETEN, DEINE PLATTE ZU SPIELEN. NICHTS. ICH WERDE SIE IHNEN WOHL KAUFEN MÜSSEN, DAMIT SIE'S ENDLICH TUN. BIST DU SCHON AUF DER HITLISTE?

ICH WÜNSCHTE, ICH HÄTTE WIE DU DIE CHANCE, GROSS RAUSZUKOMMEN. STATT DESSEN ENDE ICH BESTENFALLS ALS AUTOR VON KRIEGSROMANEN. JEDENFALLS SOLLTEST DU MIR MAL SCHREIBEN, WIE ES DIR GEHT.

UND WIE GEHT ES MIR? ES INTERESSIERT DICH DOCH? ICH BIN ALSO NUN IM FERNEN OSTEN ANGEKOMMEN, WIE MISS WALKER IN DER 5. KLASSE ES ZU NENNEN PFLEGTE. ICH BIN ANGEKOMMEN. MEHR KANN ICH IM AUGENBLICK NICHT SAGEN ÜBER DAS «LAND DER ZWERGE». ÜBRIGENS IST ES GAR NICHT SO ÜBEL HIER, VORAUSGESETZT, MAN STEHT AUF MILITÄRDIKTATUREN. SHANGHAI JACK (ODER WIE ER SICH NENNT) – DER GENERALISSIMO, GENAU. ER HAT HIER DAS SAGEN, DER NETTE ALTE HERR. DU KANNST IHN JEDEN ABEND NACH DEM NORMALEN PROGRAMM AM FERNSEHER BEWUNDERN. (JA, TV HABEN DIE HIER AUCH!) ENTZÜCKENDE AUFNAHMEN VON GEEMO

HÖCHSTPERSÖNLICH, ÜBERLEBENSGROSS, WIRKLICH REIZEND, DER ALTE HERR, DABEI ABER AUCH FEST, STRENG UND UNERSCHÜTTERLICH. EIN WAHRER VATER DER NATION.

SEIN WORT IST GESETZ. YES, SIR. VERGISS DAS NIE. JEDENFALLS NICHT, WENN DU HIER MIT DEM BAUERNVOLK AUF DU UND DU STEHST. MAN WEISS NIE, WER EINEM ÜBER DIE SCHULTER LAUSCHT. FEIND HÖRT MIT.

ICH WOHNE IN DER KASERNE. ZWEITER STOCK. ZWEI ZIMMERNACHBARN. SOZUSAGEN. DER EINE GEHT BALD NACH HAUSE. ER HAT ZUCKER, IST DIABETIKER. JEDENFALLS SCHLIMM GENUG, UM AUS DEM DIENST ENTLASSEN ZU WERDEN. DER ANDERE, WIE HEISST ER NOCH, HAT EIN ZIMMER IN DER STADT, DAS HEISST, ER VERSCHWINDET, SOBALD SEINE SCHICHT VORBEI IST. ICH SEH IHN KAUM. WAS MIR SEHR RECHT IST. ICH LIEBE MEINEN PRIVATEN BEREICH.

ICH MERKE JETZT SCHON, DASS MIR DIE ZEHN MONATE OHNE STEREO SEHR LANG WERDEN. ICH GLAUBE, ICH KAUF MIR EINS. ES IST ENTSETZLICH LANGWEILIG HIER. TAIPEI IST LANGWEILIG, DIE ARBEIT IST LANGWEILIG, DER NCO*-CLUB IST LANGWEILIG, DASSELBE GILT FÜR DEN TEAPATCH SERVICE CLUB, DIE SNACK BAR UND SO WEITER UND SO FORT.

ABER WENN MAN DIE ALTERNATIVE BEDENKT, WIRD ES GLEICH ERTRÄGLICHER.

SCHREIB MIR DOCH BITTE UND ERZÄHL MIR, ICH WILL ALLES WISSEN, WAS IN DER HEIMAT PASSIERT. AUCH VON DEINER KARRIERE. HAST DU SCHON DYLAN KENNENGELERNT? ...ERSPARE MIR NICHTS. ICH HABE ECHT KEINE WUT AUF DICH, SCHÄTZCHEN, EHRLICH. UND DU

* NCO = Noncommissioned Officer = Unteroffizier

BRAUCHST AUCH KEINE ANGST ZU HABEN, DASS ICH NOCH DEIN VEREHRER BIN, WIE MEIN ALTER HERR SAGEN WÜRDE. ICH WILL NUR, DASS DU MIR SCHREIBST.

DEIN MANN IN TAIWAN
T. P.

4. Kapitel

Strange days have tracked us down.
The Doors

Das Gesicht auf Seite 37 des Schuljahrbuchs *The Papyrus* war achtzehn Jahre alt und strahlte Überlegenheit aus. Für Martha war es kein junges Gesicht. Sie sah es mit den Augen der gleichaltrigen Schülerin. Damals, im Jahre 1966, hatte es Macht, Erfolg und Status bedeutet. Tyndall Johnson. Sie fühlte sich immer noch von ihr eingeschüchtert. Was mochte sie bloß in Hamelin treiben?

Tyndall Johnson trug das glatte blonde Haar in einer schulterlangen Außenrolle. Zum erstenmal in zwanzig Jahren wurde Martha an Dippity Doo erinnert. In einer Epoche, in der spaghettiglatte Frisuren Mode waren, hatte dieses glitschige rosa Zeug so manche wellige Mähne gezähmt. Martha fuhr sich flüchtig durch die kurzen braunen Locken. Damals war sie auch mit der Mode gegangen und hatte sich die Haare glätten lassen. Das Ergebnis war, daß sie sich wie Stroh anfühlten. Ob Tyndall Johnsons Haar von Natur aus glatt war? Es gab ja Leute, die genau dem Schönheitsideal ihrer Zeit entsprachen.

Tyndalls goldene Außenrolle, ihr Pepsodent-Lächeln und ihre Kollektion pastellfarbener Fair Isle-Strickjacken zogen sich wie ein roter Faden durch die Hälfte des Jahrbuchs: Tyndall mit einer Rose in der Hand als «Beste in allem», Tyndall beim Ehrenempfang der Footballmannschaft, Tyndall im Schülerrat. Dann Tyndall in allen möglichen Situationen mit der «Klasse», die aber nur aus sechs Leuten zu bestehen schien: am Billardtisch, bei einer Schneeballschlacht, beim Golfspielen... Sicher wollten beim Klassentreffen alle wissen, was aus Tyndall geworden war.

Unter ihrem Abschlußfoto stand: «Katherine Tyndall Johnson». Martha verglich es mit der Anzeige in der Lokalzeitung: «Mrs. Katherine Tyndall Garner besucht ihre Mutter, Mrs. Evelyn Johnson, in Willow Creek.» Das mußte sie sein. Es stand nicht dabei, warum oder wie lange, aber soviel stand fest: Tyndall Johnson war wieder in Hamelin.

Martha machte sich einen Tee und wartete zehn Minuten, um sich zu sammeln. Dann suchte sie die Nummer der Johnsons in Willow Creek im Telefonbuch. Endlich gab sie sich einen Ruck und wählte.

Eine schleppende Stimme meldete sich. «Hallo.»

«Hallo. Mein Name ist Martha Ayers. Könnte ich bitte Tyndall Johns...», sie warf einen schnellen Blick auf die Zeitung, «Mrs. Garner sprechen?»

«Am Apparat», sagte die Stimme. «Martha Ayers... Sind Sie eine Freundin meiner Mutter?»

«Nein.» Martha zögerte. Sie konnte sich kaum als Freundin Tyndalls bezeichnen. «Wir waren zusammen in der Schule», sagte sie endlich. «Ich plane ein Klassentreffen. Da du in der Stadt bist, wärst du vielleicht gern im Planungskomitee.»

Es folgte eine lange Pause. Martha dachte schon, sie hätte eingehängt. Da sagte die Stimme: «Hast du heute mittag Zeit, essen zu gehen?»

«Schon.» Martha hatte ihren freien Tag. Muß ich vorher noch zum Friseur? schoß es ihr durch den Kopf.

«Also um ein Uhr. *Denton's*. Einverstanden?»

«Ja, gern. Da gehe ich oft hin.» Für Martha war die Unterhaltung damit noch lange nicht beendet, aber Tyndall Johnson sagte: «Also, bis dann» und hängte ein.

«Immer noch gewöhnt, den Ton anzugeben», knurrte Martha. Na, wenn schon. In einem Planungskomitee konnte diese Eigenschaft nützlich sein. Außerdem brauchte sie ihre Hilfe.

Martha brachte länger als sonst bei der Auswahl ihrer Garderobe zu. Für *Denton's* warf man sich nicht in Schale, aber als Aschenputtel wollte sie neben Tyndall Johnson auch nicht erscheinen. Also auf keinen Fall Polyester. In Tyndalls Clique hatte es oft abwertend geheißen: «Sowieso kauft seine Schuhe bei Shoe Show.» Das war ein Discountladen im Einkaufszentrum. Sie trugen alle Bass Weejuns aus einem gediegenen Geschäft in der Stadt. Und das war Jahre vor dem Erscheinen des *Preppie Handbook*. Martha hatte sich damals oft gefragt, ob sie Geheimsitzungen hatten, bei denen beschlossen wurde, welche Kleidung «in» war. Wie war es sonst möglich, daß sie alle wie verabredet in Villager-Hemden, London Fog-Regenmänteln und Madrasröcken herumliefen? Martha fand, es konnte kein Zufall sein, daß das geheime Headquarter in *Solo für O. N. K. E. L.* im Hinterzimmer eines Maßschneiders war.

Am Ende entschied sie sich für ein tiefausgeschnittenes dunkelblaues Seidenhemd und einen hellgrauen Rock, dazu kleine goldene Ohrringe und eine schlichte Goldkette. Sie hatte noch ihre goldene Kreisbrosche im Schmuckkasten liegen, die sie seit zwanzig Jahren nicht getragen hatte. Wie war das noch? Trug man sie auf der linken Seite, so hieß das: Ich habe einen festen Freund. Oder: Ich bin Jungfrau. Sie konnte sich nicht erinnern. Damals waren ihnen diese symbolischen Rituale so wichtig erschienen.

Wenigstens war sie dünn. Gott sei Dank. Sie schnappte sich das Jahrbuch und die Mappen mit den Notizen fürs Klassentreffen und eilte zum Auto. Sollte sie Spencer Arrowood zum Lunch mitnehmen? Nein, das lohnte nicht. Nachher fühlte Tyndall sich verpflichtet, mit ihm zu flirten, und sie saß daneben wie das dritte Rad am Wagen, und mit dem Klassentreffen kamen sie keinen Schritt weiter. Spencer war sowieso nicht daran interessiert. Am besten wiesen sie ihm eine bestimmte Aufgabe zu und machten den organisatorischen Teil selbst.

Denton's war in der Schulzeit ihr Treffpunkt gewesen. Ob sich die Jugendlichen von Hamelin auch heute noch dort trafen, wußte sie nicht. Nachmittags um halb vier hatte sie nie Zeit. An einer Wand hing ein Banner von Hamelin mit den Fotos mehrerer Meisterschaftsteams. Die hölzernen Sitznischen und die Gemälde mit den Gebirgslandschaften waren seit Jahrzehnten unverändert geblieben.

Als Martha eintrat, war noch voller Mittagsbetrieb. Keine Frau ihres Alters war ohne Begleitung da. Sie schmunzelte: nirgends eine Fair Isle-Jacke zu sehen. Eine Nische wurde gerade frei, und sie setzte sich so, daß sie den Eingang sehen konnte. Das Jahrbuch war bei «J» aufgeschlagen.

The Papyrus. Wer war wohl auf diesen Namen gekommen? Es hatte schon immer so geheißen, schon zur Schulzeit ihrer Mutter. Außer der Jahreszahl hatte sich nichts geändert. Selbst die Gesichter schienen sich von Jahr zu Jahr gleichzubleiben: rosige vierschrötige Jungen, schmächtige Mickerlinge, verwöhnte reiche Mädchen mit Porzellangesichtern, reizlose Trampel, billig aufgedonnerte Flittchen mit Kajal um die Augen. Sie waren inzwischen alle jemand ganz anderes geworden. *The Papyrus*! «Das Totenbuch» hätte besser gepaßt.

Tyndall Johnson kam mit zehn Minuten Verspätung. Martha erkannte sie an dem ovalen Gesicht und der Nase, die einer Titelblattschönheit Ehre gemacht hätte. Aber diese Tyndall Johnson hatte eine Rettichfrisur und ein mageres, ungeschminktes Gesicht. Offensichtlich hatte sie sich nicht einmal umgezogen: Sie trug einen Jeansrock und ein ausgeleiertes T-Shirt. Martha setzte ein höfliches Lächeln auf und winkte sie zu sich hinüber.

«Hi», sagte sie und reichte ihr das Menü. «Schön, daß du gekommen bist.»

Tyndall griff nach dem Jahrbuch. «Tut mir leid, daß ich dich am Telefon nicht gleich erkannt habe. Es ist alles so lange her.» Sie blätterte die Seiten um, bis sie zu dem Buchstaben «A» kam.

«Ich glaube, wir waren zusammen im Chor», murmelte Martha unsicher.

«Ich hab noch nie singen können. Vielleicht war es die Werkstatt?»

«Möglich. Die meisten Jungen waren da drin.»

«Geschadet hätte es uns jedenfalls nicht. Ich hab seither eine Menge Möbel renovieren müssen und mir oft gewünscht, geschickter mit Werkzeugen umgehen zu können.»

Martha kicherte. «Du in einer Schreinerwerkstatt! Das kann

ich mir lebhaft vorstellen. Umgeben von einem Haufen rauhbeiniger Handwerker, die Zigarettenpackung im aufgerollten Hemdsärmel und –»

«Weißt du noch: Billy Hillyard? Der hatte sogar ein besonderes Wort dafür: grungy. Was wohl aus dem geworden ist?»

«Keine Ahnung. Vielleicht erfahren wir's auf dem Klassentreffen.»

Tyndall seufzte. «So, also ein Klassentreffen haben wir? Wann soll's denn steigen?»

«Im August. Wir müssen bald die Einladungen verschicken. Wenigstens an die, von denen wir eine Adresse haben. Viele sind ja nicht mehr in der Stadt. Du bist auch nur zu Besuch hier, nicht?»

«Ja, so kann man's nennen. Und du?»

«Ach, ich bin hiergeblieben. Ich arbeite als Sekretärin unseres Sheriffs. Weißt du übrigens, wer das ist?»

Tyndall schüttelte den Kopf. «Doch hoffentlich nicht einer von den Sportheinis?»

«Nein. Cal Arrowoods kleiner Bruder. Spencer.»

«Ach, der? Hat er auch eine Sonnenbrille und einen Bierbauch?»

«Nein, Spencer ist okay. Jedenfalls sieht er okay aus. Und du? Ich hab gehört, du bist zum Meredith College gegangen?»

«Ja, drei Jahre. Als Steve mit dem Studium an der North Carolina State University fertig war, bin ich abgegangen. Eine Zeitlang hab ich noch als Sekretärin gearbeitet. Bis er finanziell gesichert war, sagen wir mal. Jetzt haben wir drei Kinder: Steve Jr., Nell und Elissa. Du kannst dir nicht vorstellen, wie sie mir fehlen.»

Martha zögerte. «Wieso, lebt ihr denn … getrennt?»

Tyndall Johnson Garner lächelte. «Nur entfernungsmäßig.» Sie griff sich mit den dünnen Fingern in die Haare. «Meine Mutter hat die Alzheimer-Krankheit. Ich komme, sooft ich kann, und kümmere mich um sie. Gerade hat sie wieder eine schlechte Phase. Die meiste Zeit weiß sie nicht einmal, wer ich bin.»

Martha lehnte sich zurück, den Mund vor Staunen halb geöffnet. «Das tut mir aber leid», brachte sie mühsam hervor.

«Mir auch. Wir wissen uns keinen Rat mehr. Wenn ich bei meinem Mann und den Kindern zu Hause bleibe, habe ich ein schlechtes Gewissen, weil ich sie mit einer Krankenschwester zurücklasse. Und wenn ich hier bin, habe ich ein schlechtes Gewissen, weil ich meine eigenen Kinder vernachlässige. Wie ich's mache, ist es verkehrt.»

«Die Statler Brothers haben recht gehabt», sagte Martha.

«Wie bitte?»

«Die Statler Brothers. Sie hatten ein Lied mit dem Titel ‹Class of '57›, darin hieß es unter anderem, das Leben werde kompliziert, sobald man über achtzehn ist. Stimmt doch. Vielleicht wird unser Klassentreffen mehr ein Trauerspiel?»

«Du, Martha, laß mich im Komitee mitarbeiten, ja? Ich hätte ja nie gedacht, daß ich mal wieder hier in Hamelin sitze. Aber es ist nicht zu ändern, wenigstens für ein paar Wochen. Ich kann tippen und Umschläge adressieren, wenn ich zu Hause bei Mutter bin. Bitte, laß mich helfen, sonst komm ich auf dumme Gedanken.»

Martha öffnete das Jahrbuch. «Wir könnten ja schon mal feststellen, wo diese Leute jetzt wohnen...»

Tyndall nickte eifrig. «Wir schicken ihnen ein Formular oder ein Heft mit der Information, die wir haben. Das können sie dann auf den letzten Stand bringen und zurückschicken. Debbie Shaw. Erinnerst du dich noch an sie? Sie hat die Abschiedsrede gehalten. Unheimlich begabt war das Mädchen. Oder aber sie hat nächtelang gebüffelt. Was mag aus ihr geworden sein?»

«Sie arbeitet als Buchhalterin im hiesigen Walzwerk und lebt mit ihren Kindern in einem Wohnwagen in Dark Hollow», sagte Martha. «Hör mal, sollen wir nicht etwas bestellen, ehe wir uns hierein vertiefen?»

«Ich habe keinen Hunger», sagte Tyndall.

Während seines Gesprächs mit Homer Ramsay war Spencer durch irgend etwas an Peggy Muryan erinnert worden, aber es wollte ihm nicht einfallen, was es war. Frühmorgens hatte er auf seinem Schreibtisch einen Zettel gefunden, sie habe angerufen. Als er zurückrief, nahm niemand ab, und dann hatte er nicht mehr daran gedacht. Bis jetzt. Sobald er mit dieser Ramsay-Geschichte fertig war, wollte er es noch einmal versuchen.

Er warf einen kurzen Blick auf den grauhaarigen Alten, der

mit ernsthafter Konzentration die Enten und Jagdhunde auf dem Wandkalender studierte.

«Wir können ihn unmöglich verhaften», hatte er LeDonne zugeflüstert, während sie die Formulare ausfüllten.

«Und warum nicht?» flüsterte LeDonne zurück. «Ich habe ihn auf frischer Tat ertappt.»

«Weil der Staatsanwalt sich die Hosen naßmacht vor Lachen, darum nicht.»

Joe LeDonne schob die Sonnenbrille hoch und zeigte mit spitzem Finger auf den Sheriff. «Ich sage nur: Tollwut.» Damit drehte er sich auf dem Absatz herum und ging aus dem Zimmer.

Recht hatte er. Homer Ramsay war gesetzbrüchig geworden, und sein Vergehen konnte Schaden anrichten. Spencer zog sich einen Stuhl heran und setzte sich zu ihm. Vielleicht konnten sie es ja gütlich regeln.

«Mr. Ramsay, ich verstehe Ihre Position als Sportjäger, aber wir können es einfach nicht zulassen, daß Sie etwas Illegales tun.»

«Quatsch. Illegal. Der Staat Ohio sollte mir eine Ehrenmedaille geben.»

Homer Ramsay trug seinen grauen Filzhut auch drinnen. Davon abgesehen war er nicht in Jägerkleidern, sondern trug eine Anzugjacke und schwarze Halbschuhe. Wahrscheinlich seine Fahrermontur. LeDonne hatte ihn wegen zu hoher Geschwindigkeit gestoppt und dabei einen ganzen Lieferwagen voller Käfige mit Waschbären entdeckt. Jetzt stand der Wagen auf dem Parkplatz vor der Polizeistation unter einem schattenspendenden Baum. Bei über dreißig Grad war es viel zu heiß, auch nur einige der Tiere mit ins Büro zu bringen. Spencer war hinausgegangen, hatte die vierzehn stinkenden, übellaunigen Waschbären begutachtet und es dabei belassen.

«Und warum sollte Ohio Ihnen eine Medaille verleihen?» fragte er geduldig.

«Weil ich die Biester wegschaffe. Solln sich freuen. Glaubense, in der Stadt will die einer haben? Näää. Die sind 'ne Plage, sind die. In Tennessee, wenn Sie da einen erwischen, wie er gerade Ihren Müll frißt, rennt der weg. Aber so ein Waschbär in

Ohio, der guckt Ihnen frech ins Gesicht und rührt sich nicht. Kein bißchen Angst ham die da. Nossir.»

«Mr. Ramsay, reden wir doch mal vernünftig. Wo wollen Sie denn einen ganzen Wagen voll Waschbären lassen?»

Der Alte rieb sich das Kinn. «Das ist neuer Vorrat. Hier in Tennessee gibt es kaum noch welche. Man kann stundenlang herumstreifen und kriegt keinen zu riechen. Also, ich sage: Wir brauchen dringend Waschbären, und in Ohio sind sie froh, wenn sie sie los sind.»

Spencer seufzte schwer. Vielleicht konnte der Wildhüter den Fall übernehmen. Zu Homer Ramsay sagte er: «Ich muß mich da noch mal genau informieren, wie die Gesetze bezüglich eines Tiertransports von Staat zu Staat sind. Aber ich bin ziemlich sicher, es ist gegen das Gesetz, sowohl bei Staaten- wie auch Bundesgrenzen. Wenn nun eins der Tiere die Tollwut hat?»

«Tollwut? Papperlapapp», sagte Homer Ramsay. «Das seh ich denen doch sofort an, ob die krank sind oder nicht. Höchstens, daß die einen zu hohen Cholesterinspiegel haben von all dem Kentucky Fried Chicken und den Big Macs. Die Wälder von Tennessee werden ihnen guttun. Da werden sie wieder fit.»

Ja, bis ihnen einer den Arsch voll Schrot schießt, dachte Spencer. Laut sagte er: «Mr. Ramsay, Sie können hier kein Rekrutierungslager für städtische Waschbären aufmachen», als beide in wieherndes Gelächter ausbrachen. Es war aber auch zu komisch, wie Mr. Ramsay mit seiner Wagenladung ringelschwänziger, schlitzohriger Großstadtpinkel in Richtung County Office abzog. Der Waschbärfänger von Hamelin.

Nun wollte Spencer Peggy Muryan anrufen. Die witzige Geschichte gab ihm einen Aufhänger. Dann wollte er hören, warum sie ihn angerufen hatte, und, falls es noch angebracht schien, sie zum Essen einladen. LeDonne konnte er dann später noch berichten, daß er den Fall dem Wildhüter im County Office übergeben hatte.

Wenn man mit einer Freundin zum *Mockingbird Inn* am Highway Spaghetti essen ging, war das keine große Sache. Man wollte eben nicht allein essen. Er ging sogar manchmal mit Martha hin, und keiner fand etwas dabei. Aber der *Parson's Table* in Jonesborough, das war etwas ganz anderes.

Das Restaurant befand sich in einer ehemaligen Kirche, einem alten, efeubewachsenen Backsteinbau mit einem Turm. Er lag auf einem Hügel über dem historischen Örtchen Jonesborough, jenseits der Eisenbahnlinie. Von außen hatte das Gebäude immer noch etwas Sakrales, aber die Innenräume waren zu einem eleganten Restaurant umgebaut worden. Die Tische waren mit pastellfarbenem Leinen gedeckt und mit frischen Blumen geschmückt. Es gab selbstgebackenes Brot und Gerichte, an deren Aussprache Spencer sich nie herangewagt hätte. Ratatouille. Bœuf Bourguignon...

Wenn man mit einer Frau zum *Parson's Table* ging, hatte man ernste Absichten. An dem Abend, als Spencer sich mit Jenny verlobte, hatte er sie ins *Regas* in Knoxville geführt. Damit war Eindruck zu schinden. Aber damals war er noch jung gewesen, sagte er sich, und Knoxville war eine viel zu lange Fahrt, und außerdem wollte er ihr ja nicht imponieren, sondern sie ihrem Niveau entsprechend ausführen.

Sie blickte düster drein, während sie ihre Potage Saint-Germain schlürfte. Er hatte doch nicht den falschen Löffel genommen? Von daher gesehen wäre das *Mockingbird Inn* doch weniger riskant gewesen. Aber Peggy Muryan war nicht irgendwer. Sie war bestimmt an Restaurants mit französischen Menüs in New York und L. A. gewöhnt. Er hatte ja nicht erwartet, daß er in ihrer Gegenwart so befangen sein würde. Sie trug ein blumenbedrucktes Seidenkleid, das trotz oder wegen seiner Schlichtheit teuer wirkte. In den Ohren steckten winzige Diamanten. Sie verhielt sich mit der größten Selbstverständlichkeit, als käme sie jeden Tag hierher. Am besten immer weiterreden, sagte er sich, dann hab ich keine Zeit, mir den Kopf über Tischregeln zu zerbrechen.

«Und was macht die Arbeit?» fragte er.

«Okay. Na ja, schlecht zu sagen. Ich bin noch beim Überarbeiten. Bis jetzt ist noch nichts endgültig fertig. Das ist alles nicht einfach, aber auf alle Fälle besser als ein Job.»

«Woher wollen denn Sie das wissen?» fragte er mit leichtem Spott.

Sie legte den Löffel hin. «Woher ich das wissen will? Nun machen Sie aber mal 'nen Punkt. Meinen Sie, ich hätte jahrelang in Woodstock in einem gläsernen Sarg gelegen?»

«Nicht direkt, aber...» Wovon redete sie? Peggy Muryan hatte Platten gemacht, die auf die nationalen Hitlisten kamen. Sie mußte doch ein paar Millionen – zumindest *eine* Million – gemacht haben, um sich dann in Kalifornien an den Swimmingpool zu legen. Taten sie das nicht alle, die Stars?

«Sie halten mich für reich», sagte sie fast vorwurfsvoll. «Eine Wohnung in Paris, eine in L. A.? Ein paar Rolls-Royce? Millionen auf einer Schweizer Bank? So in die Richtung? Hoffentlich haben Sie es nicht auf mein Geld abgesehen!»

«Nein, ich –»

«Da müßte ich Sie nämlich bitter enttäuschen.»

«Sie sind aber doch berühmt.»

«Das ist Tiny Tim auch. Und wissen Sie, was aus *dem* geworden ist? ‹Tiptoe Through the Tulips.› Er hat im Fernsehen geheiratet, in der Johnny Carson Show. Halb Amerika hat zugeguckt. Und jetzt arbeitet er in einem Zirkus. Und da verdient er nicht viel, darauf können Sie sich verlassen.» Sie wedelte ihm mit ihrer Brotstange vor dem Gesicht herum. «Wie Sie sich das Berühmtsein vorstellen, Sherlock. Überlegen Sie mal: Die Plattenfirmen bekommen den Löwenanteil, da bleiben für mich etwa 10 Prozent übrig, wenn ich Glück habe. Bei einer Platte zu 6 Dollar sind das etwa 60 Cent. Und nicht viele verkaufen eine Million Platten. Elvis. Die Beatles. Nicht Peggy Muryan. Ich konnte froh sein, wenn ich fünfzigtausend verkaufte. Das sind dann dreißigtausend Dollar, davon bezahle ich den Manager, einen Publizisten, die Musiker, die Garderobe. Egal, wieviel man verdient, es bleibt nie etwas zum Sparen übrig.»

Ihr Gesicht schimmerte im Kerzenlicht. Spencer fand, sie sah jung aus. Keine Falten. Nicht wie er, wenn er mal in einen Spiegel guckte. Sie hatte kein schweres Leben gehabt, soviel war sicher. «Und was haben Sie dann all die Jahre gemacht?» fragte er.

Sie senkte den Kopf. «Ach, viel. Anfang der siebziger Jahre war ich mal verheiratet. Produktionsleiter einer Plattenfirma. Hat nicht lange gedauert. Ich kriege noch jedes Jahr eine Weihnachtskarte von ihm. Dann war ich eine Zeitlang auf Tournee. Man verdient mehr dabei.»

«Kassenschlager, wie?»

«Das nicht direkt. Sehen Sie, man produziert seine eigene Platte. Nach dem Konzert wird sie verkauft, und man behält 90 Prozent der Einnahmen. Außerdem kann man Wohltätigkeitskonzerte geben. Eine Organisation sucht sich einen Künstler, und sie teilen sich den Ertrag, halbe-halbe. Ich habe für den Frieden gesungen, für Wale, für El Salvador. Ich habe sogar schon für streikende Müllmänner gesungen. Aber wenn man älter wird, ist die Straße kein Leben: schlechtes Essen, unregelmäßige Arbeitszeiten. Also bin ich arbeiten gegangen, wie alle anderen auch. Wußten Sie übrigens, daß einer der Highwaymen jetzt ein hohes Tier bei der Regierung ist?»

Spencer schüttelte den Kopf. «Ich kann mir nicht vorstellen, wie man im Leben zweimal berühmt werden kann.»

«Ja, ich weiß genau, was Sie meinen. Als würde man wiedergeboren, ohne vorher sterben zu müssen. Tom Lehrer. *That Was the Week That Was*. Erinnern Sie sich? Er spielte Klavier und schrieb diese großartigen satirischen Lieder, wie ‹The Vatican Rag›. Jetzt ist er Universitätsprofessor in Kalifornien. Und einer der Black Panthers hat gerade ein Kochbuch geschrieben. Es ist, als hätten sie ein Doppelleben.»

«Und Sie?» fragte er. «Hatten Sie auch ein Doppelleben?»

Sie runzelte die Stirn. «Nein. Mein Leben war ganz alltäglich. Ich habe in Nordkalifornien die öffentlichen Schulen besucht und den jungen Leuten etwas über Folk erzählt, auch Vorstellungen gegeben, meistens zum Mitsingen. Ab und zu ein kleines Konzert oder Café-Unterhaltung am Wochenende. Ich hatte ein ausreichendes Einkommen und ein angenehmes Leben. Ohne Stress.»

«Und dann? Warum sind Sie dann jetzt hier?»

«Weil meine Großmutter gestorben ist.»

«Aha, verstehe. Sie wollen nicht darüber reden.»

«Doch! Wirklich! Sie starb mit sechsundachtzig Jahren. Ich war ihr einziges Enkelkind. Mein Großvater war Manager in der Textilbranche gewesen und hatte ihr ein kleines Vermögen hinterlassen. Jedenfalls genug für eine Anzahlung auf das Haus hier und um ein paar Jahre leben zu können. Verglichen mit Kalifornien sind die Häuser hier spottbillig. Schlimmstenfalls ist es eine gute Geldanlage. Wenn mein Comeback erfolgreich ist, verkaufe ich das Haus mit Gewinn. Wenn nicht, gehe ich zu meinen Schulkindern zurück, mache Musikabende in der Umgebung und bleibe hier.»

«Ist Ihre Großmutter denn hier aus der Gegend?» Irgend etwas an der Geschichte war nicht logisch.

«Nein, wieso? Ach so, Sie meinen: Wie kam ich auf die Idee, mich in Hamelin niederzulassen? Vor langer Zeit bin ich mal hier durchgekommen. Es gefiel mir sofort. Als ich noch auf Tournee ging, träumte ich immer davon, so ein Leben zu führen. Eine Idylle der Geborgenheit, à la Ozzie und Harriet. Ich dachte oft an das große weiße Haus und nahm mir vor: Wenn ich Erfolg habe, werde ich darin wohnen. Was natürlich Quatsch ist, denn dann hätte ich eine Wohnung in New York gebraucht. Aber nun, da ich Gott sei Dank nicht erfolgreich war, bin ich hier.»

Spencer hob sein Weinglas und trank ihr zu. «Willkommen in der neuen Heimat.»

Sie zögerte. «Zuerst muß ich Ihnen etwas zeigen.» Während sie in ihrer Handtasche kramte, bereitete Spencer sich seelisch auf ihre «Ich finde, wir sollten uns nicht mehr sehen»-Rede vor, nur war es Jennys Stimme, die ihm im Kopf herumging.

Als er dann hörte, was sie wirklich wollte, nämlich den Rat eines Sheriffs statt einer neuen Liebschaft, war er gleichzeitig erleichtert und gekränkt.

Sie reichte ihm eine bunte Postkarte und rückte die Kerze näher an seinen Teller. «Das bekam ich gestern mit der Post.» Es war das Foto einer Blockhütte, Davy Crocketts Geburtsort in Limestone, Tennessee, nicht weit von Hamelin. Nicht direkt ein berühmter Ausflugsort, aber die Ansichtskarten waren in den meisten Drugstores und Restaurants der näheren Umgebung zu kaufen.

Aha, eine Drohung, dachte Spencer, während er die Karte sorgfältig untersuchte. Auf Fingerabdrücke zu achten hatte jetzt wohl keinen Sinn mehr. Es war unvermeidlich, daß es Neider gab, wenn eine Berühmtheit sich unters Volk mischte. Sie hielten sie für steinreich und mißgönnten ihr den Erfolg.

Er drehte die Karte um. Sie war adressiert an «Peggy Muryan, Hamelin, Tennessee». Der Poststempel war von Knoxville, aber das besagte nichts. Knoxville war die Sortierstelle für die meisten Kleinstädte in der Umgebung.

Der Text war jedoch nicht das, was er erwartet hatte. Mit Fettstift und in Großbuchstaben stand da geschrieben:

IS LITTLE MARGARET IN THE HOUSE,
OR IS SHE IN THE HALL?

Spencer schüttelte den Kopf. «Kapier ich nicht. Und Sie haben keine Ahnung, von wem die ist?»

«Nein. Aber die Absicht ist eindeutig, mir Angst einzujagen.»

Er las die Zeilen ein zweites Mal. «Ich dachte, es sei so eine Giftbotschaft à la Hanoi Jane Fonda. Aber das hier ist totaler Schwachsinn. Oder soll es etwa ein Witz sein?»

Es war kein Witz. Peggys Augen waren voller Angst, und sie war so bleich wie die weiße Kerze. Sie nahm die Karte wieder an sich.

«Ich bin ziemlich sicher, es ist eine Drohung. Mein richtiger Name ist nämlich Margaret.»

Er starrte sie verständnislos an. Sie seufzte verzweifelt.

«Sie sind mir aber ein schöner Fan. Erinnern Sie sich nicht an das Lied?»

«Es ist nicht auf der Platte *Carolina Blue*.»

«Nein, früher. Diese Zeilen kommen in einem alten englischen Volkslied vor. Es wird heute noch hier in diesem Gebirge gesungen. ‹Little Margaret› heißt es. Wir haben es immer zusammen gesungen.»

Wir? dachte Spencer. Peggy Muryan hatte doch immer solo gesungen. «Dann – will jemand wissen, ob Sie zu Hause sind?»

Peggy lächelte nachsichtig. «Sie scheinen für diesen Fall nicht geeignet zu sein. Vielleicht sollten Sie Bascom Lunsford bitten, Sie zu vertreten.»

«Sie meinen: jemanden, der etwas von Volksliedern versteht.» Der Name Bascom Lunsford war in der Gegend von Asheville gleichbedeutend mit Liedern und Balladen, aber er war schon etliche Jahre tot.

«Erzählen Sie mir doch, worum es in dem Lied geht», forderte er sie auf.

«Es handelt von einem Gespenst. Der Liebhaber von Little Margaret heiratet eine andere. In der Hochzeitsnacht erscheint Little Margaret am Bett des Paares. Später geht er zu ihrem Haus und ruft: ‹Is little Margaret in the house, or is she in the hall?› Und ihre Familie antwortet ihm: ‹Little Margaret's sleeping in her coal-black coffin, with her face turned to the wall.›»

Spencer überlegte. «Ein Gespenst. Soll das heißen –»

«Genau. Das soll heißen, daß Little Margaret tot ist. Und das gefällt mir überhaupt nicht. Können Sie feststellen, wer die Karte geschickt hat?»

«Kaum. Selbst wenn wir Fingerabdrücke hätten, würde das nicht unbedingt etwas nützen. Vielleicht ist es nur ein Streich. So eine Karte zu schicken ist nicht gegen das Gesetz.»

«Es ist eine Morddrohung.»

«‹Is Little Margaret in the house, or is she in the hall?› Wo ist denn da die Drohung? Damit würden Sie sich vor jedem Gericht lächerlich machen. Vielleicht will jemand sie tatsächlich verängstigen, aber womit wollen Sie das beweisen?»

«Sie glauben also nicht, ich brauche Polizeischutz?»

«Nicht in Hamelin. Hier wird nicht gemordet», sagte er im Brustton der Überzeugung. «Ich glaube, Sie machen sich da unnötig Sorgen.»

Peggy kniff die Lippen zusammen und zog die Nase kraus. «Ich wollte schon wütend werden, weil Sie mir sagen, ich brauche keine Angst zu haben. Dabei sollte ich doch froh sein. Schließlich sind Sie der Fachmann.»

«Wirklich, Peggy. Es ist hier nicht wie in einer großen Stadt. Die Leute sind freundlich, und selbst falls jemand etwas gegen Sie hätte, würde er es Ihnen deutlicher zeigen als mit einer Postkarte. Also, ich bin sicher, es ist ein dummer Streich.»

Er nahm sich vor, das Thema heute nicht mehr zu berühren. Ihre Bekanntschaft war zu neu, um sie schon mit einer Unstimmigkeit zu belasten. Spencer gab sich daher einige Mühe, die Unterhaltung aufzulockern, indem er ihr Geschichten aus East Tennessee erzählte: von Vernon Woolwine und seinen Kostümierungen, vom Indian Graves Gap und von der Farm seiner Urgroßeltern in einem der Täler entlang der Eisenbahnlinie.

«Schade, daß Sie sie nicht gekannt haben», sagte er. «Sie haben soviel Sinn für das Vergangene. Meine Urgroßeltern sind fast hundert Jahre alt geworden. Mein Urgroßvater, Reverend John, war Bezirksprediger dort im Gebirge. Wissen Sie, was das ist?»

«Ja. Die Kirchen in den kleinen Dörfern können sich keinen eigenen Pfarrer leisten und teilen sich einen, der von einer Kirche zur anderen reitet und das Evangelium verkündigt.»

«Hmm. Er heiratete Urgroßmutter Mary im Jahre 1892. Sie war achtzehn, ein schmächtiges junges Ding mit langen schwarzen Haaren und katzengrünen Augen. Sie soll Irin gewesen sein. Mein Vater hat uns, Cal und mir, oft erzählt, wie das junge Brautpaar über das Gebirge nach Hause ritt, sie im Damensattel auf ihrer Stute hinter ihrem neuen Ehemann her. Unterwegs schnitt sie sich eine Maulbeerrute als Reitpeitsche. Auf der Farm angekommen, sprang sie vom Pferd, steckte den Stock in die feuchte Erde und dachte nicht mehr länger daran.»

Peggy verbarg ein Schmunzeln hinter ihrer Kaffeetasse. Nicht mehr länger daran! Er wiederholte die Geschichte offenbar mit denselben Worten, wie er sie hundertmal zu Hause gehört hatte und wie sie in der Familiengeschichte verankert waren.

«Aber die Reitpeitsche schlug Wurzeln da im Garten und wuchs zu einem dicken, starken Maulbeerbaum mit weitausladenden Ästen. Mein Vater kletterte als kleiner Junge darin herum.»

«Vielleicht sollten Sie sich als Balladensänger versuchen.»

Spencer wurde rot. «Nein, für Musik habe ich kein Talent. Jedenfalls nicht genug. Ich wünschte, Sie hätten meinen Vater noch gekannt. Als junger Student habe ich ein bißchen Gitarre gespielt.»

«Ja, das haben wir damals wohl alle. Drei Akkorde, stimmt's? C, F und G7?»

«G, C und D7. Das F habe ich nie geschafft.» Er krümmte seine Finger. «Sehen Sie? Meine Fingergelenke biegen sich nicht ganz herum. Jedenfalls hab ich ein paar Lieder von einer Joan Baez-Platte gelernt, und wenn ich Thanksgiving nach Hause kam, saß ich die meiste Zeit in meinem Zimmer und übte meine Akkorde. Einmal sang ich ‹A Fair Young Maid, All in the Garden›, als mein Vater dazukam und mitsang.»

«‹John Riley›.» Peggy nickte kennerisch.

«Genau. Das war auf der allerneuesten Joan Baez-Platte. Ich wußte, daß mein Vater sich nicht für die Subkultur interessierte, daß er Joan Baez nicht von Betty Crocker unterscheiden konnte. Woher also kannte er mein neues Lied?»

«Neues Lied!» Peggy lächelte verschmitzt. «Vierhundert Jahre alt.»

«Jaaah. Er sagte, seine Großmutter hätte es immer gesungen, Mary mit der Reitpeitsche. Die Melodie war ganz falsch, sie klang mehr nach Ernest Tubb, aber der Text war genau derselbe.»

«Haben Sie von Ihrem Vater noch andere Lieder?» fragte Peggy.

«Nein. Ich habe versucht, mehr aus ihm herauszuholen an jenem Wochenende. Aber er war so durcheinander im Kopf, daß er Grand Ol' Opry und Childe Ballad verwechselte. Vielleicht hätten Sie mehr Glück gehabt. Leider kommen Sie zehn Jahre zu spät.»

Peggy zog scharf die Luft ein. «Leider ist es zehn Jahre zu spät. Punkt. Folk ist tot.»

Spencer zögerte. «Wie geht die Melodie von ‹Little Margaret›?» sagte er beiläufig.

«Ich kann es Ihnen gern vorsingen.»

Spencer ließ hastig den Blick durchs Restaurant schweifen. Peggy mußte laut lachen. «Keine Angst, Spencer. Meinten Sie, ich wollte mich auf den Tisch stellen und jodeln?»

Spencer vergewisserte sich, daß die anderen Gäste nicht in Hörweite saßen. Unter Umständen konnte es wichtig sein, den

Text genauer zu kennen, falls er einen Hinweis auf die Gefühle des Postkartenautors gab.

Peggy schloß die Augen einen Augenblick, lehnte sich vor und sang fast im Flüsterton die alte, traurige Ballade:

Little Margaret's sitting in her high hall door,
Combing back her long yellow hair,
She saw sweet William and his new-made bride
A-going down the road so near

She threw down her ivory comb,
She threw back her long yellow hair.
Says: «I'll go down and bid him farewell,
And never more go there.»

It was all lately in the night,
When they were fast asleep,
Little Margaret appeared all dressed in white,
A-standing at their bedfeet.

It's: «How do you like your snow-white pillow,
And how do you like your sheets?
And how do you like the fair young maid
Who lies in your arms asleep?»

«It's fine I like my snow-white pillow,
And it's fine I like my sheets,
Much better do I like the fair young maid
A-standing at my bedfeet.»

He called to his serving man to go
And saddle up the dapple roan.
He rode to her father's house that night,
And he knocked on the door, alone.

Peggy machte eine Atempause. Spencer lief es eiskalt über den Rücken. Er hatte alles um sich herum vergessen.

«Is little Margaret in the house,
Or is she in the hall?»
«Little Margaret's lying in her coal-black coffin,
With her face turned to the wall.»

«Fold back, fold back those snow-white robes,
Be they ever so fine,
Let me kiss those cold clay lips,
For I know they'll never kiss mine.»

Once he kissed her lily-white hand,
And twice he kissed her cheek,
Three times he kissed her cold, corpy lips,
and he fell in her arms asleep.

Peggy drehte selbstvergessen an ihrem Weinglas und starrte in die Kerzenflamme, als habe sie Spencers Gegenwart vergessen. Er wartete eine Weile, bis die Spannung sich löste.

«Von Gewalt und Mord ist in dem Lied aber keine Rede», sagte er schließlich. «Sie ist an einem gebrochenen Herzen gestorben und er an Kummer, scheint mir. ‹He fell in her arms asleep.› Das soll wohl heißen, daß er gestorben ist, oder?»

«Das kommt drauf an, wie man's auslegt. Wenn Sie Sinn fürs Dramatische haben...»

«Auf alle Fälle hat er ein schlechtes Gewissen», sagte er düster. «Er hat Margaret sitzenlassen und eine andere geheiratet, daraufhin ist sie vor Gram gestorben. Trifft davon etwas auf Sie zu?»

«Nichts. Nicht einmal die langen gelben Haare.» Sie griff sich in die kurzgeschnittene Frisur. «Ich finde nur den Sarg verdächtig.»

«Vielleicht hat das gar nichts zu bedeuten», sagte Spencer. «Vielleicht ist das alles ganz harmlos.»

Später am selben Abend, auf der Heimfahrt nach Hamelin, lehnte Peggy sich entspannt zurück und sang «The House Carpenter». Ihre klare, kräftige Stimme hallte und umhüllte Spencer in dem geschlossenen Wagen. «What hills, what hills are those, my love, that look so dark below?» Schaudernd betrachtete er die schwarzen Gebirgsmassen mit den Schattenrändern der Nadelwälder. Wenn das Asphaltband der Straße nicht wäre, dachte Spencer, könnte man sich in einer längst vergangenen Zeit wähnen. Der kleine Silbermond glitt durch das verworrene Gezweig. Er erinnerte ihn an eine verlorene Münze auf einem Straßengitter oder ein Sixpence am Hut eines Troubadours. Seit Menschengedenken hatte dieser Mond für alle Geschlechter geschienen.

«Those are the hills of Hell, my love, where you and I must go.» Als Peggy mit dem Lied fertig war, hatte er einen eiskalten Klumpen im Magen sitzen.

Nach ein paar Meilen des Schweigens sagte sie: «Sie reden viel, Spencer, aber über Sie selbst weiß ich immer noch nichts. Ich weiß alles über Ihre Urgroßeltern, Ihre Familie, den landschaftlichen Zauber von Wake County, Tennessee. Aber nichts über Sie.»

«Aber das alles, das *bin* doch ich.»

«Das ist ein *Stück* von Ihnen, gewiß, Ihre Herkunft. Ich meine Ihr jetziges Leben. Sie waren beim Militär, jetzt sind Sie Sheriff, und Sie hatten mal eine Frau. Was ist aus ihr geworden?»

«Weiß ich nicht. Sie hat mich verlassen. Wir waren seit der Schulzeit zusammen. Es ist alles furchtbar lange her.»

Nicht lange genug. Er fühlte Peggys Augen in der Dunkelheit auf sich ruhen. Er sah stur geradeaus in die beiden Lichtkegel der Scheinwerfer. Jenny war ein zu gewichtiges Thema für ihre noch ungefestigte neue Freundschaft. Es würde einige Zeit dauern, bis er das jahrelange Schweigen brechen konnte.

«Kennen Sie das Lied ‹Whiskey in the Jar›?» fragte er.

«Natürlich.»

«Würden Sie es bitte für mich singen?»

Sie lehnte sich wieder in den Sitz zurück und sang die Ballade vom Räuber Colonel Farrell auf dem Gilgarra Mountain und seinen Verrat durch Darling Sportin' Jenny. Sie verpfeift ihn bei der Polizei, aber es gelingt ihm, während der Gerichtsverhandlung zu fliehen. Als Peggy an die Strophe kam, wo der Räuber seinen Bruder sucht, der bei der Armee dient, nahm Spencer ihre Hand und hielt sie fest, wie jemand, der Angst hat zu fallen.

* * *

Dunkelheit und Schweigen. Aber wenn man seine Sinne öffnete, dann war die Dunkelheit voller Lichter und das Schweigen voller Lärm. In der Schwärze stachen die Sterne einem wie Nadeln in die Augen, und im Himmel hingen schimmernde Dunstschleier menschlicher Beleuchtung. Wie gern man sich auch in der Dunkelheit verborgen hätte: das Licht folgte einem überallhin. Es war wie Glasscherben, und die Augen bluteten... Aber man muß sie weit aufhalten... Horch!... Unter der Decke des Schweigens das Summen der Moskitos... das Rauschen der Blätter... das Rascheln im Gras... das Geräusch seiner Schritte, seines Herzens. Er konnte diese Nachtlaute zum Schweigen bringen, wenn er die Musik in seinem Kopf einschaltete. Stelle deine M-16 auf Rock 'n' Roll und lausche auf den DJ mit seinen Oldies... Moldies... Ghoulies... Ghosties... Ist es tot oder ist es Memorex?*

Der Song übertönte das Dröhnen, das Surren, das Rascheln. Lieber Soldat, das war Otis Redding mit «Sitting on the Dock of the Bay». – SIR! Ist das hier Cam Ranh Bay, SIR? – Soldat, das weißt du doch selber. Wenn Otis dir im Kopf singt, obwohl dein Radio eine M-16 ist, bewegen sich davon die Blätter? Das Blätterdach ist nicht sehr dicht hier. Ein dünner Baldachin.

Es ist Zeit, etwas zu töten. Dafür ist ja schließlich Krieg.

Man schleicht sich leise vor, starrt ins Dunkel, bis die Form sich abzeichnet. Wollen doch diese Zippo-Mission mal rasch erledigen.

Knallhart. Knallkopp. Aber heute wird mal nicht geknallt. Heute wird leise gestorben... Tiger, Tiger, burning bright in the forests of the night... Ähh, Mann, wußteste schon, daß man das auf die Melodie von «Twinkle, Twinkle, Little Star» singen kann?

Keine Bange. Wir sind dem Feind begegnet, und der Feind ist – wir selbst. Und ich gehe durch das Tal des Todes und fürchte nichts, denn ich bin die gemeinste Sau weit und breit.

* Anspielung auf den Werbeslogan: Is it live or is it Memorex? Memorex = eine Tonbandmarke

Und ich bin besoffen. Scheißvollgesoffen.

Das Angriffsziel ist so an die hundert Meter entfernt. Es atmet laut in der Stille. Blicklos. Leise. Vorwärts, Mann. Zielen. Die Moskitos werden deine Schritte übertönen. Der Wind im Gras ist lauter als das Geräusch von Stahl, wie er aus dem Lederschaft gezogen wird. Die Songs in deinem Kopf sind lauter als die kleine Stimme, die sagt: «Töten.» Näher. Schneller. Leiser. JETZT! Schnell, ehe sie merkt, was los ist. Ehe sie sich wehren kann... Chao, Mamasan... Quäl dich. Ersticke an dem Schrei in deiner Kehle. Stirb. Das ist ein Befehl.

In der Nacht ist das Blut dunkler als der Sommerhimmel. Die Neuverstorbenen sind stiller als die Nacht voll Gewimmel... Dunkelheit und Schweigen kommen später.

* * *

LIEBE PEG,
DA WÄRN WIR WIEDER. HALLO.

MIR FÄLLT SO RECHT NICHTS EIN, WORÜBER ICH MICH BEI DIR AUSBREITEN KÖNNTE. ODER ICH HAB KEINE LUST, MICH DARÜBER AUSZUBREITEN. ODER ÜBER UNS. DICH UND MICH. AUTOPSIE EINES DYNAMISCHEN DUOS. ACH WIE SO TRÜGERISCH...

GENUG JETZT DAVON, T. P. BERÜHMTE LEUTE LANGWEILEN, DAS TUT MAN NICHT. DIE HAT WAHRSCHEINLICH COUNTRY JOE AND THE FISH AN DER STRIPPE, WÄHREND SIE DEINEN BRIEF LIEST.

WENN BOB HOPE KOMMT, SAG IHM, DU HAST SCHON FÜR DIE JUNGS IN ÜBERSEE GESPENDET. SAG IHM, DU KRIEGST IMMER DIESE HYSTERISCHEN LIEBESBRIEFE VON EINER EX-FLAMME, UND DU MACHST DIR SOGAR DIE MÜHE, SIE ZU LESEN, OBWOHL DU DOCH WEISS GOTT BESSERES ZU TUN HAST.

GERADE KAM EIN EINSTERNIGER GENITAL

VORBEI, IM GEFOLGE EINEN SCHNATTERNDEN HAUFEN OFFIZIERE... DIE MACHEN WAHRSCHEINLICH VISITE, UM SICH ZU VERGEWISSERN, DASS WIR UNTEROFFIZIERSSCHWEINE UNS GUT EINGELEBT HABEN...

IM AUGENBLICK LASS ICH MICH VON MUSIK BERIESELN: GRACE SLICK AND THE JEFFERSON AIRPLANE. KEIN WUNDER, DASS ICH IM ARSCH BIN, WO ICH HIER NICHTS ANDERES ZU LESEN KRIEGE ALS DIE PACIFIC STARS AND STRIPES UND DEN NATIONAL LAMPOON.

WENN SICH NICHTS ANDERES TUT, WERD ICH NOCH MITGLIED IM NCO-CLUB UND ZIEH MIR EIN PAAR WODKA-TONICS REIN, HÖRE MIR DIE BAND AN UND BEÄUGE DIE ORIENTALISCHEN TANZMÄDCHEN, WIE SIE DEN LAUFSTEG AUF UND AB HÜPFEN.

HIER IN DER KLINIK HABEN SIE EINEN ZWEISEITIGEN FRAGEBOGEN AUSGEARBEITET MIT PYSCHATERHAFTEN FRAGEN. DER ZWECK DER ÜBUNG IST, DAS GESAMTE 6908TE KOMMANDO VON DEN FREAKS ZU SÄUBERN, DIE HIER FREI IM GELÄNDE HERUMLAUFEN. NA DENN, VIEL SPASS. DER AIR FORCE SECURITY SERVICE HAT VON ALLEN KOMMANDOS IN DER AIR FISCH DIE HÖCHSTE QUOTE FÜR ALKOHOLISMUS, SCHEIDUNG, ZERMÜRBUNG IN DEN AIR FORCE-SCHULEN, DROGENMISSBRAUCH UND HOMOSEXUALITÄT. DIE LISTE IST KEINESWEGS VOLLSTÄNDIG, ABER LASS NUR DEINE PHANTASIE SPIELEN. NICHTS IST ZU GROTESK, ZU ABGESCHMACKT: WIR HABEN ALLES VORRÄTIG.

UND ZWAR HAT DIE AIR FARCE ES SO GEPLANT. NICHT MIT VOLLER ABSICHT. ABER INDEM SIE DIE CREME DER INTELLIGENZIJA ABGESAHNT HABEN, WAR ES PRAKTISCH

UNVERMEIDLICH, DASS SIE SICH DABEI ALL DIE SÄUFER, DIE EXHIPPIES, DROGENHEINIS, DIE SCHWULIS, QUERULANTEN UND SENSIBELCHEN AUFGEHALST HABEN. KEIN WUNDER, SIE HABEN EIN PROBLEM. GESCHIEHT IHNEN RECHT.

UND WENN ICH MIR VORSTELLE, DASS ICH MICH SPEZIFISCH FÜR DEN SECURITY SERVICE GEMELDET HABE! ICH MUSS WAHNSINNIG GEWESEN SEIN. NA JA, VERBLENDET AUF ALLE FÄLLE.

ICH GLAUBE, MEINE EXFREUNDIN IST INZWISCHEN EIN GROSSER PLATTENSTAR. VERRÜCKTER WIRD'S NIMMER. UND DAS VERRÜCKTESTE VON ALLEM IST DAS KLEINE WÖRTCHEN «EX». ACH, ICH GEHÖRE HIERHIN. WIRKLICH. KANSAS KANNSTE VERGESSEN. ICH BIN SPINNERT GENUG FÜR OZ.

MUSS NOCH AN DIE LIEBEN ELTERN SCHREIBEN. EINE ÜBUNG IN VORGEGEBENER NORMALITÄT. «DAS ESSEN IST GUT, MAMA.» WIE UNSERE GESCHÄTZTE REGIERUNG. ICH FINDE, DIE WAHRHEIT SOLLTE RATIONIERT WERDEN.

UND DU KRIEGST MEINE RATION.

DEIN TREUER BRIEFFREUND
tepee

5. Kapitel

Time will run back and fetch the Age of Gold.
Milton

HALLO, LIEBE KLASSE VON '66!
Wie geht es Euch? Was habt Ihr in den letzten zwanzig Jahren so gemacht? Wir wollen alles ganz genau wissen! Klar, Ihr habt

keine Zeit, lang Briefe zu schreiben. Aber jetzt habt Ihr Gelegenheit, den Kontakt wiederaufzunehmen.

Seid Ihr nicht manchmal neugierig, was Eure alten Schulkameraden und -kameradinnen getrieben haben? Ob die Cheerleaders noch immer so hübsch sind? Ob die Pärchen von damals noch zusammen sind? Ob der Klassendoofi inzwischen Computermillionär geworden ist? Ob wohl jemand aus der Klasse noch öfter verheiratet war als Ihr? Wie *er* wohl jetzt aussieht? Und ob es stimmt, daß der Klassenheld jetzt Nachtschicht am Drive-in-Schalter bei Burger King schiebt?

So ein Klassentreffen ist voller Überraschungen. Ihr werdet staunen, wie viele von uns sich noch an Euch erinnern. Also: Kommt alle HEIM NACH HAMELIN zu Eurem zwanzigjährigen Jubiläum der Schulentlassung. Wenn Ihr nicht kommt – einer wird Euch bestimmt sehr vermissen. Hier ist das Programm:

> Freitag abend, 8. August, 20 Uhr bis…
> The American Legion Hut, Hamelin
> Der Saal ist für die Klasse von '66 und deren Gäste reserviert.
> Samstag abend, 9. August, 20 Uhr bis 24 Uhr
> Turnhalle der High School
> Büffet mit verschiedenen Gerichten einschließlich Huhn und Barbecue. Bar (Getränke werden selbst bezahlt) und DJ mit bekannten und beliebten Oldies. Ihr könnt tanzen, flirten oder gemütlich in einer Ecke sitzen und Euch gegenseitig Eure Familienfotos zeigen.
> $ 13.00 pro Person – $ 26.00 pro Paar

Wer nicht kommen kann, fülle doch bitte das beiliegende Formular aus, damit wir alle Bescheid wissen!
Tyndall Johnson Garner und Martha Ayers,
Planungskomitee

Martha Ayers hatte einen Stapel fotokopierter Ankündigungen links auf ihrem Schreibtisch liegen und einen Stapel frankierter Briefumschläge rechts. Die Adressenliste lag in der Mitte in einem aufgeschlagenen Loseblatt-Notizbuch. Etwa ein Drittel der Klasse war leicht zu finden gewesen. Tyndalls Aufgabe war es, die übrigen aufzustöbern, indem sie zahllose Telefongespräche führte und Postkarten schrieb. Spencer hatte nichts dagegen, wenn Martha in der Arbeitszeit die Einladungen verschickte, aber das Telefon mußte frei bleiben.

Als sie an Spencers Adresse kam, warf sie einen prüfenden Blick auf seine Bürotür. Sie war angelehnt. Die Kontrollampe zeigte an, daß er nicht telefonierte, also durfte er gestört werden. Sie trug die Einladung zum Klassentreffen eigenhändig ins Allerheiligste.

Sein Büro war klein. Die Wände waren sandfarben. Auf dem hölzernen alten Schreibtisch standen ein grüner Löscher und ein Bierkrug mit Bleistiften. Das Bücherregal war vollgestopft mit Akten und Büchern. Obendrauf stand ein ungesundes Philodendron mit braunen Spitzen, dessen Leben von Martha abhing, und ein Foto von Cal Arrowood in Footballtracht. Martha warf einen kurzen Blick auf das vertraute, jungenhafte Gesicht mit dem verschmitzten Lächeln, dann auf Spencer, der in einen Bericht vertieft war. Die Ähnlichkeit zwischen den beiden wurde von Jahr zu Jahr weniger, dachte Martha. Cal strahlte Selbstbewußtsein aus. Er hatte etwas Verwegenes, fast Unverwundbares, das Spencer nie gehabt hatte. Mit den Jahren war er gewichtiger, gesetzter geworden, und der konservative Haarschnitt verwischte vollends das bißchen Familienähnlichkeit.

«Per Eilbote», sagte sie und legte ihm die Einladung auf den Tisch.

Er las die Überschrift und verzog das Gesicht. «An dem Wochenende bin ich schon zum Angeln verabredet», knurrte er.

Martha verschränkte die Arme vor der Brust. «Sag mal, wovor hast du eigentlich Angst? Du bist geschieden? Ich zweimal. Du führst ein ereignisloses Leben? Mensch, du bist mein Boss. Wie steh ich denn dann erst da? Oder hast du etwa Komplexe wegen deiner verlorenen Schönheit? Dann lach ich dich aus, guck doch mich an.»

«Ach, laß mich doch. Ich bin froh, daß ich die Schule hinter mir habe. Was soll ich da noch auf einem Klassentreffen? Wirklich, Martha, ich hab da nichts verloren.»

«Da will doch keiner was von dir. Sieh es doch als Party. Bring deine neue Freundin mit.»

«Peggy?» Auf die Idee wäre er nie gekommen.

«Ja. Das wär doch toll. Weißt du noch, wie Lizbeth Barnes Joan Baez eingeladen hat, an unserem Abschlußfest teilzunehmen? Sie bekam eine Absage von der Sekretärin, Joan sei in Chicago und könne nicht kommen. Diesmal würden wir nicht enttäuscht. Vielleicht singt sie uns sogar etwas vor.»

«Langsam, langsam, Martha, soweit sind wir ja noch nicht.»

«Laß es dir durch den Kopf gehen, Spencer. Es wäre eine Riesenattraktion. Vielleicht ist sie sogar froh, wieder mal als Star auftreten zu dürfen.»

Spencer faltete die Einladung und steckte sie in die Gesäßtasche. «Ich geb dir noch Bescheid.»

«Bitte bald. Falls sie kommt, müssen wir rechtzeitig die Publicity organisieren. Channel Five et cetera.»

Marthas Telefon schellte. Sie ging in ihr Zimmer hinüber und nahm den Hörer ab. Sie war froh über die Unterbrechung. Wenn sie noch lange diskutierten, überlegte er es sich nachher wieder anders. Sie hätte nichts von der Fernsehstation erwähnen sollen.

«Büro Wake County Sheriff», meldete sie sich.

Die Stimme am anderen Ende klang vertraut, aber in den Jahren als Sekretärin des Sheriffs hatte sie gelernt zu unterscheiden, ob jemand zum Plaudern aufgelegt war oder ob jemand ein Problem hatte. Die Stimme klang erregt. Es mußte etwas Schlimmes sein. «Ja, der Sheriff ist hier. Ich stelle durch.»

Martha hörte, wie Spencer den Hörer abnahm und bald darauf sagte: «Langsam. Erzählen Sie mir der Reihe nach, was passiert ist.»

Sie adressierte weiter ihre Umschläge. Zwei Minuten später kam Spencer im Laufschritt an ihrem Schreibtisch vorbei. «Ruf LeDonne. Er soll mich im Dandridge-Haus treffen.»

«Was ist passiert?» rief Martha ihm nach.

Spencer war schon fast aus der Tür. «Frag nicht lange, ruf LeDonne.»

Das gestrige Gespräch mit Peggy ging ihm nicht aus dem Sinn. Die Ansichtskarte.

Hätte er mehr auf Peggys Angst eingehen, sich mehr auf ihren Instinkt verlassen sollen? Es kam ihm nur alles so absurd vor. Literarische Zitate auf einer Postkarte! Er war an Leute gewöhnt, die mit den Fäusten zuschlugen, die ihrer Wut mit brutaler Gewalt Luft machten, weil sie sich nicht verbal ausdrücken konnten.

In der Nacht hatte es keine Vorfälle gegeben. Als er früh ins Büro kam, hatte er als erstes die Polizeiberichte durchgelesen: keine verdächtigen Fremden... kein Waffendiebstahl. Ein Betrunkener war aufgegriffen worden. Im *Mockingbird Inn* war es fast zu einer Schlägerei gekommen, zwei Verkehrsprotokolle waren ausgeschrieben worden. Alles wie immer. Wenn ein nächtlicher Mörder durch die Straßen von Hamelin gestreift war, dann hatte ihn niemand gesehen und niemand gemeldet.

Am Gerichtsgebäude hatte Vernon Woolwine schon Stellung bezogen. In seinem schwarzen Kostüm mit Umhang und einer metallisch schimmernden schwarzen Maske vor dem Gesicht war er kaum zu übersehen. Heute war er Darth Vader. Aufrecht und finsteren Blicks stand er am Straßenrand und beobachtete den Verkehrsstrom. Niemand winkte ihm zu. Man hatte gelernt: Wenn er Darth Vader war oder Freddy Krueger, war er unnahbar. Spencer fuhr grußlos an ihm vorbei.

Die Stadt wirkte alltäglich. Es war ein heller, heißer Tag. Die Leute mähten leichtbekleidet ihren Rasen oder wuschen ihr Auto. Spencer sah einige bekannte Gesichter. Er winkte ihnen zu, und sie grüßten zurück. Die Normalität wirkte beruhigend auf ihn. Er kannte doch seine Stadt! Die hübschen Häuser, die bunten Blumenbeete, die spielenden Kinder... Gewiß, es gab auch Schattenseiten in Hamelin: Männer, die ihre Ehefrauen verprügelten, Diebe, Drogensüchtige. Nach einigen Jahren als Sheriff überraschte ihn so leicht nichts mehr. Aber das, was heute passiert war – das war etwas ganz anderes.

Er hatte sich so gewünscht, daß Peggy ihre heile Welt hier fände. Natürlich war sein Wunsch nicht ganz ohne Heimatstolz.

Wie oft hatte er geprahlt: Wir sind hier nicht in New York. Bei uns laufen keine Chaoten herum. Wir brauchen unsere Türen nicht abzuschließen. Wir können eine falsche Nummer wählen, und trotzdem ist es jemand, den wir kennen. Aber Peggys Anruf hatte alle seine Behauptungen zunichte gemacht. Er nahm sich vor, seiner Mutter zu raten, von nun an immer die Haustür zu verschließen.

Das Dandridge-Haus schimmerte weiß durch das Grün der Bäume. Er war froh, daß wenigstens alle Fenster noch ganz waren und an den Wänden keine Sprühfarbe zu sehen war. Er fuhr die kreisrunde Auffahrt hinauf und parkte den Wagen neben LeDonnes vor der vorderen Veranda.

Von Peggy keine Spur. Sie mußte hinter dem Haus sein. Am Telefon war ihre Stimme voller Angst gewesen, und sie hatte immer wieder gesagt: «Ich hab's ja gewußt.»

Von weitem sah es aus wie ein schmutzigweißer Lappen, der von einem Ast hing, oder ein ausgestopftes Leintuch, das die Leute um Halloween im Garten aufhängen. Das getrocknete Blut auf dem weißen Fell war rostfarben. Der Draht hing von dem dicken, tiefhängenden Ast einer alten Eiche. Man brauchte nicht sehr groß zu sein, um ihn zu erreichen und herunterzubiegen. Auch nicht sehr stark.

Der Kopf der Tierleiche baumelte lose in der leichten Sommerbrise. Blondell. Peggys Schäferhündin. Ihre Augen starrten weit aufgerissen ins Leere. Ihre Füße berührten fast das blutgetränkte Gras. Die Eingeweide waren aus dem Leib herausgeschnitten worden.

LeDonne stand mit der Kamera etwas abseits. Er betrachtete den Kadaver mit teilnahmslosem Interesse.

Spencer berührte ihn leicht am Arm. «Willst du nicht ein paar Aufnahmen machen, damit wir sie abschneiden können? Es ist ja nicht nötig, daß Peggy sie so sieht. Heb den Knoten auf, und tu das Ganze in eine Beweistasche, für den Fall, daß wir einen Verdächtigen finden.»

«Das will ich schwer hoffen», sagte LeDonne.

«Wir finden den Täter bestimmt», versicherte Spencer.

«Nicht wir», erwiderte LeDonne. «Ich. Wenn einer was gegen

die Frau hat, warum läßt er es dann an ihrem Hund aus?» Er kam näher an den Kadaver heran und stellte die Kamera ein.

Spencer sah zur Hecke hinüber, die Jessie Traynhams Haus von dem Peggys trennte. Er mußte sie natürlich verhören, da sie sich erst kürzlich über den Hund beschwert hatte. Aber niemals konnte sie es getan haben. Vergiften – das traute er jedem zu. Gift war leicht und sauber zu handhaben, und man brauchte nicht zuzusehen, wie das Tier starb. Aber einen Hund mit einem Draht zu erwürgen und ihm dann die Eingeweide herauszuschneiden, das war eine schwierige und unappetitliche Angelegenheit. Er selbst hätte nicht die Nerven dazu gehabt.

«Die Sache ist mir nicht geheuer», sagte er. «Unbegreiflich, wer so etwas tut. Höchstens Hell's Angels. Eine Art Ritual.»

«Nee, eine Motorradgang war das nicht. Es sei denn, sie sind alle Veteranen. Siehst du nicht – nein, das kannst du ja nicht wissen. Aber schau dir das an.» Er zeigte auf den Blutfleck in Form eines Dreiecks am Hals des Tieres.

«Eine Tätowierung?»

«So ungefähr. Das hat einer mit einem Rasiermesser eingeschnitten. Ein Karo mit einer geometrischen Form darin. Es ist ein Emblem. Ich kann genau feststellen, was es bedeutet, aber ich hab schon so eine Vorstellung. Wir haben es hier mit einem Militärmord zu tun, direkt aus Du-weißt-schon-wo. Im Klartext heißt das: Wir suchen einen Vietnam-Soldaten.»

Spencer trat ein paar Schritte zurück. «Bist du sicher?»

LeDonne hob die Kamera und knipste. «Klar. Ich sehe so was ja nicht zum erstenmal. Übrigens, du kannst ruhig schon gehen und dich um die Dame kümmern. Ich erledige das hier allein.»

Spencer zögerte. Es würde nicht einfach sein, sie zu beruhigen. Die Postkarte ging ihm im Kopf herum. Ein Veteran, der sauer war, weil ihm etwas am Inhalt ihrer Lieder nicht paßte? Das war doch hanebüchen. Außerdem war es viel zu lange her. Es sei denn, jemand hatte eine alte Rechnung zu begleichen. Ein Vietnam-Veteran. Plötzlich ging ihm ein Licht auf. «Roger Gabriel», sagte er laut.

LeDonne knipste ungerührt weiter. Großaufnahme des

Emblems. «Ich schau gern mal bei ihm vorbei», sagte er gelassen. «Aber ich bin sicher, er hat nichts damit zu tun.»

«Er hat flashbacks. Du hast es selbst gesagt.»

«Jaah... Trotzdem, er war's nicht. Wenn die Frau da mit aufgeschlitztem Bauch hinge, dann würde ich sagen: möglich. Aber, Spencer, das hier ist ein Hund. Ein Hund.»

Spencer ließ LeDonne am Tatort zurück und ging den Abhang hinauf ins Haus. Ein paar dürre Kameliensträucher flankierten die Hintertreppe. Keine Fußabdrücke auf der feuchten Erde. Es hatte also niemand versucht, einzudringen oder durchs Fenster zu sehen. Er trommelte gegen die Fliegentür.

«Es ist offen», rief Peggy.

Er trat in die Küche. Auf dem Tisch stand noch das schmutzige Frühstücksgeschirr, aber der weißgekachelte Fußboden war sauber. Die Sonne schien durch die Netzgardinen auf eine Aloepflanze auf der Fensterbank. Eine gelbe Hundeschüssel stand auf einer Fußmatte neben dem Kühlschrank. Sie war voll. Peggy mußte sie am Morgen noch gefüllt haben. Spencer lauschte ins Haus, ob er jemanden schluchzen hörte. Alles war mäuschenstill.

Peggy saß auf der Sonnenterrasse, die auf drei Seiten von großen Glasfenstern umgeben war. Der Abhang war zu steil, als daß sie von hier aus hätte sehen können, wie sie den Tatort inspizierten. Man konnte nur die Baumspitzen sehen, nicht den niedrigen Ast mit seiner grausigen Last. Mit angezogenen Knien hockte sie auf einem S-förmigen Korbsofa, umgeben von einem Dschungel hoher Pflanzen. Ihr Gesicht war blaß und ungeschminkt.

Als sie zu ihm aufblickte, sah er, daß sie geweint hatte. Ihre Augen sprühten vor Zorn.

«In was für einen Proletenverein bin ich hier geraten?» herrschte sie ihn an.

Er setzte sich auf die Strohmatte, die vor ihr lag. «Es tut mir leid wegen Blondell.»

«Sie haben gesagt, die Karte hätte nichts zu bedeuten», sagte sie vorwurfsvoll. «Sie sei nur ein Streich.»

«Ich weiß. Ich bin nur froh, daß es nicht Sie selbst erwischt hat. Ich muß Ihnen jetzt ein paar Fragen stellen, damit wir den Täter ermitteln können.»

Sie rieb sich die Augen. «Ich habe nichts Ungewöhnliches gesehen oder gehört. Nachdem Sie mich gestern abend nach Hause gebracht haben, ließ ich Blondell hinaus und ging schlafen. Normalerweise lasse ich sie dann später wieder herein, aber ich war zu müde. In der Frühe ging ich sie suchen und –» Sie verstummte.

«Und Sie haben sie nicht bellen gehört?»

«Nein, Blondell war nie ein echter Wachhund. Was meinen Sie, hat sie gelitten?»

Spencer zögerte. «Ich weiß nicht», log er. «Ich würde gern die Postkarte mitnehmen. Mal sehn, was wir hier erfahren können. Wir glauben, der Täter ist ein Mann.»

Peggy schnaubte verächtlich. «Glauben? Sie halten es also für möglich, das Tantchen nebenan würde einen Hund abschlachten?»

«Das nicht. Aber ich muß auf alle Fälle mit ihr reden. Falls sie etwas gehört hat. Und von Ihnen brauch ich auch noch nähere Einzelheiten.»

Sie rieb die schlanken Finger aneinander, als ob sie ihr weh täten. «Was gibt es da noch zu sagen?»

«Wer Ihnen die Karte geschickt hat, kennt auch Ihre Lieder. Er weiß, daß ‹Little Margaret› für Sie gewisse Implikationen hat. Und ob er Sie nun persönlich kennt oder nicht: Er hat eine Stinkwut auf Sie. Haben Sie eine Ahnung, wer das sein könnte?»

Sie schüttelte den Kopf. «Ich kenne doch hier gar keine Leute.»

«Hat sich noch jemand anderes über den Hund beschwert? Hat er jemandem die Katze gefressen, oder –»

«Nein.»

Spencer stand auf. «Na gut. Ich werde tun, was ich kann. Wenn Ihnen etwas verdächtig vorkommt, rufen Sie mich sofort an. LeDonne kümmert sich um Blondell.»

«Danke», sagte sie mechanisch.

Er hatte erwartet, daß sie weinte und lamentierte, und hatte sich schon überlegt, ob es angebracht war, sie in die Arme zu nehmen und zu trösten, ohne daß es so aussah, als wolle er was von ihr. Nun war sie die Ruhe selbst. Schockwirkung? Er selbst war mehr aus der Fassung als sie. Morgen oder übermorgen wollte er wieder nach ihr sehen. Er wandte sich zum Gehen, aber Peggy sah nur kurz auf und machte eine apathische Handbewegung. Sie schien mit ihren Gedanken weit weg zu sein.

Joe LeDonne hockte bei Martha auf der Schreibtischkante und schlürfte wie üblich seine Pepsi, wobei er zufrieden das Kätzchenposter über ihrem Schreibtisch betrachtete.

«Ich kann mir einfach nicht vorstellen, daß es Leute gibt, die einen Hund ermorden», sagte sie. LeDonne dachte an all die Hunde, die täglich auf der Straße getötet wurden, an die Märkte in Südostasien, auf denen Hunde in Käfigen zum Verkauf als Speise angeboten wurden, an das Tierasyl, bei dem er gerade die Überreste des weißen Schäferhunds abgeliefert hatte, wo sie auf einen Haufen toter Hunde zum Verbrennen geworfen wurden. Es lohnte sich nicht, mit Martha darüber zu reden. Er nahm einen Schluck Pepsi.

«Spencer wollte Mrs. Traynham fragen, ob sie etwas gesehen hat», fuhr Martha fort.

«Hat sie nicht.» LeDonne fiel das Zeichen am Hals des Hundes ein. «Ich war bei Roger Gabriel, um ihm ein bißchen auf den Zahn zu fühlen. Er war nicht da. Ich geh später noch mal hin.» Er beschrieb Martha das Emblem und die Art und Weise, wie das Tier getötet worden war.

«Glauben Sie, er hat es getan?» fragte sie.

«Auf alle Fälle halte ich einen polizeilichen Ermittlungsbesuch für angebracht», sagte LeDonne. «Besonders, seit er bei *Denton's* durchgedreht ist. Da ist zweifellos ein Zusammenhang mit Vietnam.»

«Also, ich versteh das nicht.» Martha vermied es, LeDonne anzusehen. Sie klaubte alle ihre Bleistifte und Kulis zusammen und steckte sie in das Marmeladenglas auf ihrem Schreibtisch. «Ich meine, ich verstehe nicht, warum ihr das nicht hinter euch lassen könnt. Wie lange waren Sie in Vietnam? Ein Jahr?

Höchstens zwei. Und Sie sind jetzt fünfunddreißig Jahre alt. Also verhältnismäßig kurze Zeit. Es ist mir schleierhaft, wie man sich da jetzt noch drüber aufregen kann.»

LeDonne spielte mit einem Protokollblock. «Martha, stellen Sie sich vor, Sie sind achtzehn. In dem Alter spielen die Jugendlichen heutzutage mit Computer-Games, in denen sie zum Zeitvertreib Flugzeuge abschießen. Für uns war es kein Spiel, sondern blutiger Ernst. Stellen Sie sich vor, Sie streifen mit zwei Kameraden durch den Dschungel. Zu dritt haben Sie genug Munition, um die Schlacht von Alamo zu gewinnen. In einer halben Stunde könnten Sie Shiloh einnehmen. Sie haben die Macht zu töten. Und die ganze Zeit müssen Sie hellwach sein. Hier kommt man immer irgendwie durch, ob man betrunken ist oder halb schläft. Es merkt noch nicht mal einer. Aber da in Vietnam – es war ununterbrochener, totaler Einsatz.» Er nahm einen langen Schluck. «Ich hab in dem einen Jahr in Vietnam intensiver gelebt als in zehn Jahren hier zu Hause.»

Martha schnaubte. «Das hat dann an Ihnen selbst gelegen.»

«Nein. Sehen Sie: Wir waren achtzehn. Wir waren jung, und wir hatten auf einmal diese Wahnsinnsmacht. Jeden Tag ging es auf Leben und Tod. Unsere Nerven waren ein ganzes Jahr lang aufs äußerste gespannt.» Er drückte die leere Pepsidose zusammen und warf sie in Marthas Papierkorb. «Und dann werden wir nach Hause geschickt, als sei nichts gewesen. Wir sollen wie brave Spießbürger leben: immer das richtige Kleingeld für die Parkuhr bereithalten, unsere Bücher zur rechten Frist in die Bibliothek zurückbringen, pünktlich um acht Uhr im Büro erscheinen. Das ist alles so entsetzlich trivial, Martha. Diese beschissene normale Welt ödet mich an.»

«Die Miss America vom letzten Jahr kann Ihnen das sicher besser nachfühlen als ich», sagte Martha spitz. «Außerdem ist nicht einzusehen, warum es ausgerechnet Ihnen so ging.»

«Fragen Sie die Einberufungsbehörde.»

Sie seufzte gereizt. «Nicht daß Sie in den Krieg mußten, sondern daß Sie diesen Komplex haben. Ray Elgin war auch in Vietnam, und der ist völlig normal. Er hat eine gutgehende Zahnarztpraxis und eine reizende Familie. Keine seelischen Probleme.»

«Na, da bin ich nicht so sicher. Vielleicht war er nicht im Kampfeinsatz. Oder der gute Ray ist zäher als wir andern alle. Oder er ist so oberflächlich, daß ihm nichts nahegeht. Oder er leidet still vor sich hin. Was weiß ich? Fragen Sie ihn selbst.»

«Ich sag ja nur, es kommt mir merkwürdig vor, daß manche so sehr davon betroffen sind und andere gar nicht. Und dann krieg ich statt einer Erklärung eine Vorlesung über Alamo und Parkuhren.»

LeDonne zuckte die Achseln. «Sie wollten's ja wissen. Wenn Spencer zurückkommt, sagen Sie ihm bitte, ich bin auf Streife. Wir treffen uns hier um fünf Uhr.»

Martha sah ihm nach, wie er zur Tür schlenderte, und fragte sich, wie viele Jahre er wohl noch brauchte, um sich mit einem trivialen Leben abzufinden.

Es war nach neun Uhr, als das letzte Tageslicht am Himmel verblich. Peggy Muryan hatte schon lange vor der Dämmerung angefangen, alle Türen zu verschließen. Um sieben Uhr machte sie sich ein Sandwich und aß es an der Anrichte in der Küche. Das Brotmesser hielt sie immer in Reichweite. Allmählich verebbte ihre Angst, allein in dem stillen Haus zu sein, und sie versuchte, etwas zu arbeiten. Zum erstenmal, seit sie hier wohnte, wünschte sie sich einen Fernseher. Die Geräusche und Lichter wären jetzt eine willkommene Ablenkung.

Peggy schlug ein paar Akkorde an, stand wieder auf, ging unruhig im Zimmer herum, hob einen Stapel Zeitschriften auf, legte ihn wieder hin – es hatte keinen Zweck, sie konnte sich nicht konzentrieren.

«Na, Mädchen», sagte sie zu sich selbst, «dann zeig mal, ob du wirklich so hart im Nehmen bist.»

Sie brauchte unbedingt eine Zigarette. Großartig! Das hatte ihr gerade noch gefehlt. Am Anfang einer neuen Karriere als Sängerin das Rauchen wieder anzufangen. Was tat man bloß mit den Händen, wenn man nicht rauchte? Sie konnte ja staubsaugen, aber die weißen Hundehaare auf dem Teppich gaben ihr eine Gänsehaut. Sie wollte nicht an den Baum hinter dem Haus erinnert werden. Nicht an Blondell, die an einem Ast hing.

Sie starrte das Telefon an. Wen konnte sie anrufen? Nicht Spencer Arrowood, der erinnerte sie nur wieder an den Vorfall. Ihre Freunde und Bekannten? Dann mußte sie entweder auf gut gelaunt machen oder alles erklären.

Was ist los, Peggy?

Also, stell dir vor, jemand hat mir ein Lied mit einem Gespenst drin geschickt, und jetzt ist ein echtes Gespenst aufgetaucht und will mich holen...

Na, das kannst du Shirley MacLaine erzählen, nicht mir.

Warte, jetzt hängt da auch ein toter Hund in meinem Garten. Überall Blut. Rausgeschnittene Eingeweide. Es ist doch klar, was das zu bedeuten hat: Nächstes Mal bin ich an der Reihe.

Sie versuchte, ihre Angst abzuschütteln. Im Schaugeschäft ist man nun mal der krankhaften Phantasie aller möglichen Irren und Einsamen ausgesetzt, die wütend werden, wenn man dem Bild nicht entspricht, das sie sich von einem gemacht haben, sagte sie sich. Sie machen dich zur Zielscheibe ihrer Wut und Enttäuschung über Eltern, Freunde, Beruf. Berühmt zu sein heißt, daß man zehntausend Freunde und fünf pathologische Feinde hat. Und keinen wird man je persönlich kennenlernen – wenn man Glück hat. Entweder man akzeptiert das, oder man verschwindet aus dem Rampenlicht in der Hoffnung, daß es nicht schon zu spät ist.

Peggy überlegte fieberhaft, wer Blondell getötet haben könnte. Es mußte jemand mit einem langen Gedächtnis sein. Oder jemand aus dieser kleinen Stadt, der sie vergraulen wollte. Oder glaubst du etwa an Gespenster? fragte sie sich.

«Little Margaret». Ein harmonisches Duo aus den Bergen. Sie hatte das Lied seit langer Zeit nicht in der Öffentlichkeit gesungen. Und allein – nie.

Das Zimmer war alles andere als einladend. Die Wände waren noch rußig vom letzten Winter, und die Farbe an der Decke fing an abzublättern. Aus der schwarzen Couch mit dem Vinylbezug quoll stellenweise der Schaumgummi. Der Couchtisch war übersät mit Flecken vom Essen und Rauchen. An den Fenstern waren statt Vorhängen Jalousien angebracht.

Aber die Stereoanlage war erstklassig.

Eine ganze Wand war der Musikanlage gewidmet: schwarzglänzende Apparate mit grünen und bernsteinfarbenen Lichtern, Chromverzierung und imitierter Holzvertäfelung. Zu beiden Seiten standen wie riesige Skulpturen zwei Lautsprecher mit schwarzer Bespannung. Ein Knopfdruck, und sie ließen die Wände erzittern und das Trommelfell platzen. Die Lichter flakkerten und blitzten: rot, grün, gold. Die Tonqualität war hervorragend. Man konnte die Musiker atmen hören.

Es war ein futuristisches Meisterwerk aus Plastik und Metall. Eine Zeitmaschine. Aber sie konnte einen nur in die Vergangenheit befördern, nicht in die Zukunft.

Roger Gabriel lag ausgestreckt auf der schäbigen Couch und starrte auf die Lichter an der gegenüberliegenden Wand. Unter dem Couchtisch lag Chao und schlief. Er hatte ein Ohr hochgestellt. Seine Augenlider zuckten. Roger schlief auf dieselbe Art – wenn er schlief.

Heute lief die Musik mit mäßiger Lautstärke. Der Baß war so eingestellt, daß jeder Trommelschlag den Fußboden erzittern ließ. Die Melodie war ein sanftes Geriesel in Moll. Roger hörte nur halb hin. Für ihn wurde es erst interessant, wenn die Doors oder die Grateful Dead spielten. Jaaah, die Dead. In ihrer Musik erkannte er seine eigenen Gefühle wieder. Wenn man genau hinhörte, wußte man, daß von Vietnam die Rede war.

In der hochpolierten, chromblitzenden Stereoanlage wirkte seine Schallplattensammlung fehl am Platze. Die Hüllen waren zerrissen und schmutzig, das Zellophan hing lose herunter. Er wollte es immer schon zurechtstutzen, war aber nie dazu gekommen. Die Platten selbst waren gut erhalten, wenn man bedachte, daß er sie seit zwanzig Jahren fast täglich spielte. Sie waren alle aus der Zeit vor '72. Nach diesem Zeitpunkt gab es nichts, das ihm etwas sagte.

Die Platten waren so etwas wie eine Tonspur zu seinem eigenen Lebensfilm. Seine Version von *Apocalypse Now*. Sein *Deer Hunter*. Mit ihm selbst in der Hauptrolle. Nur hatte es nicht als Film angefangen. Es war alles wirklich passiert: Kämpfe im Dschungel, unglaubliche Schmerzen, der Höllenlärm eines Geschützgefechts, das Jucken an den Füßen, wenn einem die Socken in den Stiefeln faulten. Die Filmversion kam später hinzu, als er es so oft nacherlebt hatte, daß er zum Schluß nur noch das Erinnerte erinnerte.

Erinnerung. Er nahm einen langen Schluck Coors und ließ das Wort genüßlich auf der Zunge zergehen. Ein interessantes Wort. Es klang, als müsse etwas nach innen gekehrt werden. Als wäre in der Außenwelt etwas geschehen, das innerlich verarbeitet werden müsse. Heutzutage war es meistens auszuhalten, wenn er sich an Vietnam erinnerte. Schlimm war es nur, wenn Vietnam sich an ihn erinnerte. Wenn ein Knall in seinem Kopf ihn aus dem Schlaf riß, er die verschwitzten Bettücher von sich warf und unters Bett kroch, um vor einer Bombe in Deckung zu gehen, die vor zwanzig Jahren explodiert war. Oder wenn er ein Gesicht sah, das im vorletzten Jahrzehnt verwest war. Wenn er dieselbe Angst heute in den Knochen spürte, die ihm als Achtzehnjährigem bis ins Mark gedrungen war. Manchmal, wenn er gar nicht an den Krieg dachte, griff diese Angst nach ihm und zerrte ihn in ihr Jetzt, und dann saß er sekunden- oder minutenlang in der Falle, bis er sich mühsam wieder in sein eigenes Jetzt zurücktastete.

Die Stereo-Zeitmaschine war *eine* Methode, diese Angst unter Kontrolle zu halten. Er schaltete sie ein, spielte die entsprechenden Songs, und schon lief der innere Film. Manchmal funktionierte es so gut, daß er für den Rest der Nacht von ihr befreit war, manchmal sogar für ein paar Tage. Aber die Wirkung hielt nie lange an.

Erinnerung. Das war nicht gleichzusetzen mit permanenter Verinnerlichung. Der Organismus stieß den Fremdkörper immer wieder ab.

* * *

LIEBE PEGGY-O,
STATT EINER WEIHNACHTSKARTE SCHICKE ICH DIR IN DIESEM JAHR EIN GANZ NEUARTIGES WEIHNACHTSLIED. DER TEXT IST VON MIR, ZU

SINGEN NACH DER MELODIE VON JINGLE BELLS. DU DARFST ES ABER NICHT SELBST SINGEN, ES IST NUR FÜR MÄNNERSTIMMEN:

Dashing through the mud, in a jeep that should be junk,
O'er the hills we go, half of us are drunk,
Wheels on dirt roads bounce, making asses sore,
Christ, I'd rather go to hell than finish out this tour.

(Refrain)
Jingle bells, mortar shells, VC in the grass,
No more Merry Christmas shit until this year has passed.
Jingle bells, mortar shells, VC in the grass,
Take your Merry Christmas cheer and shove it up your ass.

IN DIESEM SINNE WÜNSCHE ICH DIR EIN FRÖHLICHES WEIHNACHTSFEST.

ÜBRIGENS, ICH HABE ANGEFANGEN ZU RAUCHEN. ICH HABE HEUTE MEINE ZWEITE PACKUNG GEKAUFT (ZAHLTAG – $ 50). NA, BIST DU JETZT BEEINDRUCKT? ICH RAUCHE – AUS KEINEM BESONDEREN GRUND. ABER ICH MUSS ZUGEBEN, ES SCHEINT PSYCHOLOGISCH IRGENDEINEN TRIEB ZU BEFRIEDIGEN. (SAG MIR BLOSS NICHT WELCHEN, ICH WILL'S GAR NICHT WISSEN.)

JA, ICH BIN ZUFRIEDEN MIT MEINEM ENTSCHLUSS. NEIN, NICHT DAS RAUCHEN. THEMAWECHSEL. HAST DU NICHT GEMERKT, DASS ICH EINEN NEUEN ABSCHNITT ANGEFANGEN HABE? ICH MEINE – MEIN LEBENSSCHICKSAL. DIE AIR FIERCE. ICH BIN NÄMLICH JETZT BEI EINER DER HÖCHSTSPEZIALISIERTEN ABTEILUNGEN DER AIR FORCE GELANDET. HAB ICH DIR DAS SCHON ERZÄHLT? WAHRSCHEINLICH HAST DU'S VERGESSEN. DER KURSUS IN VIETNAMESISCH

(HANOI-DIALEKT) HAT ACHTUNDVIERZIG WOCHEN GEDAUERT, PLUS ZWEI UNTERBRECHUNGEN ZU JE ZWEI WOCHEN, MACHT ZUSAMMEN ZWEIUNDFÜNFZIG WOCHEN. ANSCHLIESSEND MUSSTE ICH NACH TEX-ASS ZUR AIR FORCE-BASIS ZU EINER RADIOINTERPRETATIONSANALYSE.

UND SO MUSST DU DIR MEINEN JOB VORSTELLEN: IN EINEM TROSTLOSEN KLEINEN DSCHUNGELVORPOSTEN IRGENDWO IM HOCHLAND VON, SAGEN WIR, LAOS BETÄTIGE ICH MEINE RADIOANLAGE, INDEM ICH ABHÖRE, WAS DIE NORDVIETNAMESEN SO IM SCHILDE FÜHREN. IN DER FERNE DONNERN DIE MASCHINENGEWEHRE. ICH HÖRE SCHREIE. PLÖTZLICH STÜRZEN MINDESTENS SIEBEN MILLIONEN GUERILLAS HEREIN. (SAG BLOSS, DAS IST NICHT AUFREGEND.)

SIE BINDEN MIR DIE HÄNDE HINTERM RÜCKEN ZUSAMMEN.

SIE ZERREN MICH HINAUS.

SIE HALTEN MIR EINE GEWEHRMÜNDUNG AN DIE SCHLÄFE.

ENDE.

O JA, ICH BIN AUF ALLES VORBEREITET. VIELLEICHT HABE ICH ES EIN BISSCHEN MELODRAMATISCH DARGESTELLT. ABER MEIN JOB IST GENAU DERSELBE WIE DER VON DER PUEBLO (DU ERINNERST DICH DOCH AN DAS SPIONAGESCHIFF PUEBLO, ODER?), ALS SIE GEKAPERT WURDE, UND VON DER EC 121 DER NAVY, ALS DIE NORDKOREANER SIE ABSCHOSSEN.

DIE TATSACHE, DASS JEDER BRIEF DER LETZTE SEIN KÖNNTE, ENTSCHÄDIGT DICH VIELLEICHT DAFÜR, DASS MEINE PROSA NICHT SO SPANNEND IST. BLEIB AM DRAHT. DU MUSST ES SELBST ENTSCHEIDEN, OB ES SICH LOHNT, IN EINE

GLÜCKWUNSCHKARTE ZU TEPEES DREIUNDZWANZIGSTEM GEBURTSTAG ZU INVESTIEREN. SCHICK MIR EINEN ROSINENKUCHEN. SÜSSES DEN SÜSSEN.

VERBLICHENE LIEBE
TRAV.

6. Kapitel

Farther along we'll know all about it,
Farther along we'll understand why,
Cheer up, my brother, live in the sunshine,
We'll understand it all by and by.
«Farther Along»

Zum vielleicht tausendstenmal in ihrem Leben saß Tyndall Johnson Garner am Küchentisch in ihrem Elternhaus und klönte mit Sally Howell. Als sie noch in der Grundschule waren, hatten sie dabei Kakao getrunken und Fig Newtons gemampft. Später, in den Unterklassen der High School, kam Sally auf dem Fahrrad herüber und durfte bei Tyndall übernachten. Sie tranken Coca-Cola und aßen selbstgemachte Cheeseburgers mit Mayonnaise, und anschließend übten sie auf den rotweißen Karos des Küchenlinoleums den Continental. Als sie in die Oberstufe kamen und sich für erwachsene junge Damen hielten, schmiedeten sie Pläne für die Zukunft. Bei Bier und Benson & Hedges-Menthol-Zigaretten überlegten sie, ob sie zur Universität gehen oder lieber dem Peace Corps beitreten sollten, und beschlossen, sich auf alle Fälle erst einmal entjungfern zu lassen.

Tyndall schenkte Sally eine zweite Tasse Tee ein. «Weißt du noch, wie wir die Schlager der Everly Brothers zweistimmig gesungen haben? ‹Cathy's Clown›, ‹When Will I Be Loved?›»

Sally nickte. «Ich war Phil.» Sally sah ganz anders aus als damals in der Schule, aber nicht viel älter. Ihr dickes braunes Haar legte sich in kurzen, fransigen Strähnchen um ihr rundes Gesicht.

Die großen braunen Augen und das Schmollmündchen hätten einen reizenden Unschuldsengel vermuten lassen, wenn nicht in ihrem Ausdruck etwas Stahlhartes gewesen wäre, das sich keine Sekunde verlor. Sie war Dozentin für Geschichte an der Universität von Tennessee, Knoxville, wo sie Studenten im Erstsemester unterrichtete, für die JFK und Vietnam tatsächlich schon in die Vergangenheit gehörten.

In der Diele schlug die Standuhr achtmal. Tyndall zuckte zusammen und sprang auf. «Ich habe immer Angst, daß Mutter von der Uhr wach wird», erklärte sie. «Manchmal steht sie nachts auf und wandert im ganzen Haus herum. Sag mal, könntest du wohl einen Augenblick hier aufpassen? Ich muß schnell ein paar Lebensmittel abholen. Der Magic Market hat versprochen, sie zu liefern, aber es ist niemand gekommen.»

Sally Howell stand auf und ging ans Wandtelefon. «Wer hat die Bestellung angenommen? Wade? Augenblick.» Sie wählte die Nummer, die in Bleistift auf dem Kalender stand. «Hallo, spreche ich mit Wade Turley? Hier ist Dr. Sally Howell. Ich rufe von der Familie Johnson in Dark Hollow an. Wir haben vor geraumer Zeit eine Bestellung bei Ihnen aufgegeben, und ich bitte Sie, in den nächsten zwanzig Minuten damit zu kommen. Wade, bitte, Ihre persönlichen Probleme interessieren mich nicht. Sie kennen die Situation hier. Sie haben zwanzig Minuten, Wade!» Als sie den Hörer hinknallte, entspannte sich ihre strenge Miene. Die beiden Frauen wechselten einen Blick und prusteten los.

«Es macht mir unheimlichen Spaß, erwachsen zu spielen», kicherte Sally.

«Kommt er denn nun, Dr. Howell?» neckte Tyndall.

«Du hast genau neunzehn Minuten, das Verandalicht einzuschalten.» Sally nippte an ihrem Tee. «So ein Doktortitel kann sehr nützlich sein, wenn es gilt, sich durchzusetzen.»

Tyndall nickte. «Die Leute sagen, du bist ein kleines Biest.»

«Mag sein.» Sally seufzte. «Weißt du, früher dachte ich, wir könnten alle mühelos und automatisch in die Rolle einer Jane Wyatt hineinwachsen.»

«Wie in der Fernsehserie *Father Knows Best*», murmelte Tyndall. «Ein liebevoller Ehemann, drei reizende Kinder.»

«Nicht unbedingt», wandte Sally ein. «Als Kind einer Familie der Mittelklasse ging ich davon aus, daß Erwachsensein bedeutet, in einem schönen, sauberen Haus zu wohnen und wohlausgewogene und nett angerichtete Speisen von geschmackvollen Porzellantellern zu essen. Und daß die Probleme des Lebens sich darauf beschränken, ob man eine Rede beim Luncheon des Garden Club hält oder nicht.»

«Wie Jane Wyatt im Fernsehen.»

«Genau. Nur – aus mir ist keine Jane Wyatt geworden, sondern ein Robert Young. Mein Fehler. Ich bin keine Ehefrau.»

Tyndall goß sich noch eine Tasse Tee ein. «Ich schalte wohl besser jetzt schon das Licht draußen ein, sonst vergesse ich's nachher.» Im Hinausgehen rief sie Sally über die Schulter zu: «Du und Hausfrau, das kann ich mir sowieso nicht vorstellen, Sal.»

Sally blickte sinnend in die Teetasse. «Ich auch nicht», sagte sie, als Tyndall zurückkam. Sie langte nach einem Tütchen Sacharin. «Damals hab ich mir das nicht richtig klargemacht. Ich dachte, ich könnte eine Karriere haben und abends in mein perfektes Heim kommen und eine köstliche Mahlzeit zurechtzaubern.» Sie grinste. «Du müßtest meinen Eßzimmertisch sehen. Er biegt sich unter Lagen von *Newsweek*, alten Handtüchern, die ich immer schon mal wegräumen wollte, und vierundsiebzig Trimesteraufsätzen meiner Studenten.»

Tyndall lächelte nachdenklich. «Niemand wollte *sein* wie Jane Wyatt, aber alle wollten mit ihr leben.»

«Nein, ich wollte sein wie sie», sagte Sally. «Sie war immer freundlich und gelassen, loyal und selbstbewußt. Nie hat sie die Nerven verloren. Sie spukt in mir herum, Tyndall, glaub mir das. Manchmal, wenn ich einem Automechaniker mit dem Gericht drohe, weil er mich wie eine Idiotin behandelt, oder wenn ich einen Studenten durchrasseln lasse, obwohl er mich anfleht, ihm wenigstens ein D zu geben, oder wenn ich im Fakultätssenat aufstehe und laut verkünde, daß wir uns diesen Scheiß nicht mehr bieten lassen, dann sagt ein leises Stimmchen in mir: ‹Jane Wyatt würde das nicht tun.›»

«Vielleicht doch, Sally. Als Schauspielerin mußte sie sich ja auch ihre Brötchen selbst verdienen. Das ist auch kein leichtes Leben. Zugegeben, die Person, die sie darstellte, hätte das alles nicht getan, aber dafür hatte sie ja auch kein eigenes Leben, oder? Wie die ganze Generation unserer Mütter. Sie blieben brav zu Hause und hörten von der Außenwelt nur durch die Berichte ihrer Ehemänner und Kinder. Vorortsgefangene.»

«Manchmal finde ich auch, daß diese Frauen in einem Gefängnis leben, und dann wieder beneide ich sie, und sie kommen mir vor wie verwöhnte Hauskatzen. Haben wir das Zeug dazu?»

Tyndall zuckte die Achseln. «Ich schon. Jedenfalls sieht es so aus.»

«Bei dir ist das etwas anderes. Du warst doch im Schulrat, nicht? Und du gehst mit Steve zusammen Drachenfliegen. Meine Mutter dagegen hat nie etwas anderes getan als Bridge gespielt. Punkt. Ende.»

«Ich bin schon sehr neugierig, was aus den Mädchen in unserer Klasse geworden ist. Ob die meisten Karriere gemacht haben? Was meinst du?»

«Bestimmt», murmelte Sally. «Und wenn jetzt noch nicht, dann beim nächsten Klassentreffen. Bis dahin sind etliche frisch geschieden und belegen Kurse für Datenverarbeitung am Gemeindecollege.»

«Ich hoffe, du kannst diese Prognosen vorläufig noch für dich behalten», lachte Tyndall.

«Wenn mich auf dem Klassentreffen jemand provoziert, kann ich für nichts garantieren. Wenn sie mich mit ‹Dr. Sally› frotzeln und mich fragen, warum ich nicht verheiratet bin...» Sie schüttelte sich. «Ich weiß nicht, warum ich überhaupt dahin gehe.»

«Neugier, würd ich sagen», lachte Tyndall. «Hauptsache, du kommst. Martha hoffte, du würdest die Broschüre machen. Du bist das einzige Klassenmitglied mit einem Computer.»

«Du meinst: das einzige weibliche Klassenmitglied», sagte Sally düster. «Martha Ayers? Ach, du liebe Zeit, an die hab ich ewig nicht mehr gedacht. Was macht sie jetzt?»

«Sie arbeitet beim Sheriff. Du weißt doch sicher, daß Spencer Arrowood unser Sheriff ist?»

«Ja, merkwürdig, nicht? Er war nie der politisch engagierte

Typ, von Macho ganz zu schweigen.» Sally zögerte. «Ob Jenny auch zum Klassentreffen kommt?»

Draußen hupte ein Auto. Tyndall sprang auf. «Das wird Wade sein. Aber wegen Jenny wollte ich dir schnell noch sagen: Spencer weiß nicht, wo sie ist. Und noch etwas. Erinnerst du dich an Peggy Muryan?»

«Natürlich. *Carolina Blue*. Ich habe den Artikel gelesen. Sie wohnt jetzt hier in Hamelin. Warum fragst du?»

«Margaret sagt, Spencer ist mit ihr befreundet. Und sie hat einen Drohbrief bekommen. Und jemand hat ihren Hund auf die schauerlichste Weise umgebracht.»

Sie wechselten einen bedeutungsvollen Blick. Das Auto hupte wieder, und Tyndall verschwand nach draußen.

Es war eine jener Nächte, in denen man vor Hitze nicht schlafen kann. Außerdem war der Himmel irgendwie nicht richtig. LeDonne schloß leise die Tür seines alten Volkswagen, lehnte sich mit dem Rücken dagegen und betrachtete die Sterne. Warum waren sie im Sommer so blaß? Durch den grauen Dunst konnte man sie kaum erkennen, als ob auch sie nicht atmen konnten in dieser Nacht, in der sich kein Lüftchen regte. LeDonne sehnte sich nach der klaren Schwärze der Dezembernächte, wenn das Firmament mit Samt bespannt und mit Diamanten bestickt war. Im Winter konnte er besser schlafen.

Es war nach elf Uhr, aber LeDonne war lieber hier draußen, als hellwach im Bett zu liegen und an die Decke zu starren oder sich einen Kater anzutrinken. Er wollte wetten, daß Roger Gabriel auch noch nicht schlief, und beschloß, ihn zu besuchen.

Als er vor dem Häuschen hielt, wollte er zuerst hupen, aber das konnte auch als aggressiv gedeutet werden. Roger Gabriel war nicht der Typ, den man offen konfrontierte. Im Wohnzimmerfenster war ein kleiner Lichtfleck zu sehen, wahrscheinlich eine Leselampe. Der schwarze Labrador war nicht draußen. Vielleicht ließ er ihn abends ins Haus, damit er seinem Herrchen Gesellschaft leistete. LeDonne warf einen Blick auf den braunen Umschlag, den er mitgebracht hatte. Er mußte wissen, was der gute Roger dazu zu sagen hatte.

Auf dem Weg vom Auto zum Haus war er sich sekundenlang bewußt, daß er ein leichtes Ziel für einen Angriff aus dem Hinterhalt war. Seine Reaktion war: Na, wenn schon. Diese gleichmütige Haltung hatte dem Tod schon oft alle Lust auf ihn verdorben.

Vor der Tür hörte er Musik. Es waren die Grateful Dead. Was mochte das zu bedeuten haben? Er klopfte zweimal, gerade laut genug, den Baß zu übertönen.

Er spürte, wie jemand aus dem Fenster zu ihm hinausspähte. LeDonne rührte sich nicht. Im Haus erstarben die Klänge.

«Darf ich auf einen Sprung hereinkommen?» sagte er mit neutraler Stimme in die Dunkelheit.

Die Tür wurde ein paar Zentimeter geöffnet. Ein gelber Lichtspalt wurde sichtbar. Der Geruch von billigem Gras drang hinaus. Dann füllte Roger Gabriels ausdrucksloses Gesicht die Öffnung. Er wartete. Auch LeDonne sagte nichts. «Willkommen in der Heimat», sagte Roger schließlich und bat ihn mit einer Geste einzutreten.

Willkommen in der Heimat. Das Losungswort unter den Vietnam-Veteranen. LeDonne nickte und folgte ihm ins Haus.

«Ich möchte Sie um eine Unterredung bitten», sagte er und hielt den Umschlag hoch. «Es ist keine Vorladung. Hätten Sie mal ein Bier für mich, oder ist das da Ihr einziges Laster?» Er machte eine Kopfbewegung zu dem Joint, der in einer alten Muschel auf dem Tisch lag.

Roger Gabriel ließ ihn wortlos eintreten. Chao stand direkt hinter der Tür und wartete auf ein Zeichen seines Herrchens. Als er LeDonne sah, wedelte er einmal mit dem Schwanz, wie um ihre Bekanntschaft zu bestätigen.

LeDonne ließ den Blick über die schäbige Couch, den fadenscheinigen Teppich und die luxuriöse Stereoanlage gleiten. Er wartete, ob Roger ihm einen Platz anbieten würde, aber sein Gastgeber drehte sich um und ging mit ausdrucksloser Miene aus dem Zimmer. «Ein Bier, sagten Sie.»

«Wenn Sie eins übrig haben.» LeDonne rieb Chao den staubigen Kopf und überlegte, wie schon so oft, was der ernste, wache Ausdruck bei Hunden zu bedeuten habe. Als ob sie jeden Moment mit einer Offenbarung rechneten. Er wartete schweigend, während Roger die Bierdosen aus dem Kühlschrank holte.

Als er zurückkam, stellte er die Musik wieder lauter und sank in die Kissen auf der Couch. Er schob eine nasse Dose Bier über den Couchtisch in Richtung LeDonne.

«Ist ‹Unterredung› ein Bullenausdruck für Drogenrazzia?» fragte er und langte nach seinem Joint.

«Wieso?» sagte LeDonne scheinheilig. «Das ist doch eine Marlboro, oder? Übrigens vielen Dank für das Bier.» Er nahm einen tiefen Schluck. «Wir hatten hier einen Vorfall. Mich würde Ihre Meinung dazu sehr interessieren. Allerdings könnte Ihnen der Appetit vergehen.»

«Ich werd's sicher überleben», sagte Roger mit einem Zucken um die Mundwinkel. «Worum geht's denn?»

LeDonne hielt den Kopf gesenkt. «Kennen Sie Peggy Muryan?»

«Natürlich. Und James Taylor. Und Marianne Faithful und Buffy St. Marie. Mein Geschmack geht mehr in die Richtung Joplin und Gracie Slick. Warum die Frage?» Er winkte zur Stereoanlage hin. «Hatten Sie ein Wunschkonzert geplant?»

«Was halten Sie von ihr?» fragte LeDonne.

«Ist mir ehrlich zu harmlos. Ein bißchen Elektrizität wirkt Wunder bei einer Gitarre.»

«Ich meine: politisch gesehen. War sie eine von diesen Friedensfolkies?»

«Woher soll ich das wissen?» sagte Roger Gabriel gleichgültig. «Ich weiß nur, daß sie keine Duette mit Marvin Gaye gesungen hat.»

«Sie ist in der Stadt. Wußten Sie das?»

Roger feixte. «Und Sie haben zwei Karten fürs Konzert, stimmt's?»

«Nein», sagte LeDonne grimmig. «Ich meine: Sie wohnt jetzt hier in der Stadt. Und sie wird bedroht.»

«Interessant.»

«Eine Postkarte. Und jetzt das hier.» LeDonne nahm die Fotos aus dem Umschlag und legte sie mit der Vorderseite nach oben auf den Couchtisch.

Nach kurzem Schweigen hob Roger Gabriel sie auf und betrachtete, ohne eine Reaktion zu zeigen, LeDonnes Aufnahmen von dem Verbrechen. Sorgfältig steckte er jedes Foto hinter den Packen, damit sie nicht aus der Ordnung gerieten. LeDonne wartete. Als Roger an die Nahaufnahme von den Einschnitten am Hals des Hundes kam, weiteten sich seine Pupillen, aber er sagte nichts. Schließlich legte er die Bilder mit der Vorderseite nach unten auf den Tisch und sah LeDonne an.

«Interessant.»

«Finde ich auch», sagte LeDonne.

«Es bringt alte Erinnerungen hoch.»

LeDonne tippte auf das oberste Bild. «Haben Sie so was damals auch gemacht?»

«Meinen Sie damals? Oder jetzt? Ich bin nicht Ihr Mann. Ich verstehe aber, warum Sie mich fragen.» Er war nicht einmal beleidigt wegen der implizierten Verdächtigung.

«Sie stimmen also mit mir überein, daß der Täter ein ehemaliger Vietnam-Soldat sein muß?» fragte LeDonne.

«Ich würde sagen: Er hat die Universität von Vietnam besucht und seinen Abschluß mit Auszeichnung gemacht. Haben Sie vor, jetzt die gesamte VFW in die Zange zu nehmen?»

LeDonne schüttelte den Kopf. Er blätterte die Fotos durch, bis er an die Aufnahme mit dem Emblem kam.

«Können Sie das erkennen? Es ist ein Karo, aber innen ist noch etwas anderes eingeschnitten. Man kann es schlecht sehen.»

Roger Gabriel nickte, ohne das Foto entgegenzunehmen. «Ich habe es gesehen. Zehn zu eins ist es ein Blitzstrahl.»

«Das heißt: die Electric Strawberry. War das Ihre Einheit?»

Roger schüttelte den Kopf. «Ich war im Screaming Chicken. Das wußten Sie aber.»

«Die One-oh-Worst», witzelte LeDonne. Die 101. Fliegerdivision fand den Spitznamen überhaupt nicht witzig. Screaming Chicken war ihnen lieber, schon wegen der Adler-Insignien auf den Schulterklappen der Uniform, auf die sie stolz waren.

Gabriel hatte offensichtlich keine Lust, Kriegserinnerungen auszutauschen. «Der Hund, war das der Hund von der Folksängerin?»

«Ja.»

«Dann würde ich sie vielleicht mal fragen, ob sie Feinde in der fünfundzwanzigsten Infanterie hat.»

«Wissen Sie, ob es hier in der Gegend Strawberries gibt?» fragte LeDonne.

Roger Gabriel streichelte seinem Hund abwesend den Hals. Chao seufzte tief und streckte sich zu Füßen seines Herrchens aus, um sein Nickerchen fortzusetzen.

«Nicht daß ich wüßte», sagte Roger. «Da müßte ich erst mal überlegen. Die Fünfundzwanzigste ist eigentlich keine Einheit für so eine Schandtat.»

«Das kommt mir auch so vor», antwortete LeDonne. «Haben Sie sonst noch etwas dazu zu sagen?»

«Höchstens, daß – in den Bildern etwas fehlt.»

«Das Pikas?»

«Dann war es also doch da?»

«Nein», sagte LeDonne.

Manchmal wünschte Spencer Arrowood, er wäre bei seinem Softballteam geblieben. Aber er hatte nie genug Zeit fürs Training, und als Sheriff konnte er termingemäß nicht bei allen Spielen dabeisein. Nicht daß er zu alt war, obwohl er manchmal schon die ersten Anzeichen spürte. Die Bewegung hatte ihm gutgetan und fehlte ihm jetzt.

Er lehnte sich gegen die Wand der Zuschauertribüne und beobachtete die jüngeren Männer, wie sie einen Groundball auf den weißen Palisadenzaun zu schibbelten. Die meisten waren ihm bekannt. Der Schiedsrichter, Fred Hovis, war ein Freund von Cal gewesen. Mit seinem «Rettungsring» und feistem rotem Gesicht hatte er sein früheres Image ganz verloren. Jetzt war er nur noch «der Olle». So hatten sie selbst damals Männer in mittleren Jahren bezeichnet, wenn sie ihnen einen Spaß verdarben. «Der Olle hat gesagt, wir dürfen nicht auf der Schutthalde spielen» oder «Wir übten auf der Straße Kunststücke auf dem Fahrrad, da kam so ein Oller und hat uns weggejagt». Schiedsrichter Fred kam sich sehr wichtig vor und schien nicht zu ahnen, daß er für die Jugend nur ein lästiges Objekt war.

Den ersten Malspieler und den linken Fänger kannte Spencer noch von der Schule her. Sie waren ein paar Klassen unter ihm gewesen. Der schlaksige, langhaarige Junge am Schlagholz kam ihm irgendwie bekannt vor. Wo hatte er ihn schon gesehen? Spencer brauchte ein paar Minuten, bis ihm sein Vortrag an der High School einfiel und der eifrige Knabe, der Informationen über Vietnam brauchte. Sowieso Weaver. Pix-Kyle. Das war's. Heute trug er seinen Tarnanzug nicht. Spencer war erleichtert, daß der Junge sich statt mit Kriegsgeschichten nun lieber mit Baseball beschäftigte. Allerdings machte er keine besonders gute Figur auf dem Feld.

«'n Abend, Sheriff», sagte jemand hinter ihm.

Spencer drehte sich um und bemühte sich um ein möglichst aufrichtiges Lächeln.

«Hallo, Jeff», sagte er zurückhaltend. «Gibt's was Neues bei Ihnen? Bei mir nicht.»

Jeff McCullough musterte ihn prüfend durch seine Hornbrille. Es war ein Blick stiller Bereitschaft, zu glauben, was man ihm freiwillig mitteilte, und zu erzwingen, was man ihm vorenthielt. McCulloughs journalistische Begabung gipfelte in diesem Blick, der allerdings bei der *Hamelin Record* selten zum Tragen kam, denn die meisten Leute waren nur zu willig, ihre Geschichten loszuwerden, sei es nun die Hochzeit ihrer Tochter oder ein festlicher Kindergeburtstag. Aber McCullough hatte auf der Uni Journalismus studiert, und seine Ambitionen gingen weit über das Niveau einer kleinstädtischen Wochenzeitung hinaus. Er schrieb gelegentlich Features für größere Blätter, und wenn ausnahmsweise mal etwas Aufregendes in Wake County passierte, berichtete er darüber für Associated Press. Die Nebeneinnahme war ein zusätzliches Taschengeld, aber wenn er seine Existenz als Junggeselle und Wohnwagenbesitzer gegen ein angenehmeres Leben eintauschen wollte, brauchte er einen anderen Job. Mit dreizehntausend Dollar im Jahr lebte er knapp am Rande der Wohlfahrt vorbei. Mehr gab der Job nicht her. Jeff berichtete über Lokalpolitik und Schulsportereignisse, und der Rest der Zeitung bestand aus Gemeindetratsch, verfaßt von älteren Damen des Bezirks: Berichte über Hochzeiten und Preisverleihungen, die handgeschrieben und mit Rechtschreibfehlern eintrafen, und Pressenotizen des öffentlichen Dienstes, von denen wöchentlich mehrere kamen, wie zum Beispiel neulich der Artikel über Blattläuse vom USDA *, der eine drei Spalten breite Schlagzeile auf Seite vier machte. Das war viel zu platzaufwendig. Aber Jeff McCullough lernte sehr bald, worauf es in seiner neuadoptierten kleinen Stadt ankam, und bemühte sich, die Untertöne herauszuhören und zu seinem Vorteil zu verwenden.

Heute aber war der Redakteur des Einmannbetriebs auf der Suche nach dickeren Rosinen. Er blickte den Sheriff geduldig abwartend an.

Spencer entwickelte indessen ein plötzliches Interesse für die Außenfeldspieler. Wie um abzulenken, sagte er: «Haben Sie gehört, wie Homer Ramsay Waschbären aus Ohio eingeschmuggelt hat?»

McCullough verzog die Lippen. «Allerdings. Ich habe Homer interviewt, den Wildhüter, ein paar Jäger aus der Umgebung und den Bezirksstaatsanwalt. Die *Hamelin Record* nimmt eine wohlwollende Haltung dazu ein: Besorgnis um den Nachschub von Wild. Ich plane aber auch einen Artikel für die Nachrichtenagentur. Etwas mit Pfiff: ‹Die rätselhafte Entführung der Waschbären› oder ‹Cleveland sehen und sterben›. Ist das nicht zum Schießen? Das geht dann durch alle Blätter, genau wie damals das Feature aus Michigan, als jemand eine ganze Kirchenkongregation als Geiseln gehalten hat. Die hielten dann eine Kollekte und *kauften* ihm sein Gewehr ab.»

«Ist das wirklich passiert? Als Terrorist hat der Mann ja dann keine große Zukunft.»

«Ja, das ist eine wahre Geschichte, und sie hat sich zugetragen in einer Stadt, nicht viel größer als diese. Auch Reporter haben mal Glück.»

Spencer nickte. «Viel Glück dann auch mit der Waschbärenstory.»

«Danke bestens. Nur heute geht es mir eigentlich um etwas

* USDA = US Department of Agriculture = Amerikanisches Ministerium für Landwirtschaft

anderes», sagte McCullough. «Es geht da ein Gerücht um, daß Peggy Muryans Hund ermordet wurde. Also, *das* wäre mal eine Story, die käme vielleicht sogar in *People.*»

Spencer ließ die Luft in einem langen Seufzer hinaus. Er hatte es ja gewußt. Sobald er einzelne Personen über den Vorfall befragt hatte, redeten sie natürlich überall davon. Jeff McCullough bekam die meisten Informationen von Leuten, die ihn auf der Straße anhielten, weil sie meinten, als Zeitungsmensch wisse er mehr als sie.

«Ich wünschte, Sie könnten die Angelegenheit erst mal ruhen lassen, Jeff», sagte Spencer. «Zu diesem Zeitpunkt läßt sich noch nicht viel dazu sagen. Sie wissen ja selbst, daß wir Ihnen die Polizeiberichte erst zeigen müssen, wenn wir jemanden verhaften. Bis dahin sind alles nur Mutmaßungen.»

«Stimmt es denn, daß der Hund in einer Art Ritualmord getötet wurde?» Jeff ließ nicht locker.

«Das ist *eine* Theorie», sagte Spencer ausweichend. Selbst Jessie Traynham wußte von dem Ritualmord. «Aber wir haben keinen Verdächtigen, kein Motiv. Wir können nicht einmal davon ausgehen, daß der Täter wußte, wem der Hund gehörte.»

«Es ist aber doch eine verdammt gute Story», sagte McCullough sinnend. «‹Veteranen üben blutige Rache an Friedenssängerin.› Vielleicht ruf ich Jane Fonda mal an, ob sie einen Kommentar dazu hat.»

«Bitte nicht, Jeff. Es ist noch zu früh. Sie erschweren uns nur die Arbeit. Und wenn wir den Täter nicht finden, ist es ja auch mit Ihrer Geschichte nichts mehr. Hier ist ein Vorschlag: Sie verpflichten sich, nichts zu veröffentlichen, bis ich Ihnen Bescheid sage, und dafür sind Sie der erste, der die vollständige Story bekommt, sobald der Fall geklärt ist.»

McCullough tat zweifelnd. Der Sheriff hatte recht. Bis jetzt war nicht viel aus der Geschichte herauszuholen. Wenn er Geduld hatte, konnte ein toller Knüller daraus werden. Mit überzeugend gespieltem Widerstreben sagte er: «Okay, Sheriff. Sie wissen ja: Die *Hamelin Record* ist immer bereit, mit der Polizei zusammenzuarbeiten. Ich drucke vorläufig keine Silbe, und Sie geben mir dafür später einen Exklusivbericht. Inzwischen hole ich aber ein paar Erkundigungen über Peggy Muryan ein. Für alle Fälle. Wenn ich etwas Interessantes erfahre, sage ich Ihnen Bescheid.»

«Abgemacht.» Spencer wandte sich wieder den Spielern zu. Wenigstens hatte Peggy jetzt erst mal Ruhe vor den Medien. Er wollte keine Publicity, bis der Täter gefaßt war, nicht so sehr um Peggys willen, sondern mehr als Vorsichtsmaßnahme. Manche Verrückte kamen erst so richtig in Schwung, wenn sie in der Zeitung standen. Er wollte keine weiteren Vorfälle dieser Art. Spencer merkte, wie ihm jemand auf die Schulter klopfte. Es war wieder McCullough. «Sie haben doch sicher einen Kommentar zu der Waschbärengeschichte?»

Es war nach Mitternacht. Hamelin lag im Dunkeln. Die Straßenbeleuchtung gab ein schwaches Licht ab, aber die Läden waren schon seit Stunden geschlossen und stockfinster. Einbrüche waren hier unwahrscheinlich, hohe Elektrizitätsrechnungen dagegen sicher. Auch die Gulf-Tankstelle war zu, nur der Pepsi-Automat leuchtete in der schwarzen Nacht.

Im Büro des Sheriffs lief das Radio. Country Music. Es war ein Nachtsender aus New Orleans. Seit halb zehn hatte niemand angerufen. Hamelin schlief.

Wer jetzt wach war, lag im Krankenhaus des benachbarten County oder folgte in einem der Häuser am Berg der *Johnny Carson Show* oder wartete auf das Zuschlagen der Autotür vor dem Haus, das anzeigte, daß der halbwüchsige Sohn nach Hause kam. Wer nicht schlafen konnte, saß mit einer Flasche oder einem Buch in der Küche.

Auf der Weide an der Autostraße über Price's Run kamen Rehe und Hirsche von den Bergen, um am Teich zu trinken. Eine Eule stürzte sich auf eine Feldmaus, die in dem hohen Gras raschelte. Die beiden menschlichen Nichtschläfer konnten nichts sehen in der sie umgebenden Schwärze, sie fühlten nur die Feuchtigkeit der kühlen Erde, wie sie zusammen im Feld hockten und zu den Sternen hinaufsahen. Der eine gähnte.

«Es ist spät. Vielleicht sollten wir doch lieber zurückgehen.»

«Angsthase.»

«Ich – ja, heute nacht habe ich ein schlechtes Gefühl. Du solltest das wohl doch nicht tun.»

«Was soll ich nicht tun?»

Ein kurzes Schweigen. Es hatte keinen Sinn zu streiten.

«Was sollen wir denn machen?»

«Wir gehen auf Patrouille im Dschungel. Vorher müssen wir sicherstellen, daß dieses Feld minenfrei ist. Weißt du, wie man das macht? Du gehst auf alle viere nieder und –»

«Laß es uns lieber so riskieren.»

«Nein. Das ist ein Befehl. Du gehst auf alle viere nieder. Sofort.»

«Okay. Okay.»

«Du mußt sagen: ‹Okay, Sergeant.› Ich bin dein Sergeant.»

«Okay.»

«Nun mach schon!»

«Okay, Sergeant.»

«Dreh den Donnerkasten an. Ich will hören ‹Break on Through to the Other Side›. Aber heute ohne Kopfhörer. Ich will, daß du es auch hörst.»

«Und wenn jemand anders es hört?»

«Dann laß ich den in die Luft fliegen.»

* * *

NEIN,
ICH HABE DICH NICHT VERGESSEN, MARGARET ANNE MURYAN. SIEHST DU, ICH WEISS SOGAR NOCH DEINEN NAMEN. (ICH KANN MIR KEINE NAMEN MERKEN, ABER EIN GESICHT VERGESSE ICH IMMER.) (?) ALSO, WENN ICH MICH RECHT ERINNERE, HAST DU GERADE EINE NEUE PLATTE GEMACHT. DIESEN MONAT, STIMMT'S? ICH HOFFE, DU FREUST DICH DARÜBER. ICH FINDE, DU HAST ES VERDIENT. DAS IST MEINE PERSÖNLICHE MEINUNG. ABER WAS WEISS *ICH* SCHON VON SOLCHEN DINGEN?

NUN, ICH BIN HEUTE VORMITTAG VON EINEM

FLIEGEREINSATZ ÜBER NORDVIETNAM ZURÜCKGEKEHRT. WIEDER MAL.

ALLE DANKESBRIEFE UND GLÜCKWUNSCHKARTEN SIND BITTE AN DEINEN AMERIKANISCHEN FLIEGERJUNGEN IN BLAU ZU RICHTEN. AUCH GELDSPENDEN SIND IMMER WILLKOMMEN.

ERST KÜRZLICH HABE ICH MEINER LIEBEN MUTTER ZUM ZWEITENMAL, SEIT ICH HIER BIN, GESCHRIEBEN. UND DAS SIND SECHS MONATE. NUN, WIE IST DAS LEBEN AUF DER SPITZE DES RUHMS? IST BUFFY ST. MARIE WIRKLICH EINE ECHTE INDIANERIN? MEINE KAMERADEN HIER SAGEN, MIT DEN GLATTEN SCHWARZEN HAAREN UND MANDELAUGEN (IST SIE AUCH KLEIN?) MUSS SIE EIN DINK SEIN (DAS IST EIN MILITÄRISCHER AUSDRUCK FÜR EINE PERSON ÖSTLICHER ODER ORIENTALISCHER AUSRICHTUNG, DIE AUCH TAGSÜBER IN EINEM SCHWARZEN SCHLAFANZUG HERUMLÄUFT). ÜBRIGENS VIELEN DANK FÜR DEN HINWEIS, DASS DIE INDIANER IN DER EISZEIT ÜBER DIE BERINGSTRASSE GEKOMMEN UND DAHER EIGENTLICH MONGOLEN SIND. DAS HABEN WIR ALLERDINGS SCHON IN DER SECHSTEN KLASSE GELERNT. MISS WALKER WAR STRENG IN DIESEN DINGEN. MEINE WAFFENBRÜDER HIER SIND JEDOCH KAUM BEEINDRUCKT VON DIESER PERLE ANTHROPOLOGISCHER WEISHEIT. TATSACHE IST, ICH KANN HIER WETTEN VON ACHT ZU EINS GEWINNEN, DASS BUFFY DINK MARIE «CHARLIE» TRÄGT, DAS IST DER NAME EINES PARFUMS UND AUCH DER VORNAME DER VIETCONG. DIE AUF UNSERER SEITE SIND (WENN AUCH NUR SCHEINBAR, ZUGEGEBENERMASSEN), HEISSEN ARVN, ARMY OF THE REPUBLIC OF VIETNAM, UND SIE VERDIENEN ZWÖLFHUNDERT PIASTER IM

MONAT, DAS SIND ZEHN DOLLAR. AM BESTEN SIEHST DU ES DIR IN DEN NACHRICHTEN IM FERNSEHEN SELBER AN, DANN BRAUCHE ICH DIR NICHT ALLES ZU ERKLÄREN. DAS KNABBERT AN MEINEM SCHON BEGRENZTEN PAPIERVORRAT UND DAMIT INDIREKT AN MEINEM FONDS ZUM BIERERWERB.

WAR GERADE AUF EINER EINSATZBESPRECHUNG DER SECRET SECURITY, ZUTRITT NUR MIT AUSWEIS. (ICH DÜRFTE DIR DAS EIGENTLICH GAR NICHT ERZÄHLEN, ABER BEIM KGB GEHÖRT DAS ZUM ALLGEMEINWISSEN.) ÜBRIGENS WERDE ICH VIETNAM WAHRSCHEINLICH NIE ZU SEHEN KRIEGEN. AUSSER AUS EINER HÖHE VON 40000 FUSS. WENN ICH GLÜCK HABE. ICH MEINE, DU MUSST DIR DIE ALTERNATIVE VORSTELLEN. WIR FLIEGEN IN EC-135-MASCHINEN (EINE MILITÄRVERSION DER 707. DU WEISST DOCH, WIE EINE 707 AUSSIEHT?) VON UNSERER BASIS IN (...) (JA, WO? ACH, DAS KANN DIR DOCH EGAL SEIN. ZUR NOT KANNST DU JA BOB HOPE FRAGEN), DANN TANKEN WIR AUF UND FLIEGEN SO UM DIE ZWÖLF STUNDEN IN DER GEGEND HERUM, HÖREN FEINDLICHE SENDER AB UND WAS WEISS ICH, UND DANN GEHT'S WIEDER HEIM.

DAFÜR BEKOMME ICH FLUGGELD, KAMPFGELD UND BASISGELD, NICHT SCHLECHT. GENUG FÜR EINEN SPÄTEREN ERHOLUNGSURLAUB IN AUSTRALIEN ODER HAWAII. DAMIT KANN ICH LEBEN.

HOFFE ICH.

NATÜRLICH WÜRDE ICH VIEL LIEBER IN FILZHUT UND JEANS UND MIT MEINER GITARRE NEBEN DIR AUF DER BÜHNE STEHEN. DIE JUPITER-LAMPEN HEISS IM GESICHT, DIE LIEDTEXTE AUF DEN GITARRENHALS GEKLEBT UND DU IN DEINEM LANGEN GRÜNEN

SAMTKLEID... DAS MIT DEM LEIBCHEN... DIE GLÄNZENDEN BLONDEN HAARE GLATT HERUNTERHÄNGEND... DAS TAMBOURIN HALBVERSTECKT HINTER DEN ROCKFALTEN... UND WENN WIR SINGEN, IST ES, ALS WENN ICH EIN TRAPEZ LOSLASSE UND IN DEINE HÄNDE STÜRZE, SECHZIG FUSS ÜBER DEM BODEN, DENN OHNE DICH WÜRDE ICH FALLEN... ICH HABE LIEBE GEMACHT, UND ICH HABE KONTRAPUNKT GESUNGEN. KONTRAPUNKT IST BESSER. HAST DU MANCHMAL DAS GEFÜHL, DASS DU FÄLLST, UND KEINER FÄNGT DIE NOTEN AUF?

SHU, SHU, SHU, LA ROO... ERINNERST DU DICH AN DIESES LIED? OH MY BABY, OH MY LOVE, GONE THE RAINBOW, GONE THE DOVE, LA DA DEE DEE (DEN TEXT HAB ICH VERGESSEN), JOHNNY'S GONE FOR A SOLDIER UND DESGLEICHEN

TRAVIS

7. Kapitel

I am a poor wayfaring stranger
Wandering through this world of woe;
There is no sorrow, no toil or danger
In that bright land to which I go.
«Poor Wayfaring Stranger»

LeDonne reichte Martha den Postfachschlüssel und einen Pakken Briefe von ihren ehemaligen Klassenkameraden. «Es scheint, alle Ihre Täubchen kehren heim ins Nest», sagte er.

Martha runzelte die Stirn. «Wird auch langsam Zeit. Das Klassentreffen ist in zwei Wochen. Ich möcht mal gerne wissen, wie ich bis dahin eine Broschüre fertigkriegen soll.» Sie sah die Umschläge durch: Die meisten hatten einen Firmenaufdruck, einige hatten Aufkleber – Rosen, Nationalflaggen –, einige handgeschriebene Adressen.

«Ronny Jessup», schnaubte sie und zerrte an der Klappe eines länglichen Umschlags. «Erinnerst du dich an ihn, Spencer? Ein kleiner Dicker. Er hing immer mit den Greasers herum.»

Der Sheriff sah von seiner Kaffeetasse auf und nickte. «Er ging bei uns in die Kirche.»

«Hör sich das einer an: ‹Ich mache zur Zeit mein Staatsexamen in Betriebswirtschaft an der Western Carolina University. Meine Frau Paula ist Kindergärtnerin, blond, 1,55 Meter groß und wiegt 95 Pfund.›» Martha zog eine Grimasse und warf den Brief in eine Pappschachtel. «Immer noch derselbe Waldheini.»

«Wofür ist denn der Karton?» fragte LeDonne.

«Ach, der ist für die Luschen und Versager», sagte Martha obenhin. «Die werden in der Broschüre nur nebenbei erwähnt. Ohne Begleitfoto aus dem alten Jahrbuch.»

«Ach sooo.» LeDonne nickte weise. «High School und Gleichheit sind wohl immer noch unvereinbare Begriffe? Und wohin kommen dann die Briefe der Auserwählten?»

Martha hielt einen großen blauen Umschlag hoch. «Übrigens, Spencer, ich brauche noch ein Foto von dir.»

Spencer stellte seinen Becher neben der Kaffeekanne ab und ging in sein Büro. «Steck mich in den Pappkarton», sagte er. «LeDonne, ich muß mit dir reden.»

LeDonne nahm die übrige Post und folgte ihm.

Martha öffnete den nächsten Umschlag. «Mary Mason», sagte sie laut vor sich hin. Der Brief hatte einen Poststempel von San Diego, aber der Aufdruck war: «Mts Pegasus, Epirotiki Lines». Mary war zwölf Jahre lang in der Marinereserve gewesen, in Japan, Korea und Thailand. Sie reiste immer noch gern – Irland, Griechenland. Leider konnte sie aber nicht zum Klassentreffen kommen. Martha las den Brief zu Ende und schrieb in ihren Notizblock: «Mary wohnt in San Diego mit ihrem Hund Rosebud, einer Mischung aus Samojede und Boxer.» Dann steckte sie den Brief in den blauen Umschlag der Erfolgreichen: Mary lebte in Kalifornien und hatte die Welt gesehen. Martha war erst zweimal aus Tennessee herausgekommen.

Der nächste Umschlag war braun und quadratisch und hatte britische Briefmarken. Noch ein Globetrotter? In dem Brief lag ein Foto von zwei Frauen im Reitkostüm neben einem Pferd. Martha seufzte. Eugenia Carr. Die ganze Klasse hatte gehofft, sie würde irgendwann mal mit dem Unsinn aufhören, aber offensichtlich hatten sie sich getäuscht.

Eugenia Carr war in Hamelin schon immer eine Außenseiterin gewesen. Ihre Eltern waren aus dem Norden. In der Schule bekam sie gute Noten, ohne viel Wert aufs Lernen zu legen. Eigenbrötlerisch und in sich gekehrt, hatte sie nur eine Leidenschaft: Pferde. Sie wollte Pferde reiten, Pferde züchten, mit Pferden leben – alles andere war ihr gleichgültig. Als Kind hatte sie ein tonnenförmiges Pony, später ein Jagdpferd, einen Halbblüter, und all die Jahre hindurch bestand sie darauf, daß ihre Zukunft den Pferden gehörte. Die Klasse hatte gemeint, es sei nur eine Phase wie bei vielen Mädchen ihres Alters. Martha war überzeugt, daß sie inzwischen einen netten Versicherungsagenten in Knoxville geheiratet hatte. Und nun stand sie, langhaariger und langbeiniger denn je, wieder neben einem Pferd, die Zügel in der Hand, und lächelte die andere Pferdefanatikerin auf dem Bild an. Martha warf das Foto und den ungelesenen Brief in die Schachtel. Reitstunden und Stallausmisten galten kaum als Erfolg.

Gab es denn in dieser verflixten Klasse nicht wenigstens einen, der heiratete und verheiratet blieb, außer diesem Ekelpaket Ronny?

Scheinbar nicht. Martha fand, die Frauen ihrer Klasse fielen in zwei Kategorien: Mary Tyler Moore und Emma Peel. Sie hatten den Übergang zwischen zwei Epochen erlebt, das Ende von *Beaver* Cleaver und den Anfang von *Eldridge* Cleaver, und keine wußte so recht, auf welche Seite sie gehörte: Waren sie noch Heimchen am Herd oder schon Karrierefrau?

Martha hatte zwei lächerliche Versuche gemacht, nach der Idee des Great American Way beides zu vereinen. Sie hatte geheiratet, aber in ihrem Lebensfilm war es kein Happy-End gewesen. Ihr Leben lag wie eine Ewigkeit vor ihr, eine sinnlose Reihe von Jahrzehnten, eine endlose Reihe schlechtbezahlter Jobs, nur um sich das Nötigste leisten zu können. Ein öder Alltag monotoner Hausarbeit. Warum hatte die Generation ihrer Mutter nicht dagegen aufbegehrt?

Martha schloß die Augen und zog den nächsten Umschlag aus dem Packen. Bitte, laß es jemanden mit einem normalen Leben sein, flehte sie im stillen, hätte aber nicht sagen können, was genau sie damit meinte.

Der Sheriff öffnete einen braunen Umschlag, der vor ihm auf dem Schreibtisch lag. «Wie weit sind wir denn nun? Was haben wir soweit?»

Joe LeDonne lehnte sich in dem Besuchersessel zurück und schloß die Augen. «Wir haben einen toten Hund», sagte er. «Das ist alles.»

«Oder auch nicht.» Spencer reichte LeDonne einen getippten Bericht. «Hast du diesen Report schon gelesen? Martha hat ihn heute morgen telefonisch entgegengenommen.»

LeDonne öffnete die Augen und nahm das Blatt entgegen. Nach den ersten Zeilen setzte er sich kerzengerade auf. «Ein totes Schaf?»

«Letzte Nacht. Bei Wayne Wyler. Er hat eine Farm drüben hinter Willow Creek. Er fand das Schaf heute früh mit aufgeschlitzter Kehle. Er meint, es waren Kojoten.»

«Möglich», sagte LeDonne. «Allerdings müßten dann auch andere betroffen sein. Und was meinen wir?»

Spencer hob die Schultern und ließ sie schwer wieder fallen. «Zuerst ein toter Hund, jetzt ein totes Schaf. Rowdies? Am besten fährst du mal rüber und siehst dir das selber an. Falls es wieder eingeschnittene Zeichen hat.»

LeDonne nickte. «Gibt's was Neues bei Peggy Muryan? Weitere Ansichtskarten?»

«Nicht daß ich wüßte. Ich wollte gerade hinüberfahren, um mich selbst zu vergewissern. Jeff McCullough will Erkundigungen über sie einziehen. Ihre Vergangenheit. Ob es jemanden gibt, den sie mit ihren Liedern provoziert haben könnte.»

«Dann frag sie doch gleich, ob sie jemanden kennt, der bei den Strawberry ground-pounders war.»

«Bei was? Bei wem?»

«Bei der fünfundzwanzigsten Infanteriedivision», sagte LeDonne mit übertriebener Präzision.

«Ach so. Na ja, fragen kann ich sie ja mal.»

LeDonne stand auf und baute sich vor der County-Landkarte auf, die unter Plexiglas an der Wand über dem Fotokopierer hing. Wylers Farm lag an einer Landstraße, die bei Willow Creek auf die Autostraße stieß. Die Gegend war spärlich bevölkert, und die meisten Bauern der näheren Umgebung waren seit vierzig Jahren Nachbarn der Wylers. Es hatte nie Differenzen gegeben. Auch keine Kojoten.

«Hoffentlich hat Wyler so viel Verstand, die Tierleiche noch nicht zu verbrennen», sagte LeDonne und schlenderte ins Vorzimmer, um seine Mütze und Sonnenbrille zu holen. Zu Martha sagte er: «Ich fahre nach Willow Creek, um mir ein totes Schaf anzusehen. Gibt's bei Ihnen was Neues?»

Martha schüttelte den Kopf. Sie war in ihre Notizen für das Klassentreffen vertieft. LeDonne nahm das Foto in die Hand, das mit der Vorderseite nach oben in der Pappschachtel lag: zwei Frauen und ein Pferd.

«Das ist aber mal ein bekanntes Gesicht», sagte er gedehnt.

«Wer? Eugenia Carr? Woher kennen Sie denn –»

«Eugenia Carr? Ist das eine ehemalige Klassenkameradin von Ihnen? Warum steht sie denn da neben Prinzessin Anne?»

Martha riß ihm das Foto aus der Hand und prüfte es eingehend. Während LeDonne seine Autoschlüssel einsteckte und hinausging, zog Martha den Umschlag mit den britischen Briefmarken aus der Pappschachtel und steckte ihn mit dem Foto in den blauen Umschlag derer, die es im Leben zu etwas gebracht hatten.

In einer Stadt mit neunhundert Einwohnern passierte an einem gewöhnlichen Wochentag nicht viel. Die meisten waren bei der Arbeit in einer der Fabriken im Nachbarcounty. Die Kinder amüsierten sich im Schwimmbad des Naturparks oder spielten vor dem Haus Ball. Auf der Hauptstraße lungerte Vernon Woolwine auf der Treppe eines alten Bürogebäudes herum, in den

Armen ein Stereogerät. Heute hatte er eine schwarze Perücke und Sonnenbrille auf, dazu trug er einen Jeansanzug. Wen zum Teufel stellte er damit dar?

Spencer war eine gute Meile weiter, im Wohnviertel von Hamelin, als es ihm einfiel. Roy Orbison, der alte Rocker aus Texas. In den fünfziger Jahren war er einer der Väter des Rock 'n' Roll gewesen. Presley war dann zu Ruhm und Geld damit gekommen. Waren die Beatles nicht Fans von Roy Orbison gewesen? Was war aus ihm geworden? Lebte er überhaupt noch? Spencers innere Musik spielte «Only the Lonely», als er durch den Stadtteil der Prominenz von Hamelin fuhr.

Mehrere der wohlhabenden Familien waren auf Sommerferien in Myrtle Beach und hatten die Polizei gebeten, ein Auge auf ihre Villen zu halten. Dafür war die Nachtstreife zuständig, aber um ganz sicher zu sein, fuhr Spencer die Ashe Lane ab. Die Tiermorde, die wohl doch mehr als «Bösebubenstreiche» waren, hatten ihn mißtrauisch gemacht.

Alles wirkte normal hier. Die Zeitungen waren offensichtlich von den Nachbarn abgeholt worden. Nichts wies darauf hin, daß die Eigentümer nicht zu Hause waren. Spencer wendete den Streifenwagen in der Einfahrt der Villa Prentice und fuhr zurück in Richting der Villa Dandridge. Für die Bewohner von Hamelin würde es immer die «Villa Dandridge» bleiben, ganz egal, wie lange Peggy darin wohnen blieb.

Es waren genug weiße Wolken am Himmel, um die Stadt in eine Ansichtskartenidylle zu verwandeln. Der Buffalo Mountain legte sich in einem Bogen um das Tal und bildete eine Kulisse, die den Blick auf die Weite des Himmels und das übrige Tennessee versperrte. Spencers Vater hatte immer gesagt, um aus Wake County hinauszukommen, müsse man sich an dem Berg vorbeistehlen, und zwar entweder auf der zweispurigen Asphaltstraße, die sich wie ein Korkenzieher um den Berg kringelte, oder auf dem Flüßchen Cade's Creek, der sich durch das Tal schlängelte und dann unterirdisch weiterfloß bis zum nächsten County, wo er in den Fluß mündete, oder auf dem Appalachian Trail, der sich durch die Hügel und Felder der Wildnis zwischen Maine und Georgia windet. Noch schwieriger sei es dann, aus Wake

County wegzubleiben, denn dann müsse man sich das Gebirge praktisch aus dem Gehirn herausoperieren lassen. Die meisten schafften das nie. In den zwanziger Jahren waren Spencers Großonkels allesamt nach Detroit gegangen, um dort in den Autofabriken Arbeit zu finden, und waren vierzig Jahre lang dageblieben. Inzwischen waren sie im Ruhestand, und einer nach dem anderen waren sie nach East Tennessee zurückgekehrt, um sich auf einer kleinen Farm oben auf dem Pigeon Roost niederzulassen. Spencer wußte, daß er in Knoxville oder noch weiter weg bessere berufliche Chancen hatte, aber kein noch so hohes Gehalt konnte ihm ersetzen, was die Berge ihm bedeuteten.

Als er die runde Auffahrt vor der Villa Dandridge hinauffuhr, hatte er Martha verständigt, daß er vorläufig nicht im Büro zu erwarten sei, und das Funkgerät abgestellt. Es war herrliches Wetter, so einen Tag durfte man nicht vergeuden. Ähnliche Gedanken waren ihm in letzter Zeit immer öfter gekommen: daß jeder sonnige Tag, jedes gute Gespräch mit seiner Mutter ein Geschenk war, eine unwiederbringliche Gelegenheit, die man nicht versäumen durfte. Dabei war er erst achtunddreißig Jahre alt. War das nicht zu früh, schon zu denken, das Leben entgleite ihm?

Er klopfte an Peggys Haustür. Schade, daß er nicht genug Zeit gehabt hatte, seine Uniform gegen Jeans und ein T-Shirt zu vertauschen. Jetzt mußte er den ganzen Nachmittag in gestärktem Khaki verbringen.

Peggy warf einen vorsichtigen Blick aus dem Fenster und öffnete die Tür. Sie trug eine weiße Hose und einen weißen Baumwollpullover, zu schick, um damit zu Hause herumzusitzen, die Wände anzustarren und zu «komponieren».

«Hallo», sagte sie und sah an ihm vorbei zum Wagen. «Haben Sie ihn schon?»

«Wen?»

«Wen? Den Menschen, der meinen Hund umgebracht hat!» sagte sie empört.

Spencer schüttelte den Kopf. «Wir stellen noch Untersuchungen an, wie es bei der Polizei so schön heißt. Ich bin nur vorbeigekommen, um zu sehen, wie es Ihnen geht. Wir haben auch noch einiges zu besprechen – bezüglich Ihres Hundes.»

«Okay. Haben Sie Zeit, hereinzukommen?»

«Haben Sie Zeit, herauszukommen?» witzelte Spencer. «Es ist ein wunderbarer Sommertag. Ich wollte ein bißchen in die Berge fahren. Haben Sie Lust? Vielleicht werden Sie dabei zu einer neuen Melodie inspiriert.»

Sie zögerte. «Können wir auf der Heimfahrt an einem Lebensmittelgeschäft halten? Ich wollte schon immer einkaufen, aber –»

«Sie hatten Angst?»

«Natürlich habe ich Angst!» Ihre Augen blitzten. «Jetzt soll ich mich wohl auch noch deswegen schämen!»

Spencer führte sie zum Auto und hielt ihr die Tür auf. «Kommen Sie. Wir genießen die warme Sonne, das wird Ihnen guttun. Ich kenne eine Stelle, von wo man das ganze Tal wie in einem Bilderbuch vor sich ausgebreitet liegen sieht.» Seine Musik spielte jetzt Roy Orbisons «Pretty Woman».

Er nahm die nördliche Ausfallstraße, die als Allee zwischen vornehmen weißen Villen mit weitausladenden Veranden begann. Am Stadtrand waren es nur noch vernachlässigte Holzhäuser und noch weiter draußen Wohnwagen mit Gipsrehen im Vorgarten und geweißten Autoreifen als Blumenbeetumrandung. Noch eine Meile, und man sah mischblütige Herefordkühe hinter Drahtzäunen auf dürren Weiden. Nadeldickichte trennten ein Feld vom andern wie die dunklen Vierecke auf einem Schachbrett.

Schließlich wurden die Weiden spärlicher und die Bäume höher, und die Straße stieg steil an und wand sich um den Berg wie ein Band, dessen eine Seite eine rote Lehmklippe bildete, während die andere den dichtbewaldeten Abhang säumte. Durch das Eichenlaub erhaschte man hin und wieder einen Blick auf die Wiesen und Gehöfte im Tal.

«Es ist schön hier oben», sagte Spencer mit einem Blick aus dem Fenster. «Nach der nächsten Kurve halten wir an.»

Der Wagen kam auf einer ebenen Strecke am Berghang zum Stehen. Links, wo der Hang unterhalb der Straße baumlos war, funkelte Wake County tief unten in der Sonne. Inmitten des grünen Flickenteppichs lag Hamelin wie ein kompaktes Paket roter und weißer Blöcke, zusammengebunden mit schwarzen Asphaltbändern. Dahinter ragte die dunkle Silhouette des Buffalo Mountain empor, dessen ferne Hügelketten sich im Dunst am Rande des Himmels verloren.

Spencer parkte den Wagen auf dem Rastplatz, und sie gingen hinüber zum Aussichtspunkt. Er half Peggy auf die Steinmauer und zeigte ihr das Dach ihres Hauses, das aus den Baumwipfeln hervorlugte. «Sie müßten das alles mal im Oktober sehen», schwärmte er. «Dann hat hier jeder Berg eine andere Farbe: rot vom Ahorn, golden von der Eiche, und der Buffalo – direkt geradeaus vor Ihnen – wird knallorange. Die ganze Pracht dauert nur eine Woche, aber es gibt nichts Schöneres auf der Welt.»

«Es wirkt alles so friedvoll hier oben», sagte Peggy nachdenklich und ließ den Blick schweifen. «Wenn man dann an die Vergangenheit denkt –»

«In Hamelin?»

«Nein, überhaupt in den Appalachen. Jedes Lied aus dieser Gegend handelt von einer Fehde oder einer Hinrichtung oder von der Ermordung eines Mädchens durch seinen Liebhaber. Dabei könnte es das reinste Paradies sein.»

Spencer wedelte eine Wespe weg, die sich zu nahe herangewagt hatte. «Ein Paradies ist es hier nicht immer», gab er zu. «Nur heute kommt es mir so vor.»

Peggy ging auf den letzten Satz nicht ein und blickte die Straße hinauf, die sich in den Bäumen verlor. «Wohin fahren wir?»

«Nach Pigeon Roost, wenn Sie Zeit haben.»

Sie lachte. «Pigeon Roost? Ein ulkiger Name. Ich dachte, Tauben gibt es nur in der Stadt!»

«Der Ort wurde nach Passenger Pigeons benannt. Dieses Gebirge wimmelte früher davon. Sie sehen aus wie Tauben.»

«Ich glaube nicht, daß ich jemals eine gesehen habe.»

«Können Sie auch nicht. Die letzte starb 1914 im Cincinnati Zoo. Sie hieß Martha. Pigeon Roost ist also ein Name für etwas, das es nicht mehr gibt.»

Peggy folgte mit den Augen den Wolkenschatten, die über die

Hänge des Buffalo Mountain glitten. «Was ist in Pigeon Roost?» fragte sie. «Warum fahren wir dahin?»

«Ach, nichts Besonderes. Ein Bauernhof. Meine Großeltern haben früher da gewohnt.»

«Steht der Baum, der aus der Reitgerte wuchs, noch immer vor dem Haus?» sagte sie leise.

«Entweder der oder ein anderer. Die Schwester meines Großvaters lebt jetzt darin. Sie ist gut über achtzig. Ich schaue ab und zu mal bei ihr vorbei.»

Sie lächelte ihn an. «Klar, fahren wir sie besuchen.»

Sie wollten ins Auto steigen, als ein grauer Pontiac um die Kurve kam und an ihnen vorbei den Berg hinauffuhr. «Warten wir ein paar Minuten», sagte Spencer. «Die kommen aus Sullivan County, und da fährt man nur im Schneckentempo.»

Er blickte zurück über die Collage von Grüntönen, eingekreist von dem dunkelbewaldeten Berg, fast schwarz unter den Wolkenschatten, die über seine Flanken zogen.

«Früher habe ich mir immer ein Haus da unten in den Feldern am Fluß gewünscht, wo ich zu den Bergen hinaufsehen konnte», sagte Spencer. «Aber je älter ich werde, um so höher will ich wohnen. Im Augenblick fände ich ein Haus auf dem Bergrücken oberhalb dieser Straße ideal. Ich hätte keinen Garten, aber dafür eine atemberaubende Aussicht. Heißt das, ich werde immer mehr zum Beobachter? Zum Zaungast? Was meinen Sie?»

«Vielleicht wollen Sie vor den Menschen fliehen», antwortete sie.

«Es ist in meiner Natur», gab er zu. «Aber auch ohne das – dieser Job kann einen zum Eigenbrötler werden lassen.»

Sie lehnte sich gegen die Haube des Streifenwagens. «Sie sagten, wir müßten über meinen Hund reden. Über – was passiert ist.»

«Ja. Eins haben wir herausgebracht: In den Hals des Tieres wurde ein Zeichen eingeschnitten. Mein Hilfssheriff glaubt zu wissen, daß es das Kennzeichen einer bestimmten militärischen Einheit ist. Im Vietnamkrieg. Und jetzt wollen wir von Ihnen wissen, ob Sie jemals etwas mit dieser Einheit zu tun hatten.»

Ihre Miene verdüsterte sich. «Ich hatte mit *keiner* Einheit je irgend etwas zu schaffen. Ich war nicht mit Bob Hope auf Tournee, falls Sie das meinen.»

«Nun, es gibt ja noch andere Möglichkeiten. Vielleicht hatten Sie einen Fan. Es ist die fünfundzwanzigste Infanteriedivision mit dem Spitznamen Electric Strawberry. Kommt Ihnen das bekannt vor?»

«Nein.»

«Sie haben noch nie jemanden gekannt, der zu dieser Einheit gehört? Sie sind nie mit einem Soldaten ausgegangen?» Er merkte selbst, daß die Unterhaltung zu einem Verhör wurde.

«Nein», sagte sie, ohne ihm in die Augen zu sehen.

Er seufzte. «Okay. Wir fragen weiter herum. LeDonne ist überzeugt, es steckt etwas dahinter.»

Sie stiegen ins Auto und fuhren weiter in Richtung Pigeon Roost, wo einst Großeltern, Passenger Pigeons und alte britische Balladen heimisch waren, und wo jetzt halbverfallene Hütten und Bauernhäuser mit ihren übriggebliebenen Bewohnern von einer alten, vergessenen Zeit zeugten.

Joe LeDonne erreichte die Farm der Wylers im Laufe des Vormittags. In der Auffahrt neben dem Schuppen stand ein schwarzer Lieferwagen mit imitierter Holzvertäfelung und einem Aufkleber «Ich bremse für Tiere». Es war Alex Kessler, der Wildhüter des County. Das würde ihm Zeit sparen. LeDonne würdigte das traditionelle Bauernhaus, ein weißes «Salzfaß»-Gebäude, keines Blickes, sondern ging direkt auf den Bretterzaun zu und suchte die Weiden nach einem Lebenszeichen ab. Er entdeckte die beiden Männer auf halber Höhe des Hügels bei den Bäumen: einen stämmigen Mann in grauer Arbeitskleidung und einen jungen, größeren Mann in dunkler Uniform. Sie waren außer Hörweite. LeDonne kletterte über den Zaun und trabte in Richtung Schafsweide, um den Tatort zu inspizieren.

Wayne Wyler war nicht gerade ein Stammkunde im Büro des Sheriffs. LeDonne hatte ihn noch nie gesehen. Er war über sechzig Jahre alt und pensioniert. Früher hatte er einen Job gehabt, um die Farm finanziell über Wasser halten zu können. Jetzt bearbeitete er das Land allein. Seine Söhne hatten studiert und kamen schon daher nicht nach Wake County zurück. Die Berge des Südens waren ein Luxus, den Amerikaner der Mittelklasse sich nicht leisten konnten, darum verließen die jungen Leute das Appalachengebirge und lebten in einer grauen Stadt, wenn sie einen höheren Lebensstandard genießen wollten. Zwischen den Wylers und ihren Nachbarn hatte es, soviel LeDonne wußte, keine Fehden gegeben, auch keine Kontroversen politischer oder religiöser Art. Es galt jedoch, dies genauer nachzuprüfen.

Die Sonne schien schon heiß und prall auf die Wiese. Das Gras war weiß von dem blendenden Licht, und die Luft gerann zu fast sichtbaren Hitzewölkchen. Ein Geruch von Verwesung stieg ihm in die Nase. LeDonne verscheuchte eine grüne Fliege und blinzelte hinunter auf den Haufen schmutzigweißer Wolle. Ein totes Schaf unterschied sich kaum von einem lebendigen. Derselbe leere Ausdruck in den Augen. Nur diesem Schaf hier schien es nichts auszumachen, daß ihm die Fliegen in den geöffneten Mund krochen. Die rostroten Flecken getrockneten Blutes waren begrenzt auf seine Kehle und die Vorderpfoten. Aber warum hatte es eine grüne Blätterranke um den Hals?

Alex Kessler, der seit Menschengedenken Wildhüter von Wake County war, kniete neben dem Schaf und untersuchte die Wunden geschickt mit seinen behandschuhten Händen. Er sah zu LeDonne auf und nickte ihm zu. «Brauchen Sie Fotos davon?» fragte er.

LeDonne schüttelte den Kopf. «Nur ein paar Antworten auf meine Fragen.» Er kniete sich neben den Wildhüter und betastete die Tierleiche, fand aber nicht, was er suchte.

«Wenn ich einen streunenden Hund auf meinem Grundstück erwische, schieß ich ihm die Rübe ab», sagte Wayne Wyler. Seine Glatze glänzte vor Schweiß, und auf dem grauen Arbeitshemd zeichneten sich schon feuchte Stellen ab.

LeDonne verzog die Lippen. «Hund? Ich dachte, es waren Kojoten.»

«Kojoten, Hunde, was es auch war. Wenn ich einen erwische –»

«Es war kein Hund», sagte Alex Kessler, ohne aufzusehen.

«Auch kein canis latrans. Es war kein Kojote. Sehen Sie diese Halswunde hier?»

Wayne warf einen kurzen Blick auf das sickernde Rot. «Ja. Und?»

«Das sind saubere Einschnitte. Raubtiere machen Reißwunden. Das hier sind Schnittwunden. Wir haben es mit einem zweibeinigen Schafsmörder zu tun.»

LeDonne nickte. Sein Verdacht bestätigte sich. «Haben Sie auch Markierungen gefunden?» fragte er. «So etwas wie eine Tätowierung?»

Kessler wußte offenbar nicht, worauf er hinauswollte. «Schafe werden doch nicht gebrandmarkt, LeDonne.»

«Das ist mir klar. Ich meinte ein Muster, ein Zeichen, das zur Zeit der Tötung eingeritzt wurde. Ist Ihnen nichts Ungewöhnliches aufgefallen?»

Der Wildhüter stand auf und klopfte sich die trockenen Grashalme von der Hose.

«Sehen Sie selbst, LeDonne. Da sind keine Markierungen.»

LeDonne befühlte die grünen Ranken. «War das Zeug an dem Tier, als Sie es fanden?»

Wayne Wyler nickte. In seinem fleischigen Gesicht stand fast so etwas wie Genugtuung. «Ja, und wissen Sie, was das ist? Dafür brauchen Sie keinen Fachmann zu fragen. Das ist nämlich ganz gewöhnlicher Giftsumach.»

Das Gelächter, das er erwartet hatte, blieb aus. LeDonne senkte den Kopf und sah auf seine Hände hinunter. Mit einem Anflug von Überraschung sagte er: «Giftsumach. Poison Ivy. Okay. Das paßt.»

Pigeon Roost war gut zehn Meilen von dem Aussichtspunkt an der Straße entfernt, die sich durch Wiesen und Eichenhaine mit dichtem Unterholz schlängelte. Es war ein sanfter Anstieg. Sie hatten ein Plateau in tausend Fuß Höhe über Hamelin erreicht, aber die Bergriesen zu beiden Seiten des Tales erweckten den Eindruck, als seien sie immer noch im Flachland. Spencer bog in eine Ausläuferstraße, die mit einer Ziffer markiert war, und verlangsamte die Fahrt auf zwanzig Meilen pro Stunde.

«Wildwechsel», sagte er erklärend. «Selbst am hellichten Tag.»

Peggy blickte aufmerksam zu den bewaldeten Hängen hinter dem hohen Gras, aber es rührte sich nichts.

«Da vorn», sagte er und berührte leicht ihren Arm.

Sie sah gerade noch einen roten Streifen in den Bäumen verschwinden. «Was war das?»

«Eine rotgeflügelte Amsel. Man sieht sie nur noch selten. Sie sind auch ziemlich menschenscheu.»

«Ich habe noch nie eine in meinem Garten gesehen», sagte Peggy.

«Nein, in Hamelin gibt es die auch nicht. In der Stadt haben wir andere Vögel: Rotkehlchen, Spatzen, Elstern, Eichelhäher. Kleinstadtvögel. Hier in den Bergen gibt es die wilderen Vögel wie Pirole, Rotkehlhüttensänger, Nachteulen, Bussarde. Die stellen unter den Tieren die Gesundheitspolizei dar. Aber auch Goldadler gibt es hier.»

Die Landschaft war schweigend und reglos wie eine Ansichtskarte. Peggy betrachtete die durchhängenden Drahtzäune und die verwitterten Scheunen, deren Häßlichkeit durch das satte Grün der Sommerwiesen und das weiche Vogeleiblau des Himmels gemildert wurde. «Haben Sie schon mal einen Adler gesehen?»

Spencer verlangsamte die Fahrt, als die Asphaltstraße in einen Kiesweg mündete. «Nicht aus der Nähe», sagte er. «Sie sind auch in Wirklichkeit gar nicht golden, sondern braun. Riesige braune Vögel. Mein Onkel Trace sagt, man erkennt sie an ihrer Art zu fliegen. Sie sind ungefähr so groß wie Aasgeier, aber sie haben die Flügel rechtwinklig abgespreizt, wenn sie fliegen. Aasgeier machen einen spitzen Winkel.»

Er bog wieder ab, diesmal in einen schmalen Lehmpfad mit einem Grasbuckel in der Mitte und Reifenspuren zu beiden Seiten.

«Gleich sind wir da», kündigte er an. «Hier haben die Vorfahren meines Vaters sich angesiedelt.»

«Wie lange ist das her?» fragte Peggy und sah auf die ungemähten Weiden und vernachlässigten Nebengebäude hinaus.

«Hundertfünfzig Jahre, wenn nicht mehr. Ich hatte Urgroßonkel, die sich im Bürgerkrieg vor dem Militärdienst gedrückt haben.»

«Die waren ihrer Zeit voraus», grinste Peggy.

Der «Ahnensitz» der Arrowoodsippe war ein einstöckiges weißes Holzhaus mit einer breiten Veranda nach vorn. An jeder Ecke stand eine uralte Eiche. Ihre belaubten Äste berührten fast das Dach des Hauses. An der Eingangstreppe kämpfte eine Gruppe dürftiger Iris mit dem Unkraut um Lebensraum. Auf einem Beet Tigerlilien stand ein Schaukelpferd aus Metall als Gartendekoration. Rechts vom Haus auf einem Hang wuchsen in einem gepflegten Gemüsegarten Tomaten, Stangenbohnen und Kohl. In den Bäumen hingen Tortenteller aus Aluminium, sie drehten sich lautlos im Wind. Sie dienten als Vogelscheuchen. Die orangefarbenen Ringelblumen zwischen den Gemüsereihen sollten die Insekten vertreiben – ein Pestizid, das noch aus der Pionierzeit stammte.

Spencer parkte an der Auffahrt, die in einer Biegung zum Haus führte. «Hab ich Ihnen schon erzählt, daß sie in diesem Haus ihren eigenen Strom erzeugen?» fragte er.

Peggy schüttelte den Kopf. «Wie? Woraus?»

Er grinste. «So um das Jahr 1910 bauten mein Großvater und seine Brüder ihr eigenes Elektrizitätswerk. Sie dämmten den Bach ein und improvisierten einen Generator. Somit hatten sie Licht auf der Farm. Kostenlos. Sie legten Stromleitungen im Haus, in der Scheune, im Hühnerhaus, im Seitengebäude und im Hinterhof. In der Stadt hatten die Leute damals noch Gasbeleuchtung.»

Peggy sah zu dem anstrichsbedürftigen Haus hinüber, das in einem Dickicht von dichtem Gras und Kriechpflanzen zu ersticken drohte. «Schade, daß sie nicht auch das Schreinern gelernt haben», sagte Peggy leise.

«Ach, das ist alles schon siebzig Jahre her», sagte Spencer. «Damals waren sie Teenager. Als die Zeit kam, Arbeit zu suchen, verließen sie die Berge – wie die meisten anderen auch. Jedesmal, wenn ich in diese Täler hier komme, ist mir, als sei ich mit einer Zeitmaschine hier statt mit einem Auto.» Er zuckte die

Achseln. «Es könnte noch schlimmer sein. Wenigstens sind wir bis jetzt von der Naturapostelschickeria mit ihren Sonnenkollektoren verschont geblieben, die die Grundstückspreise aufs Dreifache hinauftreiben.» Sofort erkannte er seine Taktlosigkeit. Zum Glück unterbrach ein Geräusch auf der Veranda das Gespräch.

«Jemand hat uns gesehen», sagte Peggy und strich sich die Haare glatt.

Spencer war schon ausgestiegen. «Kommen Sie», rief er. «Keine Bange, hier trägt keiner ein Gewehr bei sich!»

Als sie sich der Veranda näherten, huschte Spencers Großtante aus dem Haus und lächelte ihren Besuchern verlegen entgegen. Sie trug eine verblichene Schürze über einem blauen baumwollenen Hauskleid und aus der Form gegangene schwarze Hausschuhe. Die tiefen Furchen in ihrem Gesicht ließen sie keinen Tag jünger als siebzig erscheinen, aber ihre dünnen Haare waren noch hellbraun.

«Na, Jessas», sagte sie zum Sheriff. «Warum hast du uns nicht Bescheid gegeben, daß ihr kommen wolltet?» Ihr Tonfall war melodisch, wie ein Überbleisel des irischen Singsangs ihrer Vorfahren.

Spencer nahm sie kurz in die Arme. «Aunt Til», sagte er und sprach das Wort aus wie ain't, «ich möchte dir Miss Peggy Muryan vorstellen. Sie ist vor kurzem in unsere Stadt gezogen.»

Tante Til knüllte mit ihren blaugeäderten Händen die Schürze zusammen und seufzte. «Wir hätten euch doch ein Essen gerichtet, wenn wir gewußt hätten, daß ihr kommt.» Sie lächelte die Fremde unsicher an.

«Wir wollten dir keine Umstände machen», sagte Spencer. «Wir können sowieso nicht lange bleiben. Was macht Onkel Trace?»

«Wie immer, könnt man sagen. Kommt herein.» Tante Til hielt ihnen die Fliegentür auf und ließ sie in das Halbdunkel des Hauses eintreten.

In der Diele lag verblichenes Linoleum, der Fußboden im Wohnzimmer war abgewetzt. Ein altes Sofa undefinierbarer Form und Farbe stand an einer blaßgrünen Wand, daneben saß in einem fadenscheinigen Morrissessel Onkel Trace, reglos wie eine Statue.

Peggy heuchelte Interesse an dem Bild, das über dem Kaminsims hing. Es stellte einen schwarzen Wolf auf einer schneebedeckten Hügelkette gegen einen blauen Nachthimmel dar. Unter dem Wolf schimmerten im Schnee die orangefarbenen Lichter einer fernen Kate. «Ein Druck von Kowalski», murmelte Peggy mehr zu sich selbst. «Er hing im Wohnzimmer in der Fernsehserie *All in the Family.*»

Spencer kniete vor dem Sessel nieder und legte seine Hand auf die des alten Mannes. «Kennst du mich noch, Onkel Trace? Ich bin Spencer», sagte er langsam und deutlich. «Wie geht es dir?»

Der Alte drehte den Kopf. Sein Blick schien auf Spencer zu ruhen. «Was für ein Auto hast'n jetzt?» Seine Stimme war mehr ein Keuchen.

«Heut bin ich mit dem Streifenwagen hier», antwortete Spencer. «Sonst fahr ich dieselbe alte Kist wie immer. Wenn ich mir'n neu's Auto kauf, bist du der erste, der's erfährt.» Er warf einen Blick zu Peggy hinüber, die vage lächelte. Merkwürdig, dachte er, wie mühelos ich hier oben in den heimatlichen Dialekt verfalle. Aber nur hier und mit den Menschen meiner Vergangenheit.

Tante Til kam mit einem Blechtablett herein, auf dem vier Marmeladegläser standen. «Eistee», sagte sie. «Mit frischer Minze, die oben um den Schornstein herum wächst.»

Spencer und Peggy setzten sich auf die alte Couch und nippten an ihrem schon gesüßten Tee. «Onkel Trace war früher ein Meister auf der Bluegrass-Geige. Stimmt's, Trace?» sagte Spencer mit gespielter Herzlichkeit.

Der alte Mann fuhr mit dem Finger über das Muster auf dem Marmeladeglas, als habe er ihre Gegenwart vergessen.

«Wie geht's deiner Mutter, Spencer?» fragte Til und zog sich einen geradlehnigen Küchenstuhl ans Sofa. Ihr Tonfall verwandelte jede noch so neutrale Bemerkung in eine keltische Totenklage. Ihre schlichte Frage ließ vermuten, Jane Arrowood habe Tragisches erlebt, was vielleicht stimmte. In Wirklichkeit beabsichtigte sie aber nicht mehr als ein höfliches Interesse an ihrem Wohlbefinden.

«Ihr geht's ganz gut, glaub ich», sagte Spencer. «Die Tomaten könnten besser sein in diesem Jahr. Nicht genug Regen.»

«Ahjah, ich weiß, ich weiß», sang Til und nickte sorgenvoll. «Wir hatten sogar einen Hirsch in unseren Tomaten. Er hat sie allesamt kaputtgetrampelt.»

«Soll ich mal mit meinem Gewehr kommen?» bot Spencer an.

Peggy setzte ihr Glas mit einem klirrenden Geräusch ab. Sie wollte nichts hören von toten Tieren. «Bluegrass-Geige hat er gespielt?» sagte sie, wie um abzulenken. «In einer Gruppe?»

«Ach, nicht so richtig», antwortete Spencer. «Nicht wie die Carter Family.»

«Mein Vater war gegen Musik und alles», warf Tante Til ein. «Trace hätt richtig gut sein können, aber er wollt mich heiraten, und mein Vater hätt keine Musik erlaubt. Er war nämlich 'n Prediger.»

«Der Bezirksgeistliche», setzte Spencer hinzu. «Ich habe Ihnen davon erzählt, Peggy.»

«Er hat immer gemeint, Saiteninstrumente sind vom Teufel, und er wollt sie nicht im Haus haben. Meine Brüder haben alle Mandoline und Gitarre gespielt, aber heimlich», sagte sie mit einem verschmitzten Lächeln. «Trace war auch immer dabei.»

Spencer lachte. «Der Witz ist, daß Hochwürden selbst ein Klavier in seinem Wohnzimmer stehen hatte. Einen Riesenkasten. Er dachte nämlich, das sei ein Schlaginstrument, weil man auf die Tasten schlägt.»

«Ein teuflisches Instrument mit achtundachtzig Saiten», schmunzelte Peggy.

«Peggy spielt Gitarre», warf Spencer hin.

Tante Til lächelte höflich. Sarah Carter und Mother Maybelle mochten noch hingehen, aber in der Gebirgsmusik spielten die Frauen sonst eher eine passive Rolle. Wenigstens zu ihrer Zeit.

«Anschließend habe ich in der Schule Musik unterrichtet», sagte Peggy hastig.

Spencer hörte aus ihrem Ton, daß sie vor seinen alten Verwandten nicht als berühmte Folk-Sängerin herausgestellt werden wollte, und das war auch nicht seine Absicht gewesen. Er hatte lediglich versucht, einen gemeinsamen Berührungspunkt zu finden mit diesen Leutchen, die er selten sah und die von einem anderen Planeten hätten sein können, so verschieden war ihr Leben von seinem. Die Arrowoods waren keine Familie, in der Gefühle und Vertrautheit gepflegt wurden. In den Bergen wurde ein Junge, wenn er acht Jahre alt war, ein Fremder in seiner eigenen Familie. Bis dahin war er jedermanns Schoßkind, aber danach wurde er der Gegenstand distanzierter Höflichkeit. Eine unsichtbare Wand richtete sich auf, die niemals wieder niedergerissen wurde. Spencer hatte gehofft, Peggy würde die Alten mit ihrem Charme aus der Reserve locken und sie dazu bringen, Erinnerungen aus alter Zeit mit ihnen zu teilen, aber auch sie blieb hinter dieser Mauer. Beide waren sie in einem Kulturmuseum, aber auf der Touristenseite, hinter den Barrikaden aus Samtkordeln.

Spencer stand auf. «Ich ruf mal eben im Büro an», sagte er. «Die haben seit gut einer Stunde nichts mehr von mir gehört. Könnt ja sein, daß sich in Hamelin eine Katze in einen Baum verirrt hat.»

Er eilte zum Wagen und gab Peggy ein Zeichen dazubleiben.

Peggy ließ die Augen durchs Zimmer wandern, als hoffe sie, dort das Stichwort für ihren nächsten Satz zu finden. Der alte Mann saß noch immer regungslos in seinem Sessel, als sei ihm ihre Gegenwart völlig gleichgültig.

«Es ist sehr schön hier oben in den Bergen», sagte sie schließlich.

Tante Til nickte. «Ja, sehr schön. Besonders wenn der Lorbeer blüht. Und im Frühling der wilde Hartriegel und der Judasbaum. Im April ist die Landstraße da vorn eine lilafarbene Allee von Judasbüschen. Und der Forsythienstrauch im Garten wird knallgelb, und Mitte April ist der Fliederbusch eine Blütenpracht.»

«Ja, der Flieder», lächelte Peggy. «Der blühte zu der Zeit, als Lincoln erschossen wurde. Walt Whitman hat ein Gedicht geschrieben mit dem Titel ‹When Lilacs Last by the Dooryard Bloomed›. Daher kann ich mir merken, daß der Flieder im April blüht.»

Tante Til nahm sich Zeit, diese Information zu verdauen. «Sie sind nicht aus dieser Gegend, oder?»

«Nein, ich bin aus Norfolk. Von dort bin ich nach Carolina gegangen. Aber ich habe mich jahrelang mit der Folkmusik beschäftigt, daher habe ich eine Art – Verwandtschaft mit den Gebirgsbewohnern.»

Die alte Frau lächelte nicht über Peggys Chauvinismus. Sie sagte nur schlicht: «Spencer ist zur Universität gegangen. Sein Vater war immer sehr rastlos. Die Jahre der Depression haben viele Leute so gemacht. Als hätten sie immer Angst, nicht genug zu haben. Spencer ist nicht so. Haben Sie Cal gekannt?»

«Spencers Bruder? Nein. Ich bin noch nicht so lange hier.» Und außerdem ist er seit zwanzig Jahren tot, dachte Peggy.

«Na, also, der Cal, das war mal einer. Der konnte eine Krähe vom Schornstein schießen, mit der Pistole. Und singen konnte der – stundenlang an einem Stück. Spencer wackelte immer hinter ihm her, als beide noch klein waren.» Sie ging ans Kaminsims und brachte ein postkartenformatiges Foto in einem staubigen Rahmen herüber. Der vergilbte, schwarzweiße Schnappschuß zeigte zwei blonde Jungen. Der Ältere war etwa zwölf Jahre alt. Zwischen ihnen saß ein kleiner weißer Pinscher. Sie trugen Shorts und Sneakers, aber kein Hemd. Der Jüngere war so dünn, daß man seine Rippen sehen konnte, und er sah bewundernd zu seinem Bruder auf, der selbstbewußt in die Kamera grinste.

Tante Til betrachtete das Bild mit einem glücklichen Lächeln. «Ich weiß noch, wie Cal ganz klein war und sein Papi im Garten hinterm Haus saß und sich mit den Jungs von Wes und L. J. Kriegsgeschichten erzählte. Sie waren alle im Red Ball Express gewesen, wissen Sie, das war der Versorgungswagen, mit Patton im Weltkrieg. Cal ist immer hinter den Männern her und hat die halbleeren Bierdosen ausgetrunken, wenn sie nicht hinsahen.»

«Und Spencer?»

«Der hat's nur einmal versucht. Um es Cal gleichzutun, denk ich mir. Ihm ist so schlecht davon geworden, so schlecht! Cal hat es nie was ausgemacht.»

«Spencer ist ein stiller Mensch», sagte Peggy. «Nicht das, was man sich sonst so unter einem Sheriff vorstellt.»

Tante Til nickte. «Früher mußten sie groß und stark sein, jetzt ist es mehr Politik. Sie bekommen auch viel Unterstützung vom Staat. Es geht ihm gut dabei. Und uns auch», lachte sie schelmisch. «Keiner traut sich, ohne unsere Erlaubnis auf unserem Grundstück zu jagen oder unsere Hühner zu stehlen. Es ist schon recht, wenn man einen Sheriff als Verwandten hat. Und für ihn ist es gut, daß er eine Arbeitsstelle hat und trotzdem dableiben kann. Er ist der einzige, der noch hier ist. Ich krieg Weihnachtskarten aus vierzehn verschiedenen Bundesstaaten.»

Sie hörten Schritte auf der Veranda und schwiegen. Die Fliegentür knallte zu, und Spencer stand plötzlich in der Tür. Seine Miene war besorgt. «Wir müssen zurück», sagte er. «Es ist etwas vorgefallen.»

Peggy hörte eine Spur von Panik in seiner Stimme. «Hat es etwas mit meinem Hund zu tun?» fragte sie.

«Nein. Vielleicht ist es ja auch gar nichts. Ein Schulmädchen wurde vermißt gemeldet.»

Spencer und Peggy Muryan trugen ihre Gläser in die dunkle Küche und verabschiedeten sich hastig. Schweigend fuhren sie wieder bergabwärts, zurück in die Gegenwart.

* * *

LIEBE PEG,
EXIL. ANDERS KANN MAN DAS HIER NICHT NENNEN. ABER DU MUSST DARUM KEIN SCHLECHTES GEWISSEN HABEN. OHNE MICH KANNST DU ERFOLG HABEN, MIT MIR HÄTTEST DU KEINEN GEHABT. SO HAT ES DOCH ALLGEMEIN GEHEISSEN, ODER? DABEI HAST DU DOCH MIT MIR «ERFOLG» GEHABT. ERINNERST DU DICH NOCH AN DEN GRATISFILM ON THE BEACH? NICHT MYRTLE BEACH, OBWOHL DAS AUCH SCHÖN WAR. ABER ES IST JA DAS ERSTE MAL, DAS IN DER ERINNERUNG WEITERLEBT, UND ICH VERSUCHE MANCHMAL, ES ZU WIEDERHOLEN: MIT LEISER MUSIK UND IN

WEICHEN KONTRASTEN, WOBEI ICH DIE SAUKÄLTE IN DER LAUBE WEGRETUSCHIERE UND DIE TONSPUR DEINER STIMME, DIE MIR WAS VOM ATOMKRIEG UND VOM UNTERGANG DER MENSCHHEIT VORBRABBELT. NUN, DEN HAST DU JA DANN AUCH ZU VERHINDERN GEWUSST, NICHT WAHR, PEGGY? ZWANZIG MINUTEN AUF EINER ALTEN MILITÄRWOLLDECKE, UND DER WELTFRIEDEN IST GESICHERT.

ICH HABE VIELE ERINNERUNGEN AUS JENER ZEIT. SELBST DIE SCHLECHTEN SIND GUT. AUSPUFFGASE ERINNERN MICH AN DICH, NUR ALS BEISPIEL. ICH WEISS, DU TRUGST «KHADINE», WAS MAN HIER NICHT ZU RIECHEN KRIEGT. AUSPUFFGASE DAGEGEN... WENN WIR DIE GANZE NACHT MIT UNSEREM GEMIETETEN LASTER VOLL TONAUSRÜSTUNG ZU EINEM KONZERT RATTERTEN, DAS «HIT ATTRACTIONS» FÜR UNS IN ATLANTA ODER CHARLOTTESVILLE ODER TUSCALOOSA ARRANGIERT HATTE, IMMER EINEN HAUCH VON AUSPUFFGASEN IN DER NASE... MIR TUT HEUTE NOCH DAS KREUZ WEH, WENN ICH DARAN DENKE, WIE SCHWER SO EINE ALTEC LANSING ZU HEBEN WAR, UND WIR ASSEN IM FÜHRERHAUS BOLOGNA SANDWICHES, WEIL WIR UNS NICHT IN EIN RESTAURANT TRAUTEN. LANGHAARIGE UND BLUMENKINDER HABEN NICHTS IN SPIESSIGEN RESTAURANTS ZU SUCHEN. REICH MIR MAL DIE MAYONNAISE HER. UND DABEI PROBTEN WIR FÜRS KONZERT. ICH HÖRE DICH NOCH «LITTLE MARGARET» SINGEN, WÄHREND DU BROTE SCHMIERST, UND ALS WIR IN DIE STADT REINFUHREN, RASIERTE ICH MICH MIT DEM GESCHMOLZENEN EIS AUS DEM KÜHLER. DU FLIEGST JETZT IMMER ZU DEINEN KONZERTEN, NEHM ICH AN. VERMISST DU MANCHMAL, WIE ES FRÜHER WAR? WAHRSCHEINLICH NICHT.

WENN DU JETZT SO DURCH DEN ZUSCHAUERRAUM BLICKST, IN ALL DIE GESICHTER, DIE ACHT DOLLAR GEZAHLT HABEN, UM DICH SINGEN ZU HÖREN – DENKST DU DANN NOCH MANCHMAL ZURÜCK AN DIE ZEIT, ALS SIE UNS AN DER UNIVERSITY OF VIRGINIA FÜR EINEN VERBINDUNGSBALL GEBUCHT HATTEN? LEIDER HATTEN DIE ABER EINE TANZKAPELLE BESTELLT! ARME PEGGY. SIE BEWARFEN DICH UND DEINE SONGS MIT RITZ-CRACKERS, UND DU HAST DIE GANZE HEIMFAHRT NACH CHAPEL HILL GEHEULT. AM NÄCHSTEN TAG HABE ICH DIR EINEN STRAUSS RINGELBLUMEN UND DAHLIEN VON DEN BLUMENFRAUEN AUF DER FRANKLIN STREET GEKAUFT...

DAGEGEN MUSS ES DIR JETZT LANGWEILIG SEIN, WENN DIR DIE ROSEN EIMERWEISE IN DIE GARDEROBE GEBRACHT WERDEN.

MIR IST ES AUCH LANGWEILIG HIER. DU MÜSSTEST MAL SEHEN, IN WELCHER HUNDEHÜTTE DIE MICH HIER UNTERGEBRACHT HABEN: OFFENE SEITEN, FLIEGENTÜREN, KEINE KÜHLANLAGE, KEIN EIGENES ZIMMER. MEINE GANZEN HABSELIGKEITEN SIND IN EINEM BLECHSPIND UNTERGEBRACHT. VERDAMMTE AIR FORCE, VERDAMMTE BRUCHBUDE.

WOFÜR HALTEN DIE MICH EIGENTLICH, DASS SIE MICH IN DIESEM SCHUPPEN/STALL/TAUBENSCHLAG EINSPERREN? BIN ICH DENN NICHT MEHR WERT? SCHEINBAR NICHT.

ABER DAFÜR, DASS ICH NICHT VIEL TUE, WERD ICH GANZ GUT BEZAHLT.

DIE MOSKITOS HIER SIND FAST SO GROSS WIE A-5 FREEDOM FIGHTERS.

MEINE «NATIONAL LAMPOONS» SIND SCHON SEIT EIN PAAR MONATEN NICHT MEHR GEKOMMEN, UND VON DAHEIM HABE ICH AUCH

SCHON SEIT MONATEN KEINE POST MEHR. NUR DIE «PACIFIC STARS & STRIPES» KOMMT AB UND ZU NOCH. IN LETZTER ZEIT HÖRE ICH MANCHMAL DAS ENGLISCHE PROGRAMM VON LIBERTY RADIO, SÜDVIETNAM, DAS VON DEN KOMMUNISTISCHEN TEILEN SÜDVIETNAMS AUS GESENDET WIRD. ICH KRIEGE AUCH RADIO AUSTRALIA AUS MELBOURNE REIN – DIE TOP-20-HITLISTE. HERRLICH. AUCH DEN BBC WORLD SERVICE. ALLES SEHR INTERESSANT. WENN ICH AUCH EINGESPERRT BIN, SO GEHT ES MIR DOCH NICHT ALLZU SCHLECHT, DA ICH EIN SO GUTES VERHÄLTNIS ZU MEINEN UNTERDRÜCKERN HABE.

ÜBRIGENS, DER EINZIGE GRUND, WARUM ICH WEITERSCHREIBE AN DIESEM BRIEF, IST, DASS ICH NOCH BIER IN DER DOSE HABE. TRINKEN. ARBEITEN GEHEN. ZUM BX EINKAUFEN GEHEN. ODER IN DIE STADT. (WENN DIE HORMONE ES MIR DIKTIEREN.) ODER MIR EINEN RUNTERHOLEN (IM STILLEN KÄMMERLEIN), WENN ICH KEINE ZEIT HABE, IN DIE STADT ZU GEHEN. ODER IN DEN NCO-CLUB, UM DORT ZU TRINKEN. – DAS IST MEIN LEBEN HIER.

AUF DEM BODEN.

UND DA DIES MEIN LETZTES STÜCK PAPIER IST UND ICH NUR NOCH EIN BIER HABE, MUSS ICH LEIDER JETZT SCHLIESSEN. ICH WÜRDE GERN MEHR SCHREIBEN, ABER MEINE KONZENTRATION LÄSST IMMER MEHR NACH.

AUSSERDEM IST ES ZEIT, ZUR «ARBEIT» ZU GEHEN. HINAUF IN DIE LÜFTE… VOGELMENSCH.

TRAVIS

8. Kapitel

The only thing that we did wrong,
Was staying in the wilderness too long...
«Keep Your Eyes on the Prize»

In Hamelin wurde selten ein Teenager vermißt gemeldet, aber es kam vor. Meistens waren es jedoch dieselben Jugendlichen, die aus immer denselben Gründen verschwanden. Die Hollisters waren Satansbraten dritter Generation, die keine Gelegenheit versäumten, eine mehrtägige Sauftour zu machen. Der psychologische Berater in der Schule meldete dann ihre Abwesenheit, alle anderen hofften, sie kämen nie wieder. Crystal Teague verschwand hin und wieder, wenn es zu Hause unerträglich wurde, aber weder sie noch ihre Mutter machten eine Meldung, und daher war niemand in der Lage einzuschreiten. Reva Teague war überzeugt, daß das Gesetz sie nicht vor ihrem brutalen Ehemann schützen konnte, und damit hatte sie wahrscheinlich recht. Spencer setzte sie auch nie unter Druck, Anzeige zu erstatten. Als Gesetzeshüter einer Kleinstadt hatte er es immer mit denselben Leuten zu tun: Kriminellen wie Opfern.

Was ihn beunruhigte war, daß dieses Mädchen nicht zu seinen «Stammkunden» gehörte. Er konnte nur hoffen, daß sie sich mit ihrem Freund oder ihrer Mutter gestritten hatte und weggelaufen war. So etwas ließ sich schnell wieder ausbügeln. Wenn aber Drogen im Spiel waren, konnte das für Wake County schlimme Folgen haben. Bis jetzt war es wegen seiner Abgelegenheit von harten Drogen verschont geblieben.

Spencer warf einen kurzen Blick auf die Adresse, die er auf sein Klemmbrett gekritzelt hatte, dann auf den hellbraunen Postkasten, auf dem in bunten Großbuchstaben, umgeben von einer Hartriegelranke, der Name «Winstead» stand. Das mußte es sein. Die schnurgerade Zementauffahrt führte zum Einstellplatz vor einem einstöckigen weißen Ziegelbau im Ranchstil, flankiert von Buchsbaumhecken. Die Eltern warteten schon unruhig auf der Treppe vor der Haustür. Spencer stellte den Motor ab. Er war allein. Peggy hatte er zu Hause abgesetzt.

Die beiden sahen ihm erwartungsvoll entgegen. Sie waren ungefähr in Spencers Alter oder etwas jünger. Spencer war immer leicht überrascht, wenn jemand in seinem Alter schon fast erwachsene Kinder hatte. Es brachte ihm zum Bewußtsein, daß er nicht mehr der Jüngste war.

Die Frau hatte sich besser gehalten als ihr Mann. Sie war eine verblichene Studie in Beige: schlaffes braunes Haar, stumpfbraune Augen, eine gräuliche Haut, die von der Gartenarbeit leicht gebräunt war, und eine schlanke Figur, die noch nie sexy gewesen war.

Der Mann wirkte wie ein ehemaliger Footballer, der Fett angesetzt hatte. Sein blauschwarzes Haar war graumeliert, und er trug es lang und buschig wie Conway Twitty und fundamentalistische Fernsehevangelisten. Sein gerötetes Gesicht strahlte eine salbungsvolle Aufrichtigkeit aus, wahrscheinlich eine Maske, hinter der er seine Trinkerwut verbarg. Anläßlich seines Interviews mit dem Sheriff hatte er sich eine Krawatte vor das durchsichtige Polyesterhemd gesteckt. Spencer hatte die Leute noch nie gesehen. «Emory Winstead», sagte der Mann und streckte ihm eine fleischige, schwitzige Hand entgegen.

«Es ist sehr nett von Ihnen, daß Sie gekommen sind», sagte seine Frau und hielt ihnen die Tür auf. «Wir machen uns solche Sorgen.»

Sie führten ihn in ein hellbeiges Wohnzimmer und quetschten ihn zwischen sich auf die Couch. Spencer öffnete seinen Notizblock und setzte eine offizielle Miene auf. «Zuerst ein paar Formalitäten», sagte er und schrieb «E. Winstead» oben auf eine leere Seite.

Sie hießen Emory und Debra Winstead, waren sechsunddreißig beziehungsweise vierunddreißig Jahre alt und waren vor acht Jahren von Sullivan County nach Hamelin gezogen. Winstead arbeitete im Granitsteinbruch als Lastwagenfahrer.

Spencer schrieb sich alles säuberlich auf. Er hatte früh gelernt, sich nie Notizen zu machen, die er später nicht entziffern konnte. «Also», sagt er und blickte auf. «Sie riefen vor ein paar Stunden an und meldeten das Verschwinden Ihrer Tochter. Könnten wir das bitte von Anfang an in allen Einzelheiten durchgehen?»

«Ich weiß nicht, ob ich Wut haben soll oder Angst», erklärte Emory Winstead. «Man sollte aber doch meinen, daß Rosemary vernünftig genug ist, so etwas nicht aus Leichtsinn in Szene zu setzen.»

Spencer hielt seinen Kuli über dem gelben Papier gezückt. Außer einer Zeile biographischer Einzelheiten hatte er noch nichts geschrieben. Nach einer kurzen Pause kapierte Emory Winstead und versuchte es noch einmal. «Unsere Tochter ist sechzehn. Sie kommt diesen Herbst in die Oberstufe. Gestern abend ist sie nicht nach Hause gekommen.»

Spencer warf einen Blick auf die Uhr. «Und Sie haben es erst am Nachmittag gemeldet?»

Mrs. Winstead berührte leicht seinen Arm. «Sie hat uns gesagt, daß sie die Nacht bei einer Freundin schläft. Jennifer Showalter.»

«Ich brauche ihre Adresse und Telefonnummer», sagte Spencer ohne aufzusehen.

Emory Winstead setzte seinen Bericht fort. «Als sie zum Mittagessen nicht nach Hause kam, hat meine Frau die Showalters angerufen. Die wußten von nichts.»

Spencer nickte. Er hatte so etwas Ähnliches erwartet. «Hat Rosemary Geschwister?»

Mrs. Winstead zeigte auf ein Foto auf dem Couchtisch: ein kleiner Junge in einem Cowboyhut auf einem hölzernen Schaukelpferd. Er erkannte die Requisiten wieder. So konnte man seine Kinder Weihnachten im Kmart fotografieren lassen. «Travis ist vier», setzte sie hinzu.

Ein Altersunterschied von zwölf Jahren. Diesem Bruder hatte sie bestimmt keine Geheimnisse anvertraut. Der Sheriff ging zur nächsten Routinefrage über. «Hatte Ihre Tochter einen Freund?» Soviel Sie wissen, fügte er bei sich hinzu.

Sie schüttelten die Köpfe.

«Rosemary war ein bißchen schüchtern», sagte ihre Mutter. «Mit Jungen hatte sie nicht viel zu tun.»

«Ich werde mir ihr Zimmer ansehen müssen», sagte Spencer. Eltern sträubten sich meistens dagegen. Sie hatten Angst, daß die Situation dadurch nur noch verschlimmert werde, falls Marihuana oder gestohlene Güter gefunden wurden. Rosemarys Eltern schienen solche Befürchtungen nicht zu haben. Winstead nickte seiner Frau zu. Sie führte den Sheriff über einen kurzen Flur in ein kleines, sonniges Zimmer, das ganz in Rosa gehalten war.

«Könnten Sie auch gleich mal nachsehen, ob Sie ein gutes Foto von Rosemary haben?» Spencer wollte die Winsteads nicht im Zimmer haben, während er es durchsuchte. Als sie hinausging, machte er die Tür hinter ihr zu.

Mit dem Zimmer bin ich schnell fertig, dachte er. Rosemary Winstead war ordentlicher als die meisten Mädchen ihres Alters. Eine rosa Polyesterdecke und zwei Teddybären zierten das schmale Bett. Außerdem waren in dem Zimmer eine weiße Kommode, ein Bücherregal mit eingebautem Schreibtisch und ein Plattenspieler auf einem Metallständer.

Spencer überlegte, ob sie wohl ein Tagebuch schrieb und ob sie es bei ihrer Unterwäsche aufhob.

Dann sah er sich die Bücher an: Auf dem Regal über dem Schreibtisch standen einige Paperbacks und ein paar Bücher aus der Bibliothek. Er blätterte kurz durch «Wuthering Heights», «The Master of Blacktower» und ein zerlesenes Exemplar der «Spoon River Anthology», aber es waren weder Notizblätter noch Fotos zwischen den Seiten versteckt. Die Titel selbst sagten auch nicht viel über sie aus, außer daß sie für ein Schulmädchen recht aufgeweckt zu sein schien. Eins der Bibliotheksbücher war eine gebundene Ausgabe von *Long Time Passing*. Spencer las den in Orange gedruckten Untertitel: *Vietnam and the Haunted Generation*. Nicht die Lektüre, die er bei einer schüchternen Sechzehnjährigen erwartet hatte. Er nahm sich vor, die Eltern darüber zu befragen.

Sonst gab das Zimmer keine Hinweise auf die Persönlichkeit von Rosemary Winstead. Keine Drogen, keine Zigaretten, keine pornographischen Bücher unter der Matratze oder zwischen ihren Höschen. Keine Briefe von Freundinnen, keine Fotos von Jungen. Die Eintragungen in ihrem Poesiealbum waren nichtssagend: «Alles Gute einer wirklich netten Freundin.» Spencer fragte sich, warum diese Maus von einem Mädchen plötzlich ihr Elternhaus verließ. Vielleicht konnten ihre Freundinnen ihm

Aufschluß geben. Ihre Eltern gewiß nicht. Bei Jugendlichen dieses Alters wußten die Eltern immer am allerwenigsten Bescheid.

«Haben Sie etwas gefunden, Sheriff?» fragte Rosemarys Mutter ängstlich.

Spencer schüttelte den Kopf. «Nicht direkt. Ich habe weder Drogen gefunden noch einen Selbstmordbrief – nichts, das uns weiterhelfen könnte. Halten Sie es für möglich, daß sie weggelaufen ist?»

«Nein. Weglaufen, das würde sie niemals tun», sagte Mrs. Winstead. «Das war nicht ihre Art.»

«Hat einer von Ihnen in den letzten Tagen einen Streit mit ihr gehabt?»

Sie schüttelten beide den Kopf. «Rosemary war nicht zänkisch», sagte ihr Vater. «Eher hintenrum. Einem schön ins Gesicht reden, und dann doch genau tun, was sie wollte. Sie machte nicht gern Szenen. Listig, könnte man sagen.»

Spencer hielt das Buch *Long Time Passing* hoch. «Das habe ich in ihrem Zimmer gefunden. Eine ungewöhnliche Lektüre für ein junges Mädchen. Vietnam. Wissen Sie, warum sie das las?»

«Ich war in Vietnam», sagte Winstead. «Vielleicht wollte sie sich informieren. Kinder wissen gern über ihre Familie Bescheid.»

«Hat sie jemals mit Ihnen darüber gesprochen?» fragte Spencer.

«Mit mir? Nee, aus mir kriegt sie nichts heraus», sagte er stolz. «Vietnam ist kein Thema für ein junges Mädchen. Sicher wollte sie es alles selbst nachlesen. Heimlich. Wie ich schon sagte.»

«Aber wir haben nie Probleme mit ihr gehabt», sagte ihre Mutter ernsthaft. «Sie hat ihr Zimmer schön in Ordnung gehalten. Und gute Noten hatte sie auch. Sie war eine fleißige Schülerin.»

Emory Winstead stopfte die Fäuste in die Taschen seiner grauen Polyesterhose. «Und was machen wir nun?» fragte er.

«Der übliche Vorgang ist, vierundzwanzig Stunden zu warten», sagte Spencer. «Sie ist wirklich noch nicht lange weg. Wer weiß, ob sie nicht auf einem Rockkonzert in Knoxville war und mit Freunden unterwegs ist. Geben wir ihr noch etwas Zeit.

Wenn Sie bis morgen um zehn Uhr nichts gehört haben, melden wir ihr Verschwinden beim Aufnahmezentrum für Jugendliche, und ich setze mich mit den Nachbarcounties in Verbindung, falls die etwas gehört haben.»

«Sie meinen, falls die eine Leiche gefunden haben», knurrte Winstead.

Die Mutter des Mädchens fing an, leise zu weinen. Große perlenförmige Tränen rannen ihr über die Wangen. Sie machte keine Anstalten, Trost bei ihrem Ehemann zu suchen.

«Haben Sie ein Bild von ihr gefunden?» fragte Spencer sie in mitfühlendem Ton.

Sie nickte wortlos und reichte ihm einen Farbdruck im Postkartenformat, offensichtlich Rosemarys Schulporträt. Spencer betrachtete das Foto und bemerkte die Ähnlichkeit mit ihrer Mutter. Rosemary, ein verträumtes, stilles Mädchen mit hellbraunem Haar, würde mit fünfunddreißig denselben verblichenen Ausdruck haben wie sie. Wenn sie noch lebte.

«Hier ist auch gleich Jennifers Adresse und Telefonnummer», sagte Debra Winstead.

Spencer gab sich Mühe, einen optimistischen Ton anzuschlagen. «Wissen Sie was? Ich bringe dieses Foto zu Jeff McCullough in die Zeitungsredaktion und bitte ihn, es mit einer kurzen Notiz über Rosemarys Verschwinden in der morgigen Zeitung zu veröffentlichen.»

«Dann weiß es morgen die ganze Stadt!» bellte Emory Winstead.

Spencer kniff die Augen zusammen. «Sie wollen Ihre Tochter doch wiederhaben, oder?»

«Kommt drauf an», sagte Winstead mit finsterer Miene. Er ging ins Haus zurück und knallte die Tür hinter sich zu.

Seine Frau schien der Verzweiflung nahe zu sein. «Ich geh mit Ihnen zum Auto», flüsterte sie und warf einen ängstlichen Blick zur Haustür.

«Ich melde mich schon, sobald ich etwas weiß, Mrs. Winstead», sagte Spencer forsch. Seine Stimme klang positiver, als ihm zumute war. «Machen Sie sich nicht allzu viele Gedanken.»

Er wollte einsteigen, aber die Frau zupfte ihn leicht am Ärmel.

«Warten Sie», sagte sie. «Ich muß Ihnen noch etwas sagen. Kann aber sein, daß es nichts zu bedeuten hat.»

«Was ist es denn, Mrs. Winstead?»

«Es ist wegen des Buches, das Rosemary in ihrem Zimmer hat. *Long Time Passing*. Sie wollte es nämlich lesen, weil ihr Vater in Vietnam war.»

«Ja, das sagte Ihr Mann ja schon.»

«Nein.» Sie verschränkte die Arme, als sei ihr kalt.

Ihre Augen waren naß. «Er sagt, sie wollte es seinetwegen lesen. Das stimmt aber nicht. Rosemarys richtiger Vater ist in Vietnam gefallen. Ich habe Emory 1972 geheiratet. Ich wollte das nur richtigstellen. Es ist wohl nicht so wichtig.»

Spencer seufzte. «Ich weiß nicht, Ma'am. Vielleicht doch.»

Spencer beschloß, sofort zur *Hamelin Record* zu fahren. Je eher, desto besser. Er wendete den Streifenwagen und fuhr zurück in Richtung Stadtzentrum. Er warf einen Blick auf die Uhr. Es war noch früh genug, im Büro anzurufen. Da die Polizei von Hamelin sich nicht genug Personal leisten konnte, wurden die Anrufe, die nach Marthas Dienstzeit kamen, zum Sheriff von Unicoi County durchgestellt. Nach elf Uhr passierte in Hamelin sowieso nichts mehr.

Martha antwortete sofort. «Hallo, Spencer. Wo bist du?»

LeDonne bediente sich gern des Polizeicodesystems, aber Martha fand das überflüssig. Sie fand, es wisse sowieso schon jeder alles von jedem.

«Ich war gerade bei den Eltern des vermißten Mädchens», sagte er. «Jetzt bin ich unterwegs zum Zeitungsbüro. Steht sonst noch etwas an?»

«Negativ», sagte sie ironisch. «Ich gehe um halb fünf nach Hause. Bei mir trifft sich heute das Komitee, du weißt schon, für das Klassentreffen. Falls du Lust hast vorbeizukommen.»

«Auch negativ», sagte Spencer ins Mikrophon. «Ich stelle noch weitere Nachforschungen wegen des verschwundenen Mädchens an. Es könnte ernst sein.»

«O Gott», sagte Martha. «Hoffentlich nicht.»

«Ist LeDonne schon zurück?»

«Der tippt gerade einen Bericht über ein Schaf.»

«Er soll bitte auf mich warten. Ich werde nicht lange brauchen.»

Als er auf den kiesbedeckten Parkplatz vor dem niedrigen Ziegelgebäude der *Hamelin Record* einbog, stand Jeff McCulloughs alter grüner Ford noch da. Gutes Timing, dachte Spencer.

In Hamelin waren nur die Redaktion und das Verteilerbüro der Zeitung, Satz und Druck wurden von einer großen Druckerei in Johnson City besorgt, die wöchentlich zwei Dutzend Lokalblätter herausbrachte.

Spencer öffnete seinen Notizblock und nahm das Foto heraus. Rosemary war zu schüchtern gewesen, den Fotografen richtig anzulächeln, aber auch so wirkte sie sympathisch und aufrichtig. Vor allem jung. Er hoffte, das Foto würde auch in der Zeitung noch gut zu erkennen sein. Es war die beste Möglichkeit, sie zu finden, falls sie noch lebte. Wenn nicht, dann wurde sie in der Jagdsaison gefunden, wenn ein Heer von Jägern das Gelände nach Achtendern absuchte und manchmal mit einem Totenkopf nach Hause kam – entweder von einem Indianer, dessen Grabstätte von der Erosion freigelegt worden war, oder von einem älteren Menschen, der sich allein in der Wildnis verloren hatte und erfroren war. Spencer nahm sich vor, nach Rosemarys Gebißabdruck zu fragen, falls es wirklich dazu kam.

Jeff McCullough sah von seiner Schreibmaschine auf, als der Sheriff hereinkam. «O je», sagte er und versuchte ein freundliches Lächeln. «Mittwochs sind Sie mir hier gar nicht willkommen. Endlich bin ich mit dem Layout fertig und einigermaßen zufrieden, und Sie kommen mit dieser High-Noon-Miene hereinspaziert und machen mir mein Titelblatt kaputt.»

«Ich fürchte, diesmal haben Sie recht», sagte Spencer. «Sehen Sie es doch so: Ich bringe Ihnen kostenloses Nachrichtenmaterial.»

«Schon. Nur: Muß es ausgerechnet an einem Mittwoch sein?» erwiderte McCullough. «Worum geht es denn heute?»

Spencer legte das Foto auf den Tisch. «Das ist Rosemary Winstead. Ihre Eltern haben sie heute nachmittag vermißt gemeldet. Ich habe gerade mit den Nachforschungen angefangen, und ich wollte das hier noch für die morgige Ausgabe einreichen. Es muß nicht viel sein. Nur das Foto mit einem kurzen Text, etwa: ‹Wer hat dieses Mädchen gesehen?› Sie wissen schon.»

Der Redakteur nickte. «Klar. Ich weiß Bescheid. ‹Alle Informationen über dieses Mädchen müssen sofort dem Sheriff von Wake County mitgeteilt werden›? Titelseite, rechte Ecke? Genügt Ihnen eine zweispaltige Überschrift?»

«Ja, sicher. Haben Sie schon etwas über den anderen Fall herausbringen können? Peggy Muryan?»

«Noch nicht. Aber ich habe meine Fühler ausgestreckt. Eine Freundin von mir arbeitet beim *Knoxville Journal*. Sie meldet sich, sobald sie etwas weiß. Aber was ist mit diesem Mädchen hier? Ist sie von daheim weggelaufen? Oder ist sie mit ihrem Freund durchgebrannt?»

«Ich habe bisher nur die Eltern gesprochen.»

McCullough lachte. «Dann wissen Sie also rein gar nichts.» Er betrachtete das Foto. «Hoffentlich ist sie nicht nach Hollywood gegangen. Keine Chance. Kommt mir ein bißchen wie ein Mauerblümchen vor. Trotzdem, ich gebe ihr den Ehrenplatz auf der Titelseite, obwohl ich sicher bin, daß sie heute abend noch zurückkommt.»

«Soll ich Sie in dem Fall noch verständigen?»

«Ach, lassen Sie nur, Sheriff. Ich fahre in fünf Minuten zur Druckerei nach Johnson City. Alles, was danach passiert, kommt in die nächste Ausgabe.»

Martha saß in ihrem Wohnzimmer auf dem Fußboden, umgeben von zerfledderten Plattenhüllen. «Diese Musik wird uns in unsere Schulzeit zurückversetzen», erklärte sie.

Tyndall saß neben ihr im Schneidersitz auf einem Kissen und balancierte ein Klemmbrett auf den Knien. Sally Howell lag auf dem Bauch, das Kinn in die Hände gestützt. Die Tagung zum Beschluß des Musikprogramms für das Klassentreffen der Sechsundsechziger war mehr oder weniger im Gang. Sie waren um sechs Uhr angekommen, in Jeans und *Hamelin High*-Sweatshirts, und hatten die nötigen Zutaten für Hamburgers mitgebracht, dazu eine Zweiliterflasche Coke. Martha war noch in ihrer Arbeitskleidung: einem geschneiderten Kleid und hohen Absätzen. Sie hatte die kurze Zeit vor der Ankunft ihrer Gäste dazu benutzt, staubzusaugen und das Wohnzimmer aufzuräumen. Tyndall und Sally waren zwar nicht mehr die «Prominenz» ihrer ehemaligen Schulklasse, aber Martha konnte das Gefühl nicht loswerden, daß es eine Ehre für sie war, sie im Haus zu haben. Sie konnte es kaum abwarten, ihren anderen Freundinnen so ganz nebenbei zu erzählen, daß sie Tyndall Johnson Garner und Dr. Sally Howell zum Abendessen dagehabt hatte. Hoher Besuch! Sie hoffte, daß man es ihr nicht anmerkte.

«Brian Hyland!» Sally betrachtete eine vergilbte Plattenhülle. «Den hab ich jahrzehntelang nicht mehr gehört! Wißt ihr noch? ‹Sealed with a Kiss›?»

«Ja», sagte Tyndall. «Du konntest nie die Altstimme halten.»

Sally schnitt eine Grimasse. «Na und? Ich mußte ja improvisieren. Brian Hyland sang solo. Außerdem findest du den Song nur stark, weil er dich an David Gordon erinnert.»

Martha fühlte sich bei diesem Erinnerungsaustausch ausgeschlossen, und sie war noch nicht so weit, daß es ihr nichts ausmachte. «Wir haben etwa drei Stunden mit Musik zu füllen», unterbrach sie. «Daher sollten wir eine Menge verschiedenartiger Songs spielen: Country, Rock, Folk –»

«Muß es denn alles aus dem Jahr 1966 sein? Ich kann das so schlecht auseinanderhalten», sagte Tyndall.

Martha überlegte. «Ich finde, wir sollten Musik aus der ganzen Epoche spielen.»

«Genau.» Sally nickte zustimmend. «Manche sind sowieso über mehrere Jahre gespielt worden. Wenn ich so an unsere Schülerpartys zurückdenke, kommt es mir vor, als hätten sie da nie etwas anderes gespielt als ‹Double Shot› mit den Swinging Medallions und ‹May I› mit – mit – o Gott, ich werde alt. Wie hießen die noch?»

«Maurice Williams and the Zodiacs», sagte Tyndall mit feierlicher Miene. «Dann schreib ich die also schon mal auf die Liste.» Sie kritzelte die Titel unter die Überschrift ‹Beach Music›.

«Erinnert ihr euch noch an die Shirelles?» fragte Martha. «‹Soldier Boy› war gerade in Mode, als Leon eingezogen wurde, und ich weiß noch, daß ich jedesmal geheult habe, wenn es gespielt wurde.»

«‹Where Have All the Flowers Gone›», sagte Sally.

«‹The Eve of Destruction›», sagte Tyndall und schrieb eifrig alles auf.

«Ich hoffe nur, daß wir das alles finden», seufzte Martha. «Wir haben nur noch ein paar Wochen Zeit und müssen auch noch alles auf Band spielen.»

«Ich hab noch alle meine alten Platten», sagte Sally. «Wenn wir mit der Liste fertig sind, hake ich ab, was ich zu Hause habe, und spiele sie diese Woche in Knoxville auf Band.»

Tyndall verzog spöttisch die Mundwinkel. «Ach, Frau Dr. Howell, Sie sind ja so tüchtig.»

«Richtig», konterte Sally. «Hohlköpfe kriegen keinen Doktortitel. Höchstens Männer. Übrigens, wie wär's mit ein paar Bürgerrechtsliedern?»

Martha blinzelte. «‹We Shall Overcome›?»

«Nein, zu harmlos. Ich dachte mehr an ‹I Ain't Scared o' Your Jail 'Cause I Want My Freedom› und ‹Keep Your Eyes on the Prize›. So was in der Art.»

«Ich glaube, das paßt nicht für eine Party», sagte Martha mit gerunzelter Stirn. «Außerdem hatten wir damals keine Schwarzen in der Schule, und wo würden wir auch die Aufnahmen herkriegen?»

«Pete Seeger hat eine Platte davon gemacht. Ich habe sie noch zu Hause – ein Erinnerungsstück an mein einziges Rendezvous mit Michael Donnelly. 1964... glaube ich.»

Tyndall nickte. «Jaja, deine Johanna-von-Orleans-Phase.»

Martha war verwirrt. Nostalgie für Bürgerrechtslieder? Sie war froh, daß das alles vorbei war. «Michael Donnelly war doch weiß», sagte sie unsicher.

«Ja, aber er war ein Yankee. Seine Familie war kurz vorher nach Hamelin gekommen, weil sein Vater eine Anstellung als Kinderarzt am Krankenhaus in Erwin hatte. Wir waren oft zusammen: Ich war gescheit, und er brauchte ein Publikum. Eines Tages kamen wir auf das Rassenproblem zu sprechen. Ich sagte ihm, daß ich nichts von der Rassenintegration halte. So hatte ich es ja schließlich von meiner linientreuen konföderierten Großmutter Howell gelernt.»

«Michael Donnelly war James Darren wie aus dem Gesicht geschnitten, und du sprichst mit ihm über Politik?» Tyndall kicherte. «O Sal, dir ist wirklich nicht zu helfen.»

«Wieso? Er war ein ernsthafter Junge. Jedenfalls hat er sich erst gar nicht auf eine Diskussion mit mir eingelassen, sondern hat mich gefragt, ob ich am nächsten Tag mit ihm ausgehen wollte. Klar wollte ich. Ich dachte, wir gehen ins Kino in Johnson City. Ich habe mich feingemacht: mein neues Paisley-Blousonkleid, ein Tupfen English Leather hinter jedes Ohrläppchen.» Sally lachte. «Dann hat er mich auf eine Bürgerrechtsversammlung geschleppt!»

Martha schüttelte ungläubig den Kopf. «An der Universität?»

«Nein. In einer kleinen Kirche für Schwarze. In einem schwarzen Stadtviertel. Draußen war es stockfinster. Mike parkte den Wagen in einer engen Gasse. Ich klammerte mich vor Angst fest an seine Hand, als wir die Stufen hinaufgingen. Es war niemand in der Kirche. Alles war dunkel. Zuerst dachte ich, wir sind am falschen Ort. Dann hörten wir Stimmen. Sie sangen ‹We Shall Overcome›. Ich hatte eine Sterbensangst. Ich glaube, es war kurz nachdem die Kirche in Mississippi mit Bomben beworfen wurde. Ich weiß noch, wie ich ständig nach oben zu den Glasfenstern schielte und auf den Knall wartete.»

«Und dann?»

«Och, die waren alle furchtbar nett. Michael und ich waren die einzigen Weißen da. Das ‹We Shall Overcome› kam von der Pete Seeger-Platte über den Lautsprecher. Wir setzten uns vorn in die zweite Bank, und sie begrüßten uns ganz normal. Sie sangen ein paar Lieder und hielten ein paar Ansprachen, und dann ging jeder wieder nach Hause. Aber für mich war es eine Offenbarung. In derselben Woche noch kaufte ich mir von meinem Taschengeld die Pete Seeger-Platte. Meine Mutter erlaubte mir nicht, sie zu spielen, wenn die schwarze Hausangestellte da war.»

«Michael Donnelly», sagte Tyndall versonnen. «Was ist wohl aus ihm geworden?»

«Er war jahrelang beim Peace Corps in Bolivien, dann ging er zur Penn State University und machte seinen Doktor in Wirtschaftswissenschaften.»

«Kommt er auch zum Klassentreffen, Sally?»

«Nein», sagte Sally. «Er ist vor ein paar Jahren an Krebs gestorben.»

Joe LeDonne machte Überstunden, wenn er Lust hatte. Nicht aus Arbeitsfreude, sondern aus Geringschätzung für jede Art von Zeiteinteilung. Außerdem hatte er meistens nichts Besseres zu tun. Um fünf Uhr war er zu *Denton's Café* gegangen und hatte sich ein paar Hamburgers mitgenommen, die jetzt auf seinem Schreibtisch lagen und deren Fett langsam durch die weiße Papiertüte sickerte. Er wollte sie essen, wenn er wieder hungrig wurde, auch wenn sie bis dahin kalt waren.

Er vertiefte sich in seine Notizen über den Fall Muryan und verglich sie mit dem Bericht, den er gerade über das tote Schaf auf Wylers Farm getippt hatte. Wenn der Sheriff ihn fragte, ob sie es mit demselben Täter zu tun hatten, wollte er seine Meinung mit Tatsachen belegen können. Das Schaf hatte auf dem Feld gelegen, nicht gehangen, also gab es keine Knoten zum Vergleich mit der ersten Tat. Die Wunden waren ähnlich. Er wünschte jetzt, sie hätten die Hundeleiche aufbewahrt, aber zu dem Zeitpunkt sah es aus wie ein einzelner Fall blinder Zerstörungswut, und es schien überflüssig, das Beweisstück aufzuheben.

Giftsumach. Poison Ivy. Er war versucht, mit Roger Gabriel darüber zu sprechen, aber das war ein Luxus. Im Grunde brauchte er wirklich keine Bestätigung.

LeDonne warf einen Blick auf die Uhr. Viertel nach sechs. Wo der Sheriff nur blieb? Er mußte doch längst zurück sein. Er ging in Spencers Büro, um die Tagesschau auf dem kleinen tragbaren Schwarzweißfernseher zu sehen. Vorher stellte er noch das Telefon um, damit etwaige Anrufe zum Polizeibüro des Nachbarcounties weitergeleitet wurden.

«Darf ich Sie kurz sprechen, Sir?»

LeDonne sah überrascht auf. Der Besucher war ein Junge. Der Hilfssheriff kategorisierte ihn automatisch als weiß, männlichen

Geschlechts, etwa siebzehn Jahre alt, 1,65 Meter groß, von schmächtigem Wuchs, dunkles Haar, khaki Hose, olivfarbenes T-Shirt. Keine besonderen Kennzeichen. «Ja, bitte?»

«Äh – ich wollte nur – ich habe eine Frage», sagte der Junge verlegen.

«Wie heißen Sie?» fragte LeDonne.

«Pix-Kyle Weaver, Sir», sagte er und reichte ihm seine schwitzige Hand in einem verspäteten Versuch, Erwachsenen Respekt zu zeigen. LeDonne schüttelte sie mit einem ironischen Grinsen ob der ungewohnten Förmlichkeit. Es kam ihm zu läppisch vor. Der Sheriff hätte ein paar höfliche Worte gefunden, um dem Jungen seine Befangenheit zu nehmen, aber das war schließlich seine Aufgabe. LeDonne wartete ab.

«Äh – ich wollte fragen, ob Sie ein Mitfahrprogramm haben.»

«Ein – was?»

«Ich habe in einer Zeitschrift gelesen, daß es in manchen Städten wie zum Beispiel San Diego ein Mitfahrprogramm gibt. Man wird von einem Polypen auf Streife mitgenommen.» Bei dem Wort «Polypen» wurde er rot. Das Wort war ihm herausgerutscht, und jetzt hatte er den Hilfssheriff vergrault.

LeDonne schwieg.

«In dem Artikel stand, daß man sich dafür anmelden muß, und das wollte ich hiermit tun.»

«Rufen Sie in San Diego an», sagte LeDonne kurz.

«Ich meinte – hier.» Der Junge war total verunsichert.

LeDonne lehnte sich in seinem Stuhl zurück und musterte ihn mit gesenkten Lidern. «Ich weiß nicht, mein Junge, da müssen Sie den Sheriff fragen, und der ist zur Zeit nicht hier. Kommen Sie morgen wieder. Vielleicht nimmt er Sie mal mit.»

Pix-Kyle Weaver schüttelte den Kopf. «Mit Ihnen wollte ich fahren.»

«Mit mir?» LeDonne richtete sich auf.

«Ja. Ich dachte, wir könnten dabei reden. Während wir auf Streife sind.»

«Reden? Worüber?»

Der Junge senkte den Kopf. «Eben – alles», murmelte er.

LeDonne wartete. Schließlich kam Pix-Kyle Weaver damit

heraus: «Ich interessiere mich für Vietnam.» Als LeDonne nichts sagte, sprach er hastig weiter: «Ich komme nächstes Jahr in die Abschlußklasse. Das bedeutet, daß wir in einem Fach ein Thema selbständig studieren dürfen. Ich habe als Fach Geschichte gewählt und als Thema Vietnam, und bin dabei, Material und Information zu sammeln. Die Bibliothek hat ein paar Bücher, aber die sind alle so politisch: warum wir da waren, und daß die Franzosen vor uns da waren, und die Strategien der hohen Militärs. Aber das interessiert mich weniger. Ich meine, davon weiß ich immer noch nicht, wie es wirklich war, im Krieg zu sein, in einer Schlacht – wissen Sie, was ich meine?»

«Ja, ich weiß, was Sie meinen», sagte LeDonne.

Weaver entspannte sich etwas. «Dann könnten Sie mir vielleicht etwas darüber sagen?»

LeDonne nahm den Jungen von oben bis unten ab, mit seinem zweimal wöchentlich rasierten Bart, den sauberen Khakihosen, dem Pseudo-Militärhemd. Die kalte Wut saß ihm in der Kehle. Er schluckte und wartete, bis sie sich wieder in seinem Bauch gesetzt hatte. Dann stand er auf, trat seinen Stuhl gegen die Wand und sagte leise: «Nein, das kann ich nicht. Vietnam war grausame Realität, kein Horrorfilm. Wenn Sie wissen wollen, wie es war, sehen Sie sich *The Green Berets* mit John Wayne an. Und das zehnmal. Und dann wissen Sie immer noch null Komma nix.» Er führte den Jungen zur Tür und schloß hinter ihm ab. Dann löschte er das Licht im Eingangsraum und zog sich in Spencers Büro zurück.

Pix-Kyle Weaver starrte die graue Holztür von außen an. «Das hab ich doch schon getan», sagte er leise und ging fort.

Jennifers Vater war der Methodistenpfarrer von Hamelin. Seine Haltung Spencer gegenüber war jedoch alles andere als christlich mild. Nachdem der Sheriff erklärt hatte, er müsse mit Jennifer sprechen, ließ er ihn nur widerwillig ins Haus. Beide Showalters hatten darauf bestanden, bei der Unterredung anwesend zu sein. Mrs. Showalter wollte sogar ihren Rechtsanwalt dazurufen, aber Spencer versicherte ihr, daß Zeugen – oder in diesem Falle Nichtzeugen – keinen Rechtsbeistand brauchten.

Die Showalters führten ihn in ihr Wohnzimmer, das einem Ausstellungsraum in einem Möbelgeschäft glich. Er kam sich vor wie ein Bettler und Aussätziger. Spencer fiel auf, daß in dem Zimmer keine religiösen Gegenstände zu sehen waren. Auf dem Kaminsims standen Messingkerzenhalter und Familienfotos in kleinen Messingrahmen. Darüber hing ein großer, goldgerahmter Spiegel, der ein makelloses Zimmer in Himmelblau und Weiß reflektierte.

Er schätzte die beiden Anfang Fünfzig. Wie sie da auf dem blauen Brokatsofa saßen, mit zusammengekniffenen Augen und unnahbaren Mienen, erinnerten sie ihn an das Gemälde *American Gothic*, nur daß sie statt der Heugabel Jennifer zwischen sich hatten, die das Ganze zu amüsieren schien. Sie hatte glattes, kupferfarbenes Haar und sorgfältig geschminkte grüne Augen. Ihre Brüste schienen fast zu üppig für ihren kleinen Körper zu sein, ein Eindruck, der von dem tief ausgeschnittenen Strandkleid noch betont wurde. Spencer sah sie im Geiste nackt vor sich. Sie stöhnte vor Lust, als er ihre Brüste in seine hohlen Hände nahm und an ihren Brustwarzen lutschte. Schade, daß er nicht mehr achtzehn war. Sobald sie den Mund aufmachte, war der Spuk vorbei und sie war nur noch ein ganz normales junges Mädchen für ihn. Ob alle Männer seines Alters diese schizophrene Reaktion gegenüber Frauen hatten? Zuerst waren sie eine Delikatesse, ein Stück Frischfleisch, und sobald er sie kannte oder mit ihr sprach, wurde sie für immer zu einer Person, einem Menschen, einer Freundin. Vielleicht waren die Perversen und Lustmörder unfähig, diesen Übergang zu vollziehen? Er nahm mit einem letzten Blick Abschied von Jennifer, der Sexbombe, wie sie sich wohlig räkelte und mit einer seidigen Haarsträhne spielte. Er mußte unwillkürlich grinsen. Ein Glück, daß ihre Giftzwerge von Eltern nicht Gedankenlesen konnten!

Er erklärte, er sei wegen Rosemary Winstead da, deren Eltern gemeint hatten, die habe bei ihrer Tochter übernachtet. Nun sei sie vermißt gemeldet. Hochwürdens finstere Miene wurde noch finsterer. «Wir kennen die Eltern», sagte er. Sein Ton sprach Bände über den Klassenunterschied. «Ich verstehe nicht, was das mit unserer Jennifer zu tun hat», sagte er und tätschelte ihre gefalteten Hände.

«Rosemary hat ihren Eltern gesagt, daß sie die Nacht hier mit Jennifer verbringt», sagte Spencer geduldig.

Die Showalters wechselten einen Blick, der so viel sagte wie: Bei uns? Nie und nimmer!

Jennifer wirkte ganz gelassen. «Ihr Vater ist ein Widerling», sagte sie freimütig.

«Jennifer!» schrillten ihre Eltern im Chor.

«Ist doch wahr», maulte sie. «Was kann ich dafür? Sie hat dauernd über ihn gemeckert. Außerdem durfte sie nie ausgehen, weil sie immer Kindermädchen für ihren kleinen Bruder spielen mußte.»

Spencer hoffte, die Eltern würden sich künftig aus dem Gespräch heraushalten, sonst mußte er sie ermahnen. «Bitte, Jennifer, weiter.»

«Ich weiß nicht, wo sie ist», sagte Jennifer mit einem Achselzucken. «Jedenfalls nirgendwohin, wo was los ist. Rosemary war eine lahme Ente. Sie las die ganze Zeit nur Bücher.»

«Aber Sie waren doch miteinander befreundet?»

«So würde ich es kaum nennen», sagte Mrs. Showalter. «Sie waren natürlich in derselben Klasse.»

«Zu Jennifers Freunden zählen wir die jungen Leute in unserer Kirche», sagte ihr Vater. Offenbar fürchteten die Eltern, daß Jennifers Ruf in Mitleidenschaft gezogen werde, falls Rosemary als Gangsterbraut einer Motorradbande oder als Drogensüchtige auf den Straßen von Memphis endete.

Spencer ignorierte sie. «Jennifer, waren Sie mit Rosemary befreundet?»

Sie seufzte. «Ja, schon. Wir waren viel zusammen. Letztes Jahr waren wir Laborpartner, weil es ihr nie etwas ausmachte, die Protokolle zu schreiben.»

Das leuchtete ein. Er verstand zwar nicht, warum reizlose Mädchen so oft die Freundschaft eines hübschen Mädchens suchten, aber er hatte es oft genug beobachtet. Wie ein Schakal, der einem Löwen folgt. Vielleicht hofften sie wie ein Schakal auf die Überreste der Beute.

«Und hat Rosemary Sie gestern angerufen, um die Nacht hier verbringen zu dürfen?»

Jennifer überlegte. Was jetzt kam, war garantiert eine frisierte Version der Wahrheit. «Sie sagte, sie wollte mal aus dem Haus, und falls ihre Eltern bei mir anriefen, solle ich sagen, sie sei hier.»

«Und Sie haben sie nicht gefragt, was sie wirklich vorhatte?»

«Mit einem Typ ins Bett gehen, dachte ich.»

«JENNIFER!» kläfften ihre Eltern wie zwei aufgeregte Hunde. Spencer hatte den Verdacht, daß Jennifer heute noch gründlich ins Gebet genommen werde.

«Mit wem?» fragte Spencer ungerührt.

«Keine Ahnung», sagte Jennifer, der es langweilig wurde, immer nur von anderen zu sprechen. «Wahrscheinlich irgendein älterer Macker. Sie hatte keinen Freund in der Schule. Diesen Sommer war ich nur ein paarmal mit ihr zusammen, und sie erzählte mir, daß sie an jemandem interessiert sei, aber sie könne nicht darüber sprechen. Sie tat immer so geheimnisvoll, daß ich dachte, es müsse ein verheirateter Mann sein.»

Ein weiterer entrüsteter Japser von den Eltern.

«Hat sie ihn jemals beim Namen genannt? Oder hatte er einen Spitznamen?»

«Ich kann mich nicht erinnern.»

Spencer machte einen letzten Versuch, ihr Interesse zu wekken. «Jennifer, Ihre Antwort könnte sehr wichtig sein», sagte er eindringlich. «Rosemary ist verschwunden. Es ist möglich, daß ihr etwas passiert ist. Könnten Sie uns nicht irgendeinen Hinweis geben, wo wir sie finden könnten?»

Jennifer dachte gründlich nach. «Nun, Sie könnten ja mal alle Motels in Johnson City anrufen.»

Spencer dankte der Familie höflich für ihre Mühe und ließ durchblicken, daß er eventuell wiederkäme. Als er sich an der buntverglasten Eichentür von Jennifer verabschiedete, war seine Begierde verflogen.

Die Außentür des Polizeibüros war verschlossen, aber in Spencers Büro brannte Licht. Er schloß auf und trat vorsichtig ein. «LeDonne!» rief er.

«Hier!» rief LeDonne über die Stimmen aus dem Fernseher zurück. Er saß in einem geradlehnigen Besucherstuhl, sah fern und aß seine kalten Hamburgers. «Hast du was gefunden?» fragte er kauend.

Spencer warf einen Blick auf die Kaffeekanne, aber sie war leer. Martha hatte sie ausgespült, ehe sie nach Hause gegangen war. Der Deckenventilator lief auf «langsam», aber die Luft war alles andere als kühl. Spencer setzte sich an seinen Schreibtisch und legte die Beine hoch. «Ich weiß nicht», seufzte er. «Ihre Eltern sagen, sie war ein Unschuldsengel, der nur zu Hause saß und lernte, und ihre sogenannte Freundin denkt, sie wurde läufig und liegt in einem Motel in Johnson City.»

LeDonne verzog den Mund. «Ist das so ungewöhnlich?»

Spencer antwortete mit einer Gegenfrage. «Hat jemand angerufen?»

«Nein. Wieso?»

«Ich weiß nicht. Ich hatte gehofft, sie würde im Laufe des Abends wieder auftauchen. Mit ihrem Freund. Und mit einem Märchen von einem geplatzten Reifen.»

«Tja, nun ist sie aber nicht gekommen. Was nun?»

Spencer rieb sich den Nacken. Plötzlich fühlte er sich unendlich erschöpft. «Ich rufe morgen früh das Aufnahmezentrum für Jugendliche an, und dann die zuständigen Rechtsbehörden in den Nachbarcounties. Die *Record* kommt morgen heraus: McCullough hat ihr Bild auf der Titelseite. Vielleicht führt das uns weiter. Jetzt rufe ich noch den stellvertretenden Schuldirektor an. Ich hatte hier irgendwo seine Privatnummer.»

«Vorn in Marthas Telefonbuch», sagte LeDonne.

«Danke. Er müßte mir etwas über das Mädchen sagen können. Lehrer sehen mehr als Eltern. Oder mehr als Eltern sehen wollen.»

Aber auch das brachte ihn nicht weiter. Der stellvertretende Schuldirektor Samuel J. Rogers, der beim Abendessen gestört worden war, erinnerte sich nach einigem Hin und Her an Rosemary, konnte dem Sheriff aber weiter keinen Aufschluß geben. Sie hatte nie die Schule geschwänzt, war nie unangenehm aufgefallen, war nie schulpolitisch aktiv gewesen, war aber auch keine

Musterschülerin. Jedenfalls nicht der Typ, der in Schwierigkeiten geriet. Außer, natürlich, daß sie vielleicht schwanger war? Nach fünfzehn Jahren im Schuldienst legte Mr. Rogers diesbezüglich für kein Mädchen dieses Alters die Hand ins Feuer.

«Mehr können wir heute abend nicht tun», sagte Spencer, nachdem er den Hörer aufgelegt hatte. «Was hat denn deine Untersuchung heute ergeben?»

LeDonne reichte Spencer seinen Bericht. «Das Schaf wurde auf dieselbe Weise getötet wie Miss Muryans Hund», sagte er. «Nur daß es nicht an einem Baum hing.»

«Du glaubst also, es ist derselbe Täter?»

«Ja.»

«Und was ist mit den Markierungen, die du auf dem Schäferhund gefunden hast?»

LeDonne zögerte. «Nun, auf einem Schaf kann man nichts einritzen. Bei all der Wolle. Aber unser Freund hat uns dafür ein anderes Zeichen hinterlassen.»

«Einen Brief?»

«Nein. Poison Ivy. Eine Giftsumachranke, die über die Leiche des Tieres drapiert war.» LeDonne grunzte vor Vergnügen über die verdutzte Miene des Sheriffs. «Ich weiß, es kann auch ein Zufall sein. Aber nach der ersten Markierung müssen wir es ernst nehmen.»

«Was müssen wir ernst nehmen?»

«Poison Ivy. Das war der Spitzname einer Einheit in Vietnam. Vierte Infanterie. Sie hatten ein Efeu als Emblem auf den Schulterklappen. Ihr offizieller Name war Ivy Division.»

Spencer stützte den Kopf in die Hände. «Und was nun?»

«Ich weiß nicht», sagte LeDonne. «Jetzt haben wir zwei Symbole, zwei Einheiten. Vielleicht sind es zwei Leute, die zusammenarbeiten. Ich werde bei der Vietnam Vets Association in Knoxville nachfragen, ob sie Mitglieder in dieser Gegend haben.»

Spencer nickte. «In welcher Einheit war Roger Gabriel?»

«In der 101st Airborne aus Fort Bragg, Carolina», sagte LeDonne und wandte sich zum Gehen.

«LeDonne», sagte der Sheriff behutsam. «In welcher Einheit warst du?»

Der Hilfssheriff grinste breit. «Auf diese Frage habe ich schon lange gewartet.»

«‹Poison Ivy›!» rief Sally Howell und wedelte mit ihrem Löffel voll Speiseeis in der Luft herum. «Das war ein blödes Lied!»

Tyndall sprang vom Tisch und sang die Stelle von der Galmeilotion, dabei benutzte sie ihr Cokeglas als Mikrofon. Es war nach neun, und sie hatten sich zum Nachtisch in die Küche begeben. Sally hatte sich angeboten, schnell die Zutaten für S'mores zu holen, Graham Crackers, Marshmallows und Hershey-Schokoladeriegel, aber schließlich begnügten sie sich mit Erdbeereis und Diet Coke.

«Ich glaube, ‹Poison Ivy› ist zu früh für unser Klassentreffen, was meint ihr?» gab Martha zu bedenken. «Das habe ich schon in der ersten Klasse gesungen.»

«Ich hörte meine Tochter vor ein paar Monaten, wie sie es vor sich hin summte», sagte Tyndall. «Plötzlich taten mir die Jugendlichen von heute leid.»

«Ja», kicherte Sally. «Mir auch. Weil sie keine richtigen Eltern haben. Nur uns.»

Tyndall setzte sich. «Nein, das meinte ich nicht. Ich finde, die jungen Leute heutzutage kriegen alles von unserer Generation aus zweiter Hand. Für uns wurde Disneyland gebaut. Wir waren die ersten Kinder, die ein Lied wie ‹Rudolph the Red-Nosed Reindeer› hatten. Und *McDonald's*. Und so viele Songs, die man heute am Radio hört, sind neue Versionen unserer Musik.»

Sally sah Tyndall ernst an. «Tyndall Johnson Garner», sagte sie gemessen, «das ist so ungefähr das Dümmste, was du jemals von dir gegeben hast. Und wenn ich wollte, könnte ich dein Argument mit einem Haufen historischer Beispiele zunichte machen, denn ich habe ja schließlich ein Ph. D.» Damit legte sie den Kopf in den Nacken, steckte die Nase in die Luft und verharrte in dieser Pose, bis sie lachen mußte. «Hier sind nur einige: ‹The Night Before Christmas› wurde nicht für unsere Generation geschrieben, auch keine Kinderreime, kein *Winnie the Pooh*, keine *Alice in Wonderland*, auch nicht *The Jungle Book*. Kultur ist nun einmal Weitergereichtes. Dummchen.»

Tyndall rollte ihre Augen in gespielter Verzweiflung. «Und was haben meine kleinen Engelchen meinen kleinen Enkelchen weiterzureichen? Strawberry Shortcake, die idiotischen Care Bears und diese gottverdammten Smurfs!»

Sally grinste Martha an. «Und das von einer Frau, die ihre Samstagvormittage so plante, daß sie Pixie und Dixie nicht verpaßte – zwei Fernsehnagetiere!»

Martha fühlte sich von diesem Geplänkel ausgeschlossen. «Ich habe damals immer gern *Bullwinkle* gesehen», sagte sie.

«Ja, *Bullwinkle*», sagte Sally. «Das war schon eine Weltanschauung, eine Religion. Viel mehr als eine Kindersendung.»

«Da wir gerade von Religion reden, Sal: Weißt du noch, wie wir jede Woche *Solo für O.N.K.E.L.* gesehen und David McCallum angehimmelt haben?»

«Ja. Und da steh ich immer noch hinter», sagte Sally. «Ich mag nun mal drahtige Blonde. Immer noch. Sollten wir ein paar Posters aus der Zeit organisieren? *Solo für O.N.K.E.L.*? *Mit Schirm, Charme und Melone*? Und vielleicht auch ein paar politische? Ich habe ein Robert Kennedy-Poster an meinem Kühlschrank hängen.»

Tyndall verzog das Gesicht. «Verräterin! Du warst doch für Eugene McCarthy. Ich weiß noch, wie sie dich mit dem Bus nach Indiana geschickt haben, um für die Vorwahl der Demokraten bei der Wahlwerbung zu helfen. Du durftest keine Jeans oder alten Sachen anhaben, um bei den Wählern einen guten Eindruck zu machen. ‹Clean for Gene› war euer Motto.»

«Vielleicht auch ein JFK-Poster», sagte Sally gedankenverloren.

«Der war doch '66 schon tot», sagte Martha.

«Das weiß ich auch, Martha! Aber er war doch für unsere Generation von umwerfender Bedeutung. Ich weiß es noch, als sei es gestern gewesen. Es war in der fünften Stunde, und wir schrieben eine Klassenarbeit in Spanisch, als Mr. Turley über die Lautsprecheranlage verkündete: ‹Jungen und Mädchen, euer Präsident ist erschossen worden.›»

Tyndall nickte. «Und du sagtest: ‹Wer wird denn Bill Walsh erschießen?›»

«Bill – ach so! Der Präsident der Schülerschaft.» Martha erinnerte sich langsam.

«Daß jemand Kennedy erschossen hatte – auf die Idee kam ich gar nicht», sagte Sally. «Ich meine, wir liebten ihn doch alle, und er hatte zwei kleine Kinder –»

«Und etliche Freundinnen», warf Martha ein.

«Na ja, er war eben doch kein König Artus. Wir waren damals so naiv!»

«Stimmt. Aber wir kommen vom Thema ab», sagte Tyndall und sah besorgt auf die Uhr. «Ich kann Mutter nicht zu lange bei Mrs. Mitchell lassen. Wenn ich sie verärgere, komme ich nie wieder aus dem Haus. Haben wir denn schon drei Stunden Musik zusammen?»

«Vielleicht brauchen wir keine vollen drei Stunden», sagte Martha. «Hatten wir nicht ein paar Jungen in der Klasse, die in einer Band spielten?»

Tyndall nickte. «Ja, aber ich wette, die haben seit Jahren keine Gitarre mehr angefaßt. Ich kann mich ja mal erkundigen.»

«Es gibt noch eine andere Möglichkeit», sagte Martha. «Spencer Arrowood ist mit Peggy Muryan befreundet. Er will sie bitten, zum Klassentreffen mitzukommen. Dann wird sie doch sicher etwas singen, wenn wir sie darum bitten.»

Tyndall und Sally wechselten einen Blick. «Aber nicht zu lange», sagte Tyndall. «Ich meine, wir haben keine begleitende Band für sie.»

Marthas Gesicht leuchtete auf. «Ich habe eine Idee! Wie wär's denn, wenn wir ihre alte Platte spielen und sie singt synchron dazu?»

Die Gesichter der beiden verrieten, daß ihre Bemerkung daneben war, einfach nicht cool. Nach all den Jahren gehörte sie immer noch einer anderen Klasse an. Und nach all den Jahren tat es immer noch weh.

LeDonne war nach Hause gegangen, und auch Spencer fand, es war Zeit, den Tag zu beenden. Morgen war ein langer Tag, und er kriegte langsam Hunger. Aus einem Impuls nahm er den Hörer auf und wählte Peggy Muryans Nummer. Es läutete viermal.

Dann meldete sich ihre Stimme. «Wer ist da?» sagte sie vorsichtig.

«Spencer», sagte er.

Er hörte einen Seufzer der Erleichterung. «Hallo. Haben Sie Ihr vermißtes Mädchen gefunden?»

«Noch nicht. Sie ist angeblich mit ihrem Freund weggelaufen und liegt in irgendeinem Motel zwischen hier und Bristol.»

«Ich hoffe, das ist nicht illegal?» lachte Peggy.

«Nicht in Ihrem Alter, Peggy. Aber für Rosemary schon. Ich werde ihre Spur morgen früh aufnehmen. Vorher wollte ich Sie noch etwas fragen.»

«Ja? Was denn?» Ihre Stimme wurde ernst und sachlich, als erwarte sie etwas im Zusammenhang mit ihrem Hund.

«Haben Sie am neunten August schon etwas vor?»

Sie war zu schlau, sich an diesem Punkt schon festzulegen. «Wieso?» fragte sie zurückhaltend.

«An dem Abend ist das Klassentreffen von meiner High School hier in Hamelin. Einige meiner ehemaligen Mitschülerinnen hätten Sie gern dabei. Aber das ist nicht der Grund, warum ich Sie frage.»

«So? Was ist denn dann der Grund?»

«Der Grund ist, daß ich eine Begleiterin brauche. Ich kann doch zu einem Klassentreffen nach zwanzig Jahren nicht allein kommen. Das würde mein Image total ruinieren. Ich habe Barbara Mandrell gefragt, aber die hat keine Zeit.»

Peggy lachte herzlich. «Das kann ich mir vorstellen! Spencer, ich kann Ihnen jetzt nichts versprechen, aber wie wäre es mit einem ‹Bestimmt vielleicht›? Genügt Ihnen das für heute?»

«Wird es schon müssen», sagte er liebenswürdig. «Also, dann sage ich jetzt gute Nacht, es sei denn, Sie bitten mich auf einen Sprung herüber, am besten gleich zum Abendessen.»

Am anderen Ende der Leitung entstand eine Pause, als ob sie es sich noch überlegen müßte. «Gute Nacht, Spencer», sagte sie schließlich. «Vielleicht ein andermal.»

Es knackte in der Leitung. Er war wieder allein.

9. Kapitel

Which of us has known his brother? Which of us has looked into his father's heart?... Which of us is not forever a stranger and alone?

Thomas Wolfe

Joe LeDonne kam mit seinem Frühstück aus dem Café: ein Doughnut auf einem Pappteller, den er auf einer Pepsidose balancierte. Es war noch nicht acht Uhr, aber er trug schon seine obligatorische Sonnenbrille. Ein strahlender, wolkenloser Himmel kündigte einen glühendheißen Tag an.

Auf dem Weg zum Büro hielt er wie immer nach Vernon Woolwine Ausschau, um zu sehen, wen er heute darstellte. Es war ihm eine liebe Angewohnheit geworden, ähnlich wie man nach einem chinesischen Essen in Johnson City das Orakel im Fortune Cookie liest. Der kleine Park vor dem Gerichtsgebäude und die Bürgersteige waren menschenleer. Es war noch zu früh für Vernon. Die schwülen Nächte ließen die Menschen keinen Schlaf finden. Vielleicht kam er ja heute auch gar nicht. LeDonne wußte, daß Vernon ein armer Irrer war, aber er war immer höflich zu ihm. Schließlich gab es schlimmeres, als verrückt zu sein. Eigentlich, fand er, war alles andere schlimmer als das.

Er hatte die halbe Nacht wachgelegen und sich den Kopf über das tote Schaf zerbrochen. Das vermißte Mädchen war Spencers Problem, wenigstens vorläufig noch. Oder es war gar kein Problem. Aber der geschlachtete Hund und das tote Mutterschaf waren sein Fall. Ein Rätsel, zu dem er keine Lösung fand.

LeDonne blinzelte in die Sonne. Die Fassaden der Häuser und die Bürgersteige waren vom Sonnenlicht verblichen. Die Ladenschilder mußten mal wieder angestrichen werden und die Markisen des Drugstores waren zerschlissen. Alles wirkte vernachlässigt. LeDonne griff unwillkürlich nach dem Pistolenhalfter an seiner rechten Hüfte. Sein Colt .45 mußte dringend gereinigt werden. Das wollte er heute als erstes erledigen. Der Revolver hatte ihn bei seinen Kollegen oft genug zur Zielscheibe gutmütigen Spotts gemacht. Sie nannten ihn Hotshot oder Kanone, dabei hatte er ihn nur, weil er aus dem Krieg damit vertraut war. Es war eine Militärwaffe. Nicht daß das so etwas besonderes war. Während seiner Grundausbildung hatte er eine M-14 gehabt, die ihm gute Dienste geleistet hatte, aber die M-16, die er später im Krieg benutzte, sagte ihm weniger zu. Er fand den Griff unpraktisch, und das unscharfe Visier hatte seine Zielsicherheit beeinträchtigt. Die .45 war aber eine gute Waffe. Sie war ernst zu nehmen. Der Sheriff hatte eine .38 Smith & Wesson mit einem Zehnzentimeterlauf.

Als LeDonne noch klein war und in Ohio lebte, bekam er zu seinem zehnten Geburtstag von einem Onkel, der in Korea gewesen war, ein .22 Gewehr. In jenem Sommer verbrachte er lange Nachmittage im Wald und übte damit, indem er Blechdosen von einem Baumstumpf schoß. Später entdeckte er an der Schuttabladestelle Ratten, die zu Teilnehmern seiner Kriegsspiele wurden. Sie hatten die Rolle der Krauts und Japs in seinen imaginären Schlachten übernehmen müssen. Acht Jahre später in Indochina waren es die Dinks in den leuchtenden Dschungeln von Vietnam, die in seiner Phantasie zu Müllratten wurden mit ihren weißglänzenden Zähnen und Augen, und die er mit seiner M-16 zu blutigen Fetzen zerschoß. Diese Waffe war ein Geschenk zu seinem achtzehnten Geburtstag, aber von Onkel Sam.

LeDonne hätte den Tag lieber mit Zielschießen zugebracht, statt höfliche Telefongespräche mit Bürokraten zu führen, um die Sache mit dem Poison Ivy aufzuklären. Er nahm einen Schluck Pepsi aus der Dose. Es war schon eine lauwarme Brühe. Mit der Doughnut zwischen den Zähnen manövrierte er sich durch die Fliegentür ins Büro.

Martha sah ihn und sprang auf, um ihm zu helfen. «Igitt!» sagte sie mit einem angewiderten Blick auf den glänzenden, zukkerglasierten Doughnut. «Wie kann man nur! Da kann man ja gleich den Zucker mit dem Löffel essen.»

LeDonne spuckte seinen Bissen auf den Pappteller. «Wollen Sie mal beißen, Martha? Schließen wir einen Selbstmordpakt!»

«Nein, danke. Ich habe gestern Abend genug für die ganze Woche gegessen. Hamburgers. Eis. Ich hatte keine Ahnung, daß Nostalgie dick macht.»

Er nahm die Sonnenbrille ab, setzte sich auf den geradlehnigen Stuhl neben ihrem Schreibtisch und richtete ihren kleinen Ventilator auf sich. «Wieder so eine Konferenz fürs Klassentreffen?»

Martha nickte. «Tyndall und Sally waren bei mir zum Essen. Die beiden gehörten damals in meiner Klasse zur Prominenz.»

LeDonne nahm einen Schluck Pepsi. «Und jetzt?»

«Jetzt – ich weiß nicht. Die eine ist Dozentin, die andere hat geheiratet. Beide sind sie mir eine Länge voraus. So war es immer, und so wird es immer bleiben.»

«Nur wenn Sie sich das selbst einreden», sagte LeDonne. «Glauben Sie mir, Martha, Sie sind nicht so übel. Verglichen mit anderen da draußen in der Welt sind Sie okay.»

«Es ist aber doch komisch, wie die Leute aus der Schule es schaffen, mir ein Gefühl von Minderwertigkeit zu geben. Bisher ist das nur meinen Eltern gelungen. Man fühlt sich wie ein fröhlicher und tüchtiger Mensch, und plötzlich geben sie einem das Gefühl, als habe man zwei linke Hände und sei ein totaler Trottel. Es ist wie Voodoo. Schwarze Magie. Geht es Ihnen auch so?»

«Nein», sagte LeDonne. Er war jahrelang nicht mehr in Ohio gewesen. Er hatte den Kontakt zu seiner Familie abgebrochen und die Namen seiner Mitschüler vergessen. Seit dem Vietnamkrieg war er ein anderer Mensch geworden. Als er in seine Heimat zurückkam, wußte er sofort, daß es ein Fehler war. Er fühlte sich wie ein Fremder im Hause seiner Eltern. Wie einer, der sich an ein früheres Leben erinnert. Er war wütend mit seinem Vater, mit seinen Freunden. Warum, konnte er sich nicht erklären. Vielleicht war es, weil sie nicht im Krieg gewesen waren. Der Krieg hatte ihn für immer gezeichnet. Er fühlte sich wie ein Ertrunkener, der zufällig an den heimatlichen Strand gespült worden war, stumm und starr wie eine Leiche, aufgedunsen von Erinnerungen, unfähig zu menschlichen Beziehungen. Er hatte die meiste Zeit schweigend aus dem Fenster gestarrt, mit leeren Augen, und des Nachts schlaflos im Dunkeln gelegen und auf den Kanonendonner gewartet. Schließlich hatte er ein paar Sachen zusammengepackt und war per Anhalter zum Bahnhof gefahren. Seitdem hatte er seine Heimat nicht mehr gesehen. Er war jetzt ein anderer, und dieser andere gehörte nicht mehr nach Gallipolis, Ohio.

«Ich fühle mich wie eine achtzehnjährige Göre», fuhr Martha fort. «Und es ist nicht das Vergnügen, das ich erwartet hatte.»

«Das liegt am Klassentreffen», sagte LeDonne. «Eine Überdosis 1966.»

«Ja», seufzte Martha. «Das Klassentreffen. Ich hatte nichts weiter im Sinn als eine große Party. Plötzlich ist es mehr wie die Exhumierung einer Leiche. Trotzdem, die Sache nimmt langsam Form an.» Sie warf ihm einen prüfenden Blick zu. «Wenn ich diese gräßlichen Vorbereitungen hinter mir habe, müßte es eigentlich eine tolle Party werden, ob man nun in unserer Klasse war oder nicht. Vielleicht noch mehr, wenn man sich nicht mit den Schatten der Vergangenheit herumzuschlagen hat.»

LeDonne nickte. Mit denen war er vertraut.

«Wie der arme Spencer», fuhr Martha fort. «Ich weiß, wie er sich vor dem Abend grault, aber kneifen gilt nicht. Falls er einen ‹Notfall› vortäuscht oder seine Dienstzeit manipuliert, lassen Sie es bitte nicht zu. Wir verlassen uns darauf, daß er der Schule die Gedenkplakette präsentiert.»

«Warum sträubt er sich denn so?» fragte LeDonne.

Martha seufzte. «Wegen Jenny natürlich, seiner ehemaligen Frau. Komisch, ich kann mir immer noch nicht vorstellen, daß die beiden mal ein Paar waren. Er hat Angst, daß sie zur Party kommt. Er will nicht mit ihr konfrontiert werden.»

«Und? Kommt sie?»

«Wenn ich das wüßte. Bisher haben wir noch nichts von ihr gehört. Ich glaube, Tyndall weiß, wo sie wohnt. Wenn Jenny sich in den nächsten Tagen nicht rührt, wird sie ihre Spur aufnehmen. Falls wir sie finden – ich weiß nicht, was ich Spencer dann sagen soll.»

«Die Wahrheit. Was sonst?»

«Es wäre wirklich schade, wenn er nicht dabei wäre. Es kommen so viele Leute, die wir jahrelang nicht gesehen haben. Und wir spielen die alten Platten aus den sechziger Jahren. Ich bin sicher, es wird eine wirklich nette Party.»

«Ich glaub's Ihnen», murmelte LeDonne.

Martha holte tief Luft. «Das ist nicht nötig», sagte sie. «Ich meine, Sie brauchen es mir nicht zu glauben, Sie können sich selbst davon überzeugen. Gehen Sie mit mir. Ich brauche einen Begleiter.»

Er schwieg. Martha, die im Geiste schon seine Ausreden hörte, überlegte, wie sie ihn trotzdem überreden könne. Sie fragte sich, wie jemand, der so wenig wie ein Filmstar aussah, so sexy sein konnte. Vielleicht lag es daran, daß er nie lächelte, und wenn er es tat, dann war es offensichtlich nicht echt. Er hatte ein gutgeschnittenes Gesicht, und in seinem dunklen Haar war eine einzige graue Strähne, die seine blauen Augen noch blauer wirken ließ. Es war ein kaltes Blau, und es erinnerte sie an den Watauga Lake, der in den vierziger Jahren von der Tennessee Valley Authority angelegt worden war. Versunken unter seiner undurchsichtigen blauen Oberfläche lagen Häuser und Brücken und das verwachsene Unterholz noch stehender Bäume. Wenn jemand im Watauga Lake ertrank, wurden Sporttaucher hinuntergeschickt, und ganze Mannschaften von freiwilligen Helfern suchten dann den Seeboden und die bewaldete Küste ab, die von der Straße her unzugänglich war. Aber es hatte noch nie etwas geholfen. Der Watauga Lake gab seine Toten nicht her.

«Okay», sagte LeDonne.

«Was?»

«Okay. Ich komme mit, wenn ich es mit meinem Dienstplan vereinbaren kann.»

Martha spürte, wie ihr die Röte ins Gesicht stieg. Sie nickte kurz, aus Angst, ihre Freude zu verraten. «Gut, abgemacht.» Als sie aufsah, hatte LeDonne die .45 aus dem Halfter genommen und betrachtete sie mit einem abwesenden Lächeln.

«Haben Sie den Film *Deer Hunter* gesehen?» fragte er leise. «Als ich ihn das erste Mal sah, damals in den siebziger Jahren, ging ich nach Hause und spielte russisches Roulette mit dem Revolver meines Vaters, dreimal hintereinander. Seither nie mehr.»

Martha erstarrte. Sie fuhr sich mit der Hand an die Kehle. In dem Augenblick schellte das Telefon auf ihrem Schreibtisch. Das Geräusch schien von fernher zu kommen. Ohne den Blick von ihm abzuwenden, streckte sie die Hand danach aus.

«Falls jemand etwas von mir will: ich bin in Spencers Büro. Muß mal wieder meine Pistole putzen», sagte LeDonne und wandte sich mit einer knappen Geste ab.

Martha nahm den Hörer ab. «Hallo?» sagte sie und wischte sich mit dem Handrücken über die nassen Wangen.

Tyndall wußte, daß sie vor neun Uhr morgens aussah wie der Tod, aber nach dem gestrigen Treffen und einer unruhigen Nacht ihrer Mutter war sie zu müde, Make-up aufzulegen. Wozu auch? Sie wollte nur schnell ein paar Sachen einkaufen. Ein bißchen Sonnenbräune hätte geholfen, aber seit so viel von Hautkrebs gesprochen wurde, war ihr die Lust am Sonnenbaden vergangen, und das war gut so, denn der Zustand ihrer Mutter gab ihr kaum Gelegenheit, stundenlang untätig herumzuliegen. Die alte Frau sah oft halbe Tage lang fern oder starrte eine Wand an, dann sprang sie plötzlich auf und wanderte durchs Haus oder in den Garten, und es war sogar schon vorgekommen, daß sie dabei zerstörerisch wurde. Zweimal schon hatte sie den Spiegel in ihrem Schlafzimmer zerschmettert. War es Absicht gewesen? Hatte sie mit einem verbleibenden Funken Bewußtsein in den Spiegel gesehen und erkannt, daß sie nur noch ein menschliches Wrack war? Ein fetter, schlaffer Körper in billigstem, pflegeleichtem Polyester, die grauen Haare wie ein Sträfling geschoren, im Gesicht das unsichere Lächeln einer Frau, die den Weg verloren hat: konfus, desorientiert, sprachlos. Ein Lächeln, das um Geduld und Güte bat, damit alles wieder gut werde. Aber wenn das Gehirn ein Blumenkohlgebilde von Nervenzellen war, wurde nichts mehr besser. Es konnte nur noch schlimmer werden. Hatte sie das in einem Geistesblitz erfaßt, als der Spiegel ihr zeigte, was von ihr übrig war? Hatte sie die Haarbürste genommen und den Spiegel zerschmettert, um das Bild dieser grausigen Offenbarung zu zerstören? Tyndall fragte sich oft, ob ein Teil ihrer Mutter noch in ihr lebte, mit klarem Bewußtsein der Realität. Sie konnte nur hoffen, daß dies nicht der Fall war.

Jetzt schlief die alte Frau, nachdem sie die ganze Nacht nach Tyndall gerufen und im Haus herumgewandert war. Vielleicht nahm sie ihr übel, daß sie am Abend ausgegangen war. Tyndall ließ sie ungern allein, aber es war schwierig, jemanden zu finden, der auf eine verstörte alte Frau aufpassen wollte.

Tyndall beschloß, eine kurze Fahrt zum Supermarkt zu riskieren, ehe ihre Mutter wieder aufwachte. Sie brauchte nur Pulverkaffee, eine Dose Apfelmus und Tampax, und sie wollte sich beeilen, damit sie nicht irgendwelchen alten Freundinnen ihrer Mutter in die Arme lief, die sie nach dem Befinden der lieben Evelyn ausfragten. Die liebe Evelyn hatte sie schon seit vielen Monaten vergessen, und das beruhte auf Gegenseitigkeit. Keine von ihnen hatte ihre Mutter besucht oder Tyndall Hilfe angeboten. Es war, als sei Evelyn Johnson schon tot. Die Entscheidung des Pflegeheims durfte nicht mehr lange auf sich warten lassen. Steve hatte ganz recht. Sie hatte den Punkt erreicht, daß sie ein schlechtes Gewissen hatte, was sie auch tat. Und Steve wurde immer ungehaltener darüber, daß er die Kinder allein versorgen mußte. Wenn sie sich vorstellte, daß ihre Mutter dabei war, ihre Ehe zu zerstören, lief es Tyndall kalt über den Rücken. Zuerst aus Angst, und dann aus Scham über ihre Angst, daß ihre Mutter sterbe, wenn es zu spät war.

Daher war sie doppelt gewissenhaft, sie nicht allein zu lassen und den Arzt regelmäßig zur Untersuchung kommen zu lassen. Tyndall wusch zweimal täglich die Bettwäsche und setzte sich zu ihrer Mutter, um fröhlich mit ihr zu plaudern, ob sie es nun verstand oder nicht. Sie überzeugte alle, außer sich selbst, daß sie eine unermüdliche Pflegerin und liebevolle Tochter war. Nur Tyndall wußte, daß sie bei jedem Löffel der Krankennahrung, den sie ihrer Mutter in den schlaffen Mund führte, innerlich eine Litanei betete: Bitte stirb. Bitte stirb. Bitte stirb.

«Gebt mich nicht in ein Heim», hatte ihre Mutter gefleht, als sie noch sprechen konnte, wenn auch ihr Bewußtsein schon umwölkt war. «Du weißt ja, was sie den alten Menschen dort antun. Sie schlagen sie. Lassen sie Hunger leiden. Bitte gib mich nicht in ein Heim.» Manchmal hatte Tyndall sie allein in ihrem Zimmer weinen hören.

«Gebt mich nicht in ein Heim.» Tyndall hatte es ihr versprochen, aber wie lange noch konnte sie ihr Wort halten? In fünfzehn Jahren war sie selbst alt. Wer konnte sagen, daß die Krankheit, die ihre Mutter dahinraffte, nicht schon in ihrem eigenen Hirn nistete?

Tyndall nahm die billigste Sorte Apfelmus vom Regal und stellte sie wieder zurück. Für Mutter war nur das Beste gut genug. Bitte stirb bald.

«Tyndall Johnson? Bist du's wirklich?» sagte jemand hinter ihr.

Tyndall setzte ihr freundlichstes Lächeln auf und drehte sich um. Vor ihr stand eine massige, dunkelhaarige Frau in einem Hosenanzug aus Polyester. Sie lächelte zurück. «Na so was, Tyndall. Ich wußte gar nich, daß du wieder zu Hause bist.»

«Nur zu Besuch», sagte Tyndall, die keine Ahnung hatte, mit wem sie sprach. «Es ist lange her, seit wir uns zuletzt gesehen haben, nicht?»

«Allerdings. Ich bin dauernd am Arbeiten. Zu was anderem komm ich gar nich mehr. Bin auch noch nich dazu gekommen, auf deinen Brief zu antworten.»

«Brief?»

«Ja, wegen dem Klassentreffen.»

Sie meinte die vorgedruckte Einladung, die sie allen Ehemaligen zugeschickt hatten. Irgendwo unter den Gesichtsfalten und den Fettpolstern war eine entfernte Ähnlichkeit mit Dolores Whitchard zu erkennen. «Dolores?» sagte Tyndall mutig.

«Ja.» Die Frau lehnte sich gegen ihren Einkaufswagen und erdrückte dabei mit dem Arm ein schaumgummiartiges Weißbrotpaket.

Tyndall konnte sich jetzt erinnern, mit ihr im Unterricht gesessen zu haben, aber ihr fiel nichts ein, woran sich ein Gespräch anknüpfen ließe. Hatte Dolores Gedichte geschrieben? Hatte sie im Chor gesungen? Oder war sie im Beta Club gewesen?

«Wie geht es dir?» sagte Tyndall mit so viel Herzlichkeit, wie sie für eine Fremde aufbringen konnte.

«Erträglich», seufzte Dolores. «Immer noch mit Bobby Ray verheiratet. Wir haben vier Kinder.»

«Nun», sagte Tyndall und gab sich Mühe, munter zu klingen. «Dann hast du ja alle Hände voll zu tun.»

«Ja. Außerdem arbeite ich noch in einem Büro von Kmart in Johnson City. Bobby Ray ist seit letztem Winter arbeitslos, aber irgendwie kommen wir schon durch.» Sie langte an Tyndall vorbei und nahm mehrere Dosen grüner Erbsen und mexikanischen Mais vom Regal. «Bobby Ray und die Kinder machen den Haushalt, während ich im Büro bin. Wir machen's eben umgekehrt. Er sorgt für die Kinder, bringt sie zum Arzt oder auf den Sportplatz, und ich bring das Geld nach Hause.»

«Und es macht ihm nichts aus?» fragte Tyndall. Steven hatte für ihre Kinder den Haushalt geführt, seit ihre Mutter krank war, aber keine Gelegenheit ausgelassen, seinen Mißmut darüber auszudrücken.

Dolores lächelte. «Ein großartiger Koch ist er nicht, aber er kann Dosen öffnen. Und meine Mutter hilft uns viel.»

«Du hast es gut», sagte Tyndall kläglich. «Ich muß jetzt gehen.» Sie ging mit ihren Einkäufen zur Kasse. Auf dem Zeitungsständer war gerade die *Hamelin Record* ausgelegt worden. Während sie in der Schlange wartete, las sie die Schlagzeilen. Ein Mädchen war verschwunden. Was mochte dahinterstecken? Ein Mord? Ein rebellischer Teenager? Martha wußte sicher mehr, da sie beim Sheriff arbeitete. Tyndall seufzte. Martha hatte so ein interessantes Leben.

Spencer kam kurz nach neun Uhr ins Büro. Er war stadtfein: dunkelblauer Blazer, khaki Hose. Er hatte die *Hamelin Record* bei sich. «Hier», sagte er und zeigte Martha das Titelblatt. «Das müßte uns weiterbringen.»

Martha betrachtete das ernste, junge Gesicht unter der fettgedruckten Zeile: «Wer hat dieses Mädchen gesehen?» Sie kam ihr bekannt vor. Oder war Martha mit einer Kusine von ihr in der Schule gewesen? Oder sahen alle jungen Mädchen dieses Alters sich ähnlich? Martha las den Text durch, den McCullough in Johnson City noch schnell aufgesetzt hatte. Es stand wenig mehr darin, als wer ihre Eltern waren, wie alt sie war und seit wann sie vermißt war.

«Es sind immer die jungen Mädchen», seufzte sie. «Warum wohl?»

«Sie leisten wenig Widerstand», sagte Spencer.

«Nein, ich meinte: Warum sehen Männer junge Mädchen als Objekt statt als Mitmensch? Vielleicht sollten wir die jungen Dinger dazu erziehen, weniger nett und passiv zu sein. Oder hast du schon mal gehört, daß eine Xanthippe entführt und ermordet wurde?»

LeDonne blickte von seiner Zeitschrift auf. «Nein, Martha. In dem Fall besorgen das meist ihre Freunde.»

«Wie dem auch sei», sagte Spencer abschließend, «wir wissen ja noch gar nicht, daß ihr etwas passiert ist. Vielleicht macht sie sich mit ihrem Freund ein paar schöne Tage in Dollywood.»

Martha schüttelte zweifelnd den Kopf. «Ich weiß nicht, Spencer. Jedenfalls siehst du aus, als hättest du weitere Besuche vor. Wer ist denn heute an der Reihe?»

«Ich weiß nicht. Ihre Eltern habe ich interviewt, dann ihre sogenannte Freundin und den stellvertretenden Schuldirektor. Mehr kann ich nicht tun. Jetzt bleibt mir nur noch abzuwarten, ob jemand mit einer Auskunft zu mir kommt.»

Es sollte nicht lange dauern.

Kurz nach zehn Uhr, als der Briefträger seine Runde in der Stadt beendet hatte und die Außenbezirke besuchte, läutete im Büro des Sheriffs das Telefon.

Martha schrieb gerade einen Brief an alle Bauern, in dem sie gewarnt wurden, ihr Vieh auf die Landstraße in Dark Hollow laufen zu lassen. Sie hob den Hörer ab und klemmte ihn zwischen Ohr und Schulter. «Sheriff Arrowoods Büro», sagte sie und tippte mit einem Finger die letzten Buchstaben.

«Kann ich bitte Spencer sprechen? Ich meine, den Sheriff?» sagte eine aufgeregte Frauenstimme.

«Telefon für dich, Spencer», rief Martha. Mit der Hand über der Muschel fügte sie hinzu: «Peggy Muryan.»

Spencer machte ihr ein Zeichen und nahm den Hörer ab. «Guten Morgen», sagte er.

«Von wegen.» Er hörte, wie sie tief atmete, wie jemand, der mühsam um Beherrschung ringt.

«Peggy? Was ist denn los?»

Es folgte eine lange Pause. «Können Sie herüberkommen? Sofort?»

«Nun – ich bin im Dienst.»

«Können Sie bitte sofort herüberkommen, *Sheriff*!» sagte sie scharf.

«Ich bin in fünf Minuten da», sagte er hastig, aber sie hatte schon aufgehängt. Er wollte sie zurückrufen, aber in einer kleinen Stadt wie Hamelin war er genauso schnell bei ihr. Er hoffte, nicht wieder ein totes Tier in ihrem Garten zu finden. Oder Schlimmeres.

Joe LeDonne sah von seinem Schreibtisch auf. «Soll ich mitkommen?»

«Lieber nicht. Ich habe keine Ahnung, worum es geht.»

LeDonne nickte. «Ich bin noch mindestens eine halbe Stunde hier. Wenn du mich bis dahin nicht angerufen hast, fahre ich auf Streife.»

Spencer manövrierte den Wagen aus der Parknische und bog links ab in Richtung der baumbeschatteten Villen an der Elm Street. Wenn er jetzt die Sirene einschaltete, konnte er in zwei Minuten bei ihr sein. Oder noch schneller. Allerdings hatte er dann monatelang keine Ruhe vor den neugierigen Fragen der Stadtbewohner. Und außerdem war es gut möglich, daß es sich um weiter nichts handelte als einen obszönen Anruf oder dergleichen. Zwar hatte ihre Stimme am Telefon angstvoll geklungen. Dies mochte ein guter Zeitpunkt sein, mehr über ihre Vergangenheit aus ihr herauszuholen. Sie verschwieg ihm etwas, das spürte er mit Gewißheit. Sie mußte wissen, wer der Täter war.

Die Rasenflächen färbten sich langsam braun von der glühenden Julisonne, und auch die Blumen fingen an zu welken. Spencer schüttelte den Kopf über einen vollaktiven Rasensprenger in einem ausgedörrten Vorgarten. Wußten denn diese Leute nicht, daß man morgens nicht wässerte? Wenigstens das hatte er von seiner Mutter gelernt, als er ihr all die Jahre bei der Gartenarbeit geholfen hatte.

Er nahm die erste Abbiegung zu Peggy Muryans Auffahrt ein

wenig zu schneidig. Der Kies spritzte an den Radfelgen hoch. Das Haus mit den weißen Säulen hinter hohen Eichen war ein Bild des Friedens. Er bemerkte, daß auf der Veranda noch Licht brannte, sonst schien alles normal: der Garten, die Fassade des Hauses – nirgends waren Anzeichen von Gewalttätigkeit zu sehen. Als er den Motor abstellte, huschte Peggy aus der Haustür und wartete auf der Veranda auf ihn. Sie wirkte blaß und übernächtigt in Jeans und einem T-Shirt in Männergröße, in dem sie offensichtlich geschlafen hatte.

«Alles okay?» fragte er und schob sie ins Haus.

«Es ist wieder etwas passiert», sagte sie nach einem kurzen Zögern.

Sie gingen ins Wohnzimmer. Peggy ließ ihn auf dem geblümten Sofa Platz nehmen. Neben einer vergilbenden Zimmerpflanze auf dem Couchtisch lag ein Stapel ungeöffneter Post und Reklamehefte, daneben die *Hamelin Record* mit dem Titelblatt nach oben.

«Ich dachte, Sie kaufen die Zeitung nicht», sagte er.

«Jemand rief mich an und bot mir ein Abonnement an», sagte sie achselzuckend. «Ich konnte nicht ablehnen, ohne unhöflich zu sein. Es war einfacher, die zehn Dollar zu schicken. Ich lese dieses Käseblatt in zwei Minuten, aber es eignet sich gut als Unterlage beim Kartoffelschälen.» Sie starrte auf die Zeitung, ohne zu lächeln.

Spencer wartete. Sie schien noch etwas sagen zu wollen.

«Ist dieses Mädchen inzwischen gefunden worden?» sagte sie endlich und tippte mit dem Finger auf das Titelblatt.

«Soviel ich weiß – nicht. Wieso?»

«Ich glaube, ich weiß etwas über ihr Verschwinden», sagte Peggy.

«Haben Sie das Mädchen gekannt?» fragte er stirnrunzelnd.

«Nein. Aber das hier kam heute mit der Post.» Unter dem Stapel von Werbung zog sie eine bunte Postkarte hervor. Rosa Berglorbeerblüten am Blue Ridge Parkway. Sie war adressiert an: Peggy Muryan, Elm Street, Hamelin, Tennessee. Großbuchstaben, mit Kuli geschrieben. Spencer faßte sie vorsichtig am Rand an, für alle Fälle.

Der Text, auch in Großbuchstaben, lautete:

I TOOK HER BY HER GOLDEN HAIR,
I THROWED HER ROUND AND ROUND –

«Die Karte ist an Sie adressiert», sagte er eine Spur gereizt.

«Ja.»

«Und was hat das mit einem verschwundenen Schulmädchen zu tun?»

Sie stand auf und ging an den Schrank neben dem Kamin, in dem Hunderte von Schallplatten standen. Nach kurzem Suchen nahm sie eine Platte in einer dunklen Hülle heraus, Vanguard-Label, mit einem Schwarzweißfoto auf der Vorderseite. Sie warf kurz einen Blick darauf, dann legte sie die Platte auf den Tisch neben die Zeitung.

«*Das* hat es mit einem verschwundenen Schulmädchen zu tun.»

Der Plattentitel lautete: *Peggy Muryan – Mountain Ballads*. Spencer hatte sie nie zuvor gesehen. Sie mußte vor ihrem Erfolgstitel *Carolina Blue* herausgekommen sein. Aber es war nicht die Musik, die ihn interessierte. Es war das Foto. Von der zwanzig Jahre alten Plattenhülle sah ihn ein ernstes junges Mädchen an: ein ovales Gesicht, langes, hellbraunes Haar, ein träumerischer Blick, feine Gesichtszüge. Genau wie das Mädchen auf der Titelseite der *Hamelin Record*.

Spencer las noch einmal die Worte, die auf die Postkarte mit den Lorbeerblüten gekritzelt waren: «I took her by her golden hair, I throwed her round and round.»

«Wie heißt die nächste Zeile?» fragte er heiser.

10. Kapitel

> I drew my saber through her, which was a bloody knife,
> I threw her into the river, which was a dreadful sight.
> My race is run beneath the sun, and Hell is waiting for me,
> For I have murdered that dear little girl whose name was
> Rose Connally.
>
> «Down by the Willow Garden»

Peggy Muryan betrachtete das Gesicht auf der Plattenhülle, ein junges Gesicht mit glänzenden Augen. Es hätte ebensogut eine Fremde sein können. «Es ist alles so lange her», murmelte sie, «trotzdem dachte ich, Sie müßten das Lied kennen. Es ist eine amerikanische Version von ‹The Wexford Girl›, einer englischen Volksballade.»

«Wie geht die nächste Zeile, Peggy?» Er wollte sie schütteln, sie zwingen, ihn anzusehen.

«Das Lied stammt aus der Zeit um 1700», sagte Peggy. «Der Text ist schon mehrmals geändert worden, jeweils dem letzten Mord entsprechend: ‹The Oxford Girl›. ‹The Cruel Miller›. Immer neue Morde, immer andere tote Mädchen zu besingen.»

Spencer nahm ihre Hand, aber sie zog sie zurück. «Ist es nicht merkwürdig, daß in den hiesigen Versionen nie erwähnt wird, warum sie ermordet werden?» sagte sie nachdenklich. «Sie sind natürlich schwanger.» Peggy schien Spencers Gegenwart vergessen zu haben. Sie sprach wie im Traum. «So viele Lieder. ‹Omie Wise›. ‹Poor Ellen Smith›... So viele tote Mädchen. Alle schwanger. Alle scheu und zutraulich wie ein Reh.»

Spencer erkannte, daß sie vor Angst ganz verstört war. Falls dies ein leichter Schock war, mußte er behutsam vorgehen, wenn er etwas erfahren wollte. «Ich erinnere mich nicht an das Lied», sagte er sanft. «Wollen Sie mir den Text aufsagen?»

Sie nickte abwesend, schloß die Augen und sang. Mit ihrer zur Faust geballten Hand schlug sie den Takt gegen das Sofakissen.

> I met a little girl in Knoxville, a town that you all know,
> and every Sunday evening, into her home I'd go.

I took her for an evening walk about a mile from town.
I picked a stick up off the ground and knocked that fair
girl down.

She fell upon her bended knee. «Have mercy», did she
cry,
«Oh, Willie, dear, don't kill me here; I'm not prepared to
die.»
She never spoke another word; I even beat her more,
Until the ground around us shook, and with her blood
did flow.

Ungeduldig wollte er sie unterbrechen. Peggy hob den Finger, zum Zeichen, daß die Zeile, auf die er wartete, noch kam. Er lehnte sich zurück und versuchte, sich auf den Text zu konzentrieren. Bilder vergangener Mordszenen und Rosemarys scheues Gesicht lenkten ihn immer wieder von der schlichten Ballade ab. Peggy sang mit einem Gebirgsakzent, den sie beim Sprechen nie hatte: flache Vokale und zusammengezogene Silben. Wo mochte sie den herhaben?

I took her by her golden hair, I throwed her 'round and
'round;
I throwed her into the river that flows by Knoxville
town.
«Go there, go there, little Knoxville girl, this dark and
stormy night.
Go there, go there, little Knoxville girl, you'll never be
my wife.»

I started back to Knoxville, got there about midnight;
My mother she was worried, and woke up in a fright.
«Oh son, oh son, what have you done to bloody your
clothes so?»
I told my anxious mother I was bleeding from the nose.

I called for a candle to light my way to bed.
I called for a handkerchief to bind my aching head.
I rolled and tumbled the whole night through. There's
trouble ahead for me.
The flames of hell around my bed before my eyes did see.

They took me down to Knoxville, they locked me in a cell;
All my friends tried to get me out, but none could go my
bail.
I'm worrying my life away in this old dirty jail,
Because I murdered the Knoxville girl, the girl I loved so
well.

Peggy verstummte. Sie schwiegen. Spencer dachte an alles mögliche: Suchtrupps, gerichtliche Zuständigkeit, die Absurdität eines Volkslieds als Informationsquelle für einen Mordfall. Von der Plattenhülle sah ihn die Peggy von vor zwanzig Jahren mit großen, ernsten Augen an. Das lange, strohblonde Haar fiel ihr glatt über eine Schulter auf ein besticktes Trachtenkleid. Auf der Rückseite war eine Liste der Liedtitel: «Little Margaret», «John Riley», «Farther Along», «Fennario», «The Knoxville Girl», «Poor Ellen Smith», «Down by the Willow Garden», «Whiskey in the Jar», «True Thomas» und «The House Carpenter». Unter den Namen des Produzenten und der Musiker kam ihm nur ein einziger bekannt vor: begleitender Sänger Travis Perdue.

«Kann ich diese Plattenhülle mitnehmen?» fragte Spencer. «Sie würde die Theorie bestätigen, daß die Drohungen Sie mitbetreffen.»

«Gern.»

«Und die Ansichtskarten brauche ich auch. Beide. Haben Sie die erste auch noch?»

«Ja. Sie steckt irgendwo», nickte sie.

«Würden Sie bitte mal nachsehen? Ich hole inzwischen eine Beweistüte aus dem Auto. Für Fingerabdrücke wird es zu spät sein, aber wir sollten es wenigstens versuchen. Anschließend muß ich ins Büro, um meinen Anruf zu machen.»

«Welchen Anruf?» fragte Peggy.

Spencer seufzte tief. «Den Sheriff in Knoxville County.» I throwed her into the river that flows by Knoxville town...

«Rufen Sie doch von hier aus an.» Sie hatte die Beine angezogen und die Arme wie zum Schutz darum geschlungen. Er zögerte. «Bitte», drängte sie. «Ich will auch wissen, wie es weitergeht.»

«Von mir aus», sagte Spencer. «Aber Sie dürfen auf keinen Fall darüber sprechen. Dienstgeheimnis.»

Peggy nickte. «Veranlassen Sie eine Autopsie. Lassen Sie feststellen, ob sie schwanger war.»

«Wir wissen ja noch nicht einmal, ob sie tot ist», sagte Spencer, hatte aber bei sich schon denselben Gedanken gehabt.

Er ging zum Wagen und holte die durchsichtigen Plastiktüten für die Ansichtskarten. Er bedauerte jetzt, daß er die erste Karte nicht gleich hatte untersuchen lassen, statt sie als leere Drohung abzutun. Jetzt war es zu spät. Welcher Postangestellte erinnerte sich jetzt noch daran? Welcher Verkäufer konnte sich jetzt noch erinnern, an wen er sie verkauft hatte?

Als er wiederkam, saß Peggy in unveränderter Stellung auf der Couch, nur auf dem Couchtisch lagen jetzt zwei Ansichtskarten mit dem Gesicht nach unten. Spencer schob sie vorsichtig in die Tüten.

«Rufen Sie nur an.» Peggy machte eine Kopfbewegung zum Telefon in der Diele.

Er zog eine Karte mit den wichtigsten Nummern aus der Brieftasche und ging ans Telefon. Vielleicht war alles nur ein Scherz. Vielleicht war die Ansichtskarte ein Zufall und hatte mit dem Verschwinden des Mädchens überhaupt nichts zu tun. Er mußte an den weißen Schäferhund denken, der steif und blutig an einem Draht vom Baum gehangen hatte. Bitte, laß sie nicht aufgeschlitzt sein, betete er, während er wählte.

Er meldete sich als Sheriff von Wake County und verlangte den Informationsdienst. «Wir haben hier einen Fall», sagte er und berichtete von den Drohungen und den verstümmelten Tieren. «Und jetzt ist ein junges Mädchen verschwunden. Eine Weiße, fünfzehn Jahre alt, etwa einhundert Pfund. Wir haben Grund zu der Annahme, daß sie...»

I took her by her golden hair; I throwed her 'round and 'round,

I threw her into the river that flows by Knoxville town…

Die Zeilen des Liedes dröhnten und schepperten in seinem Kopf. «Wir haben Grund zu der Annahme, daß sie in einen Fluß in der Nähe von Knoxville geworfen wurde.»

Ein Schweigen am anderen Ende der Leitung.

Spencer räusperte sich. «Ich weiß, das muß Ihnen absurd vorkommen, aber wenn Sie uns in dieser Angelegenheit helfen könnten –»

«Sheriff, kommen Sie bitte sofort herüber und bringen Sie alles mit, was Sie an Informationen haben.»

«Soll das heißen –»

«Wir haben soeben einen Anruf bekommen. Jemand hat eine Leiche im French Broad River gefunden.»

Knoxville war eine gute Stunde entfernt. Spencer fuhr über Johnson City, dort nahm er die I-81 und I-40. Es gab auch eine vierspurige Autostraße über Unicoi County, die zwar schneller war, aber einen Umweg bedeutete. Außerdem zog er die zwölf Meilen längere Landstraße vor, da sie den Stadtverkehr umging. Sie führte durch hügeliges Weideland und schattige Alleen. Am Straßenrand wuchsen Vernonia wie Büschel blauer Gänseblümchen, und gelegentlich steckte ein Waldmurmeltier den Kopf aus dem Erdboden und sah den vorbeirasenden Autos nach.

Spencer hatte die Berge hinter sich gelassen. Mit den Fingern trommelte er einen Rhythmus auf dem Lenkrad. Hätte er jetzt nur ein Radio im Auto, dann könnte er den WJCW-Sender in Johnson City hören. Der Country Blues würde ihn ablenken von dem, was ihm jetzt bevorstand. Die Untersuchungskommission war schon unterwegs zum Tatort. Wenn er sich beeilte, konnte er sie noch antreffen und vielleicht sogar die Leiche identifizieren. Er war sofort losgefahren, nachdem er Martha im Büro per Funk verständigt hatte. Anschließend mußte er Peggy Muryan vernehmen. Oder ein anderer tat es. Wenn es wirklich Rosemary Winstead war, die im French Broad River war, lag der Fall außerhalb seines Zuständigkeitsbereichs. Dann brauchte er nur noch die Eltern zu verständigen. Sie wußten noch nichts von der Leiche in Knox County, und er behandelte den Fund als falschen Alarm, bis er sich vom Gegenteil überzeugt hatte. Es hatte keinen Sinn, sie unnötig in Aufruhr zu versetzen. Aber er hatte für alle Fälle das Foto ihrer Tochter bei sich, und in ein paar Stunden hatte er Gewißheit. Auf der langen Rückfahrt konnte er sich dann überlegen, wie er ihnen die Hiobsbotschaft überbrachte.

Die Fahrt zog sich endlos hin und ihm war heiß. Die Straße war nichts als ein Hindernis zwischen ihm und dem dringenden Geschäft, das ihn in Knoxville erwartete. Vor zwanzig Jahren war dieselbe Straße ein Strom von Scheinwerfern gewesen, als sie in der Nacht aus dem Kino in Johnson City kamen, nachdem sie dort *Gesprengte Ketten* gesehen hatten. Er saß eingeklemmt zwischen Buddy Jessup und Gary Barker auf dem Rücksitz, Cal fuhr. Sie diskutierten, ob Gary wirklich auf seinem Motorrad über einen Stacheldrahtzaun springen konnte, wie er behauptete und wie Steve McQueen es im Film getan hatte.

Plötzlich schrie Cal «Pruitt!» und gab Gas.

Hinter ihnen tanzten zwei Scheinwerfer im Dunkeln. Delos Pruitt folgte ihnen in dem klapprigen Fairlane seines Vaters. Delos war ein ewig lästiges Anhängsel. Wenn ein Team zusammengestellt wurde, war er immer der letzte, der gewählt wurde. Als Laborpartner war er denkbar ungeschickt. Mit hündischer Unterwürfigkeit scharwenzelte er um seine Kameraden, mit dem verzweifelten Wunsch, als einer der ihren akzeptiert zu werden, und merkte nicht, daß gerade das ihn disqualifizierte. Mit seiner schmächtigen Figur, den angeklatschten schwarzen Haaren und dem permanent flehenden Blick bot er ihnen die ideale Zielscheibe für ihre sadistischen Instinkte, und sie machten sich ein Vergnügen daraus, ihn zu quälen und zu demütigen.

An jenem Abend nach dem Kinobesuch wollte er sie einholen, um mit ihnen zum *Stetson Grill* zu fahren, einer Bierkneipe an der Autostraße, wo die «cool guys» tranken und wo sie ihren jüngeren Kumpanen, die nach dem Gesetz noch keinen Alkohol ausgeschenkt bekamen, heimlich ein Bier zuschoben. Aber Delos ging es nicht um das Bier. Er wollte nur dazugehören. Aber nicht einmal das war ihm vergönnt.

Cal gab Gas, sobald er den alten Fairlane im Rückspiegel erkannte, und er war mit hundert Sachen in die Nacht gebraust. Sie schnitten blinde Kurven, rasten über steile Bergstraßen, immer am Rande des Abgrunds, und Pruitts kleiner Fairlane immer auf ihren Fersen wie ein treues Hündchen, das ihre Spur keine Sekunde aus den Augen verlor. Schließlich, nach einer Nadelkurve, in der sie alle vor Angst schrien, Cal solle nicht so rasen, betätigte er einen Schalter, und die Straße verschwand. Finsternis umgab sie wie eine dicke Mauer. Cal dachte nicht daran, das Tempo zu drosseln. Er kannte die Straße gut, und nun fuhr er nach dem Gedächtnis weiter, auch wenn er sie alle dabei umbrachte. Weit hinter ihnen sahen sie die Scheinwerfer von Delos Pruitt. Er schien anzuhalten und dann abzubiegen. Nun war es stockdunkel um sie her.

Cal fuhr noch eine Meile wie ein Besessener, bis er sicher war, daß er Pruitt endgültig abgeschüttelt hatte. Dann schaltete er die Scheinwerfer wieder ein und fuhr weiter zum *Stetson Grill.* Am nächsten Tag tat Delos Pruitt, als sei nichts geschehen, nur hatte er einen verstörten Blick, als rätsele er noch daran, wohin sie so plötzlich verschwunden waren. Pruitt war zu ängstlich und zu gesetzestreu, um auf das Naheliegendste zu kommen. Es grenzte an ein Wunder, daß Cal sie nicht alle totgefahren hatte: ihn selbst, Gary, Buddy und… wer hatte vorn neben Cal gesessen? Spencer versuchte, die Szene zu rekonstruieren: das schäbige Innere von Cals Limousine auf dem Parkplatz vor dem Kino. Wessen Gesicht war es gewesen, vorn neben dem Fahrer? Spencer riß das Lenkrad herum, fast wäre er mit seinem Streifenwagen die Böschung hinuntergefahren. Es war Jenny gewesen.

Wenn sie noch lange im Haus hockte, wurde sie verrückt. An der Villa war noch eine Menge zu tun, und Peggy hatte sich darauf gefreut, den Sommer damit zu verbringen, die Fußböden abzuschleifen und die Farbe von den Türen und Fensterrahmen abzubrennen. Statt einem schöneren Heim hatte sie nun ein düsteres

Gefängnis, schmutzig und verkommen, aus dem sie sich nicht herauswagte.

Sie warf einen Blick auf die Uhr. Von Spencer war vorläufig kein Anruf zu erwarten. Es war ein strahlender, wolkenloser Tag. Die blühenden Baumkronen standen wie Blütensträuße am blauen Himmel. Es war viel zu schön, um drinnen zu sitzen, und außerdem höchste Zeit, mal wieder in den Garten hinter dem Haus zu gehen. Seit sie Blondell dort gefunden hatte, war sie nicht mehr dort gewesen. Wenn sie es nicht bald tat, wurde nie mehr etwas daraus. Ehe sie es sich wieder anders überlegen konnte, eilte sie durch die Hintertür ins Freie.

Die Stufen der Treppe müssen angestrichen werden, dachte sie, und die Hecken müssen gestutzt werden. Sie nahm sich vor, eine Liste zu machen. Vielleicht sollte sie als Sicherheitsmaßnahme hinter dem Haus Scheinwerfer anbringen lassen.

Plötzlich bewegte sich etwas hinter der Ligusterhecke. Sie war starr vor Angst.

Es war ein weißes Kaninchen. Ein wohlgenährtes, langhaariges Kaninchen mit Schlappohren, das sich durch die Hecke arbeitete. Gleich darauf rief jemand aus dem benachbarten Garten «Mel-lie». Über dem Heckenrand erschien Jessie Traynham. Sie trug ein weißes Sonnenkleid und eine Halskette aus polierten Steinen. Ihre dunklen Augen blitzten vor Eifer, ihren verschwundenen Liebling wiederzufinden.

«Da drüben ist es!» rief Peggy und lief zur Hecke hinüber. «Ich habe es gerade gesehen.»

«Mellie läuft sonst nie weg», sagte Mrs. Traynham besorgt. «Sie haben sie noch gar nicht kennengelernt, oder? Mellie, mein vegetarisches Kätzchen?»

«Vegetarisches Kätzchen? Sie haben ein Kaninchen als Haustier?» staunte Peggy.

Ihre Nachbarin seufzte. «So kann man es nennen. Vor ein paar Jahren wohnte in Ihrem Haus eine Familie mit kleinen Kindern, die Kaninchen in einem Stall hielten. An dem Tag, als sie auszogen, ist eins ausgerissen. Sie haben es nicht fangen können, und so ist es hiergeblieben.»

«Merkwürdig, daß es nicht weggelaufen ist», sagte Peggy.

Das Kaninchen steckte den Kopf durch die Hecke und biß einen Löwenzahn ab.

«Ach, meine Liebe», seufzte Mrs. Traynham, «Hauskaninchen sind leider nicht sehr intelligent. Es würde ihnen nicht einfallen, ein neues Leben in der Freiheit zu beginnen. Dieses hier hoppelt nur in meinem Garten herum und frißt Gras – und Blumen, wenn ich mal gerade nicht in der Nähe bin. Komme ich ihr zu nahe, dann verschwindet sie unter den Schuppen.»

«Im Winter müßte sie leicht einzufangen sein – wenn sie nichts zu fressen findet.»

«Das dachte ich auch», sagte Jessie Traynham. «Ich wollte warten, bis das Gras verwelkt war. Dann wäre sie zu schwach und hungrig, um wegzulaufen. Aber noch ehe der Winter kam, dachte ich: Wozu?»

«Wozu?»

«Ja. Wozu sie einfangen? Es gab keine bissigen Hunde in der Nachbarschaft, und gegen die Katzen kann sie sich gut wehren. Sie finden sie zwar etwas exzentrisch, aber sie sind höflich und nett zu ihr. Wenn ich sie wieder einsperre, muß ich ein neues Heim für sie finden, oder ich muß sie selbst versorgen. Das heißt: zweimal täglich füttern, den Stall ausmisten... Ich fand es einfacher, sie als Katze zu behandeln und frei herumlaufen zu lassen. Glauben Sie mir, ein vegetarisches Kätzchen macht viel weniger Arbeit als ein eingesperrtes Kaninchen.»

Peggy mußte lachen. Langsam wich die Anspannung aus ihrem Gesicht.

Jessie Traynham musterte sie aufmerksam. «Hätten Sie wohl Lust, bei mir ein Glas Eistee zu trinken?» fragte sie. «Ich mache ihn mit frischer Minze aus meinem Garten.»

«Gern, vielen Dank.» Peggy blickte zurück auf die dunklen Konturen ihres Hauses im Schatten der alten Eichen. «Es wird mir guttun, ein bißchen mit Ihnen zu plaudern.»

Jessie Traynham machte es ihr in einem Redwood-Sessel bequem, während sie ihr von Melisande, dem eigensinnigen Kaninchen, und von ihren Rosen erzählte. Auf der Veranda, umgeben von rosa Rosenbüschen, standen verschiedene Gartenstühle und ein Tisch mit einer Glasplatte unter einem gelben Sonnenschirm.

Nach wenigen Minuten kam das weiße Kaninchen und schlich sich an die Wasserschale, die im Schatten der Hecke stand.

«Ich hole nur eben schnell die Teekanne», sagte Jessie und verschwand durch die Verandatür mit den Scheibengardinen. Peggy ließ den Blick über den gepflegten Rasen schweifen und fragte sich, was ihre Nachbarin motivieren mochte: Schönheitsbedürfnis, Ordnungsliebe oder Langeweile? Das Ergebnis bot auf alle Fälle einen angenehmen Anblick: makellos gepflegte Blumenbeete mit Stiefmütterchen und Armeria umgaben das Rondell des ebenso makellosen Rasens, in dessen Mitte ein riesiger Magnolienbaum mit herrlichen weißen Blüten stand.

Nach wenigen Minuten kam Mrs. Traynham mit einer Kristallkaraffe und passenden Gläsern auf einem Silbertablett wieder. «Ich wollte ein paar Stücke Früchtekuchen mitbringen», sagte sie und steckte ein Büschel Minze an Peggys Glas, «aber Ihrer Figur nach zu urteilen sind Sie wohl keine Kuchenesserin.»

Peggy nippte an ihrem Glas. «Ich hab in der letzten Zeit kaum etwas gegessen», sagte sie leise.

Jessie Traynham schüttelte mißbilligend den Kopf. «Das geht nicht, Mädchen, Essen müssen Sie schon. Meinen Sie nicht, daß Wut produktiver ist als Angst?»

«Es ist nicht nur der Hund», sagte Peggy.

«Ich weiß.» Jessie Traynham stellte energisch ihr Glas auf den Tisch und lehnte sich im Sessel zurück. «Ich glaube, wir beide haben etwas gemeinsam.»

«Wir sind Nachbarn», sagte Peggy etwas ratlos.

«Das meinte ich nicht. Ich habe gehört, daß Ihr Hund auf eine Weise getötet wurde, die auf einen Zusammenhang mit Vietnam schließen läßt. Ist das richtig?»

«Ja. Und?»

«Nun, mir scheint, wir sind beide Opfer eines Krieges. Mein Mann war Wissenschaftler in Oak Ridge. Ich habe ihn im August '45 verlassen. Er hat es mir nie übelgenommen. Ich habe mich gefragt, ob es in Ihrem Falle anders ist.»

Peggy rieb ihre Finger gegen das kalte Teeglas. «Glauben Sie an Gespenster?» fragte sie.

Jessie Traynhams Stimme klang streng. «Nein, das tue ich

nicht. Und Sie auch nicht. Nun wollen wir doch einmal das Theatralische beiseite lassen und zur Sache kommen. Wer hat so viel Grund, Sie zu hassen?»

«Ich weiß nicht, ob Haß das richtige Wort ist», sagte Peggy zögernd. «Und außerdem ist es jetzt gleichgültig, denn er ist schon seit zwanzig Jahren tot.»

«Sind Sie sicher?» Die ältere Frau machte eine Geste zum Waldrand hin, an dem die Eiche stand, deren Rinde noch rostrote Flecken von Blondells Blut hatte.

«Ich war sicher. Ich hatte ein MIA-Armband mit seinem Namen. Missed In Action. Im Felde vermißt. Er war in Vietnam. Er ist nicht zurückgekommen.»

Jessie Traynham füllte die Gläser neu und zog ihren Sessel näher zu Peggy. «Sie müssen darüber Klarheit gewinnen», sagte sie sachlich. «Damit Sie wissen, was Sie dem Sheriff sagen.»

«Woher wissen Sie, daß ich es nicht schon getan habe?»

«Woher ich das weiß? Sie essen nicht. Sie sind nervös. Sie sind ausweichend.»

«Okay», seufzte Peggy. «Aber er hat nichts mit all den Verbrechen hier in der Gegend zu tun. Als ich noch im College war, sangen wir zusammen in Kaffeehäusern und auf Folk-Konzerten in der Gegend von Chapel Hill. In unserem ersten Jahr fuhren wir zur Union Grove Fiddlers Convention, wo jemand von einer Plattenfirma uns hörte. Er bot mir einen Vertrag an, aber nur als Solosängerin.»

«Aha. Und Sie haben akzeptiert.»

«Selbstverständlich.»

«In Ihrer Generation ist das selbstverständlich», sagte Mrs. Traynham grimmig. «Vielleicht ist es auch besser so.»

«Also, wir waren so gut wie verlobt, Travis Perdue aus East Tennessee und ich. Aber ich bastelte an meiner Karriere, und er ging zurück nach Carolina. Ich glaube, er gab sein Studium auf, oder er fiel beim Examen durch. Jedenfalls landete er in Vietnam. Er schrieb mir Briefe. Ab und zu schrieb ich zurück. Er war ziemlich verletzt, als wir uns trennten. Dann bekam ich irgendwann einen Brief von einem seiner Kameraden. Er war vermißt. Ich habe nie wieder etwas von ihm gehört.»

«Bis jetzt?»

«Ach, ich weiß nicht. Wie sollte er mich denn finden, selbst wenn er noch lebte.»

«Berühmte Leute sind nicht schwer ausfindig zu machen.»

«Mag sein. Aber ich kann mir nicht vorstellen, warum er sich nach all den Jahren an mir rächen will.»

«Wirklich nicht, meine Liebe? Vielleicht kann ich es Ihnen erklären. Sie sind Partner. Sie singen zusammen dieselben Lieder an denselben Orten. Vielleicht war das Duo sogar seine Idee?» Peggy nickte. «Sie werden entdeckt und er nicht. Sie lassen ihn sitzen. Beruflich wie privat. Ich nehme an, die Verlobung wurde aufgelöst?»

«Wir waren nie offiziell verlobt.»

«Sie erlangen Ruhm und Geld mit Ihrer Gesangskarriere. Er ist gezwungen, aus der Entfernung zuzusehen. Und aus welcher Entfernung! Er ist in einem Dschungel, wo er um sein Leben bangt. Schmutzig, krank, erschöpft... Ich finde, er hat ausreichend Grund, Sie zu hassen.»

«Er hat nichts damit zu tun», beharrte Peggy. «Sie wissen nicht, wie das ist, wenn man berühmt ist. Die Leute bilden sich ein, sie kennen einen. Ich sage Ihnen: Der Täter ist ein wildfremder Mensch. Wahrscheinlich ein Geistesgestörter.»

«Vielleicht haben Sie recht. Trotzdem kann es nicht schaden, dem Sheriff von Ihrem jungen Mann zu erzählen. Er kann Ihnen sicher einen Rat geben.»

Peggy lächelte bitter. «Die meisten Fehler in meinem Leben habe ich gemacht, indem ich dem Rat eines Mannes gefolgt bin. Lieber kaufe ich mir ein Gewehr.»

Jessie Traynham seufzte. «Wie sich die Zeiten geändert haben, seit Melanie auf den Stufen von Tara saß und wartete, bis Ashley aus dem Krieg heimkehrte.»

Peggy begegnete ihrem Blick mit Eiseskälte. «Wenn ich mich recht erinnere, hatte Ihre Melanie auch ein Gewehr – und sie wußte es zu benutzen.»

«Aber nicht gegen Ashley.»

«Ich habe auch nicht vor, es gegen Travis zu richten, Mrs. Traynham. Travis ist tot. Sie haben gesehen, was sie mit meinem Hund gemacht haben. Und jetzt ist ein junges Mädchen verschwunden.»

«Aus Hamelin? Wer?»

«Ich weiß es nicht. Und ich darf auch nicht darüber sprechen. Sie sah aus wie ich, als ich noch mit Travis zusammen war.»

Ein Schweigen legte sich um sie, um den sonnenbefleckten Garten und das Wäldchen hinter der Hecke. Melisande saß reglos in dem kurzen Gras und starrte auf das Spiel der Schatten.

«Nun gut», sagte die alte Frau unvermittelt. «Wenn Sie eine Waffe brauchen, sollen Sie sie haben. Mein Vater besaß ein Paar Pistolen, und ich habe sie in gutem Zustand gehalten, wie ich es auch mit meinem Silber tue. Es sind zwei Pistolen Kaliber .45. Sie sind ziemlich unpraktisch, aber für einen Nahkampf sind sie nicht schwer zu handhaben. Soll ich Ihnen eine leihen?»

«Ja, bitte.» Die beiden Frauen standen auf und gingen zusammen ins Haus.

Spencer brauchte nicht die vollen anderthalb Stunden, um sein Ziel zu erreichen, da der Tatort vor Knoxville lag. Auf der letzten Strecke der I-40 hatte er über Funk vom Sheriffsbüro eine genaue Beschreibung erhalten: eine Brücke an einer zweispurigen Asphaltstraße wenige Meilen südlich der I-40. An der Ausfahrt 407 verließ Spencer die vierspurige Autostraße nach Knoxville und folgte der Landstraße. Nach wenigen Minuten Fahrt durch Eichen- und Buchenwald setzte die innere Muzak in seinem Kopf wieder ein. Sie spielte ein altes Pat Boone-Lied, «Moody River», ein Lied von einem Mädchen, das sich ertränkte. Eigentlich kein Thema für Pat Boone, den Spencer als unbekümmerten Sunny Boy in Erinnerung hatte. Der Song war bei den Mädchen in seiner Klasse sehr beliebt gewesen: ein Liebestod kam ihrer morbiden Teenagerromantik sehr entgegen. Es mochte am Krieg liegen, daß die Jugendlichen damals alle einen Sinn für Melodrama entwickelten. Keiner von ihnen beging tatsächlich Selbstmord, außer Robert Laurie, aber sein Motiv war weniger eine unglückliche Liebe. Im Gegenteil: seine Freundin war von ihm schwanger, und er hatte Angst vor seinen strengen Eltern. Baptisten.

Abtreibungen waren damals noch illegal, und uneheliche Kinder waren nicht gang und gäbe, sondern galten als «dunkler Punkt». Das war heute alles anders. «Moody River». Ein junger Mann steht unter einer Eiche und starrt in den Fluß, in dem die Leiche des Mädchens dahintreibt. Darum also war ihm das Lied eingefallen. Die Zementbrücke tauchte vor ihm auf, daneben parkten zwei weiße Autos ohne Beschriftung – Detective, von Knox County – und ein Wagen der Mordkommission. Unter den Bäumen am Fluß stand ein Grüppchen Polizeibeamter. Spencer wußte aus Erfahrung, daß sie alle munter und fidel waren wie Pat Boone.

Er stellte sich dem stellvertretenden Sheriff von Knox County vor, der auf Wachposten stand, und ging am Flußufer entlang zum Spurensicherungsteam. Von weitem schon hörte er ihr Gelächter.

«Das ist der unappetitlichste Selbstmord meines Lebens», sagte einer.

«Ob es eine Französin war? Ein Tourist sah das Schild mit der Aufschrift ‹French Broad River›, folgte der Anweisung und warf sie hinein.» Wieherndes Gelächter.

Sie distanzierten sich von dem grausigen Geschehen, indem sie dumme Witze rissen. Spencer verstand die Reaktion gut, es war ihm selbst schon so gegangen, daher sagte er nichts. Er stellte sich dem zuständigen Untersuchungskommissar vor, einem grobknochigen Mann mit den Gesichtszügen eines Cherokee-Indianers und einer grimmigen Miene. Er war früher Polizist gewesen, und sein Name war Winnow Ross.

«Jaja, ich wußte, daß Sie unterwegs sind», sagte Ross und kniff die Augen zusammen. «Ihre Sekretärin sagt, Sie kennen die Leiche. Sind Sie unter die Hellseher gegangen, oder wie soll ich den Quatsch verstehen?»

«Wir wollen erst mal nachprüfen, ob ich mich nicht irre», sagte Spencer. «Ich habe ein Foto bei mir. Wer hat sie gefunden?»

«Touristen. Sie hielten den Wagen an, um die Felsen zu knipsen.» Er wies zu den steilen Klippen am nordwestlichen Ufer des Flusses hinüber. «Einer von ihnen lehnte sich hier über die

Brücke und sah die Leiche in den Untiefen. Der ist ausgeflippt. Klar.»

Sie gingen an den Fotografen und Beamten der Spurensicherung vorbei zu der Tragbahre, die etwas abseits vom Getümmel der Mordszene stand. Ross schlug die Decke zurück und öffnete den Leichensack bis zum Hals. Das wächserne Gesicht des jungen Mädchens war im Tode erstarrt, die langen, hellen Haare waren schlammverschmiert, der Mund hing offen. Über ihren Hals lief eine rote Linie.

«Den Rest werden Sie nicht sehen wollen, Mr. Arrowood», sagte der Detective.

Spencer schloß die Augen. «Ist der Körper aufgeschlitzt?»

«Jaja, wie ein geschlachtetes Reh.» Ross musterte ihn fast mißtrauisch. «Woher wissen Sie das alles?»

Spencer holte das Foto aus seiner Hemdtasche und reichte es dem Detective. «Ich werde bei der Untersuchung dabeisein müssen», sagte er. «Meine Vermutung hat sich bestätigt.»

«Okay», sagte der Kommissar. «Besprechen Sie alles Nähere mit Boyd.»

«Nur noch eins: sind an der Leiche eingeritzte Zeichen gefunden worden?»

«Mir scheint, Sie wissen mehr als wir», brummte er und zog den Sack wieder auf, gerade weit genug, damit Spencer die nackte Schulter des Mädchens sehen konnte, auf der sorgfältig ein Zeichen eingeschnitten war, offen und blutlos.

Schließlich saßen sie alle gemütlich bei *Peroulas*, einem Restaurant am Marktplatz in der Nähe des City-County Building. Sie hatten ein paar Stunden Spielraum, bis die Untersuchungskommission mit der Autopsie fertig war, und Ross fand, dies sei ein geeigneter Ort für eine Besprechung, zumal er noch nicht zu Mittag gegessen hatte.

Anwesend waren Spencer, die State Investigators Winnow Ross und Zee Boyd, und Fred Hall, ein Detective des Sheriffsbüros von Knox County. Bei Brathähnchen und Krautsalat nahm die Tragödie des ermordeten Mädchens mehr die Form einer theoretischen Denkaufgabe an. Da ihre eigene Sterblichkeit nicht unmittelbar in Frage gestellt war, konnten sie mit Ernst und in Ruhe darüber diskutieren.

«Also, ich sehe das so», sagte Spencer. «Über kurz oder lang werden Sie alle zu der Überzeugung kommen, daß die Sache in Wake County begonnen hat. Das Mädchen ist aus Hamelin, und ich habe Grund zu der Annahme, daß der Mörder mit der Gegend vertraut ist.» Damit holte er die Ansichtskarten hervor. «Fangen Sie ruhig schon an zu essen», sagte er. «Meine Ausführungen sind ziemlich langwierig.»

Er begann mit der neuen Einwohnerin von Hamelin, der berühmten Peggy Muryan, und berichtete von den Drohungen, die sie erhalten hatte. Er zeigte ihnen die Fotos von dem Hund, dann von dem Schaf, und er beschrieb ihnen das Zeichen, das am Hals des Hundes eingeritzt war. Er legte ihnen LeDonnes Theorie von dem Zusammenhang mit Vietnam dar. Schließlich zeigte er ihnen die Plattenhülle mit Peggys Foto und erklärte ihnen den Bezug der Liedtexte auf das Geschehen.

«Wir brauchen den Draht, mit dem der Hund erwürgt wurde», sagte Ross und biß herzhaft in einen Hähnchenschenkel.

«Wurde bei der Leiche auch ein Draht gefunden?»

«Nein. Aber wir könnten die Art der Verletzung vergleichen, falls die Leiche nicht zu sehr vom Wasser angegriffen ist, was nicht anzunehmen ist, da sie in den Untiefen lag. Fast wäre sie dort steckengeblieben.»

«Sie glauben also, die Leiche wurde von der Brücke geworfen?» fragte Spencer.

«Logisch», sagte Boyd. «Das hätte ich auch so gemacht.»

«Der Coroner kann uns sagen, ob sie schon tot war, als sie ins Wasser geworfen wurde», sagte Hall.

«Sie war tot», sagte Boyd. «Das Flußufer war nicht die Mordstätte. Das Auto des Mörders muß herrlich aussehen.»

«Gut», sagte Hall. «Dann brauchen wir nur noch einen Verdächtigen.»

«Den werden Sie drüben in meinem County zu suchen haben», sagte Spencer.

«Sie glauben also wirklich, diese Person wurde ermordet, weil sie Ihrer Sängerin ähnlich sah?» fragte Ross und stach mit seiner Gabel Löcher in die Luft.

«Ich glaube, diese Möglichkeit sollte in Erwägung gezogen werden», sagte Spencer vorsichtig.

«Dann weiß diese Sängerin vielleicht, wer es war?»

«Sie behauptet, keine Ahnung zu haben.»

Die beiden Untersuchungsbeamten wechselten einen Blick, der sagte: *Wir sind Profis. Er ist Politiker.* «Wir werden sie noch einmal fragen», sagte Ross.

«Ich habe meinen Deputy beauftragt, die Organisationen der Vietnam-Veteranen zu überprüfen», sagte Spencer.

«Das könnten wir in unserem County auch tun», sagte Fred Hall.

«Nachforschungen über die Sängerin?»

«Sind schon im Gange», sagte Spencer. Als er dabei zufällig aufsah, merkte er, wie jemand von einem benachbarten Tisch ihn neugierig anstarrte. Es war zu spät, so zu tun, als hätte er ihn nicht erkannt.

Chuck Winters, auch ein Politiker nach seiner Art, flüsterte seinen Tischgenossen etwas zu und schlenderte an Spencers Tisch. Sein gebräuntes Gesicht mit den markanten Zügen ließ an Nautilus-Trainingsmaschinen und Racquetballplätze denken.

«Hallo, Buddy!» sagte er mit einem Grinsen, das fast echt wirkte. «Was machst du denn hier in der großen Stadt?»

«Ich bin dienstlich hier», sagte Spencer, der spürte, daß den anderen die Störung unerwünscht war.

Er kannte Chuck Winters schon seit seiner Kindheit, ohne ihn jemals als Freund betrachtet zu haben. Seit den ersten Schultagen war es klar, daß Chuck sich auf eine Karriere als Jurist, Salonlöwe und Speichellecker vorbereitete. Er war immer in Eile, was ihm eine Aura von Wichtigkeit verlieh. Er begann jedes Gespräch mit «Ich kann nicht lange reden», und jede Begegnung mit ihm war ein hastiges Intermezzo zwischen zwei wichtigen Terminen. Er war immer unterwegs. Das mochte an seiner Erziehung liegen: seine Eltern hatten ihn ständig auf Trab gehalten mit Tennisstunden, Schwimmunterricht, Klavierstunden, Pfadfinderausflügen.

«Ich kann nicht lange reden», sagte Chuck und setzte sich rittlings auf einen Stuhl an dem leeren Tisch neben Spencers. «Ich habe gehört, wir haben bald ein Klassentreffen. Ich wollte dir nur schnell sagen, falls ich etwas tun kann –»

«Du kannst die Plakette überreichen», sagte Spencer. «Im Redenhalten bist du doch groß.»

Er hatte gehofft, Chuck würde ohne weiteres zustimmen, aber er hatte nicht mit dem angeborenen Mißtrauen des Juristen gerechnet.

«Plakette? Was für eine Plakette, Buddy?»

«Eine Gedenkplakette für die in Vietnam Gefallenen.»

Chucks Lächeln war wie weggewischt. «Das kann ich nicht», sagte er kopfschüttelnd. «Der Krieg hat auf mich persönlich keine große Wirkung gehabt. Ich hatte zuviel um die Ohren – mein Studium an der Dukes University, und – unsere Verbindung an der Uni hat gute Wohlfahrtsarbeit geleistet, aber – ich hatte Freunde auf beiden Seiten –» Spencers Miene verriet ihm, daß er nicht überzeugte. «Es ist verrückt», fuhr er leise fort. «Manchmal habe ich das Gefühl, etwas versäumt zu haben. Jedenfalls finde ich, die Plakette sollte von einem Veteranen präsentiert werden. Weiß Gott, die haben unseren vollen Respekt verdient. Aber wenn du einen Stipendienfonds für die Kinder der KIA * einrichten willst, spende ich tausend Dollar.»

«Mach du das doch, Chuck! Ein Stipendienfonds sollte wirklich von einem Juristen betreut werden, finde ich.»

Aber Chucks Aufmerksamkeit war schon irgendwo anders. Er sah zu seinem Tisch hinüber, wo das Geschirr abgeräumt und die Servietten zusammengefaltet wurden. «Du, ich muß weiter», sagte er hastig zu Spencer. «Entschuldige die Störung. Ich wollte nur schnell guten Tag sagen.»

Als er gegangen war, sagte Spencer: «Entschuldigen Sie bitte, daß ich dieses Arschloch kenne.»

«Schon gut», sagte Boyd. «Nur schade, daß er nicht verdächtig ist. Dann könnten wir ihn gleich festnehmen.»

Ross trank seinen Kaffee aus. «Okay», sagte er. «Ich glaube,

* KIA = Killed In Action = Gefallene

wir sind fertig hier, Sheriff. Lassen Sie uns die Ansichtskarten da. Werden sehen, ob das Labor etwas feststellen kann. Das ist alles für heute. Sie müssen ja noch die Eltern des Opfers verständigen. Oder ist das schon geschehen?»

«Nein», sagte Spencer. «Das wollte ich persönlich tun.»

«Klar. Dann tun Sie das, und wir kümmern uns um das, was hier in Knoxville erledigt werden muß. Irgendwann morgen können Sie uns dann in Hamelin erwarten.»

«Freu mich schon», sagte Spencer.

«Ich nicht», brummte Zee Boyd.

* * *

LIEBE PEGGY-O,
DU SCHREIBST MIR, WIE ERSCHÖPFT DU BIST UND WIE ANSTRENGEND ES IST, SÄNGERIN ZU SEIN, UND DASS ALL DIE NAMEN AUF DEN PLATTENHÜLLEN NICHTS ALS SCHALL UND RAUCH SIND, DASS DIESE LEUTE GANZ ALLTÄGLICH SIND UND NICHT DIE MYTHISCHEN GESTALTEN, FÜR DIE WIR SIE FRÜHER GEHALTEN HABEN. VIELLEICHT BIST DU SELBST EINE MYTHISCHE GESTALT, PRETTY PEGGY-O? ICH GLAUBE, DASS DU MICH NUR VERARSCHST, WEIL DU EIN SCHLECHTES GEWISSEN WEGEN MEINER NICHT GANZ SO LUXURIÖSEN UNTERKUNFT HAST.

ABER ERZÄHL MIR DOCH BITTE VON DEN GALADINERS IN DEN NOBELVILLEN, WO DU SICHER NUR KOLIBRIZUNGEN SPEIST ODER PARTISANEN UNTER GRAS, OH, ENTSCHULDIGE, WILL SAGEN: FASANEN UNTER GLAS. ERZÄHL MIR RUHIG VON DEINEM HIGH LIFE. ES IST EINE SCHÖNE ABWECHSLUNG FÜR MICH, ZUMAL ICH HIER NICHTS ALS GREUELGESCHICHTEN ZU HÖREN KRIEGE.

ICH SELBST HABE AUCH EINE ERLEBT. WILLST

DU SIE HÖREN? VIELLEICHT KANNST DU EIN LIED DARÜBER SCHREIBEN. UND DU REVANCHIERST DICH DANN MIT DEM KLATSCH UND TRATSCH AUS DEM SHOWGESCHÄFT. ABGEMACHT?

ALSO: WIR FUHREN SO ZUM SPASS MIT EINEM ORGANISIERTEN JEEP VOR DER KASERNE AUF UND AB, NATÜRLICH BEWAFFNET, DENN IM KRIEG GIBT ES KEINEN FREIEN NACHMITTAG. WIR WAREN ZU VIERT: ICH, MCKINNEY, SORENSON UND WIE-HEISST-ER-NOCH. WIR SPIELTEN TOURIST, DAS HEISST: WIR FOTOGRAFIERTEN DIE GRÜNEN BERGE UND DIE EXOTISCHE LANDSCHAFT UND DIE LEUTE MIT DEN ULKIGEN HÜTEN, DIE MIT IHREN WASSERBÜFFELN DURCH DIE GEGEND ZIEHEN. PLÖTZLICH SAHEN WIR EIN KLEINES MÄDCHEN. SIE WAR ZWÖLF ODER DREIZEHN. BEI DIESEN MÄDCHEN WEISS MAN NIE, WIE ALT SIE SIND. SIE SIND ALLE SO WINZIG. DIESE HATTE LANGE, SCHWARZE HAARE, UND SIE TRUG DEN ÜBLICHEN PYJAMAANZUG. IHR GESICHT WAR BRAUN UND SCHEU, WIE EIN REH... EIN UNGLÜCKLICHER VERGLEICH, WIE ICH SPÄTER MERKEN SOLLTE.

ALSO: SIE VERKAUFT REISWEIN.

MCKINNEY MUSS NATÜRLICH WELCHEN HABEN, WEIL DER SO UNGEFÄHR ALLES TRINKT, WAS NICHT AUS EINEM A – ’TSCHULDIGE, ICH WOLLTE NICHT VULGÄR WERDEN. ICH DARF DOCH DEN AUGENBLICK NICHT ENTWÜRDIGEN, DER MCKINNEYS LETZTER SEIN SOLLTE.

IN DER REISWEINFLASCHE WAR NÄMLICH EINE BOMBE VERSTECKT.

SORENSON UND ICH WAREN MIT DER KAMERA ZUGANGE. ICH POSIERTE MIT MEINEM GEWEHR AUF EINEM NAHEN FELSBLOCK, DIE BERGE ALS HINTERGRUND, À LA SERGEANT YORK, ALS ES HINTER UNS KNALLTE. UND WO GERADE NOCH

MCKINNEY UND WIE-HEISST-ER-NOCH STANDEN, LAG EIN HÄUFLEIN, DAS ICH GAR NICHT ANSCHAUEN MOCHTE.

UND UNSERE TINKERBELL RENNT WIE BESESSEN WEG.

UND ICH STEHE DA WIE EIN IDIOT MIT MEINEM GEWEHR, ALSO FIEL ES MIR ZU, SIE ZU ERSCHIESSEN. DAS HATTE ICH NOCH NIE GETAN, HÖCHSTENS HATTE ICH MAL EIN REH ERSCHOSSEN, ALS ICH FRÜHER ZU HAUSE MIT MEINEM VATER AUF JAGD GING, UM ZU BEWEISEN, DASS DER GUTE TRAVIS EIN RICHTIGER KERL IST. ABER DIESMAL WILL ICH ES NICHT TUN. DER ALTE HERR IST NICHT DA, IHN BRAUCHE ICH NICHT ZU BEEINDRUCKEN. AUSSERDEM FÄND ER ES WAHRSCHEINLICH UNFEIN, EIN KLEINES MÄDCHEN ZU ERSCHIESSEN. DARUM DENK ICH MIR, ICH WILL SIE NUR ANSCHIESSEN, DAMIT SIE NICHT ENTKOMMT. UND ICH LEGE AN, OHNE JEDE ABSICHT ZU TÖTEN, NUR WEIL ICH NUN MAL DIESES GEWEHR IN DER HAND HABE UND DIE FLÜCHTENDE AUFHALTEN MUSS. UND IN DER LETZTEN SEKUNDE, ALS ICH SCHON ABDRÜCKEN WILL, SAGT EINE STIMME IN MEINEM KOPF: «WOZU SIE AUFHALTEN? WAS SOLL DAS NÜTZEN? SOLL SIE SICH ETWA EINEN RECHTSANWALT NEHMEN?» ALSO ZIELTE ICH AUF IHREN NACKEN ODER EIN BISSCHEN HÖHER, DAMIT DIE KUGEL SIE DIREKT IN DEN KOPF TRIFFT.

ES KOMMT MIR JETZT VOR, ALS HÄTTE ICH ZWANZIG MINUTEN ZUM ZIELEN GEBRAUCHT, WÄHREND SIE RENNT UND RENNT UND MIT IHREN KLEINEN SANDALEN DEN STAUB HINTER SICH AUFWIRBELT, ALLES IN ZEITLUPE. ES KOMMT MIR VOR, ALS HÄTTE ICH DEN GANZEN NACHMITTAG GEHABT, UM ÜBER DIE PHYSISCHEN

UND MORALISCHEN FOLGEN MEINER TAT NACHZUDENKEN. IN WIRKLICHKEIT KÖNNEN ES NUR SEKUNDEN GEWESEN SEIN. WENIGE SEKUNDEN.

ES WAR WIE IN EINEM BRUTALEN SAM PECKINPAH-FILM, WO DIE LEUTE ALLE IN ZEITLUPE STERBEN, WIE IN EINEM BALLETT. ES DAUERTE EINE EWIGKEIT, BIS DAS KLEINE MÄDCHEN DIE ARME AUSBREITETE, WIE UM SICH IM FALLEN ABZUSTÜTZEN, UND SANFT ZU BODEN GLITT. DANN SETZTE DER NORMALE ZEITSINN WIEDER EIN. SORENSON UND ICH RANNTEN ZU IHR, ABER SIE WAR SCHON TOT.

KEINE GREUELTAT, SAGST DU? LEDIGLICH EINE UNANGENEHME, ABER NOTWENDIGE KRIEGSHANDLUNG? MAG SEIN. ABER ICH HATTE SIE ERSCHOSSEN, HATTE EINEN UNGESTILLTEN RACHEDURST WEGEN MCKINNEY UND... MCCARTHY! JETZT BIN ICH DOCH ENDLICH AUF SEINEN NAMEN GEKOMMEN. JAHH. MCKINNEY IST TOT UND MCCARTHY WEISS ES NICHT. MCCARTHY IST TOT UND MCKINNEY WEISS ES NICHT. BEIDE SIND TOT UND BEIDE SIND ROT, UND KEINER WEISS, DASS DER ANDERE IST TOT.

ALSO NAHM SORENSON SEIN MESSER UND SCHLITZTE SIE AUF WIE EIN REH, UND WIR HÄNGTEN SIE AN EINEM BAUM AUF ALS MAHNUNG FÜR DEN VIETCONG.

PEGGY, HAST DU SCHON JOHN WAYNE KENNENGELERNT? SAG IHM, ICH FINDE IHN GANZ TOLL IN SANDS OF IWO JIMA.

TRAVIS

11. Kapitel

I cheer a dead man's sweetheart,
Never ask me whose.
A. E. Housman

Die Rückfahrt nach Hamelin erschien ihm wie eine Ewigkeit. Endlos probte er alle Möglichkeiten durch, wie er den Winsteads die Nachricht vom Tode ihrer Tochter vermitteln könne. Eine tragische Botschaft zu überbringen war nicht der schlimmste Aspekt seines Berufs als Sheriff. Autounfälle brachten ihm diese zweifelhafte Ehre oft genug ein. Aber es war immer eine qualvolle Pflicht, und es war ihm nie gelungen, sie routinemäßig auszuüben. Nie wurde er das Gefühl los, daß er mitschuldig war.

Es war fast sieben Uhr, aber durch die Sommerzeit war es noch hell – ein nicht endenwollender Sommernachmittag. Spencer fand, Dunkelheit oder wenigstens Dämmerung würde besser zu seiner traurigen Aufgabe passen.

In der Nachbarschaft der Winsteads war es ein schöner Abend wie viele andere. Die Kinder spielten Korbball vor dem Haus, die Erwachsenen grillten Hamburgers im Garten oder sprengten den Rasen. Nur das Haus der Winsteads wirkte leer und leblos. die Gardinen waren zugezogen, wie um den leuchtenden Tag auszusperren.

Als Spencer den Streifenwagen in der Einfahrt parkte, hatte er das Gefühl, beobachtet zu werden, als ob sie hinter den geschlossenen Vorhängen lauerten, um an seiner Miene abzulesen, was er ihnen brachte, noch ehe er die Haustür erreichte. Die eigentliche Nachricht war dann nur noch eine Formalität, Einzelheiten einer Tatsache, die ihnen schon bekannt war.

Sein Gesicht war ernst, als er ausstieg. Sie verdienten diese Warnung, diese kurze Spanne der Vorbereitung. Er wollte sie nicht belügen, indem er ein falsches Lächeln aufsetzte.

Sobald er die Treppe erreichte, öffnete Debra Winstead die Tür. Sie strich das karierte Hemd glatt, das sie über verblichenen Jeans trug. «Treten Sie bitte ein», flüsterte sie mit flehendem Blick.

Er fragte sich oft, was dieser bittende Ausdruck bei den Leuten zu bedeuten hatte. Lügen Sie uns doch an? Sagen Sie nichts, dann ist auch nichts Schlimmes geschehen? Was sollte es nützen, den Boten umzustimmen?

Emory Winstead stand gegen das Kaminsims gelehnt. Er wirkte kampflustig, so als wolle er sagen: Okay, okay, ich nehme alles zurück. Sie ist nicht tot. Mit einer Geste forderte er Spencer auf, Platz zu nehmen. Der Sheriff schüttelte den Kopf. Was er zu sagen hatte, mußte im Stehen gesagt werden. Er wartete, bis Debra sich an ihren Mann herangeschlichen hatte.

«Es tut mir leid», sagte Spencer. «Wir haben sie gefunden.»

Emory Winstead musterte ihn mit zusammengekniffenen Augen, als verhöre er einen Verdächtigen. «Gefunden?» sagte er barsch. «Wo? Wo ist sie?»

«Möchten Sie sich nicht setzen, Sir?» erwiderte Spencer ruhig.

«Ich verlange Antworten auf meine Fragen.»

«Rosemarys Leiche wurde heute im French Broad River gefunden. Der Fall wird als Mord behandelt. Die Mordkommission hat mit den Untersuchungen begonnen. Die Leiche Ihrer Tochter befindet sich zur Zeit im Leichenhaus von Knox County. Sie brauchen sie nicht zu identifizieren, das habe ich schon getan. Wenn Sie sie in eine hiesige Leichenhalle überführen lassen wollen, kann ihre Leiche nach Hamelin zur Bestattung gebracht werden, sobald die Untersuchungskommission sie freigegeben hat.»

Es war ihm klar, daß sie die Fakten nicht alle auf einmal aufnehmen konnten, aber Spencer wollte wenigstens alles gesagt haben.

Die Mutter des Mädchens fing lautlos zu weinen an. Emory Winsteads Reaktion war aggressiv wie immer. «Wer hat es getan, Sheriff?»

Spencer sah weg. «Das wissen wir noch nicht. Wie gesagt, die Untersuchung hat erst begonnen.»

«Den bring ich eigenhändig um. Den knall ich ab wie einen Hund.»

«Es gibt sicher bessere Methoden, Ihren Schmerz zu bewältigen», sagte Spencer, und bei sich setzte er hinzu: oder Ihr Schuldgefühl.

Inzwischen war es acht Uhr und immer noch hell. Noch eines hatte Spencer zu erledigen, aber vorher mußte er LeDonne finden. Er rief im Büro an. Das Telefon war schon umgestellt, daher versuchte er ihn zu Hause zu erreichen.

LeDonne wohnte zwei Weiden hinter der Stadtgrenze in einem kleinen weißen Fachwerkhaus, das er gemietet hatte. Der Rasen war einigermaßen gepflegt, und die Hecke am Straßenrand war gestutzt, um den Autofahrern die Sicht in die Kurve nicht zu versperren. Davon abgesehen legte LeDonne offensichtlich keinen großen Wert auf seine Umgebung. Das verblichene Linoleum und der fleckige Anstrich waren jahrzehntealt. Das Mobiliar war spärlich und stammte offensichtlich aus Trödelläden. LeDonne hatte kaum je Besuch, und wenn, dann nicht auf Einladung.

Der Sheriff bog auf den Weg ab, der zum nächsten Bauernhof führte, und parkte neben LeDonnes Volkswagen. Sobald er die Wagentür zuschlug, fing LeDonnes Husky zu bellen an. LeDonne kam aus dem Haus und ging Spencer entgegen.

«'n Abend, Sheriff», sagte er. «Das sieht mir nach Überstunden aus.»

«Stimmt. Die Leiche in Knox County ist unser verschwundenes Mädchen. Die Jungs von der State Police kommen morgen früh.»

Er folgte LeDonne in den Hinterhof, wo zwei Gartenstühle unter einer Esche standen, deren rote Beeren die einzigen Farbtupfer auf dem sonst eintönigen großen Rasen waren.

«Willst du eine Pepsi?» fragte LeDonne.

«Nein, danke. Wir haben nicht viel Zeit zu verlieren. Wir müssen heute abend noch einmal mit Peggy Muryan reden, aber vorher wollte ich mit dir Informationen austauschen. Wie ging es denn heute?»

«Da gibt's nicht viel zu berichten», sagte LeDonne und setzte sich auf einen der Gartenstühle. Der weiße Hund legte sich neben ihn, gerade außer Reichweite. «Alderman Tyler war da. Er hat immer noch den Fimmel mit der Drogenbekämpfung. Jetzt will er, daß wir mit dem Helikopter das ganze County nach Marihuanafeldern absuchen.»

«Keine schlechte Idee», sagte Spencer. «Die Erntezeit steht vor der Tür. Bloß weil Tyler ein Heini ist, muß es nicht immer Unsinn sein, was er redet.»

«Natürlich nicht. Ich nehme aber doch an, daß der Mordfall Priorität hat. Soll ich an der Untersuchung teilnehmen?»

«Erst mal nur morgen. Dann sehen wir weiter», sagte Spencer. «Der Mord scheint mit den Drohungen gegen Peggy Muryan zusammenzuhängen, also besteht auch die Möglichkeit einer Verbindung zu Vietnam. Hast du etwas von den Veteranen erfahren können?»

«Nichts Genaues. Sie wollen ihre Akten überprüfen und uns dann Bescheid sagen. Was hast du in Knoxville erfahren?»

«Ich glaube, der Täter ist unser Tiermörder, Joe. Die Leiche war nackt und hatte auf der rechten Schulter Zeichen eingeritzt. Ich konnte nicht erkennen, was es genau war. Es scheint aber alles auf einen Rachefeldzug gegen unsere Sängerin hinzudeuten, und auf einen Zusammenhang mit Vietnam.» Er erzählte LeDonne von «The Knoxville Girl» und von der Ähnlichkeit des Fotos auf der Plattenhülle mit Rosemary Winstead. «Der Hund gehörte Peggy Muryan. Das Mädchen sieht aus wie Peggy Muryan», sagte Spencer. «Und das Schaf?»

«Vielleicht brauchte der Mörder noch eine Einspielrunde, ehe er sich an einen Menschen heranwagte», sagte LeDonne.

«Möglich. Jedenfalls finde ich, wir sollten Miss Muryan verständigen und versuchen, die ganze Wahrheit aus ihr herauszuholen.»

LeDonne zuckte die Achseln. «Wenn es wirklich ein Irrer ist, wird sie ihn nicht kennen.»

«Sie ist unser einziger Anhaltspunkt.»

«Okay», sagte LeDonne. «Ehe wir gehen, muß ich aber noch schnell Martha anrufen.»

«Martha? Wieso?»

LeDonne wich seinem Blick aus. «Ach, ich bin bei ihr zum Abendessen eingeladen.»

Spencer hatte Mühe, seine Überraschung zu verbergen. «Du ißt bei Martha zu Abend?»

«Nur wenn nichts dazwischenkommt.»

LeDonnes Gleichgültigkeit war kaum schmeichelhaft für seine Gastgeberin, aber Spencer hatte den starken Verdacht, daß sie gespielt war. Er schmunzelte innerlich bei der Vorstellung, wie Martha sich über diesen Durchbruch freuen mußte. Warum sollte er ihr einen Strich durch die Rechnung machen? Schließlich war LeDonne nicht im Dienst, und strenggenommen lag der Fall nicht einmal in seinem Zuständigkeitsbereich, sondern unterstand dem Tennessee Bureau of Investigation.

«Hör zu», sagte Spencer mit Nachdruck. «Ich bin sicher, daß ich mit einer neunzigpfündigen Sängerin auch ohne deine Unterstützung fertig werde. Und falls ich dich doch brauche, rufe ich dich bei Martha an. Also, ich würde mir das Angebot einer Gratismahlzeit nicht entgehen lassen.»

«Wie du meinst.»

«Dieses Verhör ist sowieso inoffiziell. Die Jungs vom TBI rollen den Fall morgen noch mal ganz von vorne auf. Ich wollte sie eigentlich nur darauf vorbereiten.» Und außerdem, dachte er bei sich, würde Martha mich umbringen, wenn ich ihr diese Chance versaue. Auf dem Weg zum Auto widerstand er der Versuchung, sich umzudrehen und den beiden Glück zu wünschen.

Er schlug die Autotür zu, aber ehe er noch die Stufen der runden Terrasse erreichte, sagte jemand aus dem Schatten der Bäume: «Wünschen Sie etwas?»

Es war Peggy Muryan, die mit der Gitarre in der Hand unter den Eichen im Garten neben dem Haus saß. Eigentlich konnte er in der Dämmerung nur ihre weiße Hose und den weißen Pullover ausmachen.

«Ich wollte gerade ins Haus gehen», sagte sie. «Es ist fast dunkel. Ich hatte so ein Gefühl, als wenn ich auf etwas wartete. Vielleicht sollte ich mir einen neuen Hund anschaffen. Als Schutz.»

Spencer zögerte. «Ja, vielleicht.»

Etwas in seiner Stimme ließ sie stutzen. «Sie haben schlechte Nachrichten.»

«Wollen wir ins Haus gehen?»

Sie schüttelte den Kopf. «Setzen Sie sich.» Sie deutete auf die schmiedeeiserne Bank unter der Rieseneiche und ließ sich neben ihm nieder. Während er sprach, klimperte sie leise auf der Gitarre.

«Ich will Sie nicht beunruhigen», begann er. «Wenn Sie einen Wachposten brauchen, stellen wir Ihnen gerne einen zur Verfügung. Vor allem aber möchte ich Ihnen raten, mir bei dieser Gelegenheit die volle Wahrheit zu sagen und nichts zurückzuhalten.»

«Sie haben sie gefunden.» Sie beugte sich über die Gitarre und lauschte dem Spiel der Saiten. «Das Knoxville Girl.»

«Ja. Genau, wie es im Lied steht. Und an der Schulter der Leiche war ein Zeichen eingeritzt, ähnlich dem am Hals Ihres Hundes.» Er hielt inne. Peggy spielte weiter. «Das TBI weiß von dem Zusammenhang mit Ihnen und wird Sie morgen verhören. Wenn Sie nicht kooperativ sind, werden Nachforschungen über Sie angestellt, bis wir alles von Ihnen wissen, einschließlich Ihrer Zahnpastamarke. Wenn Sie mir jetzt die Wahrheit sagen, können wir den Fall viel schneller aufklären. Hoffentlich sogar noch, ehe ein weiterer Mord verübt wird.»

Fast unmerklich war ihre Melodie in ein altes Lied von Bob Wills übergegangen: «Faded Love.»

«Ich will Ihnen die volle Wahrheit sagen», antwortete Peggy. «Und sie wird Ihnen überhaupt nichts nützen.»

«Wer ist es gewesen, Peggy?»

«Ich habe Ihnen einmal von meinem Gesangspartner erzählt. Früher, als wir noch im College waren. Travis Perdue.»

Spencer nickte. Der Name war ihm auch von der Rückseite der Plattenhülle her vertraut. «Sie haben diese Lieder mit ihm gesungen? ‹Little Margaret›? ‹The Knoxville Girl›?»

«Ja. Nachdem ich entdeckt wurde, hat die Plattenfirma ihn für die erste Platte noch als Vocal-Begleitung benutzt. Aber dann ließen sie ihn fallen.» Sie hielt die Finger gekrümmt über den Stahlsaiten. «Ich ließ ihn auch fallen. Wir waren so gut wie verlobt, damals in Carolina. Als sich mir noch keine anderen Möglichkeiten boten.»

«Er muß ja eine ziemliche Wut auf Sie haben.»

«Er ist nie darüber hinweggekommen», sagte sie. «Aber da er seit zwanzig Jahren tot ist, sehe ich nicht ein, warum ich es Ihnen überhaupt noch erzähle.»

«Tot?»

«Ja. Er ist in Vietnam gefallen, beziehungsweise vermißt worden. Es kommt auf dasselbe heraus. Er schrieb mir regelmäßig. Eines Tages kamen keine Briefe mehr. Später erfuhr ich dann, daß sein Flugzeug abgeschossen wurde. Ich habe nie wieder etwas von ihm gehört. Er schrieb seine Briefe mit der Schreibmaschine, in Großbuchstaben. Er behauptete, das sei schneller.»

«In Großbuchstaben... Wie die Ansichtskarten. Waren sie in seiner Handschrift?»

«Schwer zu sagen. Er tippte alles auf seiner tragbaren Schreibmaschine. Ich habe seine Handschrift ewig lange nicht gesehen. Er ist schon lange tot, wie ich sagte.»

«Scheinbar nicht. Erinnern Sie sich an seine Sozialversicherungsnummer?»

«Natürlich nicht! Nach zwanzig Jahren?»

«An seinen Geburtstag?»

«Irgendwann im Oktober. Am dritten, glaube ich. 1948. Warum?»

«Wenn wir seinen vollständigen Namen und sein Geburtsdatum haben, können wir ihn durch das Verteidigungsministerium suchen lassen. Wo kommt er her?»

«Aus Erwin, glaube ich», sagte sie beiläufig. «Seine Eltern sind umgezogen, als wir im College waren. Ich habe vergessen, wohin.»

«Ist das der Grund, warum Sie jetzt hier wohnen?»

Peggy überlegte. «Indirekt schon. Ich war einmal bei seinen Eltern zu Besuch. Er zeigte mir die Umgebung von Erwin, und wir kamen durch Hamelin. Als wir an diesem Haus vorbeikamen, sagte ich zu Travis: ‹Wenn wir erst reich und berühmt sind, kaufen wir dieses Haus.› Ich habe es nie vergessen können.»

«Er vielleicht auch nicht.»

Sie schüttelte den Kopf. «Ich sage Ihnen doch, daß er tot ist.»

«Ja, vielleicht. Das wird sich ja bald herausstellen», sagte

Spencer. «Haben Sie inzwischen weitere Drohungen erhalten? Telefonanrufe? Hat jemand versucht, ins Haus einzudringen?»

«Nein.»

«Gibt es jemanden, der eine Zeitlang bei Ihnen wohnen könnte? Eltern?»

«Mein Vater lebt noch, aber ich kann ihn damit nicht behelligen. Seine Gefühle für mich sind vergleichbar mit denen, die er seinem College-Basketballteam entgegenbringt: Er ist unheimlich stolz auf die Spieler und freut sich über ihre Erfolge, würde sie aber nie in sein Haus lassen oder sich mit ihnen unterhalten. Und mit mir hält er es ebenso. Er unterstützt alle meine Bemühungen, aber nur aus sicherer Entfernung.»

«Ich kann Ihnen einen Wachposten vors Haus stellen lassen.»

Sie lächelte. «Ich habe eine Einladung von meiner Nachbarin, Mrs. Traynham, mich jederzeit bei ihr einzuquartieren. Vielleicht mache ich davon Gebrauch.»

«Gut. Wie gesagt, die Untersuchungskommission wird Sie morgen besuchen. Ich sage Ihnen aber noch Bescheid, und vorher rufen wir Washington an. Sie hören morgen von mir, und übermorgen ist ja auch das Klassentreffen. Haben Sie noch Lust zu kommen?»

«Klar. Wo könnte ich sicherer sein als in einem Saal voller Leute?»

«Dann kann ich Sie also jetzt allein lassen?» Spencer stand auf.

Peggy nickte. «Ich rufe Sie an, falls es nötig wird.»

«Gut. Jetzt wissen wir wenigstens, wem wir auf der Spur sind. Das macht es uns viel leichter. Sie werden froh sein, daß Sie mir alles gesagt haben.»

Als er zum Auto ging, klimperte sie weiter auf ihrer Gitarre herum, als habe sie seinen Besuch schon vergessen. Aber ehe sie sich wieder ganz in ihr Spiel vertiefte, fiel ihr noch ein, daß sie ihm nicht alles gesagt hatte. Sie hatte ihm verschwiegen, daß sie eine Pistole besaß.

Niemand arbeitete länger als bis fünf Uhr im Büro der *Hamelin Record*, aber wenn man wie Spencer mit den Gepflogenheiten der Einwohner von Wake County vertraut war, wußte man, wo Jeff McCullough um diese Zeit zu finden war. Es war Mittwoch, also war er entweder auf einer Versammlung des Board of Education oder des County Board of Supervisors, je nachdem, welcher Mittwoch es war. In jedem Falle war er im Gerichtsgebäude, und da es fast neun Uhr war, mußte die Versammlung in wenigen Minuten vorbei sein.

Spencer parkte den Wagen auf dem Parkplatz hinter dem Gericht und trat unauffällig durch die Seitentür ein. Er hoffte, McCullough in der Eingangshalle abzufangen. Nicht daß er Peggy Muryan mißtraute, aber er wußte aus Erfahrung, daß jeder die Wahrheit frisiert, besonders wenn es gilt, ein Image zu wahren. Er mußte heute noch wissen, was McCullough über die Vergangenheit der Sängerin ausfindig gemacht hatte.

Spencer stand in der Tür zum Saal, während L. J. Harrelson die abschließenden Worte sprach. Der Sheriff hatte den Verdacht, daß L. J. um zehn Uhr zu Hause sein wollte, um sein Lieblingsprogramm am Fernsehen nicht zu verpassen, denn sein Engagement als Stadtvater ließ nach neun Uhr immer merklich nach.

Schließlich kamen die Abschiedsformalitäten in Gang, und die ersten Teilnehmer verließen den Saal, um dem Gedränge auf dem Parkplatz zu entgehen. Spencer erwischte McCullough, noch ehe er in der Herrentoilette verschwinden konnte.

«Herrgott, muß das jetzt sein?» flehte McCullough. «Ich halte schon seit zwanzig Minuten die Luft an.»

«Ich warte hier vor der Tür», sagte Spencer und lehnte sich gegen die Wand. Die vorübergehenden Ortspolitiker grüßte er mit einem Kopfnicken.

Der Reporter kam gerade rechtzeitig zurück, um ihn aus den Klauen von Theodore Nelson zu retten, der ihm einen Vortrag über das Thema Geschwindigkeitsbegrenzung hielt. Theodore, zweifellos weil er einen Strafzettel bekommen hatte, bestand darauf, das Limit in Wake County auf 45 Meilen per Stunde zu erhöhen. Der Sheriff nickte eifrig und tat interessiert. Er hatte gelernt, daß er damit besser fuhr, als wenn er auf jeden Fanatiker einging, der sich nur gern reden hörte.

«Bitte, Mr. Nelson», sagte McCullough mit einem breiten Lächeln, «ich habe mit dem Sheriff zu reden. Polizeiliche Angelegenheiten.» Er nahm Spencer beim Arm und steuerte ihn über die Hintertreppe nach draußen, noch ehe Nelson etwas erwidern konnte. «Glück gehabt, Sheriff. Ohne mich ständen Sie die ganze Nacht in dem Korridor.»

«Besten Dank. Haben Sie eine Minute Zeit?»

«Sie meinen: eine Stunde? Aber sicher doch. Wollen Sie mir eine Gardinenpredigt halten?»

«Nein. Aber einen Kaffee kann ich Ihnen anbieten. Kommen Sie bitte mit hinüber in mein Büro.»

«Ich wollte Sie morgen sowieso besuchen», sagte McCullough auf dem Weg zum Wagen. «Das Bestattungsinstitut hat mich angerufen. Sie wollen einen Nachruf auf Rosemary Winstead.»

«Die sind aber auf Draht. So schnell?»

«Das müssen sie schon. Ich habe auch keine Zeit zu verlieren. Nächste Woche muß ich eine Story darüber bringen. Können Sie mir etwas dazu sagen? Hat diese Peggy Muryan-Geschichte etwas damit zu tun?»

Spencer holte die Büroschlüssel aus der Hosentasche. «Unter uns? Ich glaube schon.»

Jeff McCullough suchte sich aus der Kollektion Kaffeebecher auf Marthas Arbeitstisch den saubersten aus. «Unter uns?» stöhnte er. «Ich bin Reporter, Sheriff. Ich stelle Ihnen doch diese Fragen nicht aus reinem Wissensdurst.»

Spencer schaufelte Kaffeepulver aus einer Dose in zwei Becher. «Es handelt sich hier um einen Mordfall.»

«Ich drucke dasselbe wie Knoxville», sagte McCullough. «Aber wenn Sie etwas Lokales hätten –»

«Interviewen Sie doch Rosemarys Freundinnen. Schreiben Sie, was für ein nettes Mädchen sie war.»

«Sie haben keine Anhaltspunkte?»

«Nichts, das ich in der *Record* lesen will», sagte Spencer. «Jedenfalls jetzt noch nicht. Was haben Sie über Peggy Muryan in Erfahrung gebracht?»

«Nichts Umwälzendes. Wollen sie die Kanne nicht ausspülen? Vielleicht müßte sie auch mal gescheuert werden.»

Spencer funkelte ihn an. «Ich weiß selber, wie man Kaffee macht. Nun schießen sie schon los.»

«Ich habe mit dem Menschen von National Public Radio gesprochen. Das ist der mit dem Musikprogramm für Folk und Country. Bill Adamson. Er sagt, Peggy Muryan sei eine recht gute Sängerin, obwohl nur mäßig erfolgreich. Bill sagt, Talent hat nicht viel mit Erfolg zu tun.»

Spencer kniff die Augen zusammen. «Vielleicht nicht für eine Rockband. Aber Peggy sang allein.»

«Ja, aber Bill meint, Talent allein genügt nicht, um in die Spitzenklasse zu kommen. Es hängt viel von Glück und Zufall ab, von dem Material und was das Publikum gerade braucht, und ob man einen geschickten Agenten hat. Joan Baez hatte eine schöne Stimme, aber sie war auch so etwas wie eine Schutzheilige der idealistischen Linken in den sechziger Jahren. Peggy Muryan war harmlos dagegen, sie hatte nicht die Anziehungskraft. Aber sie war nicht schlecht. Bill ist nicht sicher, ob sie Chancen für ein Comeback hat. Er hat massenhaft Leute, die als Gast in seinem Programm interviewt werden wollen. Sie können nicht ohne Scheinwerferlicht leben, und so werden sie zu Troubadours. Sie singen auf Jahrmärkten, in Cafés und auf Wohltätigkeitskonzerten für Mittelamerika, und sie verscherbeln Platten eigener Produktion. Es ist ein klägliches Dasein, aber wenigstens sind sie im Schaugeschäft. Wenn sie ein Jurastudium anfingen, müßten sie bald zugeben, daß sie erledigt sind.»

Spencer nickte. Peggy hatte ihm so ungefähr dasselbe erzählt, damals im *Parson's Table*. Er stellte einen Becher mit dampfendem Kaffee vor den Reporter. «Okay», sagte er. «Sie ist nicht reich. Hat sie Einfluß? Gibt es Gruppen, die Grund haben, sie zu hassen?»

«Bill sagt, daß geistige Umnachtung praktisch eine Voraussetzung für Musikerfans ist. Und wenn Sie's ihm nicht glauben, läßt er sie auf seinem Graceland-Gebetsteppich vor Elvis Presleys Schrein knien... Aber er sagt auch, daß Peggy nicht mit einem bestimmten Anliegen assoziiert wird. So politisch war sie nun auch wieder nicht, eher zu lasch. Er meint sogar, das habe ihrer Karriere in den sechziger Jahren geschadet, als es zum guten Ton gehörte, politisch engagiert zu sein. Er sagt, ihr fehle eine Spur Verwegenheit. Es würde ihr Comeback erheblich erleichtern.»

Der Sheriff und McCullough wechselten einen Blick. War es möglich, daß sie das alles in Szene gesetzt hatte, nur um der Publicity willen?

«Das glaube ich nicht», sagte der Reporter wie als Antwort auf die unausgesprochene Frage. «Sie hat in keiner Weise die Aufmerksamkeit der Öffentlichkeit auf sich gezogen. Ich kann mir nicht vorstellen, daß sie ein junges Mädchen umbringen läßt, nur wegen der Publicity. Wenn wir es mit einer satanistischen Rockband zu tun hätten, würde ich es nicht ausschließen. Aber die Folkies sind mit so etwas nicht zu gewinnen. Das schmeckt ja schon nach Manson, und sie wissen ja, welchen Eindruck das auf die Kommunekultur gemacht hat.»

«Stimmt. Aber was ist mit Peggy Muryans Privatleben? Was erzählt man sich über sie in der Welt des Showbusiness?» fragte Spencer.

McCullough nahm einen großen Schluck Kaffee und zog eine Grimasse. «Bill sagt, das Showbusiness ist wie eine Kleinstadt – Klatsch und Tratsch. Über Peggy wird gesagt, daß sie für ihre Musik lebt. Sie spielt nicht die große Schwester für Anfänger im Geschäft, sie gibt nicht allzu viele Wohltätigkeitskonzerte, es sei denn, es springt etwas für sie dabei heraus, und sie geht nicht auf Partys.»

«Hat Bill etwas von einem Gesangspartner gesagt?»

«Nein, wieso?»

«Ach, nichts», sagte Spencer.

«Vielleicht kann ich Ihnen weiterhelfen, wenn Sie mich einweihen?»

Spencer überlegte. Morgen übernahm das TBI den Fall, das bessere Ressourcen hat als er und McCullough zusammen. Aber er fand, Jeff habe eine Belohnung für seine Bemühungen verdient.

«Im College hat sie mit einem jungen Mann aus East Tennessee gesungen. Travis Perdue hieß er. Sie glaubt, er ist in Vietnam gefallen. Es könnte nicht schaden, der Sache nachzugehen.»

McCullough nickte nachdenklich. Er hatte von einem Zusammenhang mit Vietnam gehört. «Ich werde mich umhören», sagte er. «Woher in East Tennessee kommt er?»

«Erwin.»

Der Reporter pfiff leise durch die Zähne. «Das ist ja gar nicht weit von hier. Das kommt mir aber sehr verdächtig vor.»

«Genau. Wenn er noch lebt.»

«Mir scheint, es steckt mehr dahinter, als Sie mir sagen wollen?»

Spencer seufzte. «Vielleicht. Aber ich habe Sie gewarnt: Einem Toten nachzuspüren kann sehr zeitaufwendig sein.»

Joe LeDonne saß im vollständigen Dunkel auf der Veranda, reglos wie ein Stück Holz. Nur seine Hand, die auf dem Geländer lag, wurde vom Mondlicht beschienen.

«Ich habe früher die Zukunft aus den Handlinien deuten können», sagte Martha leise und hob ihre Hand hoch.

Nach einer kurzen Pause streckte LeDonne die Hand aus, fast wie zufällig, als habe er ihre Worte nicht gehört. Martha nahm sie sanft in die ihre und hielt sie schräg ins Mondlicht, um besser sehen zu können. Martha brauchte ihre ganze Willenskraft, ihn nicht in die Arme zu nehmen.

Er war um zwanzig nach acht gekommen und hatte nicht mehr gesagt, als daß Spencer aus Knoxville zurück und das Mädchen tot sei. Martha hatte das Thema gewechselt. Sie wollte keine Dienstgespräche mit ihm führen. Sie hatte den Tisch mit der Leinendecke ihrer Großmutter gedeckt, ein Brathähnchen und Biscuits serviert, sein Lieblingsgericht, und beim Essen gutgelaunt geplaudert. Er hatte kaum ein Wort gesagt, nur ab und zu gelächelt. Zum ersten Mal seit langer Zeit fand sie ihn weniger unruhig und hoffte, das könne ein Anfang für sie beide sein.

Martha untersuchte die feinen Linien in seinem Handteller. Sie hatte das meiste von dem bißchen vergessen, das sie einmal über die Handlesekunst gewußt hatte. Welche Linie war für den Kopf, welche für das Herz? Oder war es egal? Beide Linien waren sehr kurz. An eines erinnerte sie sich noch: die Bedeutung der winzigen Linien, die kreuz und quer über seine Handfläche gingen, als habe er in eine Tüte Rasierklingen gefaßt.

«Sie grübeln zuviel», sagte sie.

Joe schüttelte den Kopf. Seine Hand war kühl und angespannt, aber er zog sie nicht weg. Zart ließ sie ihren Zeigefinger darübergleiten. «Ich möchte dich so gern berühren», sagte sie weich.

«Soll ich die Beine breit machen?» Jetzt waren die Rasierklingen in seiner Stimme.

Sie schluckte schwer. «So habe ich es nicht gemeint – oder vielleicht doch. Wenn wir uns liebten, könnte ich mir wenigstens diese eine Stunde lang einbilden, dir nahe zu sein. Ich werde nie das Gefühl los, daß du gar nicht da bist. Ich meine, du redest und hörst zu, aber es ist, als wenn –»

«Als wenn ich in einem Wachhäuschen sitze? Und das wahre Ich ist in einem Gefängnishof, hinter einer drei Meter dicken Mauer?» Seine Stimme klang belustigt.

«Dann stimmt es also?»

«Mag sein. Aber es gibt keinen Eingang. Und selbst wenn es einen gäbe, würdest du da nicht hinein wollen. Ich bin es nicht wert. Es gibt Dinge in meinem Leben, die du nie verstehen wirst, Martha.»

«Ich habe es versucht. Ich habe ein paar Bücher gelesen, über Vietnam und alles...»

Er schüttelte den Kopf. «Ich kann nachts nicht schlafen. Ich halte es nicht lange in einem Job aus. Du brauchst Sicherheit, Geborgenheit. Bei mir findest du das nicht, Mädchen.»

«Du kommst mir so verlassen vor. Und ich hab dich so gern, daß es weh tut.» Sie drückte ihn zärtlich an sich und verbarg ihr Gesicht an seiner Schulter, denn das konnte sie ihm nicht ins Gesicht sagen. Sie spürte, wie seine Muskeln sich anspannten, wie seine Hand sie leicht am Rücken streifte, flüchtig, wie unabsichtlich.

Joe drückte seine Nase in ihr Haar. Ihr Duft erinnerte ihn daran, daß er eine Frau in den Armen hielt, nicht den jungen Soldaten, der im ersten Gefecht an einem Kopfschuß starb. Sein Gesicht war auch feucht gewesen, als es an der Schulter von Private LeDonne ruhte.

«Wenn du willst, kann ich dich ficken», sagte er über den Maschinengewehrlärm in seinem Kopf hinweg.

Sie sah zu ihm auf und nickte mit dem flehenden Ausdruck einer Kreatur, die von ihrem Leiden erlöst werden will.

* * *

LIEBE PEGGY,
ICH WOLLTE SCHON IMMER MIT DIR VON DER VERGANGENHEIT REDEN – UNSERER VERGANGENHEIT –, UND ICH HABE LANGE DARÜBER NACHGEDACHT, WARUM DAS SO IST. ICH FINDE ES ÜBRIGENS ABSURD, EINE ZEITFORM ALS VOLLENDETE VERGANGENHEIT ZU BEZEICHNEN, WAS MEINST DU? TROTZDEM WAR SIE TAUSENDMAL BESSER ALS DIE GEGENWART.

AN DIE ZUKUNFT DARF ICH GAR NICHT DENKEN. ICH HABE NÄMLICH EIN FORTUNE COOKIE GELESEN, UND ES IST MIR ZWISCHEN DEN FINGERN ZERBRÖSELT. ICH HABE JETZT DIE SEHR REALE MÖGLICHKEIT AKZEPTIERT, DASS ICH NICHT UNSTERBLICH BIN. DASS ES MEHR ALS EIN SENSATIONELLES SCHAUSPIEL IST, WENN MAN IN EINEM FLUGZEUG SITZT UND IN EINER SCHWARZEN RAUCHWOLKE ABSTÜRZT. MIT BEDAUERN MUSS ICH FESTSTELLEN, DASS ICH HÖCHSTWAHRSCHEINLICH NICHT AUS DEM KRIEG HEIMKEHRE. DIESE VORSTELLUNG MAG DICH BEKÜMMERN, ICH ABER HABE EINEN HEIDENSCHISS. ICH WOLLTE WEISE UND ABGEKLÄRT AUS MEINEM MILITÄRDIENST ZURÜCKKOMMEN, EIN NEUER JAMES JONES, UND AUS DEN SCHMERZLICHEN KRIEGSERFAHRUNGEN EIN LITERARISCHES WERK ENTSTEHEN LASSEN. DANN WÄRE ICH DAS WESENTLICHE ELEMENT GEWESEN, UND DER KRIEG NUR EIN INTERESSANTER HINTERGRUND. LEIDER BIN ICH ÜBER DIESEN EGOISTISCHEN STANDPUNKT HINAUSGEWACHSEN, UND DA ICH NUN SELBST

NICHT MEHR DARAN GLAUBE, IST ES AUCH NICHT MEHR WAHR. UND ICH WERDE STERBEN.

DU KANNST MICH JA IN DEINE LISTE TRAURIGER LIEDER AUFNEHMEN, EIN TRUE THOMAS, DER SEINER KÖNIGIN INS ELFENLAND FOLGTE UND NIE WIEDER GESEHEN WURDE. NUR – DIESER THOMAS WURDE NICHT NACH DISNEYLAND EINGELADEN. DIE KÖNIGIN IST OHNE IHN ABGEBRAUST. ICH BIN IM FALSCHEN LIED GELANDET. ICH UND SORENSON, WIR SITZEN HERUM UND IMPROVISIEREN MIT MEINER GITARRE ÜBER «OLLY-OLLY-OXEN FREE» UND BRUDERLIEBE... PLÖTZLICH MERKEN WIR, DASS WIR IN EINEM ANDEREN LIED SIND, UND JETZT SIND WIR DIE BÖSEN BUBEN.

POOR ELLEN SMITH... HOW WAS SHE FOUND? SHOT THROUGH THE HEART, LYING COLD ON THE GROUND.

ALS WIR BEIDE, PEG, DU UND ICH, DIESES LIED SANGEN, WAR ES NICHT MEHR ALS DAS: EIN LIED. SORENSON UND ICH HABEN ES GESUNGEN UND GEWEINT, UND DANN HABEN WIR UNS VOLLAUFEN LASSEN. ICH SEHE DAS KLEINE MÄDCHEN NOCH VOR MIR, WIE ES IN EINEM HÄUFCHEN AUF DEM GRAS LIEGT, MIT SEINEM KINDERGESICHT. SORENSON IST STÄNDIG BETRUNKEN, UND WEISS GOTT, ICH VERSUCHE ES AUCH, ABER IRGENDWIE SCHAFFE ICH ES NICHT. WOZU AUCH DIE REUE? DIESER KRIEG KRIEGT MICH AUCH.

FALLS ICH NICHT STERBE, WIRF DIESEN BRIEF WEG, DAMIT ICH NICHT DARAN ERINNERT WERDE, WAS FÜR EINE RÜHRSELIGE ROTZNASE ICH MIT ZWEIUNDZWANZIG WAR. DAS HEISST, FALLS ICH DICH JEMALS WIEDERSEHE.

IF EVER I RETURN, PRETTY PEGGY-O...

WAS ABER NICHT WAHRSCHEINLICH IST. ANFANGS HABE ICH VERSUCHT, AN MEINE ZUKUNFT ZU GLAUBEN. ICH HABE MIR EINGEREDET, DASS ICH IRGENDWANN DOCH NOCH LEBENDIG HIER HERAUSKOMME. ABER JETZT KOMMT MIR ALLES SO TOTAL UNWICHTIG UND UNWIRKLICH VOR. WELCHE MANNSCHAFT KOMMT NÄCHSTES JAHR INS BASKETBALL-ENDSPIEL? WERDEN WIR BEIDE, DU UND ICH, JEMALS WIEDER ZUSAMMEN SEIN? WIE VERBRINGE ICH MEINEN NÄCHSTEN GEBURTSTAG? WERDE ICH NOCH SKILAUFEN LERNEN? – ALLE DIESE FRAGEN GEHEN MICH NICHTS MEHR AN. ES IST, ALS WENN MAN DIE LOKALZEITUNG EINER FREMDEN STADT LIEST: LAUTER FAKTEN, KEINE GEFÜHLE. UND DAS MUSS BEDEUTEN, DASS ICH MICH LOSLÖSE. ICH BEREITE MICH AUF DEN ABGANG VOR.

WENN DU ALT BIST, VERSTEHST DU VIELLEICHT, WAS ES BEDEUTET, MIT DEM TOD BEKANNTSCHAFT ZU SCHLIESSEN, FLÜCHTIG ZUERST, EHE MAN SICH AUF EINE NÄHERE FREUNDSCHAFT EINLÄSST. VIELLEICHT IST ES BESSER, PLÖTZLICH ZU STERBEN, SOLANGE MAN NOCH AM LEBEN HÄNGT. HIER HEISST ES, GESPENSTER SIND LEUTE, DIE ZU SCHNELL GESTORBEN SIND, EHE SIE SICH AN DEN GEDANKEN GEWÖHNT HATTEN. ICH GLAUBE, BEI MIR IST DAS ANDERS: ICH BEWEGE MICH LANGSAM AUF DEN AUSGANG ZU, WIE JEMAND, DER AN EINEM SONNTAGNACHMITTAG EINE GROSSE GARTENPARTY VERLÄSST. ICH GEHE STILL FORT, UND KEINER MERKT, DASS ICH GEGANGEN BIN.

ES IST OKAY, WENN DU MICH VERGISST, PEG.

MANCHMAL VERGESSE ICH MICH SOGAR SELBST. MITTERNACHT... DIE LETZTE ZIGARETTE... DAS LETZTE GLAS... DER LETZTE BRIEF VON

TRAVIS PERDUE UND JACK DANIELS

12. Kapitel

If ever I return, Pretty Peggy-O,
If ever I return, Pretty Peggy-O,
If ever I return, all your cities I will burn,
Destroying all the ladies in the area-o.

«Fennario»

Am nächsten Tag sollte das Klassentreffen steigen.

Martha hatte die ganze Nacht kein Auge zugetan. Schon um Viertel nach sieben war sie im Büro, das an diesem Augustmorgen selbst zu dieser frühen Morgenstunde volles Sonnenlicht hatte. Martha trug einen khaki Rock und ein olivgrünes T-Shirt mit einem U-Ausschnitt. Sehr militärisch, fand sie, als sie sich auf der Toilette im Spiegel sah, während sie die Kaffeekanne mit Wasser füllte. Sie setzte sich an den Schreibtisch und wartete auf die Gurgelgeräusche aus der Kaffeemaschine. Sie ordnete die Bleistifte und überlegte, was sie sonst noch tun könne, ehe Joe kam. Sie begoß die Blumen und wischte mit einem feuchten Tuch über die Aktenschränke. Es war zwanzig vor acht, als ihr einfiel, das Telefon umzustellen. Sie wollte auch nicht gestört werden, sondern ihren eigenen Gedanken nachhängen, die sich hauptsächlich um LeDonne drehten und um den möglichen Trümmerhaufen, den er aus ihrem Leben machen konnte.

Gestern abend hatten sie nicht viel geredet. Nicht daß Joe jemals ein Mann vieler Worte war. Aber als Liebhaber war er zärtlicher, als sie es erwartet hatte. Und er hatte keine Sekunde ihre Anwesenheit vergessen. Oft kam es ihr nämlich vor, daß Männer im Bett so fixiert auf die weibliche Anatomie waren, daß sie vergaßen, daß sozusagen eine Person in dem Körper steckte. Martha hatte damit gerechnet, daß er zu dieser Kategorie gehörte, aber das war ein Irrtum, wenn er auch nicht direkt die Nacht mit Bettgeflüster und Liebesschwüren verbracht hatte. Kurz nach eins hatte er geflüstert, er müsse jetzt gehen. Sie wollte ihm Kaffee machen, aber er lehnte ab: morgen sei ein langer Tag.

Martha hatte versucht zu schlafen, aber ohne viel Erfolg. In ihren Gedanken hatte sie sich immer wieder jedes Wort und jede Geste vor Augen geführt, als könne sie so ergründen, was ihr Schicksal, ihre Zukunft mit ihm brachte.

Martha goß sich Kaffee in den angeschlagenen grünen Becher und trank einen kleinen Schluck. Er schmeckte bitter. Man sollte meinen, sie habe ihre Lektion in punkto Männer durch die Erfahrung mit Leon Jarvis gelernt. Oder mit den anderen Nieten, die sie in den Jahren nach ihm gezogen hatte. Man brauchte keine Handleserin zu sein, um zu wissen, daß LeDonne eine schlechte Zeitinvestition war. In ihrem Alter war es ein Luxus, sich in einen Mann zu verlieben, der von vornherein mit Problemen behaftet war. In letzter Zeit ertappte Martha sich dabei, Spiegel in grellem Tageslicht zu meiden. Die Falten waren nicht mehr zu übersehen. Wenn man auf die Vierzig zuging, mußte man sein Schäfchen ins Trockene bringen. Das bedeutete zumeist eine Heirat mit einem älteren Mann, verwitwet oder geschieden, der einem ein komfortables Heim bieten konnte, ein eigenes Auto, vor allem aber die Befreiung von dem Joch eines eintönigen Jobs. Einem Mann, der eine sympathische Lebensgefährtin suchte, die bereit war, Sex für ein angenehmes Leben einzuhandeln. Martha wußte, daß sie noch zehn Jahre Zeit hatte, ehe eine solche Entscheidung akut wurde, aber je eher sie mit der Suche anfing, um so besser. In einer Kleinstadt wie Hamelin war das Angebot klein. Und die aufgetakelten Weiber, denen die blanke Verzweiflung aus den Augen sah und die zuviel tranken, landeten meistens als Dauergäste im *Mockingbird Inn.* Martha hatte nicht die geringste Absicht, es ihnen gleichzutun.

Joe LeDonne war keine Lösung für ihre Probleme – außer daß sie ihr im Vergleich zu den seinen verschwindend klein vorkamen. Sie mußte damit rechnen, daß sie ihn als Pflegefall zu versorgen hatte, besonders wenn er diese Agent Orange-Krankheit aus Vietnam mitgebracht hatte, oder wenn er einen Nervenzusammenbruch bekam. Dann mußte sie für die Behandlungskosten aufkommen. Sie schüttelte den Kopf über ihre eigene Torheit. Da machte sie nach der ersten Nacht schon Pläne für eine Krankenversicherung!

Sie hoffte, LeDonne würde endlich kommen. Ein einziger Blick würde ihr Gewißheit verschaffen, ob es zwischen ihnen zu einer Beziehung kam oder nicht. Vorher brauchte sie sich nicht den Kopf zu zerbrechen. Außerdem hatte sie genug anderes am Hals. Morgen war Freitag, der erste Tag des Klassentreffens. Martha rechnete damit, den ganzen Tag mit Anrufen behelligt zu werden, wenn die Teilnehmer in der Stadt eintrudelten und ihr Büro als Anlaufstelle mißbrauchten. Außerdem hatte sie sich noch um tausend Kleinigkeiten zu kümmern: das Essen, die Blumen, die Namensschilder. Dieser verflixte Mordfall kam ihr höchst ungelegen. Sie konnte Spencer kaum um einen freien Tag bitten, wenn er die Landespolizei dahatte. Martha fing an, eine Besorgungsliste zu machen.

Es war wieder alles genau wie am Tag ihrer Abschlußfeier. Na ja, nicht ganz. Nach zwanzig Jahren konnte sie sich nicht so genau erinnern. Nur eines konnte sie nie vergessen: das weiße Netzkleid mit dem Ballettröckchen, das ihre Mutter ihr für den Abend gekauft hatte. Sie hatte unmöglich ausgesehen: Ihre langen, formlosen Beine ragten wie zwei Stelzen aus dem schneeballförmigen Rock hervor, und die knochigen Schultern und der dürre Hals stachen aus dem Oberteil. Das Ganze sah aus wie eine fette weiße Gans. Die Erinnerung an diesen Abend war ihr für immer getrübt durch dieses verhaßte Kleid, und sie hatte sich später oft gefragt, ob ihre Mutter sie absichtlich so häßlich gemacht hatte? Mit ihrer molligen Figur sah sie zehn Jahre älter aus. War sie neidisch auf Marthas Jugend? Auf ihre schlanke Figur? Sie mißgönnte ihr jedes Stück Kuchen, das sie ohne Sorge um Kalorien essen konnte. Martha wurde das Gefühl nicht los, daß ihre Mutter ihre Teenagerjahre hatte sabotieren wollen. Sie konnte nie vergessen, wie elegant Tyndall an dem Abend ausgesehen hatte, in einem zehenlangen Kleid aus smaragdgrüner Seide. Sie hatte keinen Tanz ausgelassen und war in den Armen der Footballhelden ihrer Klasse durch den Saal geschwebt wie Cinderella. Bis heute war sie sich nicht klar darüber, ob sie Tyndall mehr um ihre mühelose Schönheit beneidete oder um die Mutterliebe, die diese ermöglichte.

Und wie war der Ball wirklich gewesen? Es hatte den ganzen Abend nach English Leather und White Shoulders Cologne und nach eingeschmuggeltem Bier gerochen. Die «Prominenz» hatte wie immer ein Clübchen gebildet, gelacht und geplaudert. Sie waren an Bälle gewöhnt und gaben sich gewandt, bewegten sich mit der größten Selbstverständlichkeit. Sie tanzten nur untereinander, als sei sonst niemand da. Die anderen standen verlegen in dem mit Kreppapier ausgeschlagenen Saal herum und gaben sich Mühe, vergnügt auszusehen. Der Schülerball bildete den Höhepunkt ihres letzten Schuljahres, aber da sie nicht wußten, was von ihnen erwartet wurde, taten sie lieber gar nichts, als sich zu blamieren. Den Mädchen blieb sowieso nichts anderes übrig, als passiv zu sein, in Grüppchen herumzustehen und zu warten, bis sich ein Märtyrer opferte und sie zum Tanzen aufforderte. Es schien nicht oft vorzukommen. Also stand man herum und unterhielt sich mit den Freundinnen und tat so, als mache es einem nichts aus, daß man ein Mauerblümchen war. Martha hatte an jenem Abend Unmengen einer süßlichen Erdbeerbowle getrunken und mit Joyce Overton darüber diskutiert, welcher der beiden Männer von O. N. K. E. L. der unwiderstehlichste war: David McCallum oder Robert Vaughn. Aber sowohl Martha wie auch Joyce Overton hätten mit Freuden einen ganzen Saal voller O. N. K. E. L.-Agenten und anderer Filmstars gegen einen einzigen pickeligen Jüngling als Ballpartner eingetauscht.

Ob es den Jungen ebenso ging? Hatten sie in Wirklichkeit schreckliche Angst vor einer Zurückweisung, wenn sie sich am anderen Ende des Saals in den Ecken herumdrückten und so taten, als sei ihnen das Ganze zu läppisch? Martha wollte Spencer fragen, sobald er ins Büro kam, aber dann fiel ihr ein, daß Spencer nicht am Abschlußball teilgenommen hatte. Keiner wußte warum. Erst später wurde bekannt, daß er an dem Abend die Nachricht vom Tode seines Bruders Cal erhalten hatte. Martha hatte seine Abwesenheit damals kaum bemerkt. Ihre eigenen Qualen hatten alles andere als nichtig erscheinen lassen.

Morgen würde das anders sein. Wenn sie in den zwanzig Jahren seit der Schulentlassung nicht viel gelernt hatten, dann doch wenigstens das eine: Selbstschutz. Die meisten Ehemaligen der Klasse von '66 brachten ihre eigenen Partner mit, wie sie ihren Joe LeDonne. Niemand wollte sich sein Image versauen, alle kamen gewappnet mit Partnern, schicken Klamotten und einer sorgfältig frisierten Biographie. Und sie würden alle nett zueinander sein. Die Schule war Tortur genug gewesen.

Als Joe LeDonne endlich kam, hatte Martha acht Posten auf ihrer Liste. Sie gab vor, so darin vertieft zu sein, daß sie ihn nicht kommen hörte. Falls er jetzt nicht gleich mit ihr konfrontiert werden wollte, sollte er die Möglichkeit haben, sie zu ignorieren, ohne das Gesicht zu verlieren. Eifrig malte sie Sternchen vor einige Posten auf der Liste.

«Morgen», sagte LeDonne in seinem schleppenden Tonfall und zog sich einen Stuhl an ihren Schreibtisch.

Sie sah auf und lächelte. «Hi, Joe.»

«Ich hab dir was mitgebracht.» Er legte ein in Pergamentpapier gewickeltes Honigbrötchen auf den Schreibtisch. Es glänzte vor Zuckerguß und klebte an dem Papier wie eine Fliege im Spinnennetz.

Martha beäugte mißtrauisch das verderbliche Gebäck. «Du zuerst», sagte sie.

«Ich hab meins schon gegessen», sagte Joe und wippte auf dem Stuhl hin und zurück. «Aber vielen Dank für das Angebot.»

Martha legte den Kuli hin und sah ihn an. «Wie fühlst du dich?» fragte sie scheu.

Er zuckte die Achseln. «Ich hab einigermaßen geschlafen. Das ist bei mir viel. Und du?»

«Zuviel am Hals», sagte sie und tippte auf die Liste. «Das Klassentreffen.»

Er nickte. «Und heute kommt die Landespolizei. Die werden uns eine Weile auf Trab halten. Falls wir nächsten Dienstag abend nicht arbeiten müssen – hast du da schon etwas vor?»

«Nein», antwortete Martha und bereute sofort, daß sie nicht

wenigstens zum Schein ein bißchen gezögert hatte. Es saß ihr immer noch in den Knochen, sich wie ein Schulmädchen zu zieren.

«Ich muß nämlich nach Knoxville, und ich dachte, es sei vielleicht gut, wenn du mitkämst.» Er vermied es, sie direkt anzusehen. Seine Stimme war heiser, er schien aufgewühlt zu sein.

Martha wartete.

«Ich gehe zu einer Selbsthilfegruppe für Vietnam-Veteranen. Und für Leute, die mit ihnen umgehen müssen. Ich dachte, du hättest vielleicht Lust, mal mitzukommen. Ein paar andere Frauen kennenzulernen, die sich auskennen.»

Martha nickte bedächtig. «Ja. Natürlich. Ich komme mit.»

«Gut», sagte LeDonne. «Es wird bestimmt nicht – nicht leicht sein.»

«Ich weiß», sagte Martha.

Er stand auf und ging weg, als sei nichts gewesen, als habe das Gespräch nicht stattgefunden. Martha hörte ihn in Spencers Büro vor sich hin pfeifen, während er den Fotokopierer bediente. Langsam nahm sie das Honigbrötchen und löste es aus dem klebrigen Papier. Leicht angewidert biß sie ein kleines Stück ab.

Sally Howell parkte ihren weißen Mercury Lynx vorsichtig auf dem Parkplatz neben dem Sheriffsbüro. Sie durfte nicht zuviel Staub aufwirbeln, denn sie hatte keine Zeit, den Wagen vor dem Klassentreffen wieder waschen zu lassen. Vielleicht hätte ich mir Tom Howards BMW leihen sollen, dachte sie und schmunzelte bei dem Gedanken an seine Reaktion. Aber wozu gab es Klassentreffen, wenn nicht, um bei den ehemaligen Schulkameraden Eindruck zu schinden? Die Morgensonne brannte schon unbarmherzig. Sally brachte die Pappsonnenblende an der vorderen Windschutzscheibe an, so blieb es im Auto wenigstens einigermaßen kühl, bis sie zurückkam. Nicht daß sie vorhatte, lange zu bleiben. Nach zwanzig Jahren hatte sie mit Martha immer noch nicht viel zu reden. Sie hatte nichts gegen sie, nur gab es keine Berührungspunkte.

Sally nahm die Tonbänder und ihre Strohtasche, stieg aus und schloß sorgfältig den Wagen ab. Das hatte sie sich angewöhnt, seit sie in Knoxville wohnte. Auch daß sie zielstrebig über die Straße ging und immer einen geschärften Dosenöffner bei sich trug, mit dem sie sich notfalls zur Wehr setzen konnte. Sie trug elegante Schuhe mit flachen Absätzen – mit hohen Absätzen konnte man so schlecht wegrennen – und ein blaues Strandkleid, nicht zu kurz, nicht zu aufreizend. Knoxville war entfernungsmäßig nicht weit von Hamelin, aber bewußtseinsmäßig lagen Lichtjahre zwischen den beiden Orten. Während sie mit der Waffe an ihrer Schlüsselkette spielte, fiel ihr ein Gespräch mit Tyndall ein über das Thema: Wie man nein zu einem Jungen sagt. Damals hatten sie psychologische Einfühlung zu Hilfe genommen, heute brauchte man eine Pistole. Jetzt gab es sogar schon ein Therapiezentrum für Vergewaltigte an der Uni, und die meisten Frauen in Sallys Bekanntenkreis hatten Kurse in Selbstverteidigung genommen. Wo kamen die Verrückten alle her?

Auf der anderen Straßenseite saß auf einer Parkbank ein Ninja mit einem schwarzen Cape und aß einen Doughnut. Wo zum Teufel kamen die Irren alle her? Jetzt konnte man nicht einmal in einem verschlafenen Nest wie Hamelin seines Lebens sicher sein. Alle Radiosender der Umgebung hatten Meldungen über den Mord an Rosemary Winstead gebracht. Was für ein Mädchen mochte sie sein? Sally ertappte sich dabei, wie sie dachte: Wie hat sie diese Tat provoziert? Wie alle anderen, die die Nachricht gehört hatten. Wer das Opfer für sein Unglück verantwortlich macht, kann sich einreden, ihm könne so etwas nicht passieren. Darum bezeichneten ihre Studenten die Deutschen als dumm, wenn sie an der Uni Hitlers Aufstieg zur Macht durchnahm. Uns kann so etwas nicht passieren, sollte das wohl heißen. Sie warf einen letzten Blick zu dem Ninja hinüber, der sie von seiner schattigen Bank aus beobachtete, und beschleunigte ihre Schritte. Sie war nicht der Typ eines Opfers.

Als Sally das Büro des Sheriffs erreichte, war sie wieder mit ihren eigenen Anliegen beschäftigt, wie zum Beispiel das Klassentreffen. Sie klopfte an das Türglas und winkte Martha zu, die sie mit einer Geste aufforderte einzutreten.

«Ich störe doch nicht?» fragte Sally fast ehrfürchtig.

«Ach wo», sagte Martha. «Wir haben nie etwas zu tun hier. Ich beantworte nur das Telefon.»

«Nun, ich dachte, wegen – du weißt schon.»

«Wegen des Mordes?» Martha tat nonchalant, wie sie es bei den hartgesottenen Polizeileuten im Fernsehen beobachtet hatte. «Das ist nicht mehr unser Fall. Damit schlägt sich jetzt das Tennessee Bureau of Investigation herum.» Sie machte eine Kopfbewegung zu der geschlossenen Tür von Spencers Büro hin.

«Sind die alle da drin?» flüsterte Sally.

Martha nickte mit wichtiger Miene. «Ähä.»

«Hast du neue Informationen über den Fall, Martha? Ich weiß nur, was sie im Radio gesagt haben.» Sally sah sich mit unverhohlener Neugier um. Es roch nach Kaffee und Möbelpolitur. Martha mußte heute früh zur Arbeit gekommen sein.

Martha hatte nichts Neues über den Fall Winstead zu berichten. Selbst der Sheriff kannte das Ergebnis der Autopsie noch nicht. Aber sie wollte sich bei Sally Howell nicht bloßstellen. «Ich kann darüber noch nicht sprechen», sagte sie und wich ihrem Blick aus. «Vielleicht später.»

Sally runzelte die Stirn. Sie fuhr mit dem Finger über den glatten Rand ihres Dosenöffners. «Meinst du, wir sollten die Leute auf dem Klassentreffen warnen?» fragte sie.

«Nein», erwiderte Martha eine Spur zu hastig. Sie hielt einen Augenblick inne. «Sally, nun hör mal zu. Wir haben zwei tote Tiere und ein junges Mädchen, deren Leiche in der Nähe von Knoxville gefunden wurde. Das heißt doch noch lange nicht, daß wir die Mordmetropole der Südstaaten sind. Ich finde, wir sollten die Leute nicht unnötig in Aufregung versetzen.»

Sally nickte. «Du magst recht haben.» Sie langte in ihre Strohtasche und holte die Tonbänder heraus. «Ich hab jetzt die Musik fertig. Glaubst du, das reicht?»

Martha hob ein Band hoch und hielt es von sich weg, um die kleine Schrift lesen zu können. «Die laufen je eine Stunde, das macht vier. Das dürfte genügen. Besonders wenn Peggy Muryan kommt. Ich habe noch keine Gelegenheit gehabt, Spencer zu fragen», sagte sie mit einem Blick auf die geschlossene Tür.

Sally setzte sich auf den Besuchersessel und stützte die Ellbogen auf Marthas Schreibtisch. «Also, dann laß uns mal sehen, wer alles kommt.»

Martha zog ihre rote Mappe hervor und las die Liste vor. «Ray Elgin... Chuck Winters...»

«Ein Arzt und ein Rechtsanwalt. Klar, die kommen, um sich mit ihrem Erfolg zu brüsten.»

Martha verzog die Lippen. «Slater Phillips. Er arbeitet für einen Mindestlohn bei Texaco an der Tankstelle. Das dürfte deine Theorie widerlegen.»

Sally überlegte. «Slater Phillips... Der hat mich mal einen Eierkopf genannt. Ich weiß noch, wie ich mich deswegen auf der Toilette eingeschlossen und geheult habe. Er war zu der Zeit Co-Kapitän der Footballmannschaft. Erinnerst du dich noch an den Pullover mit den Schulinitialen? Julie Matthews hatte ihn die ganze Zeit an. Er ging ihr bis an die Knie. Sie sah aus wie eine Landstreicherin, aber wir waren so beeindruckt von diesem Statussymbol, daß es uns egal war.»

«Worauf willst du hinaus?» fragte Martha mit gerunzelter Stirn.

«Damals in der Schule war Slater Phillips so etwas wie ein Halbgott. Wir waren alle ganz weg von ihm, mit seiner Trophäe und seinem Auto und seiner coolen Art. Darum kommt er auch zum Klassentreffen. Daß er jetzt ein Niemand ist, fällt nicht ins Gewicht. Wir sind immer noch seine Fans – wenigstens die meisten. Tatsache ist, wir sind wahrscheinlich die einzigen Leute auf der Welt, die ihn toll finden. Das Klassentreffen ist eine ideale Gelegenheit für ihn, seine ruhmreiche Vergangenheit nachzuerleben.» Sally seufzte. «Eigentlich traurig, findest du nicht?»

«Sei nur froh, daß du nicht mit siebzehn eine Halbgöttin warst», sagte Martha. Sie fand, Sally sah fast noch aus wie ein Teenager, mit ihrer koboldhaften Frisur und den großen braunen Augen. Vielleicht brauchte man nicht erwachsen zu werden, wenn man nicht heiratete?

«Haben wir denn nun alles für morgen abend?» fragte Sally.

«Ich glaube schon. Das *John Sevier Motel* soll übers Wochenende ausgebucht sein. Das bedeutet, daß die Teilnehmer angekommen sind. Manche sind schon die ganze Woche hier. Letzten Sonntag sah ich Ray Elgin mit seiner Familie in der Kirche.»

«Und manche haben eine kurze Anfahrt», sagte Sally.

«Nicht viele aus unserer Klasse sind in Hamelin wohnen geblieben», sagte Martha. «Wer in Johnson City und Knoxville wohnt, könnte jeden Tag hereinfahren. Kommst du –»

«Nein, ich übernachte hier, für den Fall, daß ich gebraucht werde.»

«Danke», sagte Martha. «Bei Tyndall?»

«Nein, im *John Sevier Motel.* Bei Tyndall halte ich es nicht aus. Du weißt ja sicher von der Krankheit ihrer Mutter.»

«Ja.» Martha mußte daran denken, wie verhärmt Tyndall bei ihrem ersten Treffen ausgesehen hatte. «Wie geht es ihr denn?»

«Mrs. Johnson hat jetzt zu allem Überfluß eine Erkältung bekommen. Tyndall hatte gestern den Arzt da.»

«Ach? Nun, ich hoffe, daß es ihr bald bessergeht.»

«Nein», sagte Sally mit einem leichten Schaudern. «Wünsch ihr das nicht.»

«Was diese Stadt braucht, ist ein Schnellimbiß», sagte TBI-Inspektor Winnow Ross und betrachtete mißmutig die Nabs-Riegel neben seiner Kaffeetasse. Er sah erschöpft aus. Um sechs Uhr früh waren er und Boyd nach Wake County aufgebrochen. Sein grauer Anzug wirkte noch gepflegt und korrekt, aber sein Gesicht war schlaff und müde. Er unterdrückte ein Gähnen. Hilfssheriff Godwin unterdrückte ein Gähnen. Godwin hatte wie immer Nachtschicht gehabt, aber die Inspektoren wollten ihn bei der Konferenz dabeihaben. Er liebte seine Nachtarbeit, aber an diesem Morgen war der rotgesichtige ehemalige Footballer nicht für die Arbeit der Untersuchungskommission zu begeistern.

Spencer saß am Kopfende des Konferenztisches. Er stellte seinen Kaffeebecher hin. «Wir können ins Café gehen», schlug er vor. «Dort servieren sie ein gutes Frühstück.»

«Das Lokal da drüben? Da habe ich heute früh etwas Wahnwitziges gesehen.»

Spencer und LeDonne wechselten einen Blick. «Elvis?» fragte Spencer mit einer Unschuldsmiene.

«Was? Nein. Es war ein Schwachsinniger in einem Ninja-Kostüm. Fett genug für zwei Ninjas. Einen Elvis habt ihr also auch?»

«Nein», sagte Spencer. «Das ist derselbe. Er verkleidet sich gern.»

Zee Boyd blinzelte ihn unter gesenkten Lidern an. «Haben Sie ihn überprüfen lassen?»

«Er ist harmlos», sagte Godwin. «Der hängt schon jahrelang hier herum.»

Die Mienen der Inspektoren zeigten deutlich, daß die Angelegenheit damit nicht erledigt war, aber vorerst ging es wohl darum, was der Sheriff ihnen außerdem noch an Verdächtigen zu bieten hatte.

«Die Sache ist nämlich die», sagte Spencer. «Der gute Vernon ist kein Veteran. Und wir sind ziemlich sicher, daß der Täter ein Veteran sein muß. Ich habe Ihnen ja von den eingeritzten Zeichen berichtet.»

Wie auf Verabredung schob LeDonne eine Akte über den Tisch. «Das ist eine Liste der Veteranen in unserem County, einschließlich meiner Wenigkeit», sagte er. «Dazu Verhöre und Protokolle über die Besuche, die ich bei den Veteranenorganisationen in unserem Bezirk gemacht habe.»

Ross blätterte durch die Akte. «Wohnen hier in dieser Gegend Vietnamesen?»

«Nicht daß wir wüßten», sagte der Sheriff. «Das läßt sich aber leicht feststellen.»

«Okay, danke. Gibt es sonst noch etwas?»

Spencer nahm ein weiteres Papier zur Hand. «Das hier ist die Liste der Verhörten. Bekannte des Opfers. Ich glaube aber, daß Sie mit Ihren weiteren Nachforschungen bei Peggy Muryan anfangen sollten. Sie hat Drohungen bekommen, die mit dem Fall in engem Zusammenhang stehen.»

Boyd nickte. «Ja. Sie haben uns ja schon die Ansichtskarten gezeigt.» Der stämmige Inspektor in seinem billigen blauen Blazer und der roten Krawatte sah aus wie ein Ringkämpfer, der unter die Autoverkäufer gegangen war. «Ist da ein Bindeglied zwischen ihr und dem Opfer?»

«Nur die Ähnlichkeit», sagte Spencer.

Gordon gähnte und hielt sich mit der Faust den Mund zu. Dann ergriff er den Kaffeebecher. Spencer warf ihm einen mißbilligenden Blick zu und fuhr fort. «Sie weiß, von wem die Karten sind. Meint sie. Die Sache hat nur einen Haken.»

«Und der wäre?»

«Der Absender ist tot. In Vietnam gefallen.»

«Ach, tatsächlich?» sagte Boyd mit einem säuerlichen Lächeln.

«Jedenfalls behauptet sie das», sagte Spencer. «Zweifellos wird die Militärverwaltung sie eines Besseren belehren.»

Ross blätterte mit einem Ausdruck von Resignation in seinem Notizbuch. «Name des Verdächtigen?» sagte er lakonisch.

Als Ross und Boyd alle Einzelheiten aufgenommen hatten, die sie für relevant hielten, entspannten sie sich ein wenig und hörten auf, über den Kaffee zu meckern. Sie waren nun bereit, dem Sheriff ihre Ergebnisse mitzuteilen.

«Wir haben also hier den Autopsiebericht», sagte Boyd und nahm eine Mappe aus seiner Aktentasche. «Vielleicht wollen Sie sich den mal ansehen.»

Spencer überflog den Bericht. «Nicht schwanger», sagte er zu Joe LeDonne. «Der Tod trat ein, bevor das Opfer in den Fluß geworfen wurde... die Zeichen wurden nach Eintritt des Todes eingeschnitten.»

LeDonne blickte grimmig drein. «Was ist mit dem Zeichen auf ihrer Schulter?»

Spencer fuhr mit dem Finger über die Zeilen. «Hier. Rechte Schulter... zwei senkrechte Einschnitte. Parallel.»

«Wir haben Fotos davon», sagte Ross. «Schöne Nahaufnahmen.»

LeDonne zeichnete zwei parallele Linien auf seinen gelben Notizblock und starrte sie gedankenverloren an.

«Na? Sagt Ihnen das was?» schnarrte Ross.

Der Hilfssheriff sah auf. Er hob die Schultern. «Offiziersstreifen?»

Der Landesinspektor zeigte keine Reaktion. Lange Pausen gehörten wohl zu seinem Berufsgebaren. LeDonne erwiderte seinen Blick standhaft.

Spencer räusperte sich. «Nun», sagte er. «Es ist wohl zu früh, endgültige Schlüsse zu ziehen. Eine Frage habe ich jedoch noch bezüglich des Mädchens: Wann können wir sie wiederhaben? Ihre Eltern wollen es sicher von mir wissen.»

«Wir sind fertig mit ihr», sagte Boyd. «Sie können dem Bestattungsinstitut Bescheid geben, sie sollen sich mit Knox County wegen der Überführung in Verbindung setzen.»

Spencer reichte Winnow Ross die Autopsie. «Haben Sie sonst noch etwas darin gefunden?»

«Nicht viel», brummte Ross. «Wir sollten versuchen, dem toten Liebhaber dieser Sängerin auf die Spur zu kommen. Seine Eltern verhören et cetera. Wir melden uns dann wieder hier, ehe wir zurückfahren, falls neue Informationen eingehen.» Er stand auf, reckte sich und zog sich die rotgestreifte Krawatte zurecht.

«Soll ich mit zu Peggy Muryan kommen?» fragte Spencer. Die Inspektoren wechselten einen Blick. «Zeichnen sie uns nur auf, wo sie wohnt», sagte Boyd.

Sie trugen ihre Kaffeebecher zum Ausguß, packten ihre Akten zusammen und gingen.

Godwin gähnte. «Na, ich hoffe jedenfalls, sie können den Fall aufklären», sagte er unbekümmert. «Kann ich jetzt nach Hause, Sheriff?»

«Gehn sie ruhig», sagte Spencer. Von Godwin war nicht viel Hilfe zu erwarten. Er war gut im polizeilichen Alltag, darüber hinaus hatte er keine Ambitionen.

Joe LeDonne machte keine Anstalten aufzustehen. Er kritzelte scheinbar abwesend auf seinem Notizblock herum. Spencer hätte etwas darum gegeben zu wissen, wie der gestrige Abend verlaufen war, aber etwas in LeDonnes Haltung verbot ihm die Frage. Er wartete. Endlich blickte LeDonne auf. «Ich habe nichts sagen wollen, solange die hohen Tiere da waren», sagte er widerstrebend. «Aber ich glaube, die sind auf der falschen Spur.»

«Falschen Spur?»

«Der Mörder ist kein Veteran.»

Spencer setzte sich. LeDonnes Miene war todernst, nur in Anbetracht ihrer bisherigen Überlegungen und Ergebnisse ergaben seine Worte keinen Sinn.

«Du meinst, es besteht kein Zusammenhang mit Vietnam?» sagte Spencer ungläubig.

«Das habe ich nicht gesagt. Ich habe gesagt, ich bin nicht sicher, daß der Übeltäter ein Veteran war. Nur eines weiß ich mit Sicherheit: Er oder sie weiß verdammt gut über den Krieg in Vietnam Bescheid.»

«Und warum ist es jetzt deiner Meinung nach doch kein Veteran?»

LeDonne seufzte. Er haßte das viele Gerede. «Zum Teil, weil ich es in den Knochen spüre. Und zum Teil, weil die ganze Operation einfach zu abgeschmackt ist. So etwas tut man nicht spontan. Diese Taten sind nicht das Ergebnis von Wutausbrüchen, wie ein Veteran sie hat, wenn gewisse Erinnerungen ihn überwältigen.»

«Aber die Morde sind doch im Stil der Vietnam-Soldaten durchgeführt worden?»

«Fast. Aber normalerweise ließen die Soldaten ein Pikas als Visitenkarte beim Opfer zurück, weil es den Vietcong zur Raserei brachte. Aberglaube. Mir kam es schon bei dem Hund komisch vor, daß das Pikas fehlte.»

«Vielleicht hatte der Täter gerade kein Kartenspiel bei sich.»

«Okay. Dann wäre da aber noch die Sache mit den Einritzungen. Du magst dich erinnern, daß ich den Hundemörder für einen Veteranen hielt, weil er einen Blitzstrahl in das Fell eingeritzt hatte? Ich dachte, das müsse einer von der fünfundzwanzigsten Infanterie gewesen sein, der plötzlich ausgeflippt ist und nicht zufällig eine Spielkarte bei sich hatte. Das paßt zusammen.»

«Außer daß wir niemanden von der fünfundzwanzigsten Infanterie gefunden haben. Aber wart's ab, Ross und Boyd werden sicher –»

«Nein. Ich glaube, es steckt etwas ganz anderes dahinter. Weißt du, es ist alles so ungereimt. Zum Beispiel das tote Schaf –»

«Ja. Keine eingeritzten Insignien. Vielleicht hat es gar nichts damit zu tun?»

«Das dachte ich auch zuerst. Bis wir die Autopsie von Rosemary Winstead bekamen. Das Zeichen auf ihrer Schulter. Ich mußte wieder an Wayne Wylers totes Schaf denken. Jemand hatte ihm eine Ranke Poison Ivy um den Hals gewunden.»

«Ja. Das steht in deinem Bericht.»

«Poison Ivy steht für die vierte Infanterie, die den Spitznamen Ivy Division hat, wegen der Efeublätter in den Insignien. Dann finden sie die Leiche des Mädchens, und sie hat zwei parallele Linien auf der Schulter eingeritzt.»

«Und wessen Insignien sind das?»

«Das sind überhaupt keine Insignien. Aber das Zeichen hat mich auf etwas gebracht. Die elfte Infanterie hatte den Spitznamen Schlächterbrigade, nach My Lai. Das paßt. Zwei senkrechte Linien: die Nummer elf.»

«Und warum hast du das den Inspektoren nicht erzählt?»

«Weil sie so verdammt blasiert taten. Die hätten mich doch nur ausgelacht. Jedenfalls ist der langen Rede kurzer Sinn: Der Mörder geht alle Truppen durch. Wenn der Mörder ein Veteran wäre, würde er doch immer dasselbe Zeichen in die Haut seines Opfers schneiden, und zwar das seiner Truppe. Aber das hier sind einfach zu viele, es sei denn, der Täter ist General Westmoreland.»

«Und wenn es ein Zufall wäre? Wenn das Schaf Poison Ivy um den Hals hatte, könnten wir vielleicht herausfinden, wer in der letzten Zeit auf solche Hautreizungen behandelt wurde?»

LeDonne streckte beide Hände aus, die mit den rosigen Tupfern von Galmeilotion bedeckt waren. «Das Zeug kannst du in Johnson City in jedem Drugstore ohne Rezept kriegen», sagte er nachsichtig.

Zee Boyd bewunderte vom Autofenster aus die gepflegten Blumenbeete und ausgedehnten Rasenflächen vor den Villen an der Ashe Lane. «Was mich so ein Haus hier wohl kosten würde?» dachte er laut.

«Den Verstand», schnaubte Ross und hielt die Augen fest

auf den Straßenverkehr geheftet. Ross war mit seiner Wohnung in Knoxville mehr als zufrieden, mit ihren Stahlrohrmöbeln, Glastischen, der roten Vinylcouch und dem beigen Zottelteppich, den man nicht öfter als zweimal jährlich zu saugen brauchte. Er wohnte zehn Minuten von einem Pizzarestaurant mit Außer-Haus-Verkauf entfernt. Und er brauchte keinen Rasen zu mähen. Boyds Sehnsucht nach einer Vorortidylle ließ ihn kalt. Er wohnte mit seiner Frau in einem vernachlässigten Fachwerkhaus. Sie suchten ein schönes altes Haus zum Renovieren und verbrachten ihre Samstage in dem Antiquitätenlager am Zoo von Knoxville, wo sie alte Eichenmöbel zum Restaurieren kauften. Ross konnte so etwas nicht verstehen. Er wollte nichts im Haus haben, das man nicht mit Windex saubermachen konnte.

«Ein großes weißes Haus mit Säulen davor», sagte Boyd. «Das dürfte nicht schwer zu finden sein. Ich wüßte gern, ob sie es für unter hundert K gekauft hat.»

«Sie soll froh sein, wenn sie den Kasten für diese Summe heizen kann», brummte Ross. Hundert K! Boyd ging ihm mit seinem Computerjargon langsam auf die Nerven, aber er wollte jetzt nicht davon anfangen. Er las im Vorüberfahren die Nummern an den Postkästen. «Gleich sind wir da!» kündigte er an.

«Jesus!» flüsterte Boyd beim Anblick der weißen Prachtvilla, die aus dem dunklen Grün des Eichenlaubs schimmerte.

Winnow Ross war unbeeindruckt. «Schon das Benzin für den Rasenmäher würde Sie ein Vermögen kosten, Zee.»

«Warum der Sheriff wohl mitfahren wollte?» bemerkte Boyd, als sie in die Einfahrt bogen.

«Weiß der Teufel», sagte Ross. «Halten Sie nur Augen und Ohren offen. Und vergessen Sie nicht, daß viele Nobelvillen aus Drogengeldern finanziert werden. Und daß das halbe Schaugeschäft mit dem organisierten Verbrechen unter einer Decke steckt. Also: wenn sie Ihnen ein Glas Mintjulep anbietet, rate ich Ihnen, es mit großer Vorsicht zu genießen.»

Boyd nickte. Beim Aussteigen legte er den Kopf in den Nakken, um das gemeißelte Blattwerk am oberen Säulenrand zu begutachten. «Korinthisch», murmelte er andächtig.

«Was hoffentlich vor ‹Offenbarungen› kommt», sagte Ross und kicherte über seine Blödelei. Boyd inspizierte die Verandalampe mit dem schräggeschliffenen Glas, während Ross mit seinen fleischigen Fäusten gegen die schwere Eichentür hämmerte. «Wenn hier eingebrochen wird, sind Sie der Hauptverdächtige, Zee», warnte Ross.

Die dünnen Vorhänge im Wohnzimmerfenster wurden blitzschnell hochgehoben und wieder fallen gelassen. Als er den Schlüssel im Schloß hörte, zog Ross seine Polizeimarke hervor.

Peggy Muryan musterte die Herren kurz, dann sah sie an ihnen vorbei, als erwarte sie noch jemanden. Eine Sekunde später begegnete sie Ross' Augen und sagte mit schulmädchenhafter Korrektheit: «Ja, bitte, kann ich Ihnen helfen?»

Sie war auf uns vorbereitet, dachte Ross, der gelernt hatte, auf solche Dinge zu achten. Ihr Haar war adrett nach hinten gebürstet. Sie trug kleine goldene Ohrringe und hatte frisches Makeup aufgelegt. Mit geübtem Blick registrierte er die weißen Jeans und den Baumwollpulli mit dem indianischen Muster. Das sollte lässig und unvorbereitet wirken, aber so etwas trug man nicht, wenn man allein zu Hause herumgammelte. Hier hatten sie es mit einer Frau zu tun, die jeden Moment damit rechnen mußte, daß ein Reporter an ihre Tür klopfte. Eine Frau, die ein Image zu wahren hatte. Sie verwendete offensichtlich viel Mühe darauf, jünger auszusehen als sie war. Eine Joggerin, dachte er und grinste heimlich.

«TBI, Ma'am», sagte er höflich und ließ seine Marke im Sonnenlicht aufblitzen. «Wir möchten uns ein bißchen mit Ihnen unterhalten, wenn es Ihnen recht ist.»

Sie nahm die Polizeimarke in die Hand und prüfte sie gründlich. Ross ärgerte sich über den unnötigen Zeitaufwand, gleichzeitig aber bewunderte er ihre Klugheit, kein Risiko einzugehen. Ein Massenmörder – war es Bundy? – hatte sich eine gefälschte Polizeimarke gekauft, damit die Frauen ihn ins Haus ließen. Diese hier war schlauer. Sie trat stumm zur Seite, und die beiden Inspektoren folgten ihr ins Haus.

Im Sommer war der Treffpunkt der Jugend von Wake County das öffentliche Freibad, das am Ende eines Kiesweges am Fuße von Torch Mountain lag. Für zwei Dollar konnte man sich den ganzen Tag dort amüsieren. Ein Bademeister war im Preis inbegriffen, und am Kiosk konnte man sich für 50 Cent Soft Drinks und Süßigkeiten kaufen. Jedes Jahr hieß es, das Schwimmbad müsse wegen steigender Versicherungskosten geschlossen werden, aber bisher war es dem Stadtrat immer gelungen, die Prämien aufzutreiben. Solange niemand ertrank, konnte alles beim Alten bleiben.

In Jennifer Showalters Clique war niemand in Gefahr zu ertrinken. Für sie war das mundwasserblaue Schwimmbecken nichts weiter als ein dekorativer Hintergrund, vor dem sie auf ihrem Regenbogen bunter Badetücher Hof hielten. Jennifers rote lange Mähne bildete in der Mittagssonne einen brandroten Busch nasser Kringel, der gegen ihre goldgebräunte Haut und den weißen Bikini einen reizvollen Kontrast bildete. Das Badekostüm hatte harmlos genug ausgesehen, als es bei *Alexander's* schlicht und schmucklos auf dem Bügel hing. Wenigstens hatte es keine Pailletten und kein imitiertes Leopardenfell, wie manche Flittchen sich vielleicht gern präsentierten. An Jennifer Showalter ließ das gediegene Stück Spandex, dessen Träger sie effektvoll von den Schultern gestreift hatte, an die stroboskopische Beleuchtung eines Stripclubs denken oder an Pornofilme mit Titeln wie *Die Nymphe des Sultans*. Sie saß vornübergebeugt auf ihrem Badetuch, das Kinn auf ein Knie gestützt, und lackierte sich die Fußnägel scharlachrot. Sie war umringt von vier Freundinnen, die jede ihr eigenes Gefolge von Verehrern und dem unvermeidlichen Fußvolk mitgebracht hatten. Dawn Jessup, ein kleines, dunkelhaariges Mädchen in einem einteiligen grünen Badeanzug, lag auf dem Bauch neben dem Radiorecorder in der Größe eines Brotlaibs. Neben ihr saß Crystal Teague in einem gerüschten Badeanzug, der ihre ausladenden Hüften kaschieren sollte. Sie las in einem zerfledderten Paperback. Amy Barker und Debbie Pruitt lagen flach auf dem Bauch auf ihren Handtüchern, um gleichmäßig braun zu werden. Einige der beliebtesten Jungen saßen neben Jennifers Handtuch und ließen die Beine ins Wasser baumeln. Neben Crystals Decke saßen Pix-Kyle Weaver und sein Vetter Kevin im Gras, zwei magere Halbwüchsige ohne nennenswerten gesellschaftlichen Schliff. Sie wurden von den anderen mehr oder weniger geduldet. Kevin verhielt sich meistens unmöglich und wurde von der Gruppe ignoriert, und Pix-Kyle Weaver schien sich keinen Deut darum zu scheren, ob die anderen ihn links liegen ließen oder nicht.

Heute wollten alle nur über die Sensation des Tages sprechen: den Mord an Rosemary Winstead. Dafür konnte die Zahl der Teilnehmer nicht groß genug sein. Man konnte nie wissen, wer ein neues Informationshäppchen zur Ausschmückung der Tragödie beitragen mochte.

Dawns Radio verstummte. «Ruhe», zischte sie. «Nachrichten.»

Normalerweise, wenn der Rocksender seine dröhnende Musik vier Minuten lang unterbrach, um Nachrichten zu senden, plauderte das junge Volk weiter. Manche gingen zum Kiosk, um sich eine neue Cola zu kaufen. Heute saßen sie mäuschenstill und lauschten gebannt. Der Mord an Rosemary Winstead war Tagesgespräch.

«Arme Rosemary», sagte Dawn Jessup und rückte an ihrer Sonnenbrille.

«Ich wußte es als erste», sagte Jennifer. «Arrowood war bei uns zu Hause und wollte wissen, ob ich sie gesehen hatte.»

«Und? Hattest du?» fragte Crystal Teague und ließ ihr Buch mit dem Titel *Sweet Valley High* sinken.

Jennifer zuckte die Achseln. «Sie hatte mich angerufen. Sie wollte eine Nacht ausbleiben.» Sie steckte den Pinsel vorsichtig in die Nagellackflasche und schraubte den Verschluß zu. Dann schob sie die Sonnenbrille auf die Stirn hoch und blickte in die Runde ihrer Bewunderer am Rande des Beckens.

Jason Jordan, der Klassensprecher der Oberstufe, war empört. «Das klingt ja geradezu, als sei es ihre eigene Schuld gewesen, Jennifer!»

Sie lächelte maliziös. «Mein Vater sagt, meistens ist es auch so. Er sagt immer, wer nicht in Bars herumhängt, wird auch nicht auf dem Billardtisch vergewaltigt.»

«Rosemary war aber doch ein anständiges Mädchen», sagte Crystal Teague bekümmert. «Sie war weiß Gott kein leichtes Mädchen.»

Pix-Kyle Weaver grinste. «Im Gegensatz zu einigen Damen meiner Bekanntschaft.»

Jennifer warf ihm einen eiskalten Blick zu. «Du warst wohl ziemlich dick mit ihr befreundet, Pix-Kyle?»

«Man konnte ein vernünftiges Gespräch mit ihr führen», sagte er. «Und sie malte sich nicht die Zehennägel blutig.» Die Spitze hatte gesessen. Er tauchte kopfüber ins Wasser, daß es hoch aufspritzte und die Gruppe naß wurde.

Amy Barker sah ihm nach und schüttelte sich. «So ein Ekelpaket.»

Debbie Pruitt hob den Kopf kurz von der Decke und sagte: «Rosemary muß ihn nett gefunden haben.»

«Ja, sie hätte bei ihm bleiben sollen», sagte Jason bewegt. «Dann wäre dieser gräßliche Mord nie geschehen.»

«Vielleicht geht in Hamelin ein Mörder um, wie in den Teenage-Killerfilmen», sagte Kevin Sanford. Seine Hauptinteressen im Leben waren Horrorfilme, Geisterbahnen und ein Videospiel mit dem Titel *Time Pilot*.

Crystal Teague schüttelte den Kopf. «Ich finde das alles überhaupt nicht witzig», sagte sie in leidendem Ton.

«Hat Rosemary deinem Vetter erzählt, mit wem sie geht?» fragte Amy ihn, indem sie Crystals Kommentar ignorierte.

Kevin schüttelte den Kopf. «Er weiß nichts. Wir gehen aber alle zum Begräbnis. Ob sie den Sarg aufmachen, daß man mal hineinsehen kann? Vielleicht haben sie ihr den Hals zugenäht.»

«Hör jetzt sofort auf, Kevin», sagte Jennifer Showalter herrisch. «Es ist ein tragisches Ereignis, und wir müssen alle zum Begräbnis gehen und ihr die letzte Ehre erweisen.»

Die anderen nickten zustimmend.

«Weißt du schon, was du anziehst, Jennifer?» fragte Dawn.

Spencer aß schnell ein Sandwich an seinem Schreibtisch, während Martha ihre Mittagspause dazu benutzte, die letzten Erledigungen fürs Klassentreffen zu machen. Er arbeitete an seiner Ansprache für die Präsentierung der Gedenktafel, aber jedesmal, wenn er sich auf die Gefallenen von Vietnam konzentrieren wollte, mußte er an den Mordfall denken. Der Vietnam-Veteran, der ihn am meisten beschäftigte, war Travis Perdue. War er heimgekehrt? Wenn ja, wo war er? Und wer? Und wenn nicht: Wer hatte dann die Ansichtskarten geschrieben?

Es war eigentlich nicht seine Arbeit, dachte er und biß ein Stück trockenes Brot mit Thunfisch ab. Ein Sheriffsbüro mit nur drei Leuten brauchte sich normalerweise nicht mit richtigen Verbrechen abzugeben. Ihre Aufgabe war es, das Gültigkeitsdatum der Autosteuermarken zu überprüfen und zu verhindern, daß freitags abends in den Bars Blut floß. Hauptsächlich aber hatten sie durch ihre bloße Anwesenheit als Hüter des Gesetzes die Leute vom Vandalismus und dem Überschreiten der Geschwindigkeitsgrenze abzuschrecken. Das TBI hatte die Ressourcen, Kriminalfälle zu behandeln. Wenn es den Mordfall nach tagelanger routinemäßiger Polizeiarbeit in einem halben Dutzend Counties aufklärte, teilte es ihm das Ergebnis mit. Hilfe erwartete das TBI nicht von ihm.

Spencer nahm den Hörer auf und wählte die Zeitungsredaktion. Jeff McCullough saß im gleichen Boot wie er. Seine Bosse erwarteten von ihm einen schillernden Artikel mit lokalem Hintergrund, nachdem das *Knoxville Journal* die Fakten berichtet hatte. Spencer hatte das Telefon zwischen Kopf und Schulter geklemmt, lauschte gespannt auf das Läuten am anderen Ende der Leitung und hoffte, daß McCullough auch so verzweifelt nach einer Antwort auf seine Fragen suchte wie er.

«*Record*», sagte McCullough mit dem blechern näselnden Tonfall der Gebirgler.

«Spencer Arrowood hier. Haben Sie etwas herausgekriegt, Jeff? Ich hatte Ihnen einen Tip gegeben, Travis Perdue.»

Der Reporter lachte. «Ja, Sheriff. Habe ich. Eine ehemalige Schulfreundin von mir hat eine Stelle bei einer richtigen Zeitung in Washington gefunden, und ich habe sie gebeten, Nachforschungen über Travis Perdue anzustellen. Sie hat mich gerade zurückgerufen.»

Spencer strich den Satz «Wir, die Klasse von '66, widmen

diese Gedenktafel...» durch und schrieb «Travis Perdue» oben auf seinen Notizblock. «Dann schießen Sie mal los», sagte er.

McCullough seufzte. «Ich wünschte, wir hätten ein Fax-Gerät.»

«Ein was?»

«Das ist eine Kreuzung zwischen einem Fotokopierer und einem Fernschreiber. Man kann die Kopie eines Dokuments in einer Minute in alle Welt schicken. Carlas Büro hat natürlich eins, aber wir sind ja nur ein Käseblatt mit einem Mini-Etat. Wir können froh sein, daß wir einen Fotokopierer haben. Sie sollten das County bitten, eins fürs Sheriffsbüro anzuschaffen.»

«Das würde sich wohl kaum für uns lohnen», sagte Spencer. «Lesen Sie es mir einfach vor.»

«Okay. Am 17. März 1968 verließ Sgt. Travis Perdue (USAF) mit seiner Mannschaft die Ubon Air Force Base, Thailand, zu einem bewaffneten Aufklärungsflug über Nordvietnam. Anscheinend war er Dolmetscher. Nicht fließend. Er war von der Air Force ausgebildet worden.»

«Ja? Weiter!»

«Interessiert es Sie, warum er vom Flugzeug aus dolmetschte, statt Radiosendungen aus einer Hütte in den Bergen abzuhören?»

«Jetzt nicht. Später vielleicht. Was ist aus Travis Perdue geworden?»

«Den Berichten zufolge sichtete die Flugzeugmannschaft... zu dumm, ich kann meine eigene Handschrift nicht lesen, ist ja auch egal. Jedenfalls sahen sie etwas, das sie näher überprüfen wollten. Etwa eine Meile vom Flughafen Dien Bien Phu entfernt funkten sie ihren Abstieg. Das war das letzte. Alle Versuche, das Flugzeug über Funk zu erreichen, blieben erfolglos. Und da es feindliches Gelände war, wurde keine organisierte Suchaktion durchgeführt.»

«Er ist mit dem Flugzeug abgestürzt und tödlich verunglückt», sagte Spencer und malte ein Kreuz unter seine Notizen.

«Oder auch nicht», sagte McCullough. «Im Jahre 1975 wurde Travis Perdues Mutter von der Air Force gebeten, sich Fotos nicht identifizierter amerikanischer Kriegsgefangener anzusehen. Sie schwor, ihren Sohn wiederzuerkennen. Auch mehrere Onkel und Vettern bezeugten, daß der Mann auf einem der Fotos Travis Perdue war. Später aber wurde sie von der Air Force informiert, daß der Mann nicht ihr Sohn sei, sondern mit absoluter Sicherheit als jemand anders identifiziert worden war. Aus Gründen der Diskretion erfuhr sie nie die «wahre» Identität des Mannes im Foto oder wie es entstanden war. Wir wissen also weder, wo, wann oder unter welchen Umständen das Foto aufgenommen wurde, noch, wie es in den Besitz der Air Force kam.»

«Nun, wo immer Perdue auch ist – hier ist er nicht», sagte Spencer trocken.

«Es sei denn, er ist geflohen oder befreit worden, ohne daß jemand davon weiß. Seine Familie sah das Foto im Jahre '75. Da war es vielleicht schon ein paar Jahre alt.»

«Wo wohnen seine Angehörigen?»

«Seine Mutter wohnte früher in Erwin, aber dort steht sie nicht im Telefonbuch. Ich habe schon nachgesehen.»

«Haben Sie Fotos von ihm?» fragte Spencer.

«Ich fahre heute nachmittag nach Erwin. Dort werde ich wohl wenigstens ein Bild aus dem Jahrbuch der High School ergattern.»

Spencer seufzte. «Okay. Danke. Ich werde diese Information dem TBI weitergeben.»

«Sparen Sie sich die Mühe, Sheriff», feixte McCullough. «Das TBI-Hauptquartier hatte diese Info wahrscheinlich schon vor mir. Die haben nämlich ein Fax-Gerät, wissen Sie.»

Martha hatte die Gedenktafel in einer Gravierwerkstatt im Einkaufszentrum von Johnson City bestellt. In Wake County gab es dergleichen Geschäfte nicht, so hatte sie sich außerhalb um das günstigste Angebot bemüht. Sie mußte ihre Mittagspause überziehen, aber Spencer hatte nichts dagegen, da er sowieso im Büro war. Sie wollte sich vergewissern, daß die Tafel rechtzeitig fertig war und daß alle Namen korrekt geschrieben waren. Es war schlimm genug, in einem sinnlosen Krieg zu sterben, und an einem Ort, den kein Mensch auf der Landkarte finden konnte, ohne auch noch die Schmach eines falsch buchstabierten Namens auf der Gedenktafel erleiden zu müssen. Die Verkäuferin bei *Things Remembered* packte die fertige Tafel für Martha aus.

Es war eine hölzerne Tafel in Form eines Wappens, etwa 30 cm hoch, auf der eine Bronzeplatte befestigt war mit dem Text: DIE KLASSE VON 1966 DER HAMELIN HIGH SCHOOL WIDMET DIESE GEDENKTAFEL DEM ANDENKEN IHRER MITSCHÜLER, DIE IM KRIEG VON VIETNAM NACH TAPFEREM KAMPF DEN HELDENTOD GESTORBEN SIND.

Darunter waren die Namen der drei Gefallenen in Großbuchstaben eingraviert, zuerst Cal. Es war passend, daß Spencer die Ansprache hielt, ob es ihm behagte oder nicht. Martha fuhr mit den Fingerspitzen über die anderen zwei Namen: Michael Gibbs, der ein aufgeschossener, stiller Junge gewesen war, der seinem Hobby – Elektronik – mehr Zeit opferte als der Schule, und Steve Heyward, ein O-beiniger Bauernjunge, der für Martha geschwärmt hatte. Sein ständiges albernes Getue hatte sie genervt, und sie war gemein zu ihm gewesen. Als er fiel, hatte sie ein schlechtes Gewissen, weil er ihr so unsympathisch gewesen war. Bis auf den heutigen Tag hatte sie Schuldgefühle ihm gegenüber, konnte ihn aber trotzdem nicht leiden.

Sie bedankte sich bei der Verkäuferin und zahlte mit einem Scheck aus dem Klassentreffenfonds. Es war erst zwölf Uhr. Vielleicht hatte sie noch Zeit, sich bei *Penney's* ein paar Kleider anzusehen. Sie hatten immer etwas in ihrer Größe im Ausverkauf. Es war einer der wenigen Vorteile, die Martha in ihrem Leben genoß, teure Kleider billig einzukaufen, da sie ungewöhnlich schlank war.

Sie ging um den Rand des Spiegelbrunnens, dessen Boden fast ganz mit Münzen bedeckt war, als sie ihren Namen rufen hörte. Das war nicht besonders verwunderlich. Die halbe weibliche Bevölkerung von Wake County, besonders die älteren Damen, machten während der Woche die Einkaufszentren von Johnson City unsicher. Martha drehte sich um. Es war Georgia Barker in einem blaßblauen Hosenanzug aus Polyester. Sie trug einen Stofftiger auf den Armen. An einem Handgelenk hatte sie eine weiße Plastiktüte hängen, an dem anderen ihre Handtasche.

«Gehen Sie zurück zum Parkplatz?» fragte sie außer Atem. «Ich könnte nämlich Hilfe brauchen.»

«Das sehe ich», sagte Martha mit einem Blick auf den Tiger. Sie kannte Georgia Barker von der Kirche her. Martha klemmte sich den Tiger unter den Arm, und beide gingen sie auf die Rolltreppe zu. Es war sowieso schon spät, sagte sie sich. Sie mußte zurück zur Arbeit. Sie würde dann eben morgen einfach ihr weißes Leinenkleid anziehen.

«Der Tiger ist für Ashley Nicole, falls Sie es wissen wollen. Sie hat am Sonntag Geburtstag», sagte Georgia.

Martha nickte. Ashley war Georgias Enkelkind. «Wie geht es Kathy und Carlyle?» fragte sie mechanisch.

«Prima. Die kommen übers Wochenende alle zu Besuch. Und Sie haben Ihr Klassentreffen, stimmt's?»

«Morgen abend», bestätigte Martha und blinzelte in die grelle Sonne auf dem schattenlosen Parkplatz. Georgia Barker ging ihr voraus zum Wagen.

«Ich habe es in der Zeitung gelesen. In dem Artikel stand auch, daß Sie den Jungs von Vietnam eine Gedenktafel widmen wollen.»

«Genau. Ich habe sie gerade abgeholt.» Sie waren an Georgias Wagen angekommen. Georgia kramte den Schlüssel für den Kofferraum hervor, während Martha mit dem Tiger unter dem einen Arm mit der anderen Hand die Tafel aus der Plastiktüte zog.

Georgia Barker wickelte sie aus dem Papier und las über ihren Brillenrand die Inschrift. «Sie haben ein paar Namen vergessen», sagte sie ruhig.

«Welche?» fragte Martha.

«Ernie Weaver. Und meinen Sohn Gary.» Sie reichte Martha die Tafel zurück. Ihr Blick war hart.

«Nein», sagte Martha. «Diese Tafel ist nicht für Soldaten, die in Vietnam gekämpft haben, sondern für die Gefallenen. Ernie hat vor ein paar Jahren in Dark Hollow Selbstmord begangen, und Gary lebt doch noch.»

Georgia Barker holte tief Luft. «Gary ist in all den Jahren, seit er aus Vietnam zurück ist, in keinem Job länger als zehn Monate geblieben. Er trinkt zuviel. Er sagt, es sind die Nerven. Und Ernie Weaver war auch kaputt, als er zurückkam. Der gute Ernie hätte sich unter normalen Umständen niemals das Leben genommen. Wenn Sie eine Tafel wollen, auf denen alle Soldaten stehen, die in Vietnam gestorben sind, dann gehören die auch mit darauf. Das können Sie mir aber glauben.» Sie stieg ins Auto und knallte die Tür zu. Martha stand allein in der hellen Glut auf dem Parkplatz und starrte auf die amerikanische Flagge über dem Eingang. Sie überlegte, ob das Mädchen in der Gravierwerkstatt eine neue Tafel arbeiten konnte, während sie wartete. Die Inschrift müßte dann aber lauten: «Zum Andenken aller Soldaten, die in Vietnam gekämpft haben.»

13. Kapitel

This living hand, now warm and capable
Of earnest grasping, would, if it were cold
And in the icy silence of the tomb,
So haunt thy days and chill thy dreaming nights
That thou would wish thine own heart dry of blood
So in my veins red life might stream again,
And thou be conscience-calmed – see here it is –
I hold it towards you.

Keats

In der Dämmerung mischte sich der Duft der Rosen mit dem würzigen Geruch von frischgemähtem Gras. Jane Arrowood saß auf den Stufen ihrer Veranda und betrachtete den Himmel über der Ulme, der seine letzte Farbe in die Wolken ausblutete und langsam schwarz wurde. Aus dem Giebel fiel eine Fledermaus, fing sich im Fall und segelte in das grüne Dickicht der Wälder jenseits des Zauns. Die Grillen zirpten in dem Schweigen. Jane war froh, daß Spencer mit dem Mähen fertig war. Sie liebte die Abendstille.

Er war ins Haus gegangen, um zu duschen. Danach trank er wie immer genau drei Viertel von einem kalten Bier, und bis dahin waren dann auch die mit Vidaliazwiebeln gefüllten Schweinekoteletts gar. Die Stampfkartoffeln waren schon fertig. Jane hatte genug Zeit, die Tomaten in Scheiben zu schneiden und frischen Eistee zu machen, bis es Zeit zum Essen war. Genug Zeit, noch ein paar Minuten still im Dunkeln auf der Veranda zu sitzen.

Jane Arrowood lebte allein, seit ihr Mann vor elf Jahren gestorben war. Meistens machte es ihr nichts aus, allein zu sein, aber es war schön, Spencer regelmäßig zweimal in der Woche dazuhaben, das gab ihr die Illusion eines Familienlebens. Und mehr ist es auch nicht, dachte sie. Eine Illusion. Sie gingen höflich und nett miteinander um, aber sie und Spencer hatten schon vor vielen Jahren keinen inneren Kontakt mehr: der Faden war abgerissen. In letzter Zeit hatte er die Angewohnheit, auf ihre kleinen Sorgen und Nöte mit Lösungen zu antworten statt mit einem einfühlenden Wort. Genau wie sein Vater. Wenn sie zum Beispiel sagte: «Ich habe solche Rückenschmerzen», sagte er: «Nimm eine Aspirin.» Oder wenn sie sagte: «Was soll ich bloß mit dem alten Spiegel deiner Großmutter machen? Er ist viel zu groß fürs Wohnzimmer», war seine Antwort: «Verkauf ihn doch.»

Er löste alle Probleme der Welt mit einem lakonischen Satz. Warum gab er sich eigentlich mit dem Job eines Sheriffs zufrieden, dachte sie oft mit Bitterkeit. Da er auf alles eine Antwort wußte, sollte er doch die Welt regieren.

Jane seufzte. Es war eben die Art der Männer, für alles eine Lösung parat zu haben. Alles war entweder schwarz oder weiß. Je älter sie wurde, um so mehr sah sie die Vielschichtigkeit in allem. Sie wollte den Dingen auf den Grund gehen. Sie wollte begreifen, warum und wie sie geschahen. Männer wollten für alles eine Lösung finden. Sie liebte die Zwischentöne. Vielleicht lag es daran, daß sie nie viel Macht gehabt hatte, noch die Neigung, Einfluß auf das Geschehen in der Welt zu nehmen. Nach einem Jahr in der Haushaltsschule hatte sie Hank Arrowood geheiratet, und außer ihrem Posten als Sekretärin der Sonntagsschule hatte sie nie Verantwortung zu tragen brauchen. Hank hatte sich um alles gekümmert: Steuern, Finanzen, Hausreparaturen, Autos.

Als er starb, war Spencer Veteran und hatte sein Studium abgeschlossen. Er hatte automatisch die Funktion seines Vaters bei ihr übernommen: den Rasen zu mähen und die Finanzen zu regeln. Manchmal fragte sie sich, ob die Männer in ihrer Familie sie für blöd hielten. Vielleicht wußten sie wirklich nicht, daß es außer ihren eigenen Fähigkeiten noch andere Formen der Weisheit gab.

Es stimmte, daß Jane sich nicht für Autovergaser und Kautionsurkunden interessierte. Ihre Aufgabe war es immer gewesen, den Wünschen ihrer Familie zuvorzukommen und für häusliche Harmonie zu sorgen, wie es in der Präambel der Konstitution verankert war. Die hatte sie damals bei Miss Yopp im Staatsbürgerkundeunterricht auswendig lernen müssen. Damals wurde von den jungen Mädchen in der Schule erwartet, daß sie gute Noten hatten und dann ihre geistigen Fähigkeiten für immer brachliegen ließen. Niemand schien darin einen Widerspruch zu sehen. Jane Arrowood, die Hausfrau, war Philosophin und Diplomatin im Kleinstformat.

Nun, da sie alt genug war, einen besseren Durchblick für das Geschäft des Lebens zu haben, kam ihr das Leben vor wie ein Feld wuchernder Kudzuranken, deren Wurzeln sich unter der Oberfläche endlos in alle Richtungen ausbreiten. Sie wollte die Wurzeln ausgraben und sie untersuchen, um die verborgenen Zusammenhänge zwischen Menschen und Geschehnissen zu ergründen. Sie wollte überhaupt keinen Einfluß, keine Kontrolle darüber haben, wie es bei den Männern der Fall war. Sie war damit zufrieden, zu wissen und zu verstehen.

Wie zum Beispiel der Mordfall, über den Spencer nicht zu sprechen bereit war. «Den kriegen wir schon», war seine Reaktion. Wenn sie den Mörder dann fanden, würde es sie interessieren, warum er es getan hatte, ob er eine problematische Kindheit gehabt hatte, ob seine Familie zu Gewalttätigkeiten neigte, ob das ermordete Mädchen seiner Mutter ähnlich sah oder ob er am Tag vor dem Mord einen Horrorfilm gesehen hatte. Spencer waren diese Einzelheiten gleichgültig. Motive waren Sache des Bezirksstaatsanwalts.

Spencer sprach auch ungern über das Klassentreffen, aber

auch das interessierte sie brennend. Sie kannte seine Schulkameraden besser als alle anderen Personen in Spencers Leben. Sie hätte gern gewußt, wie es ihnen ergangen war, ob sie noch miteinander befreundet waren. Jenny würde wohl nicht kommen. Sie waren beide zu stolz, eine Begegnung zu riskieren. Sie wollten sich nichts vergeben, das war wohl bei jungen Menschen so üblich. Und sie waren noch nicht alt genug zu wissen, wie kostbar die Bekanntschaft eines Menschen war, der einen in der Jugend gekannt hatte. Sie waren noch zu jung, sich als Generation gegen die jungen Fremdlinge zu verbünden, die als Ärzte und Juristen und Kongreßabgeordnete das Sagen hatten.

Jane litt nicht unter dem Alter an sich, abgesehen von der Sorge um ihre Gesundheit, besonders wenn sie daran dachte, von entfernten Familienmitgliedern abhängig zu werden. Wenn ihre gesamte Generation wieder fünfundzwanzig sein könnte, ja, dann wäre sie wohl gern wieder jung. Aber allein wollte sie nicht ins feindliche Lager der Jugend gehen und gezwungen sein, ihre Musik, ihre Kleidung und ihre Politik zu akzeptieren.

Vielleicht stammte Spencers Unbehagen bezüglich des Klassentreffens zum Teil von seiner Einsicht, daß auch er schon zum alten Eisen gehörte. Die Schule war lange nicht mehr seine Welt. Sie waren alle nicht mehr achtzehn. Spencer sah noch recht jung aus – Blonde werden nicht so schnell grau. Aber beim Zeitunglesen brauchte er jetzt schon eine Brille, und die Adern auf seinen Händen wurden allmählich dicker. Jane kannte die ersten Anzeichen des Alterns, und die Trauer um den Selbstverlust, die damit einsetzte.

Sie versuchte, sich ihren anderen Sohn, Cal, als Mann in mittleren Jahren vorzustellen, aber es wollte nicht gelingen. Cal war immer ein flegelhafter Junge gewesen, er wäre nie ein reifer Mann geworden, auch wenn er noch lebte. Spencer wußte, daß sie noch um ihn trauerte, nur mißverstand er die Gründe. Wie alles andere, nahm er auch das persönlich. Tatsächlich hatte ihre Trauer weder mit Spencer etwas zu tun noch mit dem jungen toten Soldaten. Sie trauerte nicht um den dreisten Jüngling, dessen Zukunft bestenfalls mittelmäßig ausgefallen wäre, sondern um den unwiederbringlichen Verlust ihres kleinen, blonden erstgeborenen Babys. Diesen Cal hatte sie verloren, lange bevor er in einem Gefecht in Südostasien fiel, und durch seinen Tod war nun jede Möglichkeit ausgelöscht, ihn wenigstens sekundenlang in der Erinnerung wiederzuerleben. Ihr Mann hätte vielleicht um die Zukunft getrauert, die Cal nie erleben durfte. Sie aber liebte den kleinen Jungen, der nie starb. Die Tatsache, daß Spencer doppelt soviel wert war wie er, spielte dabei keine Rolle.

«Mutter, bist du da draußen?» Er stand an der Fliegentür und rief nach draußen ins Halbdunkel.

«Ja, Junge», sagte sie und stand mühsam auf. «Ich wollte gerade die Koteletts aus dem Backofen nehmen.»

Er hielt ihr die Tür auf. «Es will überhaupt nicht kühler werden», sagte er.

Sie sah an ihm vorbei ins Haus. Auf dem Kaminsims standen die gerahmten Kinderfotos. «O doch», sagte sie. «O doch.» Er folgte ihr in die Küche und deckte den Tisch, während sie die Speisen in Schüsseln verteilte. Sie hatte seine Lieblingstischdecke herausgelegt, die rotweiß karierte, und benutzte das alte Geschirr mit den blau aufgemalten Bauernszenen. Manchmal hätte Jane diese altmodischen Sachen am liebsten zum Flohmarkt des Women's Club gebracht und sich neue gekauft: rosagetönte Glasteller und Besteck aus rostfreiem Stahl. Sie wollte auch die Küche neu anstreichen lassen und eine grüne Einrichtung kaufen, und eine Klimaanlage einbauen lassen, damit sie nicht mehr den Fliegenfänger am Deckenventilator aufzuhängen brauchte. Spencer war natürlich strikt gegen alle Neuerungen in dem Haus seiner Kindheit, und obwohl er nicht darin hätte wohnen mögen, so gab es ihm doch ein Gefühl der Geborgenheit zu wissen, daß es unverändert war und blieb. Hier war für immer 1959, so wie er es damals kannte. Sie hatte sich längst damit abgefunden, daß sie dem letzten verbleibenden Mann ihrer Familie dieses Museum des Trosts zu bieten hatte. Es gehörte zu ihren Diplomatenpflichten.

Spencer war heute mit seinen Gedanken woanders. Er machte nicht wie sonst Konversation mit ihr, und es entging ihr natürlich nicht. Im umgekehrten Falle hätte er nichts gemerkt.

«Hast du für morgen alles vorbereitet?» fragte sie.

Er stellte einen Korb mit Brötchen mitten auf den Tisch und entfaltete sorgfältig die rote Serviette.

«Nicht direkt», antwortete er. «Ich war heute den ganzen Tag mit dem TBI beschäftigt, da bin ich zu privaten Dingen nicht gekommen. Übrigens kommt unsere Ortsberühmtheit als meine Partnerin mit.»

«Peggy Muryan? Ja, ich habe von ihr in der Zeitung gelesen.» Jane hätte gern gewußt, was das zu bedeuten hatte, aber vorerst spielte sie ihm höfliche Gleichgültigkeit vor.

«Eine wilde Party wird es bestimmt nicht», lächelte er verschmitzt.

«Nein, das glaube ich auch nicht», sagte Jane. «Eine deiner Klassenkameradinnen ist schließlich schon Großmutter.»

Das Lächeln verschwand aus seinem Gesicht, und Jane stellte mit Genugtuung fest, wenn auch gemischt mit einem schlechten Gewissen, daß sie ihn voll getroffen hatte. Sollte er ruhig zu spüren kriegen, wie es ist, wenn man als alt abgestempelt wird, dachte sie. Allerdings hatte Patsy Joyner mit sechzehn geheiratet und ihre Tochter mit neunzehn, aber das änderte nichts an der Tatsache, daß in seiner Klasse eine Großmutter war.

«Ich wünschte nur, ich hätte diese verflixte Gedenktafel nicht zu präsentieren», sagte Spencer.

Aber du bist nun mal die Respektsperson in der Stadt, dachte Jane. Niemand wäre auf die Idee gekommen, Mike Gibbs' Witwe mit dieser Aufgabe zu betrauen, die allerdings inzwischen auch wieder verheiratet war. Oder Gary Barker, den armen Kerl, der aus eigener Erfahrung wußte, wie es in Vietnam zuging. Nein, sie wollten einen zum Vorzeigen, eine Person mit einem gewissen Status, die der Verleihungszeremonie Würde verlieh. Sie war sicher, Spencers Widerstreben hatte mit Cal zu tun. Wieder eine Trophäe für den großen Bruder. Und vielleicht sah er es sogar als stillen Vorwurf, daß seine Tapferkeit bei der Feuerprobe seiner Generation nicht getestet worden war.

«Ich bin sicher, es soll eine Ehre für dich sein, Spencer», sagte sie sanft. «Magst du noch ein Kotelett?»

LeDonnes kleiner Volkswagen rumpelte über die Fahrrillen der Landstraße in Richtung Roger Gabriels Haus. Es war fast dunkel. Das Flimmern der Leuchtkäfer in dem langen Gras am Straßenrand erinnerte ihn an das Aufflackern der Heckenschützenfeuer in der Nacht. Er heftete den Blick fest auf das Band der Straße vor ihm. Etwas an dieser Straße löste alte Erinnerungen an Vietnam in ihm aus. Vielleicht spukte Roger hier herum, noch ehe er tot war. Oder jedenfalls – ehe er richtig tot war. Es wurde immer schwieriger, die Toten von den Lebenden zu unterscheiden. Und das hatten sie alles Travis Perdue zu verdanken, der allem Anschein nach schon lange tot war und sich plötzlich mehr für die Welt der Lebenden interessierte, als LeDonne es seit langem tat.

Er hatte sich impulsiv entschlossen, Roger zu besuchen. Kurz vor fünf waren die beiden TBI-Beamten ins Büro zurückgekommen und hatten erklärt, sie seien mit ihren Nachforschungen fertig. Sie hatten Peggy Muryan verhört, die nur wiederholt hatte, was der Sheriff schon wußte. Dann hatten sie die Eltern des toten Mädchens und einige ihrer Bekannten verhört. Bei Roger Gabriel waren sie auch gewesen.

«Der Typ ist mir höchst verdächtig», sagte Ross.

Und Boyd berichtete, wie unheimlich ihnen das Haus vorgekommen war und daß sie mit gezogenen Pistolen darauf zugegangen waren. LeDonne fand, sie konnten froh sein, daß sie noch am Leben waren und daß Gabriel offensichtlich bei menschenfreundlicher Laune gewesen war. Er war auf die Veranda gekommen und hatte ihre Fragen einigermaßen höflich beantwortet. Sie hatten nichts gefunden, das sie ihm anhängen konnten, und so waren sie wieder gegangen.

Von jetzt an wurde der Fall mittels Labortests und Telefon geführt. Detektivarbeit per Team. Wake County wurde Sheriff Arrowood und seinen Deputierten überlassen. Ihre Aufgabe war es, den Verwandten zu versichern, daß alles getan wurde, den Täter zu finden.

LeDonne hatte keine Theorien bezüglich der Identität des Mörders. Er wurde nicht dafür bezahlt, Theorien zu haben. Außerdem, wenn er eine Person für schuldig hielt, hieß das notgedrungen, daß alle anderen schuldlos waren, und solche Illusionen wohlwollender Gutgläubigkeit waren ihm schon lange fremd geworden. Er hielt die Menschen zu allem fähig. Er war ziemlich sicher, daß der Mörder kein Veteran war, und zwar aufgrund gewissen Informationen und Fakten, die er mühsam angesammelt hatte. Aber im Grunde war es ihm egal, wer der Täter war, und er wollte kein Lob für seine Arbeit.

Er machte sich jedoch Sorgen um Roger. Falls er den Mord begangen hatte, war er jetzt durch die Landesbullen dermaßen verängstigt, daß er eventuell etwas tat, das ihn belastete. Und wenn nicht, dann hatte ihn das Verhör dermaßen fertiggemacht, daß er womöglich etwas Idiotisches tat. Wie zum Beispiel, sich eine Pistole in den Mund zu stecken und abzudrücken. LeDonne wußte, daß sein Besuch eine solche Verzweiflungstat bestenfalls verzögern konnte. Aber wenn Roger heute Selbstmord beging, hatte LeDonne es für immer auf seinem Gewissen, und darum war er hier. Er schlief nachts schlecht. Ein weiterer Alptraum, und er schlief überhaupt nicht mehr.

Rogers Hütte bildete einen schwarzen Fleck auf der Lichtung, der mit den dunklen Bäumen im Hintergrund verschmolz. Es brannte kein Licht. LeDonne wartete, bis seine Augen sich an die Dunkelheit gewöhnt hatten, als plötzlich auf der Veranda Feuer aufflackerte. LeDonne horchte angestrengt auf den erwarteten Pistolenknall. Nichts. Nach einer Sekunde wurde ihm klar, daß jemand sich eine Zigarette angezündet hatte. Er starrte in die Dunkelheit und konnte mit Mühe Rogers Gestalt auf der Bank neben der Tür erkennen. Ein glühendes Pünktchen schwebte vor ihm in der Luft. LeDonne ließ seine Autoscheinwerfer einmal aufblenden, dann stellte er sie ab und ging schweigend auf die Veranda zu. Er hatte absichtlich keine Waffe mitgebracht.

Chao, der schwarze Labrador, war nirgends zu sehen, bis das gedämpfte Klopfen seines Schwanzes gegen die Holzbank ihm verriet, daß er auf der Veranda war. LeDonne stieg langsam die Stufen hinauf. Seine Augen gewöhnten sich allmählich an die Dunkelheit.

«'n Abend», sagte er leise. «Darf ich mich ein bißchen zu Ihnen setzen?»

Roger Gabriel antwortete nicht gleich. «Wo sind Ihre Freunde geblieben?» sagte er endlich.

LeDonne ließ eine halbe Minute verstreichen, ehe er antwortete. «Die haben die Schlacht von Tet nicht überlebt», sagte er, indem er seine Frage absichtlich falsch auslegte.

Gabriel verstand sofort. Er grunzte vor Genugtuung und schlug mit der Hand einladend auf die Bank. «Faschistenschweine», knurrte er. «Alle beide. Genau wie unsere Offiziere damals.»

«Für die sind Sie eben ein Charlie», sagte LeDonne und ließ sich auf der Bank nieder. Er streckte die Hand nach Chao aus und streichelte ihm das staubige Fell. Roger gab keine Antwort, und LeDonne wagte den nächsten Zug. «Geht's Ihnen denn einigermaßen?»

Die Zigarette glühte auf. «Wieso?»

«Nun, ich dachte, die Bullen von der Landespolizei hätten Sie vielleicht durch den Wolf gedreht», sagte LeDonne. «Was ich ziemlich witzlos finde, da ich der Meinung bin, daß der Mörder kein Veteran ist.»

«Ach? Tatsächlich?» Roger Gabriel schien nicht sonderlich interessiert.

«Irgendwie kann ich ja verstehen, warum sie so sauer sind. Das Mädchen, daß sie da aus dem Fluß gezogen haben, war übel zugerichtet. Erinnern Sie sich noch an die Fotos von dem Hund, die ich Ihnen gezeigt habe?»

«Ich habe schon Schlimmeres gesehen», sagte Roger.

«Nicht in Tennessee», antwortete LeDonne.

«Also gut. Wer ist es denn gewesen?»

«Der Hauptverdächtige ist ein Veteran, der seit zwanzig Jahren vermißt ist.»

Roger trat seine Zigarette mit dem Stiefelabsatz aus. «Ja, so was ähnliches haben sie mir auch erzählt. Die hatten wohl gehofft, daß ich derjenige bin.»

«Und? Sind Sie's?»

«Sie waren nicht ganz sicher.» Roger Gabriel klang belustigt. «Ich wollte ihnen nicht alle Hoffnung nehmen, aus Angst, sie zu enttäuschen. Sie haben mir ziemlich Lippe gegeben, auf so eine

Machotour, verstehen Sie. Von Verhaftung haben sie aber nichts gesagt. Auch nicht, daß ich die Stadt nicht verlassen darf.»

«Die können Sie nicht daran hindern», bemerkte LeDonne, der das Gefühl hatte, daß Gabriel ihn aushorchen wollte. «Hatten Sie das denn vor?»

Roger Gabriel nickte. «Nur weg hier.» Nach einer Pause setzte er hinzu: «Und den Hund nehm ich mit.»

LeDonne brauchte nicht weiter zu fragen. Wenn er den Hund mitnahm, bedeutete das offensichtlich, daß er nicht vorhatte, ein paar hundert Meter in den Wald zu gehen, mit einer Flasche Bourbon und einer Pistole. Früher oder später wäre er sowieso verschwunden, wie alle Veteranen. Sie kehrten nie in ihre Heimat zurück, und sie waren auch nicht fähig, an einem neuen Ort heimisch zu werden. Also wanderten sie ziellos herum. LeDonne erging es nicht anders, er ließ jedoch seine Sturheit für sich arbeiten und blieb trotzdem. Er wußte: was er suchte, war nicht ein anderer Ort, und daher war es sinnlos, auf die Suche zu gehen. Es half ihm auszuharren, wenn er mit jeder Faser weg wollte.

«In Knoxville trifft sich noch immer die Selbsthilfegruppe», sagte er leise.

«Ich weiß», sagte Roger. «Ich werd dran denken. Und wenn die Landesbullen mich noch mal besuchen, dann hab ich Sie nicht gesehen.»

LeDonne starrte ins Dunkel, wo die Leuchtkäfer tanzten.

Die alte Frau hustete, versuchsweise fast, als könne sie sich kaum erinnern, warum man hustet. Nur ein Teil ihres Bewußtseins löste den Mechanismus noch aus.

Tyndall umklammerte die Armlehnen ihres Sessels. Ihre Kehle zog sich zusammen. Es war fast elf Uhr. Seit zwei Stunden saß sie am Küchentisch und starrte aufs Telefon. Gestern war der Arzt da gewesen. Er hatte die Erkältung ihrer Mutter nicht besonders ernst genommen. Schließlich war Hochsommer, kaum die Jahreszeit für eine Lungenentzündung. Sollte sie einen weiteren Hausbesuch für eine Lappalie wie einen Husten investieren? Oder war es mehr als ein Husten?

Tyndall war zu erschöpft, Entscheidungen zu treffen. Warum

mußte sie alles allein entscheiden? Ihre Mutter hatte es gut gehabt. Sie war durchs Leben gesegelt, ohne größere Entscheidungen zu treffen als die eines Durchschnittsschafs. Evelyn Johnson war von ihrem dominierenden Ehemann nicht nur über die Schwelle ihres Hauses, sondern auch über jedes andere Hindernis in ihrem Leben getragen worden. Tyndall war zwischen Neid und Mitleid hin- und hergerissen.

Steve war ganz anders als ihr Vater.

Er reagierte auf jede Diskussion mit einem gleichgültigen Achselzucken: «Mach nur, was du für richtig hältst.»

Sie wollte ihn anrufen, ihn um Rat fragen. Aber wozu? Er war nicht willens, auf sie einzugehen und ihr bei dieser Entscheidung zu helfen. Er wollte mit dem ganzen Problem nichts zu tun haben.

Und Sally? Dr. Sally Howell schwebte in höheren Regionen. Als Intellektuelle und Idealistin lag ihr mehr an den großen Fragen der Menschheit als an wirklichen Menschen des Alltags. Tyndall konnte ein Gespräch mit Sally führen, ohne den Hörer abzunehmen. «Ruf den Arzt an, Tyndall. Geh kein Risiko ein. Stell dir vor, nächste Woche finden sie ein Heilmittel für die Alzheimer-Krankheit. Dann machst du dir dein Leben lang Vorwürfe.» Nein, dann fühle ich mich um eine Woche betrogen, Sally. Sie kannte Sally seit der Kindheit, sie war wie ein zweites Ich. Tyndall kannte ihre Einstellung, jedes Gespräch war überflüssig.

Den Arzt ihrer Mutter? Ihn konnte sie jederzeit anrufen, und er würde auch kommen, selbst mitten in der Nacht. Konnte sie ihn aber wegen einer Erkältung aus dem Bett holen? Und wenn es keine Erkältung war? So oder so hielt er sie wahrscheinlich für töricht. Wozu noch Anstrengungen machen, das Leben in dieser menschlichen Ruine zu erhalten? Tyndall stellte sich dieselbe Frage hundertmal am Tag. Hatte sich denn die ganze Welt verschworen, sie mit dieser Entscheidung allein zu lassen?

Da war wieder der Husten. Er echote durch das stille Haus, während Tyndall die Seiten des Telefonbuchs umblätterte und überlegte, wen sie anrufen könne.

«Hallo?» Peggys Stimme war abweisend, fast ein Flüstern. Sie hatte gleich nach dem ersten Läuten abgehoben.

«Spencer», sagte er. «Ich bin gerade von meiner Mutter nach Hause gekommen und wollte nur mal eben hören, wie es so geht. Alles in Ordnung?»

«Ja.» Sie klang leicht gereizt. Der Lichtkreis ihrer Nachttischlampe warf drohende Schatten an die weißen Wände des Schlafzimmers und ließ die Rosen auf den Vorhängen und auf der Bettdecke wie Blutflecken erscheinen.

Peggy saß im Bett. Sie hatte sich zwei Kissen in den Rücken gestopft und las *The Foxfire Book*.

«Ich wollte bei dem Verhör der State Police dabeisein», sagte er. «Die haben aber ihren eigenen Kopf durchgesetzt. War alles okay?»

Sie seufzte. «Ein Vergnügen war es nicht direkt. Polizeimenschen sind alle so – wie soll ich sagen – Sie wissen schon. Oder vielleicht auch nicht, da Sie selber einer sind.»

«Erklären Sie mir's.»

«Die tun alle so herablassend. Selbstgerecht. Wenn man zum Beispiel bei einem Haltezeichen durchfährt, fühlen sie sich berechtigt, sich aufs hohe Roß zu setzen, als seien sie Vorbilder an Rechtschaffenheit. Dann denke ich immer: Die sollen sich doch nicht so aufspielen. Ich les doch auch die Zeitung und weiß, daß die Polizei voller Alkoholiker, Neurotiker und Gewaltmenschen steckt.»

«Haben sie Ihnen eine Gardinenpredigt gehalten?» Spencer versuchte, ihre Kritik ins Lächerliche zu ziehen.

Peggy strich sich eine Haarsträhne aus dem Gesicht. «Nein. Mich ärgert nur ihre Art. Egal, was man auf ihre scheinbar höflichen Fragen antwortet – sie reagieren mit einem zynischen Grinsen oder mit einer Geste, die soviel sagt wie: «Die kann uns viel weismachen.» Ich begreife immer mehr, warum so oft falsche Geständnisse abgelegt werden. Nach zwanzig Minuten mit den Typen heute war ich bereit, alles mögliche zu gestehen.»

«Das ist eben eine Berufskrankheit bei der Polizei», sagte Spencer. «Wir haben meistens mit Kriminellen zu tun, fast nie mit netten, anständigen Leuten. Da ist es leicht, einen Überlegenheitskomplex zu kriegen. Aber die beiden sind gut in ihrem Fach. Sind Sie nicht froh, daß sie hinter dem Übeltäter her sind?»

«Dem gönn ich die.»

«Das klingt ja nicht, als seien Sie polizeischutzbedürftig», witzelte er.

Peggy zog die Nachttischschublade auf. Auf einem Stapel säuberlich gefalteter Kopfkissenbezüge lag die Pistole. «Dieses Haus ist wie eine Festung», sagte sie. «Die Türen sind alle fest verschlossen. Das Telefon steht neben meinem Bett. Mir kann nichts passieren. Die beiden Typen heute nachmittag haben mich fast überzeugt, daß der Tod des Mädchens ein reiner Zufall war und mit mir gar nichts zu tun hat.» Sie hielt inne. «Travis Perdue wäre auch zu so einem Verbrechen nicht fähig.»

«Die Nachforschungen über ihn sind im Gange. Bis Montag wissen wir mehr.»

«Gut. Und ich hoffe, meine nächste Begegnung mit einem Polizisten ist privat.»

Er lachte. «Sie sind ein unverbesserlicher Hippie, Ma'am.»

«Stimmt genau. Apropos – was zieht man denn auf dieser Séance morgen abend an?»

«Äh – soviel ich weiß, ist es kein Kostümball. Perlenschnüre und Madrasröcke sind nicht Vorschrift.»

«Ich weiß. Ich hatte auch nicht vor, als Barbara Mandrell verkleidet zu kommen. Hoffentlich bestehen Sie nicht auf Glitzerklamotten?» Sie musterte vom Bett aus den Inhalt ihres offenstehenden Kleiderschranks. Wie förmlich ging es auf dem Klassentreffen einer ländlichen High School zu? Ob das weiße Cocktailkleid zu elegant war?

Spencer seufzte. «Ach wo. Ich nehme, was ich kriegen kann.»

«Gut. Also dann bis morgen.»

Spencer hatte damit gerechnet, daß sie wissen wollte, ob ein Gesangsvortrag oder Autogramme von ihr erwartet wurden. Aber scheinbar machte sie sich darüber keine Gedanken. Er war gespannt, wie die Klasse von '66 auf Peggy Muryan reagierte. Zwischen wilder Begeisterung und absoluter Gleichgültigkeit war alles möglich, aber da Gebirgsleute ein reserviertes

Völkchen sind, tippte er auf das letztere. Er hoffte, sie erwartete nicht zuviel. Aber wenigstens wurde sie etwas abgelenkt.

Im Wald war es schön. Dunkel und tief war der Wald. Das Versprechen, das er zu halten hatte, gehörte in eine andere Zeit. Trotzdem fühlte er sich verpflichtet, es zu halten. Aber heute nacht noch nicht. Heute wollte er seine eigenen Rituale zelebrieren und sie in ihrem eigenen Saft schmoren lassen. In ihrer Angst. In ihrem Warten auf ihn. Er stellte sich vor, wie sie aus dem Fenster starrte, in die Schatten im Gras, und auf die Laute lauschte, die aus dem schwarzen Wald kamen. Gut. Sollte sie ruhig erfahren, wie es ist, wenn man in Gefahr ist. Wenn man wartet. Wenn man auf die Vorzeichen des eigenen Todes wartet. Der Krieg machte keinen Spaß, wenn man allein war. Wenn man allein Krieg spielen mußte.

Aber heute kam er noch nicht. Heute vernachlässigte er seine Pflicht. Seine Mission. Heute hatte er frei. In Vietnam nannten sie es gespenstern. Heute abend war er ein Gespenst.

Er wischte sich die Stirn mit dem schmutzigen Arm. Die Hitze war durch die Dunkelheit nicht erträglicher. Es war ein dampfender Dschungel, und seine Sachen waren durchgeschwitzt, ehe er begann. Kein Wunder, daß sie auf den Red Haze-Flügen Menschen im Dunkeln erkennen konnten. Er spürte förmlich, daß seine Körperhitze Strahlen aussandte. Er stellte sich vor, wie sie ihn einhüllten als rote Aura. Wie einen Racheengel.

Er hätte gern gewußt, ob sie von dem Mädchen in Knoxville gehört hatte. Ob sie wußte, wie es ausgesehen hatte, als man es aus dem Fluß zog und den Schlamm abwusch, damit man seine Arbeit bewundern konnte? Er war natürlich nicht dabeigewesen. Aber er hatte zugesehen, wie sie hineinfiel. Schnell und hart wie ein Sack Steine. Davon sollte sie jetzt träumen, die Pretty Peggy-O.

Das Summen der Moskitos an seinem Ohr ließ ihn in der Dunkelheit aufschrecken. Er schlug nicht zu. Man mußte immer völlig lautlos sein, wenn man überleben wollte. Jetzt vielleicht nicht. Nicht hier in den Feldern, mit den Lichtern der Häuser in der Ferne. Aber er übte Lautlosigkeit, wo immer er konnte. Vielleicht, wenn er leise und gut arbeitete, brauchte er nach Peggy-O gar nicht aufzuhören. Wenn er aufpaßte, konnte er noch ein paar hübsche junge Dinger ins Jenseits befördern. Nach zwanzig Jahren Schweigen sollte die Welt Zinsen zahlen für die Einsamkeit und das Leiden des Travis Perdue. Er wollte dafür sorgen, daß mit Blut bezahlt wurde.

14. Kapitel

Where is little Maggie?
Over yonder, there she stands:
With a rifle on her shoulder,
And a six-gun in her hand...
«Little Maggie»

FREITAG, DER 8. AUGUST.
Jeff McCullough stellte auf seinem Schreibtischkalender fest, daß am Samstag der einundvierzigste Jahrestag von Nagasaki war. Er wünschte, es wäre ihm rechtzeitig eingefallen, dann hätte er in der gestrigen Ausgabe einen Artikel darüber gebracht. Die Altgedienten aus dem Zweiten Weltkrieg, die einen großen Prozentsatz seiner Leser darstellten, hätten das sicher sehr zu schätzen gewußt. Er konnte es natürlich nächsten Donnerstag nachholen, aber das war nicht dasselbe. Außerdem hatte er für die nächste Ausgabe schon einen Nachruf auf Rosemary Winstead geplant, und den Rest der Zeitung brauchte er fürs Klassentreffen. Man hatte ihn gebeten, vorbeizukommen und ein paar Fotos und Interviews zu machen. Die Ausgabe müßte sich gut verkaufen. Bei der Gelegenheit konnte er gleich mit Spencer Arrowood über den Mordfall reden und eventuell mit Peggy Muryan ein Interview vereinbaren, für den Fall, daß sie Travis Perdue doch noch fanden. Sein Verleger, der Wert auf positive Nachrichten legte, war nicht sonderlich interessiert, aber er konnte es an die großen Blätter verkaufen. Das Geld konnte er weiß Gott brauchen.

Das Komitee des Klassentreffens traf sich heute zu einem kurzen Inspektionsrundgang in der American Legion Hut für die Freitagabendparty. Morgen fand dann noch eine Party in der alten Schule statt, und dafür mußte noch die Turnhalle dekoriert werden, aber heute brauchten sie nur zu überprüfen, ob genug Tische da waren und ob die Blumen und das Essen für das Büffet angekommen waren.

Vor dem *John Sevier Motel*, einer Nachbildung von Mount Vernon an der Straße nach Johnson City, hing schon den ganzen Tag das Schild mit der Aufschrift «BELEGT» aus. Drinnen standen die meisten Zimmertüren offen. Die angereisten Klassenkameraden wollten sich vor der Party schon begrüßen, und in allen Zimmern wurde geplaudert und gelacht, und alte Freundschaften lebten wieder auf. Die Eismaschine auf dem Gang war schon um drei Uhr nachmittags fast leer. Überall lagen Exemplare des Jahrbuchs aus, des *Papyrus '66*, damit sich jeder vor der großen Party die Gesichter in Erinnerung rufen konnte, die schwarzweiß aus ovalen Passepartouts lächelten. Manche mochten sich fragen, ob sie sich überhaupt verändert hatten und ob sie besser den Zusatz «Assistent» aus ihrer derzeitigen Berufsbezeichnung wegließen. Die meisten waren gekommen, weil sie alte Freunde wiedersehen wollten. Zu den anderen wollten sie zumindest höflich sein.

Wenn Spencer Arrowood auf eine Welle von Verbrechen gehofft hatte, um nicht zur Party zu müssen, hatte er Pech gehabt. Vielleicht war es zu heiß. Er machte eine kurze Streifentour über die Hauptstraßen, vorbei an Peggy Muryans Haus, um sich zu vergewissern, daß bei ihr alles in Ordnung war. Sie saß mit der Gitarre auf der Seitenveranda. Er wollte sie nicht bei der Arbeit stören und fuhr vorbei. Er hatte ihr auch nichts Neues zu berichten. Selbst ein großes Untersuchungsteam brauchte seine Zeit. Er überlegte, ob er beim Motel vorbeischauen sollte, um zu sehen, wer angekommen sei, entschied sich aber dagegen. Heute abend war es noch früh genug.

Peggy Muryan gehörte zu den wenigen Leuten in Hamelin, die sich nicht den ganzen Tag mit dem Klassentreffen beschäftigten.

Die Party der Klasse von '66 hatte keine Wichtigkeit für sie. Ihre Gedanken waren hauptsächlich bei dem Lied, an dem sie nun seit Wochen arbeitete: «Song for Travis».

Sie war heute in aller Frühe aufgewacht, mehr von der Hitze als aus Angst vor einem Eindringling. Sie schlüpfte in ihre Shorts und ein rosa T-Shirt, schob sich die Ponyfransen mit einem Frotteestirnband aus dem Gesicht und ging nach unten, um sich einen Kaffee zu machen. Die Pistole nahm sie mit. Der Griff lag warm in ihrer Hand. Von nun an wollte sie sie überallhin mitnehmen oder sie verstecken, wo sie gerade war: unter einem Kissen, hinter einer Zimmerpflanze. Immer in ihrer Nähe. Sie war gern Herrin der Lage.

Die Hundeschüsseln waren jetzt in der Speisekammer. In den ersten paar Tagen nach dem Tod ihres Hundes war sie noch automatisch an den Schrank gegangen, wo die Tüte mit dem trockenen Hundefutter aufgehoben wurde. Inzwischen hatte sie sich daran gewöhnt, daß Blondell nicht mehr lebte. Sie dachte nur noch selten an den weißen Schäferhund. Sie saß an dem Küchentisch mit der Glasplatte und schlürfte schwarzen Kaffee. Dabei überlegte sie, ob dieser Vorfall eine Wirkung auf ihre Karriere haben mochte, und wenn ja, welche. Die Geschichte war sensationell genug, um in die Rundfunknachrichten und in die Regenbogenpresse zu kommen. Das Publikum reagierte bestimmt anfangs mit Mitgefühl für sie und Wut auf den Täter. Peggy hatte erwogen, einen Publizisten zu Rate zu ziehen, um aus der Tragödie Kapital zu schlagen, aber sie zögerte noch. Die amerikanische Öffentlichkeit neigt dazu, vor Opfern und Verlierern zurückzuschrecken, im Gegensatz zu ihrem Ruf, auf der Seite der Schwachen zu sein. Der andere Grund war, daß die Leute oft glaubten, man habe es nicht besser verdient, wenn es einem schlechtgeht. Egal, wie herzzerreißend ihr Unglück geschildert wurde, es gab immer Leute, die sich sagten: «Wer weiß, was dahintersteckt. Sie hat am Ende selbst Schuld daran.»

Peggy hatte sich das sogar oft genug selbst gesagt, seit sie die Ansichtskarten bekam. Sie hatte ihren jugendlichen Unverstand als Grund für ihre schlechte Behandlung von Travis Perdue vorgeschoben. Sie hatte ihn fallenlassen, um ihre große Chance wahrzunehmen. Sie hatte seine Briefe aus Vietnam als lästig empfunden. Sie hatte ihm gönnerhafte Briefe geschrieben. Aber was hatte das alles jetzt noch zu sagen? War es nicht längst vorbei? War er nicht im Krieg gefallen?

Sie holte die Gitarre aus dem Wohnzimmer und brachte sie auf die Veranda, um dort zwischen ihren Pflanzen den schönen Sommertag zu genießen, wenn auch hinter geschlossenen Glasscheiben. Die Pistole versteckte sie in dem geflochtenen Übertopf der Maispflanze. Eigentlich hielt sie diese Maßnahme für übertrieben, denn sie hatte alle Türen fest verschlossen. Aber Peggy Muryan überließ nicht gern etwas dem Zufall. Sie hätte vom TBI einen Wachposten haben können, wenn sie beim Verhör ängstlich und weinerlich getan hätte. Der Sheriff hätte mit Freuden in ihrem Wohnzimmer geschlafen, wenn sie ihn darum gebeten hätte. Aber Peggy liebte ihre Unabhängigkeit und ihr Image als selbständige Frau. Angst war Schwäche, jedenfalls bei den älteren Herren von Tennessee, die sicher schon genug mit Emanzen wie ihr am Hals hatten, ohne daß sie noch alle ihre Vorurteile von hilflosen und hysterischen Frauen bestätigte. Ach, die können mich mal, dachte sie. Ich kann auf mich selber aufpassen. Hab ich ja immer gemußt.

Sie legte die Finger auf den Gitarrenhals, auf die zweite, dritte und vierte Saite. A-Moll. Ein schwermütiger Akkord, mit dem so manches traurige Lied einsetzte, wie «The House of the Rising Sun» und «In the Pines». Sie liebte Lieder in Moll. Sie ließen einen nicht mehr los, lange nachdem sie verklungen waren. Aber dieses Lied brauchte ein bißchen Kraft – vielleicht eine Mischung aus Dur und Moll. Sie klimperte auf den Saiten herum: A-Moll, D und G7, eine hübsche Folge. Irgendwo steckte da ein Lied drin. Merkwürdig, daß sie überhaupt angefangen hatte, ein Lied für Travis zu schreiben, damals im Mai, kurz nachdem sie in das neue Haus gezogen war. Dann kam die erste Karte. Hatte sie Travis aus seinem Dschungelgrab heraufbeschworen? Sie mußte über diese absurde Vorstellung lächeln. Solche Gedanken behielt sie am besten für sich, es sei denn, sie war in Kalifornien. Seit den Karten und dem Tod des Hundes hatte sie das Lied zurückgestellt. Sie war konfus. Was sollte sie in dem Lied zum Ausdruck bringen?

Sie las die Noten eines Liedes, das sie vor langer Zeit geschrieben hatte: «The Redwood Woman». Ein Lied von der Westküste. Nein, das paßte nicht zu Travis. Er gehörte in die Berge hier. Er war die Verkörperung der Appalachen, in allen positiven und traditionellen Aspekten. Welche Symbole also gehörten zu dieser Welt? Sie nahm einen Bleistift und notierte: «Quilts» und «Gebirgslandschaften».

Sie schrieb eine Zeile, dann versuchte sie, den Text den Noten anzupassen. Von Moll zu Dur. Wie mein Leben, dachte sie. Eine halbe Stunde später spielte sie die Noten schon mit einem klaren Rhythmus. Auf dem gelben Notizblock stand eingekastelt inmitten gekritzelter Notizen ein Vers:

You are a memory of a mountain sky,
Of kettled fires and hands upon a plow;
It is the feel of quilts, a nighthawk's cry,
And clay-cut roads that lead me to you now.

Als sie versuchte, die Metapher auf den nächsten Vers zu übertragen und sich Travis Perdue vorzustellen, wurde ihr plötzlich klar, daß die Verse von Spencer Arrowood inspiriert worden waren, nicht von Travis.

Was wußte sie eigentlich nach all den Jahren noch von ihm?

Sie war damals ein anderer Mensch gewesen, eine schüchterne kleine Blonde, die ihrem Freund half, seinen Traum zu verwirklichen. Und der war, die Gebirgsmusik einem breiteren Publikum zugänglich zu machen. Es war seine Idee, es waren seine Lieder, und die ersten Kontakte mit den Agenten waren auch durch ihn zustande gekommen. Nur – im Endeffekt war es ihr Talent gewesen. Sie war es, die von den Promotern entdeckt worden war. Sie hatte die Stimme und das Image, die Ruhm und Erfolg versprachen. Hätte sie ihn etwa heiraten sollen und als Klotz am Bein hinter sich herschleifen? Das hätte er bestimmt auch nicht gewollt. Es war besser so: eine ehrliche Trennung. Klare Verhältnisse.

Was für ein Mann war Travis gewesen?

Er war witzig. Er hatte einen Sinn für Ironie, die er meistens gegen sich selbst richtete. Ab und zu trank er zuviel. Er sprach selten über seine Gefühle, und wenn, dann nur, um sich darüber lustig zu machen. Er liebte ihre Haare kurzgeschnitten, wie die der Schauspielerin Sandy Duncan, die später die Rolle des Peter Pan spielte. Travis mußte der einzige Mann in Amerika sein, der die Duncan als Sex-Symbol betrachtete. Er sah sich Disney-Filme an, nur um sie zu sehen. Wenn Peggy sich Travis vorzustellen versuchte, fielen ihr Schnappschüsse in alten Fotoalben ein: Travis mit seiner Gitarre, rötlichblond und mit jungenhaftem Grinsen auf der Bühne des Cafés, in dem sie gesungen hatten. Travis, stämmig und sonnengebräunt vor dem Kitty Hawk-Denkmal auf ihrem Strandurlaub 1965. Travis mit unnatürlich kurzen Haaren und einem feierlichen Gesichtsausdruck in seinem Air Force-Foto für die Familie. Zu lange war er eine «Situation» für sie gewesen. Fast hatte sie vergessen, was für ein Mensch er war.

Der Dachboden, dachte sie blitzartig. Irgendwo in all den Schachteln oben waren Briefe von Travis, Fotos, alte Konzertanschläge und anderes Treibgut aus dem Leben jener anderen Peggy Muryan, die nicht berühmt war. Sie legte die Gitarre hin und eilte nach oben. Als sie die Tür zum Dachboden öffnete, fiel ihr ein, daß sie die Pistole vergessen hatte. Soll sie bleiben, wo sie ist, dachte sie. Hier oben kann niemand sein, höchstens ein Gespenst.

Spencer Arrowood sah auf die Uhr: zwanzig nach fünf. Wenn er wollte, konnte er im Büro Schluß machen. Godwin war schon im Dienst, außerdem hatte es den ganzen Tag keine wichtigen Anrufe gegeben. LeDonne und Martha waren schon vor einer halben Stunde gegangen. Spencer wollte seine Akten über den Fall Winstead in Ordnung bringen und dann, wenn er noch Zeit hatte, die Ansprache noch einmal überarbeiten, die er für die Verleihung der verdammten Gedenktafel vorbereitet hatte.

Als das Telefon klingelte, war er sicher, es müsse Peggy sein. Zumindest hatte er gehofft, sie würde ihn bitten, etwas früher zu kommen, um vorher noch ein Glas mit ihm zu trinken.

«Spencer Arrowood.» Seine Stimme war weicher als gewöhnlich.

Am Telefon weinte eine Frau.

«Peggy?» sagte er bestürzt. Es kam lauter heraus als beabsichtigt. «Was ist passiert?»

Das Schluchzen verebbte. Nach einem kurzen Schweigen sagte die Stimme zitterig: «Spencer?»

Es war nicht Peggy.

«Wer ist da, bitte?» fragte der Sheriff.

Die Frau schluckte schwer, dann brachte sie mühsam hervor: «Hier ist Tyndall Johnson Garner. Spencer, könntest du... kannst du mal eben hier rüberkommen?»

«Tyndall? Wo bist du?» Er hatte die Vorstellung, sie müsse in der Dandridge-Villa sein, als suche er krampfhaft nach einem Zusammenhang zwischen ihr und dem Fall, der ihn am meisten beschäftigte.

«Ich bin zu Hause. Bei meiner Mutter. Du mußt kommen. Ich glaube, ich habe sie umgebracht.» Sie fing wieder an zu weinen.

Spencer brauchte eine Minute, um zu begreifen, worum es ging. Das Haus der Familie Johnson. Dark Hollow. Er wußte von Evelyn Johnsons Krankheit. Martha hatte in ihren endlosen Monologen über die Schicksale der ehemaligen Klassenkameraden auch von ihr gesprochen. Er sagte ruhig: «Was ist passiert, Tyndall? Brauchst du einen Krankenwagen?»

«Dafür ist es zu spät. So komm doch bitte endlich.»

Sie hatte eingehängt. Spencer wollte zurückrufen, fand es aber einfacher, hinzufahren. Er wählte die Nummer der Rettungsstation und bestellte einen Krankenwagen für Evelyn Johnson. Dann rief er noch schnell Peggy Muryan an.

«Ich bin aufgehalten worden», sagte er. «Ein unvorhergesehener Zwischenfall.»

Sie holte tief Luft. «Haben sie ihn geschnappt?» fragte sie gespannt.

«Nein. Es hat überhaupt nichts mit Ihnen zu tun. Es ist ein Notfall. Eine ältere Dame. Ich bin kurz nach acht bei Ihnen. Zuerst muß ich ins Krankenhaus, dann nach Hause, mich umziehen. Bis Viertel nach acht bin ich bestimmt da. Wenn nicht, rufe ich wieder an.» Er wartete. Sie schwieg. «Ist alles in Ordnung, Peggy?»

«Doch, doch», sagte sie. «Ich war heute früh auf dem Dachboden, um die Briefe von Travis zu suchen. Ich hoffte, ein Foto von ihm zu finden, das Ihnen nützen könnte. Aber die Sachen waren nicht da. Ich habe alle Schachteln durchgesucht. Nichts.»

«Das macht doch nichts. Das TBI kann Fotos aus Washington besorgen. Ich muß jetzt gehen. Wir besprechen das, wenn ich Sie abhole.»

Peggy Muryan legte den Hörer auf. Es war fast sechs Uhr. Wo war der Tag geblieben? Draußen schien noch hell die Sonne, aber der Tag ging zur Neige, und «Song for Travis» war immer noch nicht fertig. Sie hatte nicht mehr viel Zeit, den Luxus dieser ländlichen Idylle zu genießen. Nach dem Labor Day * mußte sie nach Nashville, um Kontakte zu knüpfen. Bis dahin mußte sie Material zum Vorzeigen haben. Sie hatte an ein paar Leute in Kalifornien geschrieben, Kontakte von früher, ob sie einen Vorschlag hätten, aber bisher noch keine Antwort erhalten. Heute hatte sie noch nicht einmal daran gedacht, den Postkasten zu leeren. Peggy seufzte. Sechs Monate in einer Kleinstadt in den Südstaaten, und schon war sie zur Einsiedlerin geworden. Sie öffnete die Haustür und griff in den Postkasten an der Wand.

In einem Rundschreiben vom Haushaltswarengeschäft steckte ein weißer Umschlag, der in Großbuchstaben an sie adressiert war. Ungläubig starrte sie auf die vertraute Schrift, dann über den welligen Rasen im Schatten der Eichen. Es herrschte absolute Stille. Die Straße war menschenleer. Jessie Traynhams Wagen war nicht da. Peggy ging ins Haus zurück und verschloß die Tür, ehe sie den Brief öffnete.

Er war weder frankiert noch gestempelt. Jemand mußte auf ihrer Veranda gewesen sein. Jemand hatte ihn eigenhändig in den Kasten gesteckt, nachdem der Postbote da war. Der Gedanke, daß der Mörder so nahe war, zog ihr die Kehle zusammen. Vorsichtig öffnete sie den Umschlag, obwohl es sicher zu

* Labor Day – Tag der Arbeit, Feiertag am ersten Montag im September

spät war, noch wegen der Fingerabdrücke achtzugeben. Ob wohl auf Travis' alten Briefen noch seine Fingerabdrücke waren? Wenn sie sie nur finden könnte! Hatte sie sie auf dem Dachboden übersehen? Oder waren sie noch im Haus ihres Vaters?

Der Umschlag enthielt eine Ansichtskarte, wie sie es erwartet hatte. Das war wohl ein Trick, das Postamt zu umgehen, falls seine Karten dort abgefangen wurden. Auf diese Weise konnte er sicher sein, daß sie die Karte bekam und nicht die Polizei. Die Ansichtskarte zeigte die Felsen und das graugrüne Wasser des French Broad River, umgeben von noch grüneren Bergen. An einem Kartenständer im Souvenirgeschäft galt ein solches Foto als friedliche Berglandschaft, aber Peggy verstand die Drohung: Denke daran, was sie in diesem Fluß gefunden haben. Peggy schluckte die Galle, die in ihr hochstieg, hinunter und drehte die Karte um. Dort stand in denselben Großbuchstaben wie auf den anderen Karten:

IF EVER I RETURN, PRETTY PEGGY-O

Sie wollte sie in Stücke reißen, aber der gesunde Menschenverstand sagte ihr, daß die Polizei die Karte als Beweisstück brauchte. Sie würden auch die nächste Zeile wissen wollen, und die kannte sie nur zu gut. Das Lied war eine der besten Nummern des Folkduos Peggy & Travis aus Carolina gewesen. Sie nahm den Hörer ab und legte ihn wieder hin. Es war zwecklos, den Sheriff anzurufen. Der war jetzt sicher noch mit seiner alten Dame im Krankenhaus. Nun, er würde das neue Beweisstück noch früh genug zu sehen kriegen. In dem goldgerahmten Dielenspiegel sah sie unverhofft ihr Gesicht, schmal und blaß, angegriffen, mit Schatten unter den Augen. Sie war über sich selbst erschrocken – wie alt und müde sie aussah. Peggy schob sich eine schlaffe Strähne aus der Stirn. Gleich mußte sie sich für den Abend fertigmachen. Vielleicht bat sie Spencer doch, nach dem Klassentreffen in ihrem Haus zu übernachten. Er rechnete wohl sowieso schon damit. Sie war froh, ein paar Stunden aus dem Haus zu kommen, ohne Angst haben zu müssen. Sie hoffte nur, gewisse Lieder heute nicht hören zu müssen, wie «Fennario» oder «The Bonnie Streets of Fyvie-O». Die rhythmische, fast kriegerische Melodie trommelte in ihrem Kopf herum. Die letzte Strophe lautete:

If ever I return, Pretty Peggy-O,
If ever I return, Pretty Peggy-O,
If ever I return, all your cities I will burn,
Destroying all the ladies in the area-o.

Zu jeder anderen Zeit hätte Spencer die Fahrt hinaus zu den Johnsons genossen. Das Haus lag mehrere Meilen außerhalb der Stadt an einer gewundenen Landstraße, die dem Laurel Creek am Fuße des Gebirgszugs folgte. Bescheidene Holzhäuser, umgeben von hohen Bäumen und gepflegten Vorgärten, standen abseits der Straße, die sich in einem Bogen durch das Tal zurückschlängelte, vorbei an Meilen von Weiden und bepflanzten Feldern. Die Johnsons wohnten in einer kleinen Ansiedlung eine halbe Meile hinter der Shiloh-Methodistenkirche. Obwohl Tyndall am Telefon ziemlich verzweifelt geklungen hatte, sah der Sheriff keinen Grund, die Sirene anzuschalten. Die Straße war verkehrsfrei.

Das Haus der Johnsons war mindestens fünfzig Jahre alt, aber es war in gutem Zustand gehalten worden: ein kleines, einstökkiges Haus mit einer breiten Veranda vorn, umgeben von Rhododendronbüschen. Jetzt fiel ihm ein, daß er als Schüler einmal mit dem Beta Club hier war, um das Frühlingspicknick zu organisieren. In der Einfahrt stand schon der Krankenwagen. Die roten Lichter flackerten in dem tiefen Schatten unter den Ulmen.

Er fuhr langsam in die Einfahrt und parkte neben dem Krankenwagen, um die Ausfahrt freizuhalten. Mit einem kurzen Gruß zu Clarence Aliff, der bei laufendem Motor am Steuer saß, eilte der Sheriff durch die offene Tür ins Haus.

Tyndall saß in dem alten Morrissessel ihres Vaters im Wohnzimmer. Sie starrte ins Leere. Das hübscheste Mädchen der Klasse hatte offensichtlich Federn gelassen. Über den Flur hörte er die Stimmen der Sanitäter. Wahrscheinlich waren sie in

Mrs. Johnsons Zimmer. Mit ihnen wollte er später sprechen. Jetzt war er ihnen nur im Weg.

«Was ist denn passiert?» fragte er Tyndall und zog sich einen Stuhl heran.

Ihr Gesicht war rotfleckig und tränenverschmiert, aber sie hatte sich gefaßt. «Meine Mutter ist tot, Spencer», sagte sie.

Er nickte. «Das tut mir leid. Kannst du mir sagen, was passiert ist?»

Sie holte ein paarmal tief Luft und pfriemelte die Reste eines Papiertaschentuchs zwischen den Fingern. «Vor ein paar Tagen bekam sie eine Erkältung. Der Arzt war hier. Er sagte, es sei nichts Ernstes.» Ihre Stimme bebte.

Spencer tätschelte ihr die Schulter. «Sprich ruhig weiter», sagte er.

«Gestern abend wurde der Husten schlimmer. Ich habe überlegt, ob ich den Arzt rufen soll, aber dann hab ich's sein lassen.» Die Tränen liefen ihr über die Wangen. Ihre Stimme versagte. Sie schluckte ein paarmal. «Sie hustete die ganze Nacht. Je später es wurde, um so mehr bereute ich, daß ich nicht doch den Arzt geholt hatte. Aber ich redete mir ein, daß ich ihn nicht stören wollte, falls es ein falscher Alarm war. Aber weißt du, Spencer, tief drinnen dachte ich: Es ist besser, wenn sie stirbt. Dann kann ich das Haus verkaufen und brauche mir keine Sorgen zu machen, ob wir uns ein Seniorenheim leisten können. Und ich kann zu meiner Familie zurück und brauche keine Angst zu haben, daß Steve die Geduld verliert und unsere Ehe leidet, und die Kinder sowieso. Ich wäre mit einem Schlage alle meine Sorgen los. Verstehst du?»

Er nickte.

«Und darum habe ich es mir nicht eingestanden, wie krank sie war, und hab sie einfach sterben lassen.»

«Hast du letzte Nacht geschlafen? Hast du überhaupt schon etwas gegessen?»

Sie starrte ihn verständnislos an. «Hast du nicht gehört, was ich gesagt habe, Spencer?»

«Doch. Aber ich glaube, du kannst einen Kaffee gebrauchen. Ich rede schnell mit Millie Fortnum, der Krankenschwester, ob sie meint, eine Beruhigungstablette wäre besser.»

«Aber Spencer, ich –»

Er nahm ihre Hände in die seinen und sah sie eindringlich an. «Tyndall, hast du deiner Mutter etwas angetan? Hast du ihr ein Kissen auf das Gesicht gedrückt oder so etwas?»

Sie schüttelte den Kopf. Ihre Augen waren vor Entsetzen weit geöffnet.

«Nicht? Nun, dann ist doch alles gut. Dann will ich nichts mehr hören von wegen ‹umgebracht›. Der Arzt hielt die Sache nicht für ernst, und du hast ihm geglaubt. Vielleicht hat er sich geirrt, oder vielleicht war es ein Fehler, ihm zu glauben. Aber das spielt jetzt keine Rolle.» Er sprach langsam und mit Nachdruck. «Sieh mal, Tyndall: Eine unheilbar kranke alte Frau ist friedlich zu Hause in ihrem eigenen Bett gestorben, ohne Tropf, ohne Schläuche, ohne Sauerstoffzelt. Und ihre Tochter, die liebevoll für sie gesorgt hatte, ist in einem Schockzustand, weil es so plötzlich gekommen ist und weil sie vor Erschöpfung und Gram halb tot ist, und darum redet sie jetzt eine Menge Unsinn, von wegen sie hätte ihre Mutter umgebracht. Ist es nicht so?»

Tyndall schloß die Augen und nickte.

«Ich gehe jetzt hinüber zu Millie und John. Inzwischen überlege dir bitte, was du tun willst. Ich finde, du solltest dich zusammenreißen, ehe du deine Familie anrufst, und dafür brauchst du einen Kaffee. Wenn du nicht allein bleiben magst, kann ich dir jemanden besorgen, der dir Gesellschaft leistet. Oder ich nehme dich mit zum Klassentreffen, denn glaube mir, Tyndall, die halbe Klasse ist hauptsächlich deinetwegen gekommen.»

Sie lächelte schwach. Spencer richtete sich auf. «Also, ich rede nur schnell mit den Sanitätern und bin gleich wieder da.» Seine Medizin fing schon an zu wirken. Er nannte es die «Andy Griffith-Masche», wenn er diesen väterlich tröstenden Ton anschlug, und sie hatte noch nie versagt. Als Sheriff gewann er damit das Vertrauen der Leute, und er hatte schon so manche heikle Situation damit entschärft.

Auf dem Weg ins Nebenzimmer fragte er sich, ob sie wirklich unschuldig an dem Tod ihrer Mutter war. Lieber wollte er es gar nicht wissen. Er wollte dem Arzt die Umstände auseinandersetzen und war sicher, daß keine Autopsie notwendig war.

Peggy hatte es geschafft, fünfundvierzig Minuten totzuschlagen, indem sie sich für die Party fertigmachte. Sie hatte eine Dusche genommen, sich sorgfältig frisiert, Make-up aufgelegt und mehrere Kleider anprobiert. Das hatte sie etwas von ihrer Angst abgelenkt. Es war wieder wie früher, wenn sie sich für eine Vorstellung ankleidete: Sie mußte den Erwartungen ihres Publikums entsprechen. Sie war nicht sicher, welches Image heute abend angebracht war. Das gesteppte Zweiteilige mit dem viereckigen Ausschnitt sagte eindeutig: Folk. Aber war das nicht zu angeberisch? Sie wollte ja ihre Berühmtheit nicht hervorkehren. Das weiße Cocktailkleid war wohl ein bißchen zu gewagt für eine Provinzstadt. Sie konnte sich nicht entschließen und ließ vorerst beide Kleider auf dem Bett liegen. Es war erst sieben Uhr, zu früh, sich schon vollständig anzuziehen. Sie schlüpfte in ihren weißen Kimono mit den aufgestickten Seidenblumen. Das ganze Leben ist ein Theaterspiel, dachte Peggy, es kommt nur darauf an, natürlich zu wirken. Sie ging nach unten, um sich einen Drink zu mixen.

Bourbon und Coke. Das hatte sie am College angefangen zu trinken, als sie und Travis noch auf Schulfesten in den Südstaaten spielten. Bourbon schmeckte nicht so bitter wie Scotch, und es war das einzige Getränk, das auf allen Schulpartys leicht zu haben war. Sie mischte den Bourbon mit Coke, um ihren Alkoholverbrauch in Grenzen zu halten und um den Geschmack zu mildern. Sie konnte zwei Stunden an einem Bourbon mit Coke trinken. Heute abend gönnte sie sich nur einen Drink. Alkohol und Singen ließen sich nicht vereinbaren.

Sie nahm den Drink mit ins Wohnzimmer. Überrascht stellte sie fest, daß es schon fast dunkel war. Wegen der Bäume war es hier immer dämmrig, aber auch draußen hatte das Zwielicht sich verdichtet. Der Sommer ging dem Ende entgegen. Sie zog die Gardinen zu, um den grauen Abend nach draußen zu verbannen.

Sie hatte noch etwa eine halbe Stunde, ehe sie sich fertig anziehen mußte. Die Gitarre war auf der Veranda. Sollte sie die Zeit benutzen, noch ein bißchen an dem Lied zu arbeiten? Sie schloß die Augen und horchte in sich hinein. Sie spürte keinen Energiestrom von innen, keine Inspiration, keine kreative Stimmung.

Statt dessen lag eine Spannung in der Luft, wie vor einem Gewitter. Etwas stimmte nicht. Sie hörte einen gedämpften, ungewohnten Laut. Sie lauschte angespannt.

Es war jemand im Haus.

Das kann doch nicht wahr sein, dachte sie. Sie unterdrückte einen Schrei. Und wenn es Spencer war? Dem würde sie einheizen!

Sie zwang sich, von der Couch aufzustehen und in die Diele zu rufen: «Wer ist da?»

Die Frage hing im Raum. Es war totenstill. Peggy lauschte auf Schritte. Nichts. Sie lief ans Telefon in der Diele.

«Ich habe die Leitung schon durchgeschnitten.»

Spencer warf einen Blick auf die Uhr. Es war zwanzig nach acht. Alles in allem war die Situation bei Johnsons schnell und gut gelöst worden. Der Krankenwagen hatte die Leiche zum Bestattungsinstitut gebracht, wo der Arzt die Todesurkunde ausstellte, und er hatte Tyndall überreden können, mit zum Klassentreffen zu kommen: «Du brauchst ja nicht die ganze Nacht zu twisten, Tyndall, aber deine Freunde sind alle da. Was sollst du allein zu Hause sitzen und grübeln? Da kommst du nur auf dumme Gedanken.»

Ihr Mann und die Kinder kamen morgen nach Hamelin. Am Ende hatte Tyndall zugestimmt, mit zum Klassentreffen zu kommen. Es war die schnellste Möglichkeit, Sally zu sehen, außerdem hielt sie es in dem düsteren Haus ihrer Mutter keine Sekunde mehr aus.

Seit zehn Minuten fuhren sie schweigend, jeder seinen eigenen Gedanken nachhängend. Spencer hielt die Augen fest auf die Straße gerichtet, als sei er auf fremdem Terrain statt auf seiner üblichen Streifenroute. Der Himmel war ein fahles Dunkelgrau, die Bäume standen als schwarze Silhouetten gegen die fernen Berge. Spencer sah zu Tyndall hinüber, als er merkte, daß sie ihn beobachtete.

«Sag mal, wolltest du so zur Party kommen?» sagte sie mit einem belustigten Augenzwinkern.

Er sah an seiner schweißfleckigen Uniform hinunter. «Wenn

du der Klasse sagst, ich bin unterwegs und sie sollen mit der Verleihungszeremonie auf mich warten, kann ich mich schnell zu Hause umziehen, ehe ich meine Begleiterin abhole.»

«Das ist eine sehr gute Idee, Spencer.» Sie zögerte. «Wer ist es denn?»

«Peggy Muryan. Weißt du, die Folk-Sängerin von früher.»

«Ja, die kenne ich noch gut. Ich habe zu Hause ihre Platte *Carolina Blue*. Ist es denn ernst zwischen euch?»

Spencer hüstelte. «Das kann man noch nicht wissen.»

«Nun, ich dachte nur – falls Jenny kommt.»

«Das glaube ich nicht», sagte Spencer.

«Ich würde sie gern wiedersehen. Es hat uns allen leid getan, als wir von eurer Scheidung hörten. Ich weiß, das geht mich nichts an, Spencer, aber meinst du, daß eure Beziehung noch zu retten ist?»

Er schüttelte den Kopf. «Nein, Tyndall, das ist ausgeschlossen.» Und im stillen setzte er hinzu: Weil ich sie an einem Sommerabend vor vielen Jahren windelweich geschlagen habe.

Sie wohnten damals in Atlanta. Er hatte versucht, den Bergen zu entfliehen und in der Stadt erfolgreich zu sein, aber es war ihm sauer geworden. Atlanta bedeutete für ihn eine schmuddelige kleine Wohnung in einem Hochhaus mit Motorengeräuschen hinter jeder Wand und nichts als Stahl und Zement, wenn er aus dem Fenster guckte. Er wollte nach Hause; Jenny fand Atlanta interessant und schick und wollte dableiben, obwohl sie ihre beiden Gehälter brauchten, nur um knapp über die Runden zu kommen.

An jenem heißen Abend hatten sie sich gestritten. Wahrscheinlich ging es wieder darum, daß er keine Lust hatte, jeden Abend durch die Bars zu ziehen. Atlanta machte ihn körperlich und seelisch fertig. Abends war er zu nichts mehr in der Lage, als auf der Plastikcouch in dem winzigen Wohnzimmer zu sitzen und in die Glotze zu stieren. Sein einziger Trost war die Fernsehserie *The Waltons*.

Die Klimaanlage war kaputt und das Essen war verbrannt, und Jenny hatte die Nase voll von der schäbigen kleinen Wohnung, und sie konnte seine Apathie nicht mehr ertragen, und so hatte der Zank begonnen. «Ich halte es nicht mehr aus bei dir!» hatte sie geschrien. «Ich wünschte, ich hätte Cal geheiratet. Er war sowieso besser im Bett als du. Ich hätte das Baby behalten und ihn heiraten sollen!»

Als sie seinen Blick sah, hörte sie sofort auf, aber es war schon zu spät. Er schüttelte sie an den Schultern und zwang sie, alles zu beichten. Wie sie sich mit Cal getroffen hatte, ehe er nach Vietnam mußte, und wie sie eine einwöchige Affäre mit ihm gehabt hatte. Es war ihm leichtgefallen, ihre Schwärmerei für ihn auszunutzen und an ihre Gefühle von Patriotismus und Mitleid zu appellieren. Spencer fragte sich, warum Cal nie mit dieser Eroberung geprahlt hatte, wie er es sonst tat. Jenny gestand, daß sie mit Spencer nur angebändelt hatte, um Neues über Cal zu erfahren, und daß sie gehofft hatte, Cal und sie würden ein Paar, sobald er aus der Armee entlassen wurde.

Als Spencer hörte, daß sie zu Weihnachten vor der Schulentlassung nach South Carolina gegangen war, um Cals Baby abtreiben zu lassen, war ihm, als hörte er zum zweitenmal die Todesnachricht seines Bruders. Blind hatte er auf Jenny mit den Fäusten eingeschlagen, bis das klebrige Gefühl von Blut an seinen Händen ihn zur Besinnung brachte.

Er hatte sie ins Krankenhaus gebracht, und sie hatten versucht, den Vorfall zu vertuschen. Aber noch vor Monatsende hatte er seine Stelle gekündigt und war nach East Tennessee zurückgegangen. Jenny blieb selbstverständlich zurück.

Manchmal wünschte er, dieser Abend wäre nie geschehen, aber zu viel Zeit war seither vergangen, als daß er sie noch vermißte. Übriggeblieben war von alledem nichts als die Angst vor Nähe, vor einer neuen Trennung. Nie wieder wollte er jemanden so nahe an sich heranlassen.

Er setzte Tyndall vor der American Legion Hut ab. Auf einem Schild stand: WILLKOMMEN, KLASSE '66 HAMELIN HIGH SCHOOL.

«Sag ihnen, ich komme gleich nach», sagte Spencer.

Tyndall berührte leicht seinen Arm. «Und wenn Jenny da ist?»

Er schüttelte den Kopf. «Die ist nicht da.»

Peggy unterdrückte einen Schrei und wandte sich in die Richtung, aus der die Stimme kam. Er saß im Dunkeln auf halber Höhe der Treppe. Nur mit Mühe konnte sie eine Gestalt neben dem Treppengeländer erkennen, und seine hellen Hände. Das Gesicht konnte sie nicht sehen. Trug er eine Maske?

Peggy raffte den Kimono enger um sich. Nur ruhig bleiben, sagte sie sich und holte tief Luft. Das ganze Leben ist ein Theaterspiel. Was erwartet dieses Publikum von mir?

Sie blickte hinauf zu der Gestalt und lächelte herzlich. «Travis! Gott sei Dank, daß du wieder da bist!» Sie mußte reden, irgend etwas. Sie mußte den Ton des Gesprächs bestimmen, ehe er bedrohlich wurde. «Ich bereite nämlich ein Comeback vor, und ich glaube, dieses Mal könnten wir es als Team schaffen.»

Er lachte. Es war mehr ein verächtliches Prusten.

Sie gab sich Mühe, mit fester Stimme weiterzusprechen. «Wir haben uns lange nicht gesehen. Mein halbes Leben nicht! Ich bin inzwischen vernünftiger geworden, Travis. Früher dachte ich, Erfolg ist alles. Nun habe ich begriffen, daß andere Dinge wichtiger sind.»

«Zum Beispiel Rache.» In der Dunkelheit sah sie etwas in seiner Hand aufblitzen. Er hatte ein Messer.

Sie fragte sich, ob er wirklich die Telefonleitung durchgeschnitten hatte, aber da er bewaffnet war, wollte sie ihn lieber nicht provozieren. Wie spät war es wohl? Spencer mußte bald hier sein. Oder er rief an, und dann war die tote Leitung ihr Notsignal. Bis dahin mußte sie ihn hinhalten. Das dürfte nicht schwierig sein. Sie hatte Travis immer um den kleinen Finger wickeln können.

«Möchtest du gern etwas trinken?» fragte sie.

Schweigen.

«Wir haben uns viel zu erzählen, findest du nicht? Wo bist du die ganze Zeit gewesen? Konntest du mich nicht finden? Ich habe deiner Mutter einmal geschrieben, als du vermißt warst, aber sie hat mir nie geantwortet.»

«Hast du denn gar kein schlechtes Gewissen, Peggy-O?» sagte die Stimme.

Sie schluckte. «Die Menschen ändern sich, Travis. Das müßtest du doch selber wissen. Der Travis von früher hätte so etwas nicht getan. Nie und nimmer.»

Er stand auf und ging eine Stufe hinunter.

«Wir müssen miteinander reden», sagte Peggy. «Komm doch bitte hier ins Wohnzimmer. Ich will dir ein Lied vorspielen, das ich geschrieben habe. Es heißt ‹Song for Travis›. Wirklich, das mußt du mir glauben. Ich kann dir die Noten zeigen.»

Er winkte sie mit dem Messer in Richtung Wohnzimmer. Als sie nach dem Lichtschalter neben der Tür griff, berührte er ihren Arm mit der Klinge. Das Messer war sehr lang, wie ein Bajonett oder eine Machete. Peggy verstand nicht viel von solchen Dingen, aber genug, um zu wissen, daß man solche Waffen in Asien benutzte. Sie sah von dem Messer zu dem Eindringling. Er trug Tarnkleidung und eine Skimaske. Sie wandte sich schnell ab. Schnell weg aus der Reichweite seiner Waffe, dachte sie.

«Ich spiele dir jetzt das Lied vor, ja?» sagte sie aufgeräumt. Dachten Männer wirklich, Frauen seien so blöd? Dachte er, sie sei wirklich so ahnungslos, wie sie tat? Oder war er so blind vor Rachewut, daß er nichts anderes wahrnahm? «Vorher muß ich aber noch meine Gitarre holen. Vielleicht können wir ein paar Nummern zusammen singen.» Sie ging langsam auf die Veranda zu, unablässig plaudernd, über das Haus, über ihre Renovierungspläne, über alles, was ihr einfiel.

Im Jahre '68 war sie in San Francisco bei Freunden in Haight-Ashbury zu Besuch gewesen, als ein Typ, total stoned, sie in einer dunklen Hintergasse vergewaltigen wollte. Es wäre sinnlos gewesen, sich zu wehren. Die Partygeräusche und der Verkehrslärm hätten ihre Schreie übertönt. Da hatte sie sich betrunken gestellt, den Typ umarmt und geflüstert: «Komm doch zu mir nach Hause, da haben wir's bequemer.» Der Überraschungseffekt war enorm. Aber mit Tieren kann man nicht vernünftig reden, daher hatte er wieder angefangen, sie zu begrapschen. «Mein Auto ist gleich da vorn», hatte sie geraunt. «Kannst du einen Jaguar fahren?» Das wirkte. Er folgte ihr aus der Gasse, zu benebelt, um Verdacht zu schöpfen, und lallte, er hätte es schon immer in einem Jag tun wollen. Als sie an die Straße kamen, war sie laut schreiend ins erste hellerleuchtete Geschäft gerannt. Sie hatte den Menschen nie wiedergesehen, aber jahrelang war sie nachts schweißgebadet in der dunklen Gasse aufgewacht.

Sie nahm die Gitarre und reichte sie ihm. «Ist sie nicht wunderschön?» sagte sie mit mühsam beherrschter Stimme. «Erinnerst du dich noch an meine erste Gitarre, die wir in der Pfandleihe in Durham gekauft haben? Bitte nimm sie mit ins Wohnzimmer, ich suche inzwischen die Noten zusammen.»

Er sah sich auf der winzigen Veranda um. Kein Telefon, keine Tür, kein Fluchtweg. Nur massenhaft Pflanzen und ein paar Korbmöbel. Gelbe linierte Seiten aus einem Notizbuch und Notenblätter lagen kreuz und quer auf dem Fußboden verstreut. Peggy lächelte ihn an wie ein Kind, das einen neuen Trick vorführen will. Mit einem Achselzucken nahm er die Gitarre und ging damit ins Wohnzimmer. Sie wartete, bis er gut drei Meter von ihr entfernt war, dann kniete sie sich hin, wie um die Papiere aufzuheben. «Ich weiß genau, daß ich das Lied hiergelassen habe», rief sie ihm nach. «Du weißt ja, wie unordentlich ich immer war.» Sie langte hinter die Maispflanze. Ihre Hand schloß sich um das kalte, glatte Metall. Sie hatte nicht vergessen, wo die Pistole versteckt war. Sie tat einen tiefen Seufzer der Erleichterung. Jetzt brauchte sie nicht mehr Geisha zu spielen.

Peggy Muryan stand auf und ging mit der geliehenen .45 in der Hand an die offene Wohnzimmertür. Der Trottel mit der Skimaske saß auf der Couch und zupfte mit der Messerspitze an den Saiten. «So», sagte Peggy und richtete die Pistole auf seinen Kopf. «So, Freundchen, jetzt sagen Sie mir bitte schön, wer Sie eigentlich sind.»

Spencer blätterte im Telefonbuch und suchte Peggys Nummer. Seine Haare waren noch naß von einer schnellen, kalten Dusche, und er hatte noch keine Zeit gehabt, sich eine Krawatte umzubinden. Er wollte sie nur schnell anrufen, um Bescheid zu sagen, daß er unterwegs war. Es war kurz nach acht. Wenn er sich beeilte, konnten sie um halb neun auf der Party sein.

Er drückte die sieben Tasten, aber statt eines Läutens hörte er ein Klicken und dann nichts mehr. Er mußte zu hastig gewählt haben. Er wählte neu, diesmal langsam und mit Bedacht. Er wartete. Dasselbe. Er wählte die 0, um dem Amt den Defekt zu melden, als ihm klar wurde, was die tote Leitung bedeutete.

Er rannte zum Auto, ohne sich fertig anzuziehen. Er schnappte sich nur noch die Pistole mit dem Halfter. Im Auto überlegte er kurz, ob er Godwin per Funk zur Verstärkung rufen sollte, entschied aber, daß es sich nicht lohnte. Wenn LeDonne Dienst hätte, wäre das etwas anderes.

Er fuhr mit hundert Sachen die Ashe Lane hinunter und mußte unwillkürlich daran denken, wie sie als Halbwüchsige diese Straße als Rennbahn benutzt hatten. Jetzt wollte er nur schnell sein Ziel erreichen. Er wünschte sich sogar, Ross und Boyd wären noch in der Stadt. Es war ihm ganz egal, wer hier die Lorbeeren erntete. Hauptsache, die Rettung kam noch früh genug.

In Peggy Muryans Wohnzimmer erstrahlten alle Lampen. Sie saß auf dem Klavierschemel, die Pistole unverwandt auf den Eindringling gerichtet. «Werfen Sie das Messer zur Verandatür hinüber», sagte Peggy in liebenswertem Plauderton. «Und wenn Sie Zicken machen, schieße ich Ihnen in den Bauch und sehe zu, wie Sie langsam verbluten.»

Nach kurzem Zögern warf er das Messer in Richtung Veranda.

«So ist's recht. Nun ziehen Sie endlich diese alberne Skimaske aus. Ich habe sofort gewußt, daß Sie nicht Travis Perdue sind. Sie sind zu klein, und Sie haben eine ganz andere Stimme. Ich will wissen, wer zum Teufel Sie sind, ehe ich Sie verhaften lasse.»

«Ich habe es alles nicht böse gemeint», sagte er defensiv. Dabei zog er sich die schwarze Maske über den Kopf und warf sie auf den Fußboden.

Peggy starrte ihn verblüfft an. Sie hatte ihn in ihrem Leben noch nicht gesehen. Der Mörder, der mit einem langen Messer in ihr Haus eingedrungen war, stellte sich als Teenager heraus. Er sah aus wie fünfzehn, fast mädchenhaft, mit großen grünen Augen und schulterlangen Haaren. Der Tarnanzug wirkte unpassend für so ein Kind.

«*Sie* haben mir die Ansichtskarten geschickt?» fragte Peggy ungläubig.

Er leckte sich über die Lippen. Sein Blick ging zwischen ihr und der Pistole hin und her.

«Wer sind Sie? Warum tun Sie das?»

Er zuckte die Achseln. «Es war eine Art Spiel. Rufen Sie jetzt meine Eltern an?» Als sie nicht antwortete, fuhr er fort: «Okay. Ich heiße Pix-Kyle Weaver, und Vietnam ist – mein Hobby. Ich sehe mir Kriegsfilme an, und manchmal gehe ich nachts im Dschungel auf Patrouille.» Er schielte nach dem Messer, das im Dämmer der Veranda lag.

«Rühren Sie sich nicht von der Stelle», warnte Peggy.

Pix-Kyle wischte sich mit dem Arm den Schweiß von der Stirn. «Müssen Sie nicht jemanden verständigen?»

Peggy hielt die Pistole ruhig auf ihn gerichtet. Ihre Augen verengten sich zu Schlitzen. «Sie haben doch selber die Leitung durchgeschnitten. Oder nicht? Jetzt erzählen Sie mir mal, was Sie mit Travis Perdue zu tun haben.»

Er schob einen Hemdsärmel hoch und zeigte ihr sein Armband. «Da! Travis Perdues Armband. Ich habe es mit einer Schachtel voller Briefe beim Flohmarkt gekauft. Von der Zeit an habe ich die Rolle von Travis gespielt. Ich habe mir Farbruß aufs Gesicht getan und bin nachts über die Felder gekrochen und habe mir vorgestellt, sie seien vermint. Einmal habe ich ein Auto verbrannt. Dann bin ich zu anderen Sachen übergegangen.» Seine Augen flackerten, er beobachtete gespannt ihre Reaktion.

«Waren Sie high?»

«Sie meinen: stoned? Klar. Ich habe gehascht. Es mußte ja authentisch sein. In Vietnam haben sie alle gehascht. Haben Sie *Apocalypse Now* gesehen?»

«Das war ein Film.»

«Eben. Jedenfalls ist der Kampf selbst schon ein High an sich. Das weiß ich von echten GIs. Und die hatten recht. Man kriecht durch den Wald, und man kriegt vor Angst Adrenalinstöße und gleichzeitig einen Machtrausch, weil man einfach alles, was einem in den Weg kommt, in die Luft jagen kann. Und man hat einen Steifen, der nie mehr weggeht. Das kommt von der

Angst.» Er sah an sich hinunter auf den Wulst in seinen Jeans und grinste. «Sehen Sie?»

«Ich sehe.» Es war ein Spiel, aber Peggy hatte keine Lust, mitzuspielen. Die Musik der sechziger Jahre war für die Jugend von heute nichts als eine Sammlung von Oldies, und die Jugendbewegung bestenfalls eine Pose: lange Haare, Friedenssymbole und Perlenschnüre. Was fehlte, war die Substanz. Und Vietnam war für sie nichts als eine Variation des Spiels *Dungeons & Dragons*: spielen wir Soldat und gehen auf Patrouille.

Sie kniff die Lippen zusammen. «Sie haben das Mädchen ermordet, das aussah wie ich. Sie haben meinen Hund getötet.»

«Jahhh. Morden ist das beste High von allen. Sex ist gut, aber Morden ist besser. An einen Mord kann man sich besser erinnern. Sex und dann Morden – das ist ein einziger Rausch.» Da sie nicht antwortete, fuhr er mit einem Achselzucken fort: «Ich fing einfach an, Travis zu sein. Aus den Briefen ging hervor, daß Sie hundsgemein zu ihm gewesen waren, und da dachte ich, er würde sicher wollen, daß ich's Ihnen heimzahle. Darum habe ich Ihnen die Karte geschickt und den Hund getötet. Das war sozusagen ein Kampfeinsatz. Ihrem Hündchen die Kehle aufzuschlitzen, war meine Mission. Das ganze Blut. Und die Angst, erwischt zu werden. Das hat mich ganz scharf gemacht. Sie waren ein nettes Opfer. Es war echt geil.» Seine Stimmung hellte sich auf, während er von seinen Abenteuern sprach. Da diese Erwachsene ihn nicht anschrie oder sonst Zeichen von Mißbilligung zeigte, konnte er es direkt genießen, über seine Spiele zu reden.

Peggy Muryan hatte sich noch nie so alt gefühlt. «Und warum haben Sie Rosemary ermordet?»

Pix-Kyle Weaver rieb sich das Kinn. «Das ist ein bißchen komplizierter», sagte er. «Meine Eltern haben Ihre Schallplatte, daher weiß ich, daß sie Ihnen ähnlich sieht. Ich fand, das sei ein hübscher Zufall. So konnte ich mich mehr als Travis fühlen. Ich war oft mit ihr zusammen, wenn ihre Eltern nicht zu Hause waren. Es machte viel mehr Spaß, Travis zu spielen, wenn ich eine Peggy als Freundin hatte.» Er zog die Stirn kraus. «Ich habe ihr verboten, jemandem von uns zu erzählen. Das gehörte mit zu meinem Geheimnis, das ich mit Travis teilte. Ich habe sogar ein

Video von *Das letzte Ufer* ausgeliehen und ihr vorgespielt, aber sie hat mich nicht an sich rangelassen. Noch nicht.» Er zuckte die Achseln. «Na, wenn schon. Statt dessen bin ich dann auf Patrouille gegangen. Ich habe mir ein paar Joints reingezogen und bin mit einem Messer und einer alten Matratze aufs Feld gegangen. Ich habe mir vorgestellt, die Matratze sei Rosemary. Zuerst Rosemary, dann Sie, dann wieder Rosemary, bis es mir alles durcheinanderlief.» Er lächelte und reckte sich wohlig bei der Erinnerung daran.

Peggy zog es die Kehle zusammen, als er so wegwerfend von *Das letzte Ufer* und ihrem ersten sexuellen Erlebnis sprach. Es war alles ganz anders gewesen. Sie hatten echte Gefühle gehabt. Sie hatten Angst um die Welt und vor der trostlosen Zukunft. Peggy sah sich den kläglichen Jüngling an, ein Produkt dieser trostlosen Zukunft. «Warum haben Sie sie ermordet?»

«Weil sie so knatschig wurde», sagte er verdrießlich. «Ich habe ihr von dem Hund erzählt, und das fand sie nicht gut. Aber sie hat mich nicht verraten, daher dachte ich, sie sei vertrauenswürdig. Dann habe ich sie eines Abends mit auf Patrouille genommen.» Er sah zu Peggy auf, um sich zu vergewissern, daß sie verstand, was er meinte. Dann fuhr er fort: «Ich habe sie sogar zusehen lassen, wie ich das Schaf getötet habe. Nur um ihr zu demonstrieren, wie so ein Kampfeinsatz verläuft. Da ist sie ausgeflippt, total ausgeflippt. Sie sagte, ich müßte zum Psychiater und alles so 'ne Kacke. Dabei war es bloß ein Schaf!» Er war empört. «Und da hab ich gedacht, wenn ich sie kaltmache, dann ist das okay, denn die Bullen würden einen Vietnamveteranen verdächtigen. Ältere Herren, keinen Schuljungen, verstehen Sie? Die würden denken, der gute Travis sei wiedergekommen.» Er lachte. «Dieser Mord war leichter als der Hund. Er hat mich echt auf Touren gebracht.»

Peggy nickte. «Und mich wollten Sie auch ermorden?»

Er lächelte und wies auf seine Erektion. «Vorher werden Sie vergewaltigt. Oft und lange.»

Spencer schaltete die Scheinwerfer aus, bevor er in die Auffahrt der Dandridge-Villa einbog. Er ließ den Wagen in der Nähe der Straße stehen und ging schnell aufs Haus zu. Die Pistole hielt er schußbereit. Alles war still. Inzwischen war es fast völlig dunkel. Der Mond stieg gerade über die Baumkronen. Die bleichen Säulen der Villa wirkten in der Dunkelheit wie Knochen. Peggy hatte das Verandalicht nicht eingeschaltet. Er näherte sich vorsichtig dem Haus. Durch die Spalten der Vorhänge konnte er sehen, daß im Wohnzimmer Licht brannte, aber die Fenster waren zu hoch, um hineinsehen zu können. Er überlegte, wie er ins Haus käme. Wenn Peggy nicht in Gefahr war und nur das Telefon kaputt war, entschuldigte er sich eben für seinen Einbruch. Aber lieber ein Einbruch als ein Mord. Falls er zu spät kam, übergab er den Fall dem TBI. Aber jetzt zählte erst mal jede Sekunde. Möglich, daß er gerade noch rechtzeitig kam.

Er schlich um das Haus nach hinten und entdeckte hinter Rhododendronbüschen ein offenes kleines Fenster. Darunter hatte jemand einen Zementblock gerollt. In ihrem Eifer, alle Türen fest zu verschließen, hatte Peggy das Fenster zur Speisekammer übersehen. Spencer machte sich Vorwürfe, das Haus nicht selbst überprüft zu haben. Er kletterte auf den Stein, legte die Pistole auf die Fensterbank und hievte sich durch die Öffnung.

Die Speisekammer war dunkel und roch nach Staub und Zwiebeln. Spencer nahm die Pistole wieder an sich und tastete sich an einem der Regale entlang, die alle Wände bedeckten. Das Zimmer war nicht größer als zwei mal vier Meter. Bei Tante Til hinge jetzt mitten im Zimmer aus der Deckenlampe eine Schnur. Er griff mit der linken Hand ins Dunkel und bekam eine Kordel zu fassen. Als er daran zog, ging ein trübes Licht an. Mit angehaltenem Atem stieß er vorsichtig die Tür auf und hoffte, daß sie nicht quietschte. Sie machte ein leises kratzendes Geräusch auf den Fliesen. Eine Sekunde später stand Spencer in der dunklen Küche. Er lauschte.

Peggy hatte das vertraute Kratzgeräusch gehört, zeigte aber keine Reaktion. Es war jetzt nach acht. Durch das Fenster der Veranda konnte sie sehen, daß es draußen dunkel war. Sie wußte, wer der neue Eindringling war. Spencer war gekommen, um sie zu retten. Nur hatte sie es nicht nötig, sich retten zu lassen. Der Junge im Tarnanzug hockte vornübergebeugt auf der Couch und murmelte etwas von seinem Vater, er solle ihn nach Hause holen. Das Adrenalin seiner nächtlichen Mission ließ wohl allmählich nach. Er bot einen jämmerlichen Anblick, fand Peggy. Wie ein quengeliges Kind.

Peggy stellte sich ihn auf der Anklagebank vor, adrett gekleidet in einem blauen Anzug, wie ein Schuljunge, der bei einem dummen Streich entdeckt wurde. Er würde es unverschämt finden, daß das Gericht so ein Theater machte. Er würde die Schwere seines Verbrechens einfach nicht begreifen. Es käme ihm absurd vor, daß das Leben einer Frau soviel wert sein könne wie sein eigenes. Es hatte ihm doch Spaß gemacht! «Ich habe es nicht böse gemeint», hatte er zu Peggy gesagt, und die Verteidigung würde sich darauf stützen und auf die Tatsache, daß er zu viele Kriegscomics gelesen und zu viele Filme über Vietnam gesehen hatte. Er bekäme einen Klaps auf die Finger, aber Rosemary war tot. So tot wie Travis. So tot wie die sechziger Jahre. *Where* have *all the flowers gone?*

Peggy hörte leise Schritte im Flur, die aus der Küche kamen. Sie mußte sich beeilen. «Nun, Schätzchen», sagte sie fast zärtlich zu dem grämlichen Jungen. «Ich würde mich gern noch weiter mit Ihnen unterhalten, aber –»

Sie hob die Pistole.

In seinem Gesicht stand namenloses Erstaunen. Ich dachte, Erwachsene sehen einem alles nach, stand darin geschrieben. Ich dachte, Frauen schießen nicht auf Männer. Ich dachte, Frauen flehen um Gnade. Ich dachte, Frauen verzeihen alles. Ich dachte, Hippies lieben alle. Ich dachte, Jugendliche dürfen ungestraft Fehler machen. Ich dachte, die Eltern ziehen einen aus jedem Dreck. Ich dachte, Sterben ist etwas für andere Leute.

Peggy drückte ab.

Sein Gesicht löste sich in eine Grimasse des Schmerzes auf. Sein Körper fiel zurück gegen die Couch. Ihre Miene blieb unbeteiligt. Sie drückte ohne zu zögern noch dreimal ab, ehe der Sheriff an ihrer Seite war.

Peggy sah auf. Spencer Arrowood war weiß wie die Wand. Sie hatte die Pistole noch in der Hand. Auf der Couch lag die leblose Gestalt in einer Blutlache. Bei der Leiche war keine Waffe. In Peggys Blick stand Triumph, gemischt mit Trotz.

«Er hat das Mädchen ermordet», sagte sie. «Er hat es mir gestanden. Er hat meinen Hund getötet. Er hat mir die Ansichtskarten geschickt. Und er ist in mein Haus eingedrungen, um mich auch zu ermorden.» Ihre Stimme bebte vor Zorn. Sie würdigte den Jungen auf der Couch keines Blickes.

Spencer war fassungslos. «Aber darum brauchten Sie ihn doch nicht umzubringen. Warum haben Sie nicht auf Hilfe gewartet? Er war doch ein halbes Kind!»

«Er war ein gemeiner, hinterhältiger Mörder, und er ist in mein Haus eingebrochen. Glauben Sie etwa, in Tennessee gibt es eine Jury, die mich für schuldig erklärt, weil ich auf ihn geschossen habe? Mich – eine arme, hilflose Frau?»

«Es war aber doch keine Selbstverteidigung», flüsterte er. «Sie haben ihn ermordet.»

Sie lachte bitter. «Beweisen Sie es, *Sheriff*.»

15. Kapitel

And gentlemen in England, now a-bed,
Shall think themselves accurs'd they were not here,
And hold their manhood cheap while any speaks
That fought with us upon St. Crispin's Day.
«Henry V.»

Die American Legion Hut war eine Zeitkapsel. Das Kerzenlicht schmeichelte den nicht mehr ganz jungen Gesichtern, und die Beach Music übertönte die Gespräche der Teilnehmer des Klassentreffens über Kinder und Beruf. Martha fand, es schien fast unmöglich, daß diese Leute alle im gleichen Alter waren. Die Frauen wirkten ja recht jugendlich, jedenfalls waren sie leicht wiederzuerkennen. Sie trugen die Haare nicht mehr lang und glatt, wie das in den sechziger Jahren Mode gewesen war – außer Joyce Overton, die es nicht besser wußte. Aber die meisten waren noch schlank und attraktiv. Bisher hatte Martha an ihnen noch kein graues Haar entdeckt.

Bei den Männern war es anders. Entweder hatten sie sich nicht angestrengt, das Beste aus sich zu machen, oder sie hatten nicht die Möglichkeiten wie die Frauen, ihren Alterungsprozeß zu kaschieren. Manche der Sportler sahen um zehn Jahre jünger aus, aber einige waren da, die sie um nichts in der Welt wiedererkannt hätte. Sie hatten Bierbäuche und Geheimratsecken und sahen aus wie fünfzig. Anfangs hatte Martha bei der Begrüßung noch gesagt: «Du siehst phantastisch aus!», aber inzwischen war sie dazu übergegangen, sich mit einem «Wie schön, dich wiederzusehen!» zu begnügen. Auch hatte sie jetzt Zweifel, ob es so gut war, LeDonne mitzubringen. Zwar sah er besser aus als die meisten anderen Männer auf der Party, aber er war nicht besonders freundlich. Er hatte so eine Art, Fremde mit seinem Blick unter die Lupe zu nehmen, daß es ihr peinlich war.

Und wo blieb eigentlich Spencer? Sie sah auf ihre Uhr. Es war bald Zeit, mit der Verleihungszeremonie zu beginnen. Vorher wollten sie noch Preise an die Gäste vergeben: ein Preis für den oder die mit den meisten Kindern, mit den meisten Ehen und so weiter. Aber das Grand Finale war die Gedenktafel, die Spencer der Schule im Namen der Klasse präsentieren sollte. Martha hatte einen Tisch am Eingang freigehalten, damit sie ihn sofort sah, wenn er kam. Bisher glänzte er durch Abwesenheit.

«Weißt du etwas? Wo kann er nur bleiben?» flüsterte sie LeDonne zu, der versonnen in sein Bier schaute.

«Nein. Er war nicht begeistert von der Rede, die er halten mußte, aber er würde dich nicht einfach sitzenlassen.»

«Er sollte doch Peggy Muryan mitbringen. Wenn die beiden nicht kommen, müssen wir die Musik wiederholen.»

LeDonne, der die Leute beobachtet hatte, die in Grüppchen zusammenstanden und plauderten und lachten, sagte: «Das merken die nicht, Martha. So genau hört hier keiner zu.»

Auf der Tanzfläche war Sally Howell in ein ernstes Gespräch mit Delos Pruitt vertieft. Pruitt, in der Schulzeit von zwergenhaftem Wuchs und ein hoffnungsloser Spießer, hatte sich unheimlich herausgemacht. Er trug Kontaktlinsen und war braungebrannt und sah jetzt besser aus als mancher der ehemaligen Footballspieler. Besser jedenfalls als Slater Phillips, dessen harte

Muskeln zu einem Schmerbauch verkommen waren. Den biographischen Angaben nach arbeitete Delos Pruitt jetzt für eine Computerfirma im Forschungsdreieck außerhalb von Raleigh. Er wirkte selbstbewußt und sonnte sich in dem Gefühl, bei allen einen guten Eindruck zu machen. Sally trug ein weißes Sonnenkleid und Sandalen und sah mit ihrem koboldhaften Gesicht aus wie fünfundzwanzig.

Plötzlich wurde es relativ still im Saal. Mehrere Leute sahen in Marthas Richtung. Sie wandte sich zur Tür, in der Annahme, der Sheriff sei hereingekommen. Statt seiner stand da der verstorbene Elvis, der das Klassentreffen mit seiner Gegenwart beehrte. Er blinzelte mit einem unsicheren Lächeln ins Kerzenlicht. Er trug einen weißen Hosenanzug mit Fransen, dazu eine rabenschwarze Perücke und Cowboystiefel. Unter dem Arm hatte er ein Tonbandgerät.

Martha holte tief Luft und stand auf. «Hallo, Vern – äh – Elvis», sagte sie und schüttelte ihm feierlich die Hand. «Wir freuen uns sehr, daß Sie zu unserer Party gekommen sind. Wollen Sie uns ein paar Nummern vorsingen?»

«Danke, Ma'am», sagte er mit Elvis' sinnlich-schleppender Stimme.

«Ist das Ihre Musik da?» fragte Martha und zeigte auf den Apparat. «Dann folgen Sie mir bitte zur Bühne.»

Während sie sich mit Vernon Woolwine im Schlepptau einen Weg nach vorn bahnte, dachte Martha, daß sie ihn vor zwanzig Jahren auf ihrem Schulentlassungsball eher vor die Tür gesetzt hätten. Aber wenn die Jahrzehnte sie etwas gelehrt hatte, dann Toleranz. Heute wäre es ihnen nicht eingefallen, jemanden zu demütigen, weil er ein Außenseiter war. Alles klatschte und jubelte, als der Imitationselvis die Stufen zum Podium hinaufstieg.

«Klasse, Mann, *let's rock!*» rief jemand aus dem Publikum.

Martha beugte sich über das Mikrofon. «Alle mal herhören, bitte! Ich habe heute eine tolle Überraschung für euch! Einen ganz besonderen Gast: es ist der King des Rock 'n' Roll persönlich! Ich weiß, daß er bei uns allen liebe Erinnerungen wachruft, und heute abend singt er uns einige seiner größten Hits vor. Anschließend fahren wir dann mit unserem Programm wie geplant fort.»

Die Klasse drängte sich klatschend um die Bühne, und Vernon Woolwine schaltete sein Bandgerät ein und sang synchron «Don't Be Cruel».

Martha schlängelte sich durch die Menge zurück an ihren Tisch bei der Tür. LeDonne lächelte ihr entgegen. «Gut gemacht», sagte er und prostete ihr mit seinem Plastikbecher zu.

Sie lächelte zurück. «Wen hättest du denn lieber als Abendunterhaltung: Peggy Muryan oder Elvis?»

«Keine Frage», sagte er.

Sie lehnten sich zurück und sahen zu, wie der Mann in dem weißen Fransenanzug sich wiegte, wand und sein Becken kreisen ließ.

«Martha?»

Martha drehte sich nach der vertrauten Stimme um. Die ehemalige Ballkönigin war da. Marthas erster Gedanke war der drastische Unterschied zwischen der Tyndall von einst und jetzt. Das Golden Girl in dem grünen Seidenkleid war nicht zum Klassentreffen gekommen – es hatte seine Mutter geschickt. Diese verhärmte Frau in mittleren Jahren mit den dunklen Ringen unter den Augen und den blutleeren Lippen sah der Tyndall Johnson aus dem Jahrbuch nur entfernt ähnlich, sie stand in ihrem einfachen braunen Kleid da und drückte ihre Handtasche an sich wie jemand, der den Weg verloren hat. Sie schien die Menge gar nicht zu bemerken.

«Was ist denn mit dir los?» flüsterte Martha.

Tyndall schüttelte den Kopf. «Ich soll dir etwas von Spencer ausrichten», sagte sie. «Ich soll dir sagen, daß er später kommt. Er ist aufgehalten worden. Ich weiß nicht, wann er kommt.»

LeDonne lehnte sich vor. «Braucht er meine Hilfe?»

«Davon hat er nichts gesagt. Nur, daß er später kommt.» Sie sah sich im Saal um. «Ich muß mit Sally sprechen –»

«Da drüben», sagte Martha und zeigte auf das dunkelhaarige Mädchen, das mit Delos Pruitt tanzte.

Tyndall sah dem Paar eine Weile zu, dann wandte sie sich wieder Martha zu. «Kann ich einen Augenblick mit dir sprechen?» fragte sie. Eine Träne rollte ihr übers Gesicht.

Martha stand auf und legte den Arm um sie. «Aber natürlich, Schätzchen», sagte sie und warf LeDonne einen langen Blick zu, der sagte: Ich muß das jetzt tun, sie braucht jemanden. Er nickte. Zu Tyndall sagte sie: «Ich muß nur vorher noch Chuck Winters bitten, ob er nicht die Gedenkplatte präsentieren kann.»

Es war nach elf. Spencer hatte alles getan, was er tun konnte. Der Arzt war zur Dandridge-Villa gekommen und hatte den Jungen untersucht und veranlaßt, die Leiche zum Bestattungsinstitut zu bringen. Spencer hatte das Tennessee Bureau of Investigation angerufen und gemeldet, daß der Mörder erschossen wurde, als er versuchte, Miss Muryan anzugreifen. Es war ein eindeutiger Fall von Selbstverteidigung, sagte er. Der Angreifer war im Haus erschossen worden. Nein, weitere Nachforschungen seien nicht notwendig, es sei ein eindeutiger Fall.

Wenigstens hatte er damit dem Steuerzahler die Kosten eines langwierigen und sinnlosen Gerichtsverfahrens gespart.

Als er die üblichen Routinearbeiten erledigt hatte, war er nach Dark Hollow hinausgefahren, um den Weavers die Nachricht vom Tod ihres Sohnes zu bringen.

Zum Klassentreffen schaffte er es nicht mehr.

Die Fahrt über die gewundene Landstraße zur Farm der Weavers war unerträglich lautlos. Er hörte nichts als sein eigenes Atmen und sah nichts als die Lichtkegel vor seinem Auto. Vietnam hatte ihn zum zweitenmal einen Schülerball gekostet, dachte er sardonisch. Und zum zweitenmal hatte Vietnam ihm einen Strich durch die Verabredung mit einer Frau gemacht, die sowieso nicht viel wert war. Und nun saß er hier im Auto mit seinem Rüschenhemd und blauen Blazer und durchlebte zum zweitenmal den Sommerabend im Jahre '66, als er Zeuge wurde, wie Eltern mit dem Tod ihres Sohnes konfrontiert wurden.

Zum zweitenmal: Adieu, Cal.

Er war nicht in der Stimmung, jetzt nach Hause zu fahren. Seine Pflichten hatte er für heute erledigt, aber er wußte, daß er kein Auge zutun würde. Er hörte immer wieder die Stimmen der Weavers. Nicht mein Junge, nicht unser Kind...

Er nahm an, daß die Party im *Sevier Motel* weiterging, aber es war niemand da, den er unbedingt sehen wollte. Er hatte keine Lust, heute über vergangene Zeiten zu plaudern.

Die Dark Hollow Road stieß südlich von Hamelin auf die Straße, an der LeDonne wohnte. Spencer nahm an, daß er noch mit Martha unterwegs war, beschloß aber, für alle Fälle vorbeizufahren. Wenn sie zu Hause waren – und noch angezogen –, schaute er vielleicht kurz hinein. Er mußte sich sowieso noch bei Martha entschuldigen, weil er nicht zum Klassentreffen gekommen war. Er war sicher, daß sie ihm nach und nach jede Einzelheit haarklein erzählte.

An der Hecke um LeDonnes Vorgarten verlangsamte er die Fahrt und bog in die Einfahrt ein. Der Volkswagen stand unter dem Baum, und im Haus war Licht. Spencer stieg aus und knallte die Autotür absichtlich laut zu. LeDonne war nicht der Mann, dem man unverhofft auf die Pelle rückte. Er wartete einen Augenblick, dann ging er langsam über den Kies zur Haustür.

«Ich bin hier, Spencer», sagte eine Stimme aus dem Dunkeln.

«Joe?»

«Auf der hinteren Veranda. Willst du einen Kaffee?»

«Ja. Drei Liter.» Die Hintertür stand offen, und das Licht aus der Küche genügte, LeDonne sehen zu können. Er trug wieder Jeans und saß auf einem Gartenstuhl, zu seinen Füßen lag der Hund. Der Sheriff klappte den anderen Stuhl auseinander und setzte sich ihm gegenüber.

«Ist Martha hier?»

«Nein. Sie wollte noch mit ihren Freundinnen zusammensein, und wir fanden beide, dabei wäre ich überflüssig. Ich mach schnell den Kaffee.» Er ging mit wiegenden Schritten ins Haus. Über die Schulter rief er: «Wo warst du denn, Mann?»

Spencer wartete mit der Antwort, bis er zurückkam. LeDonne brachte zwei Becher dampfenden Kaffees, und Spencer erzählte ihm zwischen kleinen Schlucken, was an diesem Abend geschehen war. LeDonne hörte schweigend zu. Spencer hatte noch nie jemanden gekannt, der so gut zuhörte. Nach dem zweiten Becher

Kaffee kam er auf Peggy, dann auf Jenny, und wie der heutige Abend in mancher Beziehung eine Wiederholung des Schulentlassungsballs war.

«Ist denn diese verflixte Gedenktafel jetzt endlich präsentiert worden?» fragte er schließlich.

«Na, und ob. Von einem Rechtsanwalt aus Knoxville. Er sagte in seiner Ansprache, er selbst sei nicht in Vietnam gewesen, und wie sehr er es bedaure, das fundamentalste Erlebnis seiner Generation verpaßt zu haben.» Er lachte. «Den hätten sie in der ersten halben Stunde gelyncht.»

Spencer nickte. «Das war Chuck Winters.»

«Genau. So hieß er.»

Spencer seufzte. «Joe, ich wollte diese Gedenktafel nicht präsentieren, und ich konnte keinem sagen, warum nicht.» LeDonnes Schweigen war das einzige, was ihn jetzt bewegte, weiterzusprechen. «Du weißt ja, daß mein Bruder Cal in Vietnam gefallen ist. Meine Eltern sind nie darüber hinweggekommen. Er war der Footballheld, der älteste Sohn und so weiter. Sie haben mir immer ein Schuldgefühl eingeredet, weil ich nicht genug um ihn getrauert habe, als er tot war. Natürlich habe ich getrauert. Er war ja mein Bruder. Aber ich glaube, meine Eltern haben ihn nicht richtig gekannt.»

«Nicht?»

«Nein. Sein letzter Brief war an mich adressiert, und ich habe ihn weggeworfen. ‹Dein einziger Bruder›, hieß es immer. ‹Und du hast seinen letzten Brief zerrissen, ohne ihn uns lesen zu lassen.› Aber, Joe, ich hatte keine andere Wahl. Ich konnte ihnen den Brief nicht zeigen. Cal schrieb, wie sie nur so zum Spaß Zivilisten töteten und wie ein Kampfeinsatz mehr einem Saufgelage glich. In seinem letzten Brief schickte er mir – ein Ohr.»

Nach einer kurzen Pause glimmte im Dunkeln eine Zigarette auf. «Wie alt war er?» fragte LeDonne.

«Neunzehn. Ich sehe es noch so vor mir, verschrumpelt wie eine Trockenpflaume. Weiß der Himmel, wie er es durch die Postkontrolle gekriegt hat. Ich habe es aus dem Papier gewickelt und verbrannt, und den Brief auch. Ich konnte es meinen Eltern nicht zeigen. Meine Mutter –»

«Spencer, Vietnam war für einen Neunzehnjährigen eine unfaßbare Hölle. Wir alle haben feststellen müssen, daß wir zu Handlungen fähig waren, die wir normalerweise nicht für möglich gehalten hätten. Dein Bruder ist in dieser Hölle umgekommen. Ich würde es dabei belassen.»

«Sie haben nie gewußt, was für ein Mensch er wirklich war.»

«Und du weißt es auch nicht, Spencer.» LeDonne stand auf und trat die Zigarette mit dem Stiefelabsatz aus. «Hast du morgen frei?»

«Ja. Warum?»

«Ich bitte Godwin, morgen meine Schicht zu übernehmen. Das ist er mir schuldig, und da wir den Fall Winstead hinter uns haben, haben wir ein paar freie Tage verdient.» Er gähnte. «Was meinst du? Wie lange brauchen wir nach Washington?»

«Nach Washington? Mit dem Auto? Die ganze Nacht. Zehn Stunden mindestens.»

«Ich habe die Mauer nie gesehen», sagte LeDonne. «Du?»

«Das Vietnam-Denkmal? Nein», sagte Spencer.

«Jemand in meiner Gruppe hat mir davon erzählt. Sie fängt ganz niedrig an, in gleicher Höhe mit dem Weg. Das sind die ersten Jahre, als es anfing und wir Berater hinschickten. An der Stelle stehen nur ein oder zwei Namen auf der Mauer. Dann führt der Weg abwärts, und die Mauer wird immer höher, bis sie einem schließlich über den Kopf reicht. Das sind die Mittsechziger, als wir tief drinsteckten. Hier stehen auf der Mauer schon Tausende von Namen. Allmählich führt der Weg wieder nach oben, so wie wir uns Anfang der siebziger Jahre langsam aus dem Krieg zurückzogen. Und langsam läuft dann auch der Weg wieder mit der Mauer zusammen. Es heißt, die Besucher schreiben Botschaften für ihre Toten auf die Mauer. Es gibt da noch ein paar Leute, von denen ich nicht richtig Abschied genommen habe.» LeDonne goß den Rest seines Kaffees ins Gras. «Willst du noch Kaffee?»

Spencer schüttelte den Kopf. «Wir haben einen weiten Weg vor uns.»

Colin Dexter

«Es gibt nur wenige Autoren, die überzeugend Humor, Spannung und Phantasie und ein wenig Grausen miteinander verbinden können Colling Dexter beherrscht das vorzüglich.»
Hamburger Abendblatt

Mord am Oxford-Kanal
(thriller 2960)
Ausgezeichnet mit dem «Golden Dagger» der Englisch Crime Writers' Association.

Hüte dich vor Maskeraden
(thriller 2805)
«Ein intelligenter Krimi zum Mit-Denken. So etwas ist selten.»
Frankfurter Rundschau

Das Rätsel der dritten Meile
(thriller 2806)
Der Rektor des College lädt eines Tages Chief Inspector Morse zum Essen ein, um ihm nebenbei zu erzählen, daß einer seiner pedantischsten Professoren seit einigen Tagen völlig ohne jede Ankündigung verschwunden ist. Zwar sei inzwischen eine Nachricht eingetroffen, aber die könne unmöglich von Browne-Smith stammen, denn der würde lieber sterben, als eine Notiz mit einem Rechtsschreibefehler aus der Hand zu geben. Kurz darauf wird eine Leiche aus dem Kanal geborgen, der Kopf, Hände und Beine fehlen ...
«... brillant, komisch, bizarr und glänzend geschrieben.»
Südwestpresse

rororo thriller

Tod für Don Juan
(thriller 3041)
Kaum sind die amerikanischen Touristen in Oxford eingetroffen, da wird Chief Inspector Morse zu einer Toten gerufen. Die Touristin ist offensichtlich an Herzversagen gestorben, als sie den Diebstahl einer wertvollen, antiken Brosche entdeckte. Klarer Fall, meint Sergeant Lewis. Ein plötzlicher Tod ist immer mysteriös, sagt Morse. Erst recht, wenn kurz darauf noch ein Toter gefunden wird.

rororo thriller wird herausgegeben von Bernd Jost. Ein Gesamtverzeichnis der Reihe finden Sie in der *Rowohlt Revue*. Jedes Vierteljahr neu. Kostenlos in Ihrer Buchhandlung.

3005/3

Serientäter

Robert Brack
Die siebte Hölle
(thriller 2941)
Oldtimer bringen's besser als Bücher, meint der bankrotte Buchhändler Jercy Pacula, und überführt zwei Limousinen nach Lissabon...
Schwere Kaliber
(thriller 2967)
Psychofieber
(thriller 3058)

Frank Göhre
Schnelles Geld
(thriller 3048)
Der erste, seit Jahren vergriffene Kriminalroman von Frank Göhre, der mit mehreren Literaturpreisen ausgezeichnet wurde und als Kinofilm Beachtung fand. Neu bearbeitet und wesentlich erweitert.
Der Tod des Samurai
(thriller 2832)
Ein Thriller über organisiertes Verbrechen in Hamburg.
Der Tanz des Skorpions
(thriller 3025)
Letzte Station vor Einbruch der Dunkelheit
(thriller 2795)
Der Schrei des Schmetterlings
(thriller 2759)

Daniel Pennac
Wenn nette alte Damen schießen...
In Belleville, dem Kreuzberg von Paris, schneidet ein erbarmungsloser Killer armseligen Rentnern die Kehlen durch. Angst macht sich breit, gefolgt von einer kräftigen Paranoia. Ausgezeichnet mit dem «Prix Mystère de la critique».
(thriller 2921)
Königin Zabos Sündenbock
(thriller 3003)

rororo thriller

30 Jahre thriller Jubiläums-Lesebuch
(thriller 3030)
Dieser Jubiläumsband präsentiert einen opulenten Querschnitt durch die Geschichte der rororo thriller- Reihe und bietet literarischen Nervenkitzel pur. Die Palette internationaler Autoren gleicht einem Who is Who der Kriminalliteratur.

Pacio Ignacio Taibo II
Der melancholische Detektiv *Drei Fälle für Héctor Belascoarán Shayne*
(thriller 3039)
Der Boxer Angel, Freund von Detektiv Héctor Belascoarán, wird beim Training im Ring von einem Unbekannten erschossen. Mögliches Motiv: eine alte Rivalität um eine Frau... Taibo liefert nicht nur ungewöhnliche Stories, sondern ein dichtes Bild von Mexiko, seiner Atmosphäre, seinen Problemen und seiner Faszination.
Das bizarre Leben
(thriller 2940)
Comeback für einen Toten
(thriller 3019)

3024/4a

Serientäter

Larry Beinhart
Priester waschen weißer
(thriller 3043)
Tony Cassella schlüpft in die Rolle eines irischen Priesters um den Tod von Wendy Tavetian und einem Japaner aufzuklären.
Zahltag für Cassella
(thriller 2932)
Bei Privat Eye Tony Cassella steht eine Steuerprüfung an. Genau in dem Augenblick, als er genügend Beweismaterial gegen den Justizminister persönlich zusammen hat...

K. C. Constantine
Ein unbeschriebenes Blatt
Ein Fall für Mario Balzic
(thriller 2776)
«Constantine ist ein wunderbarer Autor. Lang lebe Polizeichef Balzic!»
New York Times
Blues für Mario Balzic
(thriller 3002)
Schwere Zeiten für Mario Balzic: ein Mord geschieht, seine Mutter wurde mit einem Schlaganfall ins Krankenhaus eingeliefert und seine Frau hat wenig Verständnis für sein Pflichtbewußtsein.

William Krasner
Opfer einer Razzia
(thriller 3001)
Organisiertes Verbrechen + illegales Glücksspiel = Unmoral & Prostitution - Charley Hagen, Partner von Detective Captain Sam Brige, zieht wieder einmal voreilige Schlüsse.
Die letzte Tat des Mr. Goodman
(thriller 2937)

Jean-Bernard Pouy
Sprengsatz aus der Vergangenheit
(thriller 3021)
Der Schlüssel zur Affäre
(thriller 2977)

3024/4b

rororo thriller

Schwarze Beute
Stories von berühmten Autoren und neuen Talenten finden sich in den thriller-Magazinen und immer wieder – Shock, Thrill and Fun.
thriller–Magazin 5
Herausgegeben von Norbert Klugmann und Peter Mathews
(thriller 2969)
thriller–Magazin 6
Herausgegeben von Janwillem van de Wetering
(thriller 3000)
thriller-Magazin 8
Herausgegeben von Maj Sjöwall
(thriller 3093)

Die Reihe *rororo thriller* wird herausgegeben von Bernd Jost. Ein Gesamtverzeichnis aller lieferbaren Titel finden Sie in der *Rowohlt Revue*. Jedes Vierteljahr neu. Kostenlos in Ihrer Buchhandlung.